U0139564

本書為河南省高校哲學社會科學創新團隊『黃河文學文獻整理與文化研究』（2021-CXTD-06）與黃河文明省部共建協同創新中心重大項目『黃河文化研究叢書』（2020M13）結項成果

◎清代中州名家叢書

彭而述集

上

〔清〕彭而述　著
王宏林　點校

中州古籍出版社
·鄭州·

圖書在版編目(CIP)數據

彭而述集 /（清）彭而述著；王宏林點校 .—鄭州：中州古籍出版社，2023. 3
（清代中州名家叢書）
ISBN 978-7-5738-0329-0

Ⅰ. ①彭… Ⅱ. ①彭… ②王… Ⅲ. 中國文學－古典文學－作品綜合集－清代 Ⅳ. ① I214.92

中國版本圖書館 CIP 數據核字（2022）第 174463 號

PENG ERSHU JI
彭而述集

策劃編輯：馬　達
統　　籌：劉　曉
責任編輯：何慧婷
責任校對：唐志輝
裝幀設計：曾晶晶

出 版 社　中州古籍出版社（地址：鄭州市鄭東新區祥盛街 27 號 6 層
郵編：450016　電話：0371-65723280）
發行單位　河南省新華書店發行集團有限公司
承印單位　河南瑞之光印刷股份有限公司
開　　本　890 mm × 1240 mm　1/32
印　　張　42.125
字　　數　887 千字
印　　數　1—500 套
版　　次　2023 年 3 月第 1 版
印　　次　2023 年 3 月第 1 次印刷
定　　價　145.00 元（上中下）

前言

一

彭而述，字子籛，號禹峯，河南鄧州人。祖、父均業農。明萬曆三十三年十二月十三日（一六〇六年一月二十一日）生，初名萬程。

彭而述少有大志，嘗語人曰：『丈夫幸而得志，當馳驅邊塞，取封侯之印，如前世威甯、靖遠兩王公之爲人。有如不遇，則閉户著數十卷書，亦足以豪矣。』（汪琬《廣西參政分守桂林道彭公而述傳》）希望能像明代名將王驥和王越那樣建功封侯，著書立説只是其次的追求。崇禎九年（一六三六），彭而述鄉試中第。崇禎十二年（一六三九），兵部尚書熊文燦負責圍剿河南、兩湖、四川的農民起義軍，當時張獻忠兵敗投降，又拒不接受裁減軍隊，熊文燦派彭而述去刺探義軍詳情。彭而述單騎入營，返回後勸熊文燦應果斷出擊張獻忠。熊文燦最終錯失戰機，敗於義軍，并被朝廷棄市。

崇禎十三年（一六四〇），彭而述考中進士，次年授山西陽曲知縣。崇禎十六年（一六四三），母卒，丁憂離職。時南陽故里被李自成領導的農民起義軍占據，只得暫瘞母柩於平陽，入山東避亂。又值清軍南下，遂沿運河南行，避亂江南。崇禎十七年（一六四四），南明政權在南京建立，王鐸出任大學士，向江蘇巡撫祁豸佳舉薦彭而述，彭因守制未滿而辭。次年，彭而述潛舟歸里葬母，在武昌被清廷湖廣總督佟岱和英親王阿濟格發現，多次邀請，遂仕清。順治三年（一六四六），任兩湖提學僉事，次年升任湖南分守道。五年（一六四八），定南王孔有德舉薦彭而述任貴州巡撫，予兵馬三千赴任。至靖州，適逢明朝降將陳友龍復反，圍攻靖州。彭而述苦戰十六晝夜，最後率衆退守寶慶。之後永州陷落，彭而述以救援不力被御史彈劾而革職。

革職後，彭而述返鄉課子讀書。順治十二年（一六五五），經王永吉（時王已歸順清朝并擔任吏部尚書）舉薦，彭而述入洪承疇幕府。時洪承疇頗受朝廷信任，被任命爲太保兼太子太師，經略湖廣、廣東、廣西、雲南、貴州五省，總督軍務兼理糧餉。彭而述備述黔楚山川形勢和戰守方略，深得洪承疇賞識，被舉薦擔任衡州兵備道副使，管理雲南右布政司。十六年（一六五九），升雲南按察使司副使、管雲南布政使司右布政使事。十七年（一六六〇），任廣西布政使司參政、桂林道。其間又擒獲農民起義軍的首領莫扶豹，因功擢貴州按察使。康熙三年（一六六四），彭而述升廣西布政使司右布政使，雲南布政使司右布政使、管左布政使事。在吳三桂平定水西土司安坤時，彭而述向吳建議先平定烏蒙、烏撒等四府，削去其羽翼之後再進攻安坤。吳三桂依計而行，果然成功。次年，吳三桂薦舉彭而述任雲南巡撫。彭而述因年邁請辭，又適逢朝廷内調改補，遂離滇返京。出昆明三十里而卒，時爲康熙四年（一六六五）七月二十八日，享年六十歲。

彭而述有子六人：長子始起，字伯室，順治十八年（一六六一）辛丑科武進士，官至武翼大夫、陝西參將。次子始騫，字伯亮，乙酉拔貢，官至寧遠知州、建水知州。三子始奮，字興功，一字中郎，號海翼，有《娱紅堂詩草》。四子始超，字扶上，貢生。五子始摶，字直上，號方洲，康熙十五年（一六七六）進士，官至内閣學士、禮部侍郎。六子始凱，字子楊，貢監生。其中始摶名聲最著。

二

彭而述膽識過人，軍功卓著，詩文創作成就也相當可觀。詩文集有《滇黔草》《庶草》《南游文集》等，後由其子彭始摶結集爲《讀史亭詩集》十六卷、《讀史亭文集》二十二卷。彭氏詩文涉及家國時事、風土民情、念舊思親、贈答唱和，題材廣泛，風格多様，深刻而廣泛地反映了明末清初大動亂時期普通民衆所經歷的戰亂之苦。

彭而述出身農家，在明代曾擔任縣令，入清後得到英親王阿濟格、禮部尚書王鐸、定南王孔有德、兵部尚書洪承疇、平西王吴三桂的賞識，一度擔任布政使、按察使等地方要職。這種獨特的經歷使他既飽嘗戰亂給普通百姓所帶來的苦難，又能反思庸將誤國、驕兵擾民、苛政猛於虎等諸多朝政弊端。就反映明末清初這一時期社會生活的深度和廣度而言，其作品堪稱一代『詩史』。蝗灾、水灾、匪灾、兵灾是彭而述作品的主題，《憶昔行》云：『憶昔烈宗戊寅歲，盗賊如麻人鼎沸。中原白骨高如陵，推轂將軍等兒戲。』《潼關行》云：『司馬竟濺沙場血，紅顔黄口歸井渫。妻妾子女十七人，霜魄香魂葬一穴。』《大梁大水行》云：『黄河水没梁王宫，户口十萬化沙蟲。饞口魚龍飽欲死，天風捲尸大海東。』這就是動亂年代人同草芥的悲慘現實。《阿將軍》云：『阿將軍，過襄陽，氣排突，不可當。婢呼節度使，奴視二千石。二千石不敢言，聽人穿鼻坐山樊。』諷刺了官兵不可一世的囂張氣焰。《田貴妃别傳》對崇禎一意孤行起用左良玉進行理性分析。《流寇紀略》《賊屠鄧紀事》《孫渠歸順紀略》則是瞭解明末農民起義軍的重要史料。可以説，終其一生，彭而述都在經受戰亂之苦，只不過有時是一介平民，有時則爲沙場喋血之士。因此，動亂年代民不聊生的慘狀堪稱彭而述作品最令人驚心動魄的内容，而戎馬生涯的經歷使他的詩文在反映戰亂時，硝烟彌漫，英氣逼人。

除了書寫易代之際的動蕩現實，西南邊陲的風土民情是彭而述筆下又一重要内容。由於交通不便，雲南、貴州、廣西對中原文人而言一直像蒙着神秘的面紗。西漢司馬相如、東漢唐蒙曾出使西南，但他們祇是宣揚朝廷聲威，没有留下太多反映西南風物之作。明代楊慎長期被貶雲南，西南邊陲的奇山异水首次被他相當翔實地攝入筆端。彭始摶在次韵彭而述《雨中泛昆明池》的後記中，曾提及彭而述爲楊慎轉世，此説雖不可信，但兩人對西南風物的描繪却有异曲同工之妙。如彭氏《大僰歌》描繪了少數民族奇异的裝束：『紅藤腰，圍黄金。齒繡面花，角來戛里。雙頰象牙環，髻插白雉尾。』《毗盧洞》云：『岩雲宿羲皇，魍魎不敢窺。飛鼠嚼松花，百丈不嫌危。』《朝陽岩》云：『芳泉吐石唇，嘹喨來深帷。下視瀟湘流，嶔岑一以危。』西南奇險風景躍然紙上。彭而述的《湘行記》《仕楚紀略》與《長沙至寶慶日記》《寶慶至沅州日記》《自沅抵貴日記》《貴州至雲南界日記》《一字孔至滇南日記》《出滇日記》《自貴至鎮遠日記》《鎮遠州至沅日記》則首次翔實記録了兩湖、廣西、四川、貴州、雲南的道路交通和山水風貌。

與楊慎筆下優美而充滿温情的西南風光描寫相比，彭而述作品更多一些險惡和蠻荒，寫實色彩相當濃厚。如楊慎《滇南曲》云：『蘋香波暖泛雲津，漁枻樵歌曲水濱。天氣常如二三月，花枝不斷四時春。』充滿詩情畫意。而彭而述《苦熱行》却云：『九郡古日南，地氣實焮熱。炎帝司其權，祝融作威福。蘊崇如厝火，溽濕生煩毒。驊騮被暍死，瘧鬼凌我僕。』令人望而却步。楊慎《滇春好（寄李南夫錢節夫毛東鎮）》云：『滇春好，翠袖拂雲和。淡雅梳妝堪入畫，等閑言語勝聽歌。能不憶滇娥？』視雲南爲第二故鄉，戀戀不捨，滿懷深情。而彭而述《鷓鴣謡》寫道：『猺獞睚眦喜報仇，晝治毒矢夜治毒弩。小蟲逢之不敢飛，使君來時得安栖？左扶鶻鶉右石鷄。』對邊陲毫無眷戀與關愛。彭而述與楊慎對西南風光描繪的不同，正是兩人生活經歷不同的結果。楊慎出身於富貴之家，生長於太平時期，以風流才子自命；彭而述則是喋血於戰火之中的志士。誠如王士禛《漁洋詩話》所言：『彭禹峯雄豪磊落，陳同甫一流人也。詩多軍中之作，如「戰壘荒城蒙段外，華風邊日漢唐年」「白露蠻江凋木葉，黄沙羯鼓下營州」「千盤路吐檳榔隖，一綫天開玳瑁池」，此例數十句，皆有磨盾横槊之風。』

就其創作淵源而言，彭而述更多繼承了杜甫、白居易所代表的新樂府傳統，重視國家興亡、民生疾苦的反映，借身世之悲，寫家國不幸。《讀史亭詩集》中，樂府、七古對明清易代之際的衆多大事都有反映，師承杜甫的痕迹相當明顯。如《憶昔二首用少陵原題韵》借古諷今，同樣表達了對現實的憂慮和哀嘆。正是這種有意師法少陵的藝術追求，使彭而述作品所反映的内容與同時期其他詩人相比，有着更加濃鬱的時代氣息和更深層次的社會思考。

三

彭而述戎馬倥偬之間，頗好著述。詩文曾結集爲《庶草》《滇黔草》《南游文集》等，但多次毁於戰火。《自序》曾言：『計有生所作詩文，凡三刻，兩失之矣。一失於澤潞九仙臺，在先朝之甲申。一失靖州，在今上之戊子。兹所存者，則數年來此物耳。澤潞焚者，板也，尚有墨稿携以自隨。獨靖州爲酷，并草稿無存矣。予時有句云「十年知己推黄澍，半世文章付靖州」，惘乎其言之也，實録也。』可知其著述多次毁於戰火。康熙四十五年（一七〇六），彭始摶任浙江學政，對其父生前各種刻本加以整理，編成《讀史亭詩集》十六卷、《讀史亭文集》二十二卷，康熙四十八年（一七〇九）刻行，這是目前最爲通行且較爲全面的彭而述詩文集。在此之前，彭而述詩集有順治間刻本《禹峯先生詩集》十五卷，有王永吉等人評語，北京大學圖書館藏；順治十六年（一六五九）刻《禹峯先生文集》二十四卷，有張縉彦、夏嘉瑞評語，國家圖書館藏；康熙二年（一六六三）《彭禹峯先生文集》十六卷，國家圖書館藏。

詩文集之外，彭而述撰有數部歷史著作。《外史》一卷，據《自序》所言：『予自戊子投劾歸里，居東陬小園，課三兒奮司馬《通鑒》，尋欲就中治亂賢奸，但爲前史所未發者，或已發不甚妥者，各以己意著爲論斷，不拘長短自成一書。』知此爲閑居鄉里課子讀《通鑒》所作。

又有《讀史外篇》八卷，據《自序》所言：『竊嘗譬之《爾雅》，《六經》之傳注也。世無《爾雅》，則《六經》爲宋儒諸家謅舛齟齬者，可勝道哉！《左傳》、《春秋》之副本也。世無丘明，則公羊、穀梁輩任意枘鑿者，又不知几幾矣。斯予讀外史之篇所由作也。』知此書爲補充《資治通鑒》而作。有順治十六年（一六五九）刊本，《中州藝文録》《河南通志藝文志稿》著録。

又有《續讀外史》八卷，據《自序》所言，爲續《讀史外篇》而作。有順治十六年（一六五九）刊本，《中州藝文録》《河南通志藝文志稿》著録。

又有《宋史外篇》八卷，有順治十七年（一六六〇）刊本，《續修四庫全書總目提要》著録。

又有《明史斷略》四卷，據《自序》言：『予讀《明史紀事》一書，掩卷太息曰：「自古治天下之道盡是矣！」』知爲讀《明史紀事本末》而發，對明代重大事件和人物的評述。《中州藝文録》著録，《四庫未收書輯刊》第一輯收録。

此外，彭而述任職西南時諸多游記、日記，如《桂陽石洞記》《湘行記》《游浯溪記》《郴東桂陽小記》《飛云洞記》《湘行記》《仕楚紀略》《長沙至寶慶日記》《寶慶至沅州日記》《自沅抵貴日記》《貴州至雲南界日記》《一字孔至滇南日記》《出滇日記》《自貴至鎮遠日記》《鎮遠州至沅日記》，均有單刻本行世，并被收入《小方壺齋輿地叢鈔》等書，流行甚廣。

此次整理，除《外史》《讀史外篇》《續讀外史》《宋史外篇》《明史斷略》這幾部史學專著外，其他詩文作品全部收入。

凡例

一、此次整理，以河南省圖書館藏彭始搏康熙四十八年（一七〇九）刻《讀史亭詩集》十六卷、《讀史亭文集》二十二卷本（簡稱『彭刻本』）爲底本，與《清代詩文集匯編》所收康熙五十年（一七一一）刻《讀史亭詩集》十六卷本（簡稱『匯編本』）、國家圖書館藏順治十六年（一六五九）刻《禹峯先生文集》二十四卷本（簡稱『《文集》二十四卷本』）、康熙二年（一六六三）刻《彭禹峯先生文集》十六卷本（簡稱『《文集》十六卷本』）互校，凡有异文，均出校記。

二、所輯佚文根據寫作年代編於相關體裁作品之中。

三、文中避諱字徑直改正，不出校記。

四、附録爲年譜、傳記、序跋及相關評論之語，以期對彭而述有更加全面的瞭解。

目録

詩集卷一

樂府上

詩集卷二

樂府下

四言古詩附

詩集卷二

五言古詩上

詩集卷四

五言古詩中

詩集卷五

五言古詩下

詩集卷七

七言古詩二

詩集卷八

七言古詩三

詩集卷九

七言古詩四

詩集卷十

五言律詩上

詩集卷十一

五言律詩下

詩集卷十二

七言律詩上

詩集卷十三

七言律下

詩集卷十四

五言排律

七言排律

詩集卷十五

五言絶句

七言絶句上

詩集卷十六

七言絶句下

附　三言古

六言絶句

詩餘

文集卷一

賦

議

狀

文集卷二一

序一

文集卷二

序二

文集卷四

序三

文集卷五

序四

文集卷六

序五

文集卷七

序六

文集卷八

記上

文集卷九

記中

文集卷十

記下

文集卷十一

碑記上

文集卷十二

碑記下

文集卷十三

傳上

文集卷十四

傳下

文集卷十五

紀略

說

文集卷十六

論

史評上

文集卷十七

史評下

文集卷十八

讀

題跋

贊

雜紀

疏

文集卷丨九

啓

文集卷二十

尺牘二

文集卷二十一

祭文上

文集卷二十二

祭文下

墓志銘

行狀

詩集卷一

樂府上

紫金曲江寧刻集

王瓜園，化麥田。酸棗根，狐兔眠。月牙城上榆飛錢，紅襖小兒放風鳶。百花洲，豬盧水。豆婆冢，空纍纍。天陰夜雨青火明，烏鴉東門罵白起。

采桑曲

田家少婦懶不得，茅屋誰憐人傾國。兒蠶初起饑欲死，南陌采桑玉顏黑。馬頭兒郎機頭妻，堂上垂白膝下啼。我聞黄絹一匹值千錢，曷不及早組織䰗之納縣官？郡中里胥昨日騎馬來，爲言天家兩税一齊開。治河使者工未歇，長沙又報收兩粤。男兒有力死邊疆，女子敢爲負官糧？耳語問小姑，今年蠶似去年無？小姑低頭結殘縷，阿婆未飯日已午。

董逃行

良朋携酒東林，壟麥青青河陰。折花累騎相尋，蜀琴趙瑟弄音，半百去矣傷心。一解。伏臘蒲犢周旋，履舄雜沓少年。白日袞袞西遷，黄河逝水不還，俯仰能不凄然。二解。朝飲杜康銷憂，夕跨款段遠游。交交鳴鳥何求，天涯相見無繇，人在楚尾吴頭。三解。舊歡樂不可支，新愁展轉自知。盛衰理固有期，曷不聊浪自怡，爲銅爲炭真痴。四解。小園博得偷安，且須努力追歡。平陂倚伏無端，大藥不駐紅顔，逢人再拜爲難。五解。

黄鵠曲

武昌城外黄鵠磯，鐵笛夜半仙人吹。燈闌月榭酒闌時，中有一人歡兼悲。南去洞庭一萬里，粘天無壁湖光水。九嶷山下豺貙多，湘妃無泪斑竹死。虎嗥猿嘯雕弓摧，豁牙霹靂萬壑哀。大行、孟門非峻絶，窮途老馬半虺隤。曰歸來，三月暮，麥青黄，蕎花露。君住鸚鵡洲，我向大堤去。世情反覆如雲雨，客來客去何足數。隱身豈必金馬門，欝輪袍耻娱公主。猛獸食人，不避賢豪。兒曹作官，莫作外僚。蜂蠆有毒妒女津，赤手無錢御史瞋。

洞兒謡

丹江以東，山爲石窟。有婦有婦，抱兒勿哭。一解。紅羊青角，輒喜甘人。雖曰甘人，穴深莫尋。二解。有城切不可入，有樓且不須登。藏身九淵，地裏結營。三解。百家有一存，存者在洞中。鷹子山南，馬圈城東。四解。石之上鐵馬嘶，石之下鑿冰炊，阿婆阿婆莫怨爲。五解。低聲問小姑，阿翁出洞去。老年眼昏花，倘是賊來路。六解。

石寨

禹山石寨，壁立如堵。村氓相糾，穴此而處。内有火炮，聲鬥霹靂。伏莽氛來，望風辟易。乙酉之春，李闖突馳。兼攻日夜，智勇莫施。誰司干棷，厝火腊毒。時守寨者曰袁無知，鄧諸生也。不戒于火，發礟反炸，舉寨殲焉。有羸其瓶，駭機發伏。嗟此寨民，數十百人。一朝灰燼，空山飛磷。遥望絶巔，赭山巀嶪。舊鬼不哭，遺骸成垤。

烏栖曲

石頭城外桃葉渡，金簫銀管日欲暮。讀曲新翻進内頭，蘭膏明滅倒玉樹。鷄鳴山下烏啼殘，鮮卑駱駝到天壇。雲臺曉仗拜千官，君王也賦行路難。胭脂井上碧琅玕，驚起宮中白鸚鵡，將軍不少韓擒虎。

問瓦雀

爾既憑人屋，啄人粟，提子抱孫恒於斯，主人去住爾當知。或言是前朝之給諫，或言是上國之貲郎。一朝烽火，竄去他鄉。骷髏永嘆，林莽偕藏。或作惡而亡匿，或爲善而否臧。有終鮮舉，靡後不昌。爾栖舊軒，爾爲我言。瓦雀告我曰：『物與主人，命亦同宮。中原走鹿，烏飛失雄。雀當斯時，失主人翁。花開水流，鴻雁來去。亡却姓名，匪伊朝暮。』檐前雖是舊時窩，瓦雀其如主人何？

問梁燕

梁燕梁燕，聞爾來自海上，舊主何歸？爾當聞見。胡不知大厦之摧頽畢，方逞祆火明光殿，豈爾遠隔在洞庭之南、瀟湘之浦，羽毛豐潔，不聞失所。自兹以後，亂及南方，朱鳥倚徙，烏鬼遁藏。爾主與其親戚族屬，亦飄泊於廣漠之野，亡是公之鄉。戀兹數椽，能無厚顔？燕亦不爲之左顧，乃掞身而翱翔。君不見彭城樓、烏衣巷，城郭人民兩俱非，至小猶有燕子飛。

妾薄命

憶昔年少時，都雅多顔色。西鄰有狡童，匪斧求弗克。父母擇門第，遠嫁漢皇國。白水流浼浼，陰后宅其側。弋雁慚雝雝，婚媾爲我特。妝筐多簪珥，脱卸不復飾。黽勉事鷄鳴，滫瀡共厥職。一朝天地黯，堂上生荆棘。鉛華謝盛年，老馬入銜勒。良人不讀書，頗知力稼穡。床頭有青錢，高廩多黍稷。尚有緑綺琴，東壁不復識。蹉彼臨邛客，千古空相憶。

辰州歌

君不見辰州阿總兵，回回遺種榆林城。一朝走入左家營，左家將軍下南京。自言身救王之明，鷄鳴牛首鬼神驚。左家將軍潯陽死，登壇挂印何纍纍？昨日買馬甘肅來，漢江南岸走風霾。缺耳豁鼻無其數，百里聞之人避路。

明妃曲

畫眉入漢宫，環佩曳天衢。抱衾數東星，行列比貫魚。待詔深漏下，泪落如聯珠。艶姬積若山，進幸必按圖。月流玳瑁床，銀燭照金鋪。倚徙梧桐北，但栖朝陽烏。團紈秋漸老，風至感婕妤。

又無小黄門，買賦入成都。雁門數款塞，使者走傳車。單于結和親，長城卧鼓桴。天家有故事，高皇貽良謨。安邊須粉黛，何必盡丈夫。但願四海寧，不惜一身孤。珊珊出舊邸，光華生道隅。黄沙拂面來，寶馬耀襜褕。西風催塞笳，相將入穹廬。名王見我喜，北酪傾醍醐。白狐與紫貂，丰茸美衣袪。酌酒撓留犂，黄金飾比余。不似未央内，寵妒生覬覦。疆場罷戰争，談笑靖居胥。持此報漢恩，不勞皇帝書。

黄金有貴賤，寵幸生邪慝。妍媸遂易位，能令明主惑。由來此理同，不獨在巾幗。爺娘生我時，足不履中閾。荆門西來山，奪得巫峽色。嬪御選良家，籍入萬歲側。自入永巷中，脂粉不復飾。無錢買畫工，見君胡可得。昨聞單于表，欲結婚姻國。遍覓漢宫人，誰肯去天北。朝臣以我行，君王宣手漱。及其臨行時，泪下衮衣濕。低頭别未央，鼙鼓馬上急。又恐單于怒，自此兵弗戢。挽轡去白登，却憶高皇失。當時無陳平，重匝那得出。磧草分外黄，飛沙望不極。罷却長安妝，賢王或不識。小心入毳幕，死生在异域。莫學漢宫列，再借丹青力。

湘潭有節婦行

美人兮湘之涘，殘魂兮墮軍壘。上有桑樹長白皮，左右草生蘭與芷。良人已死耻獨生，遺腹長大望成名。誰知成名又無日，辛苦年來成老疾。洞庭湖上北風急，東鄰人家吹觱篥。撫繩床，斷流黄，三日儲瓶無米糧。顧爾僕，往羅縠，縠價十兩纔一斛。緑熊見我笑，玄猿對我哭，老身又無可食肉。幾番憶良人，又復痛孤雛。孤雛流落在蒼梧，望之不見雙眼枯。如此有生不如死，將身化作湘江水。家道離析杜鵑悲，漫將後事付群婢。

武昌毒蛇行

武昌城，在鄂渚，上有黄鶴樓，氣象吞三楚。有蛇有蛇何處來，矯首直上楚王臺。虎文豹胎丈二身，口中磨牙聲如雷。食盡鳳凰食鸚鵡，蛇子蛇孫成部伍。大別山中不能容，垂涎金陵十萬户。誰知義鶻起東方，一夜飛入牛首傍。銅眸鐵爪凌秋霜，驅除毒蛇如黄羊。蛇王病疽九江死，眼看蛇冢成崀壘。賈船莫過潯陽城，恐有流毒在江水。

蕪湖行

蕪湖寡婦夜半泣，養得遺孤不成立。結交亡命無虚日，酗酒擊球如鱗集。汝父人殺骨未寒，裝束學戴沐猴冠。茂菽不辨米鹽虚，眼看弓冶半摧殘。東鄰年少里中霸，自逞强梁逼我嫁。密地又遣老嫗來，紫金釵子烏綾帕。爲我謝使君，此情不敢聞。君不見九嶷南去瀟湘浦，二妃君山泪如雨。千金難换百年身，舊恩不肯負良人。

白米詞

三升白米七升糠，選得精鑿上官糧。收糧長吏身手强，短袴提貫親簸揚。山田納錢又輸穀，白頭野老赤脚哭。只今南粵烽烟屯，永州運船塞江濱。黨正猶爲念鄉井，小胥夜來貫捉人。去年白骨滿城積，食盡人肉不食石。稍寬一粒即君恩，留與六親招魂魄。

黔陽雀

黔陽雀，黎平府，乃來在武岡之南、瀟湘之浦。既不入鸛鴿巢，亦不栖鳳凰樹。西去夜郎五溪隔，南聯九嶷萬里路。松柏森森玉琯鳴，人傳乃是重瞳墓。雀因瘖瘏拮据於其間，低徊哀叫不肯去。北望黄鶴樓，峥嶸鸚鵡洲。中間衡岳九千仞、洞庭八百里，日月蔽虧熊羆睡。風雷黯淡魚龍愁，安得與子把臂相遨游？但聞天陰暑雨桂林濕，山鬼木客縹緲乘人泣。黔雀既有子，黄口五月兒。腹背毳三寸，但恐他鳥窺。黔雀回首九江顧，昭山嵯峨湘鬟暮。我欲刷羽長沙擒厥鵬，中途乃與皂雕遇。衡陽鴻雁呼不來，零陵石燕麾不去。此物非凡鳥，牙爪如刀鋸。黔雀與决戰，一旦鎩其羽。黔雀引頸不欲生，海青飛入潭州城。漁歌曖乃水山緑，風毛雨血月三更。黔雀不爲身後計，孤墳尚有老僧砌。一株桑樹呼倉庚，年年花落哭望帝。

郭净妃詞

太液池邊月，娟娟流新魄。傷心不一事，芙蓉水面白。瑶華雙燕子，頡頏振其翮。君恩不可恃，歡樂在何夕。昔時畫翟褕，今爲羽衣客。未取怨執政，老奴苦相厄。委質如落葉，寵幸如轉石。有願結來生，化作桃竹席。

仁宗報郭妃

我讀《谷風》篇，夫婦之道苦。人紀貴肇修，况爲倫物主。憔悴感蒯菅，深宫失其輔。争攘兒女常，此事我未睹。玉釵一零落，翡翠無完羽。凄清永巷間，兩妮棄如土。頗恨吕丞相，有缺不能補。致使大宋朝，失德學光武。

荆州歌 二首

華燈午夜醉葡萄，肩拍將軍看寶刀。鸊鵜新鋒吹落毛，櫻桃樹底饞伯勞。鐃歌爛熳月初高，咳唾驚飛廣陵濤。致身竊愧鬱輪袍，手揮如意唱《董逃》。

荆州河下巴蜀船，黄帽尻穿兩長年。沙棠一丈十千錢，木客爛醉口流涎。廣陵女兒蹴紅蓮，檀板午夜可人憐。賓布如氈沙市眠，明日好赴將軍筵。

湘曲 三首

鵝管之山白蔗潭，烟鬟淡冶昭水寒。古寺石風吹筤竿，青蘋裊裊杜若殘，涼月箜篌何處彈。

鷄鳴曉露啼寒螿，千林病葉飛衡湘。少婦夜來縫衣裳，欲寄良人到朔方。涼州葡萄晚秋香，好向陰山驅黃羊。

寫罷良書寄東吳，良人販茶入姑蘇。賣茶不彀辦官租，今年茶比往年粗。虎丘石上美羅襦，不少如玉在當壚，薄幸且莫學秋胡。

黃鵠謡

穰州開元寺，浮圖八十尋。黃鵠巢其上，燕雀不敢瞋。西隅紫金山，古柏鬱森沉。三月麥田緑，垂楊夾岸新。潺湲湍河水，城隅繞舊津。昔時漢將相，春陵起嶙峋。雲臺斷荒冢，短棘何蓁蓁。黃鵠顧而悲，徘徊爲酸辛。老僧勸黃鵠，何事哀鳴頻。不見承人樹，松杉化爲薪。

悲西延

西延路，洮陽山，上有樟樹如蛇虬，下有黑水流潺潺。三伏赤日常飛雪，棧道穿雲如鬼穴。木結辛夷花，松流琥珀血。攢山列如麻，中藏有人家。香稻早秋熟，果蓏多西瓜。老賊自何來，西凉人姓馬。擁衆十萬卒，到此過長夏。宰割洞民如牲牢，灰飛廬舍無全瓦。餘魂竄息入深谷，間道夜行向我哭。爰整我旅洗其巢，回紇將軍膽氣豪。定南手執一杯酒，翻身上馬如皂雕。左帶弓箭右寶刀，咫尺不見飛鸞橋。名王計日望奏捷，廣築京觀來反接。自此渡瀘定南方，未許佗尉帝百粤。豈意師貞吉，反成左次辱。施家裨將獨眼龍，長白山高最稱雄。烏號聲挾餓鴟鳴，霜蹄陷入大澤中。勝敗兵家亦恒理，男兒自合馬革死。晋史且莫記枋頭，尚有曹沫未刷耻。

烏夜啼

君在彭城我江州，馬上相逢泪交流。烏啼月落霜花稠，隔窗兒女彈箜篌。黄金馬，青絡頭，豫章山下莫遲留。且拂琥珀枕，好鋪龍鬚席。手織吴綾二十尺，望郎不歸化作石。

長干行

郎官湖上舟，滿載離人酒。送子去襄陽，依依漢上柳。自君過大堤，湖湘聞鼓鼙。二月無西風，夏口草萋萋。錦衾著鴛鴦，屏風結翡翠。平明望郎歸，更深不成寐。早晚過宜城，且莫醉東鄰。東鄰兒女比麗華，短墻時過宋玉家。

衡州歌 二首

桃花霏霏滿春院，楊柳堤邊鶯聲囀。自君攬轡入衡陽，紫騮蹀躞如飛電。梁間黄口燕兒肥，菖蒲有酒漬羅衣。蠻靴莫戀妖姬舞，妾身日在巴陵磯。巴陵磯接瀟湘水，祝融峰入雲霄裏。妾身生長潭州北，前日夢見舊鄉里。爺娘屋舍麻林橋，東鄰姊妹喜吹簫。君行繫馬長沙曲，不少妾身是細腰。豆甲麥穗三月路，孤舟君向洞庭渡。春風閣下百花殘，憔悴金釧與寶璐。每日登樓望漢江，知郎作賦在瀟湘。鴻雁不來鯉魚暮，銜泥燕子空雙雙。作書遠道對燈寫，歷盡寒食復又夏。朱陵舊有醽醁酒，蠻窟不少鷓鴣鮓。叮嚀珍重金石身，努力加餐莫厭頻。

長干行

六月發孤舟，黄鵠磯頭雨。東南多便風，十日廣陵浦。廣陵古繁華，綺羅十萬家。二八多女郎，雙鬟學栖鴉。十三習筆墨，十四解琵琶。舞袖尤蹁躚，昭陽燕子斜。此物會傾國，燕玉無顔色。願嫁文選郎，給諫不可得。良人聞之痴，千金鬻蛾眉。不念舊家室，白首以爲期。裁書寄良人，勿爲蕩子身。妾髪初覆額，中饋理蘋蘩。豈其中道違，使君自有妻。願言早歸來，龐眉與之齊。

估客行

平陽鹽商黄河來，左右牙儈塞滿街。貨得新鹽積如山，一時氣焰傾兩淮。揚州女兒姑蘇紬，蜜蠟簪子茉莉油。綺席笙歌無朝夕，醉後憑陵若王侯。縣官急爲輸邊錢，文學莫著鹽鐵篇。君不見巡鹽使者榷關急，引見此物只長揖。

相逢行

前年别燕臺路，今年晤廣陵城。記得别時曾有説，南山可移東海傾。何期分手成南北，一身遠去夜郎國。眼見巴蛇吞豕象，虎豹咥人雲雷黑。黯黮歸故鄉，迴逢猰狗狂。三年不出户，種竹滿東墻。不合因人作遠游，蘭槳桂楫沙棠舟。人言淮揚華麗甲東南，果見金簫銀管填十二之翠樓。故人騎花驄，來自潮門東，牙兵喝道氣如虹。滮漫通一剌，云以不相識。遍覽縉紳中，姓名不可得。閽人戒曰郎中怒，斯人且勿登門簿。

戰城南

前年得桂林城，今年失長沙府。日南有象大如屋，身披裝具猛如虎。藥弩飛髇鞭山來，萬騎辟易聲如雷。蠻蜑飲血，獅子蹉跌。佗尉壘邊骷髏積，昆侖關上馬嘶鐵。鶻鵃笑，胡雁啼，壯士沙場不得歸。

將進酒

不願封萬户侯，不願食八關齋。但願新豐市酒醁初醅，漢水鴨頭鸕鷀杯。左提劉伯倫，右携王無功。烹羊炮羔琥珀濃，玉漏鐺鐺日輪紅。人生得意時，無如洒盆巵。黃河流水不上天，黑頭轉眼已成雪。胡椒百石成何用，檳榔滿斛不足説。所以古賢達，視此杯中物。莫惜杖頭鵝眼錢，一醉應須三千日。

問銅雀

銅雀之臺臨漳水，其一尚存二半毁。問當時銅雀臺上，妓既已從曹公游，何不從曹公死？以致紛紛屬後事。計及分香賣履，或言是英雄無斷處，或言是兒女情牽時。閨閣之中且如此，四海報恩知是誰？我既負人人亦我負，此意君知否？

悲辰陽將軍徐勇以壬辰十一月廿二日城陷死之

仲冬廿二辰州厄，礮聲白晝喧霹靂。將軍虎頭猿臂身，寧死不肯辱巾幗。全軍戰没亦何苦，數百男兒血作碧。五花寶馬蹩金鞍，朝廷不知洞庭隔。時先以戰功尚方寵賜俱抵岳陽。

悲潭州

官車駐扎潭州城，西望辰陽城欲折。黄頭健兒不肯行，秣馬輒須四個月。辰陽將軍已斷頭，辰陽戰士盡流血。帳殿名王那得知，北來駱駝怕風雪。

阿將軍

阿將軍，過襄陽，氣排突，不可當。婢呼節度使，奴視二千石。二千石不敢言，聽人穿鼻坐山樊。一解。席帽綴珍珠，牛飲醉如泥。莫過習池問葛彊，前門後門多虎狼。二解。自言此去向洞庭，洞庭湖草青，好飯辰韓馬。草易青，馬難下。三解。贏得將軍印如斗，健兒莫中君山酒。君山酒，止能延年，不能克敵，蠻女笑墮椎髻。四解。

相逢行

匹馬臨燕山，燕山多白草。相逢兩少年，杯酒灑懷抱。太階幾時平，憂來傷人，百年殊難保。一解。征鴻將去燕，榮華與枯槁。莫嘆馮唐遲，莫羨鄧禹早。白頭苦難饒，憂來傷人，烏兔催人老。二解。金閨稱莫逆，如蘭訂夙好。一朝遠別離，翻飛疾于鳥。垂翅落塗泥，憂來傷人，侯門不可造。三解。衛霍同水流，金張如火燥。寒暑理或然，成功退乃寶。日暮猶駸駸，憂來傷人，富貴徒紛擾。四解。交君髮覆額，垂老心難曉。甘言毒於鴆，覿面不能了。杜門絶車馬，憂來傷人，一切焚紵縞。五解。

長安有狹斜行

九陌車轂擊，紅塵擁朱輪。建章何迤邐，娑駁起嶙峋。銅沓白玉階，云是天漢津。甘泉出鹵簿，晃日照龍鱗。虎賁簇獺尾，天樂轉洪鈞。富平居北第，平陽在南鄰。常侍既狼戾，五鹿尤齗齗。或爲金吾客，或云椒房親。謁車奔流水，積金如雲屯。將軍是家奴，奉觴天笑新。阿閣連霄漢，錦袍画麒麟。既嗤石崇儉，翻笑何曾貧。咳唾興雲霧，嫚罵不敢嗔。公卿早候門，謁者疑鬼神。腐儒一裋褐，窮季不蔽身。望塵拜顏色，徒爲溝瘠人。

漢南戰

順治甲午時孟夏，賊出謝羅山之下。南連漳水西房州，紛紛鐵脛與銅馬。山上啼鵂鶹，山下閃兜鍪。山中糗糧絶，山下二麥秋。渠魁勒健兒，腹饑如此，何不下山屠肥牛？中丞怒出兵，符鳴鶴膝耀犀渠。大隊凌萬山，小隊渡檀溪。銜枚夜向筑陽趨，筑陽城西十里穀伯廟，羊腸詰曲牛角道。箭括通崖谷，群猊此中伏。將軍唾曰：『鼠子何足平，壯士提刀可横行？』誰知狹斜路，時值天又暮。三匝圍何急，大黄射不出。矢石砰訇無完軀，萬騎蹀躞血模糊。新安戰骨撐，長平鬼晝哭，川原古來厭人肉。陳陶不須怨房琯，潼關且莫詈哥舒。丈八神矛金僕姑，將軍健者身姓蘇。

石城曲

山僧精舍宋玉臺，山門恰對漢江開。桑柘陰陰黃犢來，竈底榾柮堆成壘，山陵松柏安在哉？石麟夜叱寢廟頽，行人莫望郢城隈。

哀穀城

襄陽江上寡婦哭，男兒有力弓三斛。昨日新捧節度檄，跨馬殺賊入房竹。房竹山高連霄漢，鐵壁陰崖鬼火爨。中有綫路纔通人，老狐回頭青兕斷。男兒自誇身手强，不擒餘賊須擒王。跳身直入虎穴中，手縛渠魁報我皇。一時昧利因深入，勾陳玄武争呼吸。妖腰僞領尚憑陵，寶刀欲折鸊鵜澀。馬識舊路昨日歸，雕鞍帶血出重圍。一二裹創人，爲我言消息。丈夫已作沙場泥，游魂多應在馬蹄。

將進酒

客來遠方，真精銷亡。腹中饑渴，指酒索嘗。大婦謂小妻：我有美酒，瓶頭帶泥。我爲作食，爾爲我酌。丈夫歸來，一杯差樂。小妻自思：此酒有毒，乃大婦所爲。彼有狂童，煉藥成方，一滴入唇，利於徐夫人之匕首，濡縷即戕。飲之無夫，言之無妻。事處兩難，蹶而投瓶。夫謂不力，乃反遭笞。遭笞亦何恤，殺夫不可爲。

南塘路

南塘三月路，我來紅陽城。夾道楊柳暗，芳草傍我生。盤行大堤上，如聞銅鞮聲。坡陁入南郡，果紅正摘櫻。爛醉將軍筵，泥飲過長鯨。羅衣奏新曲，歌喉轉流鶯。相逢成解佩，欲去留絕纓。何意分手後，從軍日南征。朱鳥既代謝，白帝忽而更。中夜起傍徨，蟋蟀床下鳴。鞮屨飾赤繶，絲子日以縈。感時成嘆息，秋風落葉輕。終當吟白首，持此報長卿。

儀真曲

儀真船如雲屯，都督府榜軍門。石青水獸黄金字，秦箏撥剌無朝昏。喝聲如雷氣崩奔，萬船辟易不敢論。

詩集卷二

樂府下

古懊儂歌二首　以下常寧刻集

薄命如驛騎，中宵泪沾臆。生女逢亂世，不如瘞荆棘。

翠幃羅象床，知是何方客。拭泪强作歡，欲飛無羽翮。

介山謡

綿上田，寒食烟。龍已去，蛇不眠。若使周流便受封，灰飛景[illegible]與人同。紛紛茅土竟是誰？萬古清明自歲時。

數奇嘆

漢家内戚號專征，後有去病前衛青。冠軍甲第接平陽，幕府椒房生輝光。雲中守，數不偶。藍田尉，逢醉酒。白草黄沙胭脂黑，威名遠出光禄塞。白頭其如對簿何，英雄無奈殺降多。

挂劍曲

劍亦有時盡，心固無時死。夜來鬼火光，疑是劍中鉎。劍花焰焰化作土，挂劍之人心獨苦。

晋陽急

勒騎出宫中，蛾眉馬上雄。聞説晋州危，粉鏡好自隨。金翹玉鈿映花紅，關西兵馬鄴城東。鄴城東，紫陌塵。妾薄命，更属人。君恩如山那肯負，前日宫姬今春婦。手撥鯤弦腸斷時，切恐前人未必知。

樹中餓

燕山去已遠，楚水望不極。况當腹中飢，雨雪關河黑。兩人性命本一身，生死不合更離群。羊何智，桃何愚。生與死，分兩途。千年樹穴餒鬼哭，不見高官分微禄。

邯鄲賈

嬴秦日熾天未醉，特産妖龍匪其類。百二山河一婦人，邯鄲歌舞滿腹鱗。吕家兒，趙氏娼。六國滅，二世亡。興亦不關秦，亡亦不關秦。茅焦多危論，嫪毐碎其身。咸陽土，邯鄲賈。李園之妹春申君，秦兮楚兮竟無人。

易水行

易水東流去不還，千年熱血擁燕丹。六國無人燕有人，一夫入關竟誅秦。秦不伏誅燕客死，舞陽小兒色如土。屠龍手，環柱走。督亢圖，繞堂呼。匕首不成煩鐵椎，阿政生平兩大危。兩大危，燕與韓，丈夫報主爲其難。

下宫行

袴中兒，遺腹子。兒勿啼，存趙祀。程嬰爲難臼爲易。臼爲易，鬻假兒。假兒死，身隨之。真兒在何許？乃在深山裏。日月綿綿，真兒長成。刎頸如遺，乃見程嬰。噫吁乎！趙氏一孤送兩人，朔妻不是婦人身。趙氏有客兼有妻，血食欲絶還復垂。

鄂渚歌

黃金犀毗白鼻騧，尚方錫子左侯家。天明未明散曉衙，豹褥象床醉琵琶。百萬突騎引虎牙，西捲襄樊東黃麻，青閨嬌女黃犢車。

潯陽歌

舠鵃下九江，南兵此處降。捲甲彭蠡湖，棄馬匡山陽。老侯鼻息剛如縷，小侯腰膝已無主。鳳凰山上白額虎，琵琶洲上出穴鼠。虎耶鼠耶，侯豈知耶？

促刺行

我歌促刺行，擊筑復彈箏。君當困厄時，與我定交情。渤澥可乾終南傾，殷勤勿渝白水盟。一朝君向五雲去，隻手排間金闥路。朝宣白麻夕鼎鐘，九天咳唾興烟霧。漶漫一刺難得見，左鄰春坊右察院。館陶公主霍家奴，白掊笞人如雷電。身騎款段馬　匹，奔馳竟同市門卒。謁者如鬼主人帝，相公今日早朝日。

古劍行

我有古劍出豐城，華陰土拭月華明。匕首更利徐夫人，魚腸新出虎丘營。霜花又淬鸊鵜血，出匣神光真切鐵。錦鞍蹀躞紫騮馬，西縛郅支南下粵。只今人老劍不靈，英物竟失蒼龍精。尤戀主人不肯去，蒯緱夜半風雨鳴。

雀巢謠有引　以下《滇黔集》

衡太守李東園署内有古樹一株，可三丈，枝葉扶蘇，不辨何樹。莅官之次日，有雀雙至，銜木結巢，乳數子，飛去。明年又來，復理舊巢。未幾，徙木輒向西南去，如是者數月，巢不即了。是時東園有滇中信，顧而异之。一日，行李戒途，少片晷移巢全去，無復一枝存矣，爲作《雀巢謠》。

來從太守來，去從太守去。太守今有日南行，此邦之人不可慮。阿公令徙木，阿婆敢積薪，再構家室良苦辛。一解。我聞滇雲玀玀國，毒蟲猛蛇箐雲黑。有太守前往，此物欲肆吞噬不可得。結廬碧雞山，日與太守相盤桓。二解。秣我馬，脂我車，栖遲不敢戀一枝。鴟鴞遍地欺鸞凰，鴛鴦嫁作伯勞妻。太守東我東，太守西我西。鴻蜚冥冥，羅罻曷施。三解。越山多鷓鴣，瀚海多胡雁。

人情安土難重遷，毛羽亦爲水土限。維鵲眷屬多，五服九野喜相過。我聞後來者，鷹眼鸇行，將窺我窩。從此逝矣奈我何？四解。

黔道難 二首

牂牁南下烏蠻北，萬艮攢簇巨靈宅。金天之精失鈴轄，亂散魔軍填鬼國。太乙神旗華蓋翻，上透重霄下黄泉。番陽令趑趄，王副使咋舌。轉漕天上牦牛死，開道雲中校尉絶。殷家高宗不曉事，三年徒勞壯士血。黄羆挂樹巔，白蛇長千尺。山腰老蛟慣伺人，蓺底芒刺蜂蠆毒。嗟彼遠行客，胡爲乎于役？千端羅綺走昆明，驊騮凋喪蹇驢鳴。

關嶺插月窟，盤江奪蛟室。蜿蟺磊落塞虛空，逼側萬里何巃嵸。前如蟻，後如蛇，天風排壁壘而下。芙蓉矶硉走鏌鋣，猛虎銷魂乳贙死。嵌竇山腰决清泚，蕢刀角弓犀比兒。朝發笙竹暮楪榆，馬骨如陵皮肉腐。鞭笞督郵，人不敢怒。賈客捆載何處來？揮汗負擔沿崔巍。道傍彍騎伺汝久，生憎此物遭毒手。借問宦游子，中國亦自堪樂，何爲疲薾戀戀此？

龍潭曲 有引 二首

昆明城東五里，小山數四，古刹歷落，老樹蒼藤，虧蔽雲日。潭出其麓，深緑無底。岸有楊柳孤祠，頹然有龍其下。偶同藩伯李嵩岑、臬司崔修庵、孔守、聶令諸子載酒來游，讀壁書，感之爲作此曲。

盤渦沉緑深無底，中有龍孫與龍子。涌腥跳沫八千仞，陰風窣窣萬山屺。蝸涎敗壁血光紅，靈旗白馬塞虛空。峨冠長劍氣如虹，左右環佩響玲瓏，匐葉珠衱被青璁。緑粉掃天日光薄，鬼火如漆照哀壑。池館楊柳人森寒，黄昏翠幕入殘郭。

三韓鐵馬蛇鱗甲，關嶺南來雷電霅。昆明海水潑天黑，大家奔出緬甸國。王侯落魄失枝梧，或降或走只須臾。誓死倔强惟老儒，携妻抱子向天呼。碧潭滱洄深難測，琉璃堆成蛟龍室。垂楊倒影走游魚，一門大小入者七。白日尸浮水不流，骨肉指爪相綢繆。日月慘黷天地暗，野棠青火衰草畔。蛛網游絲纏舊壁，破檐卑濕蟲淅瀝。霜華缺月下鐘聲，時見英魂結隊行。

驃國詞 二首

螺蛤珂珮羅雙環，琴瑟寶髻八綿蠶。娑羅半臂羃䍥寒，海蠡灰雜金齒班。拉手羅拜竹王祠，雕弓羽箭幽并兒。君不見楊柳青青昆池畔，益州鷄嫁碣石雁。

鷄葼蠶豆蔓胡桃，韎韐褸衱翡翠翹。一朝塞笳捲地來，鐵鎖不守石門開。妾身如蓬根，揮手別鄉縣。笮關東去沅湘深，回首百濮何處見。吁嗟乎！蘭滄江上國殤哭，佳人已過濁河曲。

小僰歌

叨孟來，鈒花帶，塔頂金紵蓋。鐵鞍銅鈴蒼象雄，合掌乃向宣慰拜。宣慰手持緬桑弓〔一〕，硨磲琉璃黑水東。緬人排琵琶，車里弄箏笛。長鼓鐃板相喧豗，哈喇紅妝笑口開。

【校記】

〔一〕緬，匯編本作『縆』。

大僰歌

紅藤腰，圍黃金。齒綉面花，角來戞里。雙頰象牙環，髻插白雉尾。南山遮些郎，北溪地羊鬼。相約共赴陸梁會，道上莫逢史萬歲。

爨碑曲

鬥穀裔，鎮爨後，散處滇南山谷之左右。椎髻佩雙刀，標鎗馬上豪。大宗云磨些，支派是斡泥。引刀相讎無虛日，家藏積貝一百二十窟。牳獾獛猁種類繁，東按冉駹西吐蕃。我聞明王何用須此物，越裳近是老撾國。

廣南陳

祛丕山，西洋水，我聞儂人沙人常居此。左瞰東川右交趾，苴可喜戰伐耐德。當門户人情，視死真如歸。慣置强弓與毒矢，披氈戴笠無冬夏。海貝瓔珞争耀飾，君不見戰骨如山洱河東，行人莫話天寶中。妻曰耐德，壯士曰苴可。

門有車馬客

客從遠方來，羽箭插雕翎。兜鍪雜寶玉，騕褭裹流蘇。義從解秦聲，豎子能番書。眉目殊皸醜，鉸刀剪黄鬚。問客何處來，束髮事朔方。突騎過白登，前軍出定襄。先從衛將軍，其後霍嫖姚。顧此不腆軀，實欲連節旄。三上鷄鹿塞，兩踏光禄城。雪帳擋穹廬，魚海捕長鯨。首功歸主帥，避身行伍中。自分不受賞，賞亦不及躬。長此二十年，刁斗備行營。垂老辭部曲，尺籍歸本宗。封狼猶在夢，悔未識昆侖。願從張博望，策杖問河源。

苦熱行

驅車來洛陽，行行入甌粤。九郡古日南，地氣實焮熱。炎帝司其權，祝融作威福。藴祟如焞火，溽濕生煩毒。驊騮被暍死，瘧鬼凌我僕。猺獞雜而居，睚眦喜報讎。推髻解巫蠱，瘴癘滿炎洲。轉想漢武帝，嶺外鞠六師。兩越雖云收，中國一以疲。伏波爵未加，樓船賞獨薄。士馬略相當，無復比衛霍。

行路難六首

半生塌翼頭更白，萬里逼側猶作桂林客。珊瑚翡翠自視真無用，捶碎車壁唾手欲取日南國。三路破藤峽，一鼓奪昆侖。前軍飛渡富良江，轉戰林邑蒼象奔。羞談白璧賞，不受聊城功。長嘯入商洛，毁像謝麒麟。笑他絳灌不讀書，酒後徒爲破柱人。

巴童拖鼓，盧女叩弦。朱欄文榭帶雕甍，刺豹烹麟滿前軒。諸公且勿喧，賤子歌一言。烏兔各争飛，黄河不待年。昨日丹顔如花紅，今日霜髮垂兩肩。金吾邸第改作公主園，會須一飲吸百川，赤手莫惜吴鄧錢。

椎髻歌蠻鼓，檳榔填玉盤。爲問洛陽客，如何驅車萬里走西南。五管風物苦，六詔氣候偏。僰爨猺獞相鉤連，芥虆饑殺靡歲年。烏蛇長百尺，巨蟒大十圍，倒餐角鹿捲樹枝。山行畏此物，惡谿多毒草，何時解出回中道。

少年下帷事縹緗，石室蘭臺搜厥藏。珥筆作賦奏明堂，君王顧笑生輝光。一自世運變陵谷，按劍逢人空碌碌。莫向邯鄲問才人，還聞驃騎尚公主。陸賈難登帶礪盟，司馬終不逢漢武。落花入平地，各自東西南北飛。人生會有命，侏儒飽死東方饑，曷不拂衣賦《來歸》。

驅車太行道，早歲佩龜魚。適值雁門邊報急，又兼潼關下戰書。南者逼蒲坂，東者下井陘。將士無人色，鶤鸛何從横。賤子指揮一羽扇，太原、上黨罷争戰。力期一鼓下河中，唾手山東七十城。不謂展轉二十載，居然兩鬢成衰翁。垂老作遠游，朝走流沙暮炎洲。我聞交趾日南天盡頭，裸國鼻飲風氣殊。眉目觸熱生焦枯，部下健兒半節旄。同學後輩少亦黃金各横腰，紅袜帕首，左右佩刀，何事傴僂囁嚅學兒曹？

父母嫁我時，我髮初及額。雙耳耀鞢鞨，長枕飾琥珀。象床璀璨珊瑚鉤，翡翠寶髻玉搔頭。父母臨行時，殷勤爲我説。但願琴瑟誓始終，莫使鴛鴦更雌雄。朝夕盤匜接郎歡，郎亦爲我開心顔。一家妯娌列成行，歲時連袂拜姑嫜。那知雲雨多反覆，良人早歿身難贖。金徽玉軫催斷弦，再畫蛾眉誰見憐。亦知齊大非吾耦，賤妾何當更箕帚。新人貌如花，妾命賤如土。羅列多二八，老傖不堪語。曾聞覆水終難收，幾見臨邛賦白頭。

君子有所思行

千金寶馬珊瑚鞭，蓮花淬鍔吼龍泉。浴鐵十萬鼓闐闐，前茅後勁與中權。鹵簿爆槊擁長子，樓船飛渡擊朝鮮。九真百濟相率而來歸，明珠紫貝間元龜。回車鳴笳開玉門，西掃回紇南土番。提師還過葱嶺外，駐馬遠出貳師城。金齒綉脚舞明堂，雕題君長獻芝房，總干山立龍衮旁。左右奏曰：『宣付史館紀鴻書，白虎异同訂諸儒。』四海一家，天子萬壽，滌蕩漢唐，繄惟我后。

塘上行

江干車馬何闐闐，雪帳明甲大將壇。十部鼓吹下廣南，龍户馬人心膽寒。采鷁朱舫二八女，珠璫玉腕隔紗語。二十五弦斷腸聲，鬱陶半是思鄉土。自惜紅顔多誤身，手拖巾櫛更事人。鴛鴦于飛，失其故雄。郎心多猜，日費彌縫。回首新婦登車日，葡萄衫子石榴裙。奩妝久已蕩盡，故人遺物無一存。天吴紫鳳剪作衣，不及王孫初嫁時。

鷓鴣謡有引　以下《粤游集》

重九後二日，爲德輝方伯壽。予既爲長歌，同諸君綴之矣。意殊未盡，作爲此辭。爲先生滿引一觴頌之，名曰《鷓鴣謡》，粵山所有也。謡之者何？古人托物比興，不盡質言之，亦猶作者之意也。時辛丑伏波山下。

鷓鴣住粵山，桂林蠻窟裏。猺獞睚眦喜報仇，晝治毒矢夜治毒弩。小蟲逢之不敢飛，使君來時得安棲，左扶鸚鵡右石鷄。一解。前有矰繳後羅網，鷓鴣躑躅草間不敢過。生長粵山無奈何，角鷹皂鵰來窺我窩。使君來東方，爆槊前道呵，此物見之心膽墮。二解。朝不向灕江飲，暮不來馬山宿。南鄰强暴，烏銃象鼻逼我族。阿公喚阿婆，前者日南有使貢上國，十丈珊瑚大如柴。使君宴之朝漢臺，四海一家，今入我懷。三解。江東白米，嶺南鸛鵝，簸揚糠覈胖淘河。鷓鴣腹小，遺粒能食幾多？四解。南山北山，家家插秧。布穀催種築圃場，滿堂歌舞樂未央。使君壽考，如何可忘？五解。

猛虎行

鄧梁子弟秃袖襟，錦幪騕褭飛紫塵。地勢使之高，七寶犀比人食刀。吐漱雲雨，金穴銅山，各有處所。郭解報仇人借軀，魏其座中無有灌夫。方山巾子遠游冠，齷齪魯儒莫名一錢。胡椒狼戾，檳榔滿床。二八選侍白紵舞，飛羽流觴紅日暮。東方客射覆，邯鄲生鼓瑟。陛陛僵卧掣，齁憨睡如雷。亡命藏柱中，阿誰持斧敢問？蹋鞠才歇，舞絙遞來。車酒馬肉樂未央，子尚公主女椒房。

炎州有古樹

古樹盤屈糾，維葉何衰衰。朱鳳栖其間，獨據最高枝。差参奏笙簧，群鳥相應和。自下看朱鳳，端如阿閣坐。孔雀東南來，羅列如群臣。飲啄自愛惜，光釆故繽紛。老貍突然至，白日瞷鳳巢。鳳急望捕救，左顧孔雀號。孔雀身不武，解縱蒼鷹絛。爲我搏擊之，勿令其遁逃。孔雀富羽毛，蒼鷹有奇骨。旦夕窮謀施，決戰探其窟。挾身試爪牙，老貍濺朱殷。不自愛身手，以報孔雀恩。朱鳳顧而笑，謂君不能任。前此誤識君，幺麼生盜心。

都狼嶺

兩山逼側，女遮堵墻。左擔谽谺，岐路微茫。上有鳥路，下有烏潭。鷄窠牛欄在東序，虎落豬籠羅北堂。瓜架芋埒磊落間，獰蛇蝦蟆不取錢。阿婆折山柴，阿媳趕鵝來。回首祝老公，日未下山早閉門，前有赤豹後黄熊。

河伯仁《續滇黔集》

河伯不仁，吞吸汴梁。汴梁十萬户，王孫列侯俱入河伯腹中。河伯未饜，終日湯湯，夷門懷襄。一解。河伯謂人曰：予何不仁？上帝憐汝中州之人，不忍觸白刃盜賊之手死，爲國殤，寧爲河伯所有？二解。就中何者最賢？出窖粟活人，蠲金助軍餉。爰贈一船於艮岳之傍。三解。黄推官乘陴，南陣射賊一目。四月至九月，賊攻危坡不下，留汝曹門。四解。河流崩奔如箭，賊列鐵營大堤。萬馬不敢趨，珠玉美人席捲蛟宫，汩没於陳橋之東。五解。當時魏公子，何在椎晋鄙。直走邯鄲，侯嬴諸客。茫茫魚鱉中，墳墓更無處所。六解。洛陽生白毛，只定白日鼓。妖鳳陽承天，玉魚三泉晝出，何謂河伯無狀？七解。

四言古詩附

南漾四章章八句以下江寧刻集

我行南漾，春水瀰瀰。率彼徒御，戒我婦子。爰瞻邨墟，烽燹卅舉。局卷一舟，零涕如雨。

相彼瀉鶒，柳岸沙汀。胡爲人斯，室家靡寧。血流燕趙，桑乾水腥。一葉江淮，言念所生。

有巉龜繹，蒼烟濛濛。狐狸穴處，狖玃攸叢。我去維揚，阻水[illegible]泓。舳艫有戒，布颿宵征。

蜿蜒千里，乃經於邳。舟之陸之，風雨其悲。不念险巇，維癉足嬉。周道蓁蕪，則靡我所之。

金山寺

江顔浩淼，山骨崚嶒。翠微人語，噌吰水聲。兩岸贅樹，六代畸僧。鸜鵒呼午，蚴蟉迷鐘。虎豹争座，蛟龍互宫。墓傳郭子，客重蘇公。我來自北，江流自東。青果枇杷，樛枝梧桐。擊節何人，把酒臨風。

瓜步于園

嵯峨者山，鈎盤者路。橋既蜿蜒，石亦森竪。傑閣綺窗，壑喧濤沸。駭蛇怒螭，蒼藤瘦樹。小黿蒲根，新犬竹嶼。摇曳孤艇，花緋水氣。我重來此，南陽子驥。

勵志二章章八句

綿褫經紀，溟涬罔倪。朒朓朏魄，倏忽斯馳。繪以朱鳥，食以江蝞。爰拂穹岫，振轙丹谿。茂茂蘭唐，惠風汜之。樊桐松板，埶敦罔虧。卒業匪懈，邵名云基。厥道淵回，庸勿覃思。

感馬二首

雲中之種，月題於并。藺筋竹耳，滅没峥嶸。迍邅瓜步，蹩躠秣陵。歲聿云徂，元黄是仍。泛濫招提，寄命於僧。好飯細草，曾共死生。

向走南徐，亦遂虺隤。幾死二三，燒剔蘇臺。玆來秋浦，鶯飛花開。不任踶跂，潦倒蒿萊。豈無棧豆，綿劇城隈。顧我徒御，與爾同來。

淮海曲

淮海𧑅洄，揚州舊土。漢祖初興，爰誕碩輔。氣結風雲，威則虓虎。辟易萬夫，千鈞之弩。陳侯踵生，甲兵滿腹。夷門問椎，燕市訪筑。石拜穀城，書鄙馬服。奮厥智勇，公等碌碌。義旗東來，十萬浴鐵。白狼奔雷，黄河積雪。揮日無戈，視口有舌。策杖從龍，征衣帶血。終軍之年，仲謀之子。賦就《長楊》，匣明《秋水》。連鑣紫陌，爲橋爲梓。帝眷中原，爰壓南顧。曰維宛鄧，瘡痍待喃。野則買犢，民則有袴。甘菊之泉，倚帝之露。有觩兕觥，令德來飫。

平水西頌乙巳元日作《續滇黔集》

皇帝三載，肆征不庭。時維龍猇，十月也。見《天文志》。在泮告成。彈丸玀鬼，厥醜安氏。箐林窟宅，負固苗壘。歷秦與漢，未奉正朔。割據荒獷，鴻蒙是鑿。如何白日，乃亂天常。甘負虺蛇，以逞方良。帝命遏劉，爰整其旅。我師殫怒，有如虓虎。衝車雷動，震驚磔磔。肉薄環攻，一月三捷。熏窒鼠穴，掃厥虻蚊。膾脰屠腸，流血孔殷。露布星馳，于六歸河。烏蠻授首，赤苗虫沙。獸駭魚淰，乃遁烏蒙。亦越烏撒，東川鎮雄。維彼四郡，水西肺腑。虢虞隴蜀，連綴而取。乃得虎子，思臘舊穴。爰得渠帥，稱邦之孽。拓地四省，緩師一期。雲奔電掃，負版職來。我王開闢，裒對上下。鞭笞八荒，以篤其祜。車里緬甸，誰敢不臣。交州土番，相次而賓。我王膚功，揚旌西海。媲彼殷商，有光覆載。

詩集卷三

五言古詩上

九仙臺

老樹匝蒼壁，岧嶤一何危。石梯叠崚嶒，絶巔位神祠。萬古青濛色，碧流環抱之。陰剥靈贔文，殘柏裊禿枝。上有人烟簇，相將避亂離。苦塊滯平陽，長河望瀰瀰。抆泪澤州城，栖托聊於斯。父老餉鷄豚，向前恭致詞。謂我爲宰官，治晋多良慈。今者此山中，幸得進一巵。誅茅爲君廬，垂老不須移。我聞父老語，不覺泪漣洏。母死重九日，客葬汾水湄。有路不能歸，潼關阻戰旗。剥運當循環，群凶滅有時。紛紛訓孤輩，昏嚚徒爾爲。昨者陵川縣，賊檄震隍陴。翾彼翡翠鳥，羅罻慎威儀。遐騫者鴻鵠，翛翛慕良規。我遂從此逝，昏夜與臺辭。饑鴟叫矮木，草枯伏短狸。血濺腰間鐵，亂砍走山厜。得覿蘇門泉，荇藻落清池。是時丁宗伯，琴書泊大坯。携手張雲齋，端著詢所疑。連檝鼓衛流，泰岱問朝曦。緋緋桃杏花，楊柳拂青絲。東山多壯士，頹垣觱篥吹。旅魂驚白日，喪馬何足悲。宗伯爲我言，星躔東南維。愚蒙善靈谷，幽嶠多長眉。發棹渡清河，吴山與我期。新茗瀹初夏，有魚政及鰣。虎丘石蹲蹲，緑蟒對黄鸝。良夜展素心，晨起溉芳蓰。周身鮮經營，不材愜所宜。捷羽達明光，麟閣濯聲施。艱虞勞將相，之子慎匡持。望望九仙臺，别汝能無思。

金山寺 四首

彌望遥岑色，葱菁入高軒。江聲日夜流，薄山嚙其根。喧豗無停時，山亦勞夢魂。入寺讀殘碑，濕苔手與捫。銀杏何婆娑，老烏欸而蹲。低徊問蘇髯，無復昔僧存。孤塔望中流，空緑摇高痕。舳艫無斷續，瞑雨下黄昏。

怪此江中寺，拳石終古存。澎湃浮斷梗，天地無朝昏。不知巨靈手，何以奠厥根。上有青冥樹，下有古人墳。估客飄千葉，亂流南北分。我來方四月，鰣魚白如銀。芽茶煮虎丘，禪房氣氤氲。雛僧索我書，藤溪紙數尋。勸我爲勒石，空山雜蟲吟。我雖不好名，僧意良以深。

山身何嶙峋，盤結在江腹。胚胎藏混沌，岩靈摩參宿。龍母與螭孫，引類窟其麓。霹靂日夜轟，鰲背如轉轂。寺成無歲年，從山問來歷。沙濺頭陀金，高臺蒼蘚蝕。蘼蕪發空香，老竹學媚緑。輸爾山中人，長此寤言獨。

憑檻問江聲，激射何張皇。鐵甲百萬師，沙礫飛戰場。孤軍與之角，雌雄未可量。久之和議成，彼此兩相忘。櫻桃果其上，杜鵑英其傍。人神勞位置，金粉爲炟煌。日日江上客，來此命壺觴。冠蓋何鹵莽，與山爭祠堂。艱貞萬古石，爲峴首桐鄉。芳穢不可知，徒爲山靈傷。不見子瞻帶，江流空自長。

衡栖 甲申西湖

聊浪長干上，晻哼日欲西。墳衍多偉樹，暮蟬櫹槮啼。郊坰何牒牒，枳落人呼鷄。僑園鬱修篁，頓擗如荒祠。爲看喈喈鵲，紛泊來宿栖。久淫江介間，貼繆初心違。私艱復羈旅，國事不可爲。旬始餘秦分，燕山闐鼓鼙。邇者闕門戰，人傳收京師。春秋大復仇，漢幟耀靈暉。遥知大江上，熊貔振瑰姿。袀服出六軍，熠煌自南畿。吴越古戰場，鈎棘自昔垂。繞霤非不固，底慎於未危。大夫新講武，戈船掩湫湄。鍦瞂來閭閈，縵胡跨短騎。壯夫莫輾笑，所志功名隨。不見四侯伯，金符自纍纍。

贈藐山冢宰護國寺

野寺著秋坰，乘丘頹葉奔。喈喈來竊藍，迅商捎殘垣。中有黄髮老，僶俛屏囂煩。光塵槖海隅，龍象肅膺魂。在易言高尚，庸詎王侯尊。遥蹠天衢表，洪崖翼與翻。伊蒲佐雕胡，清磬閲朝昏。

有時注靈文，卓犖訂佛言。我來勤仰止，傴僂晤南軒。鄂節思佳兒，烈焰錘其璠。自昔爲諸生，覯我於大原。墨箑右軍帖，謬推國士恩。喟焉崇令則，遺徽揚帝閽。周道尚齟齬，熊虎已列藩。興王今求舊，老成未云諼。孟晋圖匡濟，大道所由存。

却聘

逼側秋江暮，使者來維揚。唁予草土中，黄葉積空霜。袖底躍兩魚，素交諳故鄉。薄言惠光塵，徽音叩微茫。伊予傷風木，慈魂羈平陽。相彼鴳鶻鳥，而無厭火方。又如彼蓼蟲，不適葵藿場。我聞相國久，戮力劼封疆。炎運幾蹙圮，斯人爲再昌。何來傾明月，熠煌及我堂。熠，音位，火光。誰實拯横流，頓擗理遐荒。小草靡遠志，此義或自量。揮手謝君子，四壁啼寒螿。

蕪關晤陳蝶庵

娟娟鳩兹月，方舟來西川。長年濯棹人，萬里拖風烟。惟余知名久，往事猶能詮。伊昔爲郎日，捋鬚衹自憐。揮手皖伯臺，飲水第二泉。再吊夷門客，重删《宛丘》篇。迄今汴梁道，能言使君賢。亡何賦麻衣，鳥道入青天。乾坤金虎耀，帝魂化啼鵑。子携經國業，白石恧久眠。愾嘆別松楸，迤邐大江邊。赭山一杯酒，東泊建業船。送子感亂離，故鄉何杳然。凄凄苦塊内，時事每中悁。惟子將相略，匪徒以文傳。劼力酬艱難，匡持慎所宜。

寄興平

將軍起關隴，英姿飽沉謀。百戰風塵昏，朱旂閃兜鍪。晤我[illegible]潞間，旄象響鳴騶。客舍九醞觴，嚴飈何颼颼。丈夫多感激，握手許相投。深銘衛士恩，送我作遠游。我雖成趑趄，此誼古人侔。别來皇路棘，駊騀走崇丘。怪鳥向我啼，玄猿向我愁。逼側市南來，蒸鬱苦一舟。已歷西湖夏，復逢北固秋。昨聞螭紐印，幕府鎮瓜洲。公瑾幼視師，伯華早封侯。江聲滔白日，萬里向東流。中有金焦山，石脚踏鰲頭。坤維資兩柱，澒洞釋帝憂。淮陽山重地，勝概搤咽喉。試看金焦山，擬即斯人儔。

喜晤英軒

雨雪鹽車道，别我去幽燕。蒼鬚衝古驛，跛馬捩寒鞭。時聞潼關破，妖氛纏西安。未幾我東來，妻子走蹩躠。相逢多豹虎，逼側不可言。聞君過太原，王孫出盤桓。三晨不梳頭，一飲錢五千。嵚崎六十載，赤脚徧山川。自我與君友，可與言忘年。今者入門遇，歌哭出肺肝。從子學飲法，勿爲達官傳。

同朱無垢宿盧龍觀次日爲先慈生辰

驅馬日下春，城闉青草路。薄暮叩烟扉，疏桐淅微露。相逢笄籜冠，揮蒲進款素。一室貯白雲，匹練騰古霧。冷蜇凄孤枕，濕螢竹根吐。羈愁日以增，時事多凶懼。中夜起徬徨，空復妻孥聚。明朝母誕辰，蒿罝平陽墓。

壽張箕疇在蕪

髫齔爲兄弟，蹉跎成老醜。君年忽四十，我亦三十九。君今桑弧辰，洗盞爲君上。憶我吏晉陽，泥塗曳禿綬。子同九玉兄，慰我於山右。爾時雖伊鬱，所幸有老母。簫鼓闐上元，歡呼擊秦缶。送子入燕京，明光射蝌蚪。凌飈無反風，鎩羽歸林藪。流寓人江南，腷臆未云剖。我哀賦《蓼莪》，太行孟門走。取次入青齊，催船向京口。聞子僦鳩茲，北來飛鷁首。把臂説亂離，萬羅黃葉厚。生平稱善病，兩顴漬深黧[一]。近日習天文，夜半尋參斗。時勢需英流，經綸子其手。興朝多殊恩，侯伯者某某。致力及方剛，歲月釀衰朽。相期勒景鐘，浮雲誠何有。

【校記】

〔一〕黧，匯編本作『黝』。

送英軒入豫章

髯翁無械事，與我交十年。盟心淇衛流，匡我崛圍山。每食脫粟飯，不愛五銖錢。醉後捋蒼鬚，睥睨天地間。坐槐根讀書，雙瞳岩電懸。聞人不平事，磨牙究老拳。自誇其兒孫，負荷以象賢。世人怪厥真，欲殺不相憐。驀騃以終暮，秋林何茫然。昨者陳竹黃，家書寄安全。公喜愈尋常，十罍傾惠泉。兹別我西征，行登中丞船。片帆過彭蠡，艤舟匡廬前。登臨還吊古，名山幾人傳。爲我報山靈，我將卜居焉。豈必蘇子瞻，與夫李青蓮。

懷楊涉瞻於義安乙酉春

不見潮州守，迤邐歲屢更。我向游并州，子尚滯華京。左有羅元玉，右有董福兄。同門我四人，爛熳對寒燈。別來邦梼杌，鐘簴九廟驚。况復高堂頹，腸斷[illegible]由城。萬死孟門道，隆慮走崢嶸。跛踦渡江南，行李帶哭聲。負笈西湖上，得問子休徵。一麾今無恙，練江寫晶瑩。我聞爲軒渠，風徽慰友朋。太守古諸侯，銅魚耀藩屏。煌煌漢宣詔，豈爲千石名。我今客鳩兹，所親賦遠征。尺書感遥夜，鈎陳慘不明。酒樓悲歌地，骨都寶馬行。今聞勤壐書，師帥作公卿。願言矢嘉謀，於以奠蒼生。

嶟嶟鳳凰山，下有相思樹。人何獨不然，山川夢或誤。舊游京洛塵，回首桑乾渡。良朋成异物，美好玄工妒。恂愁滯江裔，恂愁，音寇茂，愚貌。所遝人非故。時事方蓼擾，狂攘聖明慮。白日走夔魖，齗齗恣秦豫。仕進心日頹，艱難賦行路。極目聃甥城，澤葵罥寒兔。緬維同心友，浩淼漲海霧。鰐魚會潛迹，大顛殘刹暮。古來潮州守，昌黎其最著。至今甘露岩，玉簡欽風素。蚺盤張許祠，碑蝕陸家墓。暇時爲吊古，五馬一左顧。

寄陳竹黄

揮手行山側，柳色映汾湄。今年復見柳，乃是大江陲。忽忽已三年，游子不得歸。怫鬱來我心，浪浪下酸悲。昔年老母在，送子多言辭。自思禹山好，穜稑種泉池。繚悷以終老，無從竟所施。至今霍山下，鬼車永夜啼。我度詰曲阪，選蠕遭窮奇。壯士心欲死，長劍手親提。委遲過山東，葡萄醉熊羆。擊楫揚子江，扶笻白公堤。南北四千里，音書何由齎。二月阿興至，慰我采石磯。讀衣帶中語，字字良凄其。猴葵既已蕪，燕麥亦已披。風雨逼寒食，黄狸嘯玄扉。傷哉祖父塋，椒漿間歲時。仕進心日頹，竹帛無由垂。鄱陽鴻雁來，一帆過江西。厥根不屬地，譬彼野狐絲。憶汝感弦筈，離合靡長期。黯淡百花洲，垣衣罥葳蕤。

散愁 乙酉

留滯江國久，夏雨何淒淒。榴花然高枝，毛羽爍山鷄。朝興眴濯莽，人驚於菟蹄。小婢不解事，誤指日東西。污田傾刀笠，火聲發塗泥。鄉老閑櫛沐，雲根卧清谿。漆竿銅陵來，白門鐵馬嘶。沈酗不敢言，誰復念噬臍。秉鈞者何人，勿乃玉貝迷。明霞閲翠幕，行行捋蒼鬚。男兒生四十，不得游帝都。口澤傷栝棬，黑雲壓藐姑。肺氣蘇深山，妻子呵賤軀。皇路方蕪穢，閶闔不可呼。朱提傾要津，飛揚作人奴。紛紛黃口兒，今已大金吾。底綏未有期，臣僕難自愚。不知魏闕上，何以爲良圖。

有懷 秋浦

楚舟略吴疆，消息傳一月。顛儕天弗吊，蠢蠢震北闕。窮山穴鰥寡，蜂蠆毒罔竭。相戒過亂門，撊然豎毛髮。撊，閑，上聲，勤忿貌。見《左傳》，與僩同。融風東北來，瓜步蕩溟渤。餘皇轃秦淮，直抵蛟龍窟。嫠婦念宗周，漆室勞心骨。高勛思寇鄧，定傾誰平勃。降割增瘖嘆，石罅白雲浡。

竊玄趨菑田，伯趙鳴殷林。羽毛知歲時，因之變夏音。伊尒離鄉縣，江國久滯淫。兒學徒荒嬉，前哲靡所欽。余亦積衰白，二毛忽已侵。定交杵臼間，親暱非黄金。吴君饒不羈，德造復愔愔。望衡鋤藥欄，時復攻諷吟。四壁空虚竹，沓颯杳然深。玄崖匿白日，恒雨萬山沉。時事每冲肝，物理感客心。

汲水行 橫山作

妾本良家女，嫁作蕩子妻。破産梟盧場，父身爲女奚。香奩不復事，永與縠紈辭。負擔鹿盧邊，素踠踏青縻。屈體綆古水，荒苔與額齊。嫛婗爲喘息，斗水六升泥。兩肩壓丘山，纖手拗柔荑。吴兒憐見之，咨嗟在水湄。感君躊躕意，勿復覼縷爲。阿婆督責嚴，恐爲生瞋疑。既以供樵蘇，忍再著鞭笞。父母實生我，空復好膚肌。玉粒含朱櫻，豐頰輔長眉。流落溷廝間，爲容者伊誰。百花黯芳洲，紫金未解圍。飄泊在東南，五載不成歸。饑寒視主人，矜顧敢自尸。前年燕趙破，佳人爲鯨鯢。近報廣陵陷，明珠幾去帷。世亂無貴賤，乘除理難私。金屋與縞綦，云胡有差池。

二兒取鸜鵒子養之以爲嬉示此釋之

世間能言鳥，乾罣與寒皋。有口祟厥躬，居高不自弢。往往爲人玩，氄氉其羽毛。況復剪乃舌，死生隨所遭。相彼黄口兒，依母乳於巢。聰明猶未著，樹巓但咬咬。將子胡爲者，獵㺄取其曹。嚶喔良以悲，跦跦無所逃。何如捨之去，老大相慰勞。微翼有人性，長此遂翛翛。丁寧學瘖瘂，結廬在山椒。

在昔聖人世，鳥獸爲咸若。巢可俯而窺，鳳凰在阿閣。後來繁智巧，羽族翔寥廓。冥飛有篡鴻，占歲每誤鵲。我觀鸜鵒子，結構向屋角。自我卜居來，眼見其出汛。雙雙無停晷，銜餌飛霍霍。非以忘機故，噬肯近栖托。如人念家聲，忍計其墮落。褵褷雖長成，姱姿猶小弱。青絲貯簾櫳，不及一枝樂。來巢記魯叟，汶水不度貉。凡物有形性，勿以櫻寂寞。

憶昔

蒼黄南渡日，諸公策碩膚。主鬯急得人，天命諶赤符。八紘瞻曜靈，仙樂奏大酺。彗星掃欃槍，太阿柄湛盧。幅員未可量，日出暨海隅。上以報山陵，萬祀肇永圖。貴陽鼎折足，釀成亡國俘。蕩心即非彝，鹵莽及菑畬。吴歈雜越吟，華袿傾羅襦。巵酒醉長星，官米飽侏儒。羈紲流光彩，膳夫喝通衢。并植任當軸，威福群公趨。雲雨吐漱間，黔皙變斯須。銀潢等敗牒，周内竟相屠。大澤殄麟趾，千仞劫鳳雛。稂莠日蕃廡，良顯就驅除。黄門左右之，搏擊似於菟。金壇周禮曹，乃以清流誅。懷寧逆案人，一朝兵尚書。稗政播臨安，腥聞到姑蘇。市兒爲攘袂，乢矛溢城郛。

靖南仗忠義，疏留先帝孤。寧南棄武昌，癰潰彭蠡湖。前此王孟津，嘉言多訏謨。蒭蕘不見收，予聖誰知烏。維揚史閣部，連章屢疾呼。因鬼難見帝，翠翹陪清酤。木妖生雲漢，丹臒窮倕輸。猴真惜楚冠，御座乃陞狐。燕雀難處堂，鷸蚌合收漁。兼雪四海耻，猰貐擒亡逋。捲土朔方兵，師子被淮徐。河南凌御史，頸血濺犀渠。史君南向拜，敢愛二公軀。樓船亂揚子，風鳴金僕姑。賊臣稔凶德，鼠竄走泥塗。遥聞姑孰戰，王師敗于蕪。將軍裹馬革，白羽望如荼。江神驚鷁首，鐵鎖焚東吳。禮雖先一飯，無復飽嬴蒲。漢家松柏路，歌舞羅氍毹。不見舊祖臘，忍看曆數徂。致此者伊誰，盡哉徒欷歔。

六月十五日

披蓁來谷口，風雨集僧寮。雷奮何虢虢，豐霳亦太驕。白雲釀厓巘，磝碞涌波濤。圃樊迷山巃，石蘭間榹桃。皇林斫木聲，沙嘴吼狂茅。淺淺幽瀨流，穿墳瀑短橋。瓜架繽襹褷，離離垂遠條。孤磬破午烟，懷新見良苗。臺笠驅犢歸，鳥耘日勞勞。以供水陸人，赤米無衰耗。耗同秏，有蒿音。《詩》：『秏斁下土。』世間游手子，豐年徒嗷嗷。

谷潭庵詩

戈鋋侵吴會，空江動鼓鼙。游子去石城，倦尋秋浦栖。岑麓何盤紆，錦禽照回谿。壟上傭耕人，稚子雜山妻。野老談朝事，參差語不齊。長夏煨紅爐，逃暑過招提。繞屋富松杉，瓜蔬葉凄凄。寒泉仰而出，瀰瀰浸稻畦。篔簹生赭堊，白猿時一啼。留滯胡不歸，中原多蒺藜。煩惋無可極，親朋日以暌。獨立感蒼茫，秣陵走駃騠。

澤州逢井虹嶼

十年彌群盜，豫南無堅城。殘鬼哭斷壘，短貙戴日行。衣冠將耆舊，几肉與杯羹。寒皋催落葉，飛花泊其英。茫茫彝門道，惟聞流水聲。賤子晉陽吏，萱摧痛所生。崎嶇汾藿上，霜月啼三更。南枝慚鷓鴣，凄音繞樹鳴。取道擬彰衛，清淮問碧泓。騷騷北風厲，聞君來西京。客裏逢親舊，觸余故鄉情。白衣投短刺，閽吏顧而驚。君曰我鄉人，歡笑爲之迎。拭泪談烽火，各傷祖父塋。君新官西粤，水陸八千程。只今百粤長，車書隸聖明。祗須誕文德，不必問長纓。

湘潭偶興

湖南經歲客，征骨倦風塵。颯颯秋風裏，獨立湘水濱。遥望漢口船，寄語問家人。故里亦可歸，何必久漢津。我爲一官誤，不得遂隱淪。穰西有薄田，稻熟酒且醇。盈盈茱萸水，中有三寸鱗。菑畬既已獲，又復理釣緡。此即不軒冕，仕隱正維均。誓將捨之去，永爲葛懷民。

癸酉至乙酉，中原作戰場。躍馬來關西，妖氛一以猖。將軍與爲市，相逢兩不戕。坐使氣力雄，談笑摧封疆。血流濺大堤，白骨滿洛陽。脚蹋昭王臺，黄河空湯湯。東海有聖人，朝旭焰扶桑。括囊收群盜，九牧載其光。白露瀼銀漢，木葉下瀟湘。徂兹能無嘆，汍瀾沾衣裳。

漢口贈閔太守北直人，名先箕

邵陵有高臺，翩翩下孤鶴。一舉凌空烟，俯視雙清閣。下有十丈松，蜿蜒繞東郭。鯉魚尺半長，著泓恣其樂。爲問太守誰，五馬來京洛。年方二十餘，英姿富奇略。去年秋夏間，于役煩諮度。貔貅千百群，寶馬黄金絡。西風厲以騷，上林無乾雀。相期共朝夕，琥珀照瓔珞。連轡走千山，猰貐紛相攫。憔悴入武昌，衣冠雙落魄。春雨復凄凄，孤舟貯寂寞。漢口酒如澠，酸辛不堪酌。我今復北歸，子尚未去鄂。鄧西有山田，凶歲猶不薄。何時來相訪，當與飽藜藿。

初度臨湘

辛巳及戊子，八紀歷兹月。偏值攙搶辰，山川屢播越。或在燕與晉，或在吳與粤。三年客楚中，羈孤鑾蜑窟。一官强仕過，頭上見白髮。寒雪飄洞庭，皚皚黄陵碣。栖栖湖以南，所在勞戰伐。身是黔中使，虚名况節鉞。未敢憚馳驅，士卒半衄没。羸馬與病僕，風沙侵其骨。逢望禹山高，神思增忽忽。

行巴陵題人屋壁

青山何崎嶇，馬頭犯早霜。萬壑松風響，朝日燦其光。牦牛川如虎，鬅鬅雙角長。烟寒鷄犬少，破屋無酒漿。客從遠方來，僕從有饑腸。案頭苦蔓菁，堂前粃稻粱。不暇求精鑿，舉火炊而嘗。房角老烏啼，隔嶺於菟狂。刷我鐵青馬，金勒前途長。茫茫杜林路，尉佗昔稱王。指揮定百粵，符璽達南荒。巴陵有名酒，歸來醉岳陽。

沙陽南郝

驅馬沙陽鎮，浴水見鸕鷀。雲氣東南來，淙淙雨亦垂。投鞭入孤村，崎嶇凌深陂。茅屋三五間，庭草青葳蕤。老烏巢樹巔，啞啞哺其兒。兩燕相呢喃，蛙部時一吹。架上有殘書，是爲鍾譚詩。主人吾弟子，稽首拜宗師。我向授楚士，去此五年期。明珠與大貝，强半羅江湄。感此念夙昔，盛壯不可追。馬融扶風日，王通河汾時。高足者幾人，將相復稱誰。眷兹門下士，長此慕良規。

鄭將軍園

將軍有名園，乃在城西隅。入門即深山，深山或不如。老樹如蛇軀，蜿蜒下庭除。怪石憑墻立，俯首呼其雛。櫻桃亦爛熟，約有數十株。食新堪一飽，佐之以清酤。檀板飛白雪，妖姿帶羅襦。一飲遂一石，長干舊酒徒。醉後寫白紈，長者乃丈餘。墨蛟相怒盤，霹靂滿兵符。將軍拔劍起，斫地作狂呼。我謂將軍曰，南方多短狐。我欲借此劍，談笑殲其逋。投筆從此起，無事此區區。

郎官湖憶李白

李白去夜郎，得稱湖上客。相逢張公子，湖光洗其魄。把酒酹郎官，仰視天爲窄。羯鼓入長安，是時唐祚厄。璘也亦王孫，附之得遠謫。靈武多功臣，李郭何赫赫。舉事有成敗，遂至天壤隔。文人無厚福，不登佐命册。剩此舊游地，化爲居人宅。停驂縱過此，勒馬讀殘石。寒鴉繞春城，古壘竄蜥蜴。江山借賢達，俎豆見履舄。魂氣來大別，黄鶴纔咫尺。刷羽過江東，欲奪崔顥席。

衡山集賢院

曉入衡山道，香粳滿青畦。竹裏多人烟，陸續有鳴鷄。行行師姑橋，兩岸眠鳧鷖。晴日照積沙，天半舞虹霓。流泉迸山脅，素練百尺垂。遠聞如有聲，霹靂奮龍池。峰巒七十二，上接星漢齊。如何從近觀，祝融反覺眠。

下火場贈恒明

南天門而下，是爲下火場。叢林肇古昔，臺榭亦已荒。去此尺有五，蜜脾綴山房。巨石十餘丈，除罅日傘張。白沙激碧湍，琤瑽鳴金商。紅顔醉窈窕，况復多海棠。倚徙不能去，紫烟凝夕陽。

贈破門

破門何處客，野鶴雲間身。雲間兩佳士，偉哉董與陳。破門與之交，水乳相爲親。歷落四十年，一棹洞庭濱。結茅此間久，遂爲南岳人。筆下寫懷素，有草不須真。黑蛟搏白絹，百丈復千尋。相逢羅處士，共覓桃源津。天半飛舸下，白石看粼粼。後此船辛卯年飛去。

迎秋詩

成功有代謝，寒暑一以侵。木葉先示之，此理無可尋。我來衡山久，赤日薄長林。天地如大鑪，萬物相鑠金。逼昃不能受，搔首望作霖。昨夜空林下，四壁蟋蟀吟。懶婦相顧愕，夜半搗殘砧。良人在甘州，西夏未成擒。昨日有書來，破襖待織紝。曾幾何時節，白露忽而深。感此不能寐，勞勞遠客心。

毗盧洞

南岳毗盧洞，乃在山東支。林木何芊鬱，鐘聲一以吹。岩雲宿羲皇，魍魎不敢窺。飛鼠嚼松花，百丈不嫌危。山中無播種，斥鹵多蒺藜。老僧以爲家，匝屖稀棗梨。猿狖每垂涎，間或攫一枝。僧亦不與較，相宗以爲慈。吴衲字破門，半百點而痴。爲我言此中，神設或鬼施。我在飛來船，遥遥一望之。恒悗其弟子，鉥心學爲詩。劫劫雖未成，久當如其師。探奇須杖屨，再來是何時。

破門詩

懷素星沙人，去此千年久。破門吴下來，懷素生其手。岳雲五千車，貯之不盈斗。與我坐炎暑，涼風出肘後。新作一卷詩，是人未開口。池内風濤翻，筆下龍蛇走。我欲呼墨顛，醉之以美酒。衡山有破門，乃在山東脚。石壁跨松根，樹杪挂髯玃。中有一碧泓，穿竹洗其籜。自從飛錫來，虎豺如相縛。他年爾歸吴，山勢空磅礴。

香水庵晤鄉僧純智

衡陽香水寺，盈盈一水西。峻嶺叢竹樹，龍象此間栖。偶聞鐘聲響，馬蹄入清谿。僧自何方來，生長湍水湄。群盗走中原，擔簦南岳居。結茅瀟湘岸，種茶兼種葵。屋角黄楊樹，天陰啼子規。盆花開且落，梁燕羽差池。石榴赭如焰，况復隔墻垂。低徊問鄉人，來此曰何其。百粤未休兵，蠻動尚五溪。濕土多蚊虻，安枕無其期。何不早歸去，羈旅不可爲。

永州聞荆孫殤於痘 八月十九

丁亥冬來楚，産爾在南湖。厥地名荆河，職方乃嘉魚。以之命爾名，把酒醉飛廬。襁褓入官署，老妻來歡娱。左手指長戈，眼中識之無。頭角自岐嶷，爾兄或不如。兒齒且四歲，學步穿羅襦。鄉人每慶我，德色爲之腴。是年復永州，遺爾在故閭。洞庭與峴山，茫茫天一隅。前日家人至，痘疹劇憐渠。但言庄上聞，不見爾父書。幾番窮探索，中間漸模糊。豈其真怛化，倏爾成白駒。

造物愚弄人，變化只斯須。殤鬼不識路，嬰啼入冥途。前此十五載，地下有爾姑。余長女以丙子春死難，奉旨旌節。爾去往尋之，重陰或可呼。但恐語難詳，不能記里居。

再至永州

丁亥驅車至，使君盛威儀。絳幘樹高牙，喧豗擁九逵。衣冠留耆舊，華屋與雲齊。香粳白如脂，輪囷視豐碑。賣漿屠狗者，拍肩醉相隨。屯扎多大兵，羽箭關東兒。夜半管弦聲，仍雜鼓角吹。自我去黔州，時勢不可爲。越寇莽間來，羈靮滿山陲。官兵出接戰，睥睨一以闚。驚沙逐雕戈，風日慘蔽虧。馬肉不足食，析骸乃作炊。户口三十萬，所餘纔孑遺。將軍潰而出，不遑死其綏。此事已三載，庚寅我來思。前日臺與榭，撐揞没蒿藜。相逢無父老，街頭盡殘骴。黄昏吐青火，照耀瀟湘西。官舍兩叢桂，頹廊落日低。秋深猶未開，陰翳綱蛛絲。出門見蒼鼠，徑尺分外肥。舊主化爲鬼，此物聊憑居。試問愚溪柳，所見何如斯。

朝陽岩

永郡饒山水，山峭分外奇。我聞流香洞，上有道州碑。捫蘿穿石竇，蒼岩鷓鴣飛。曖曖澗底松，含雲弄朝暉。苦竹不盈尺，還與松頂齊。壁鎸古歲月，老蘚爲之迷。芳泉吐石唇，嘹喨來深帷。

下視瀟湘流，嶔岑一以危。板橋生山腰，上著觀音祠。朱檻鎖青藤，倒影入玻璃。咫尺鈷鉧潭，蒼茫見九嶷。懷古信悠然，意興良無違。

代愚溪憶柳子厚

君自古河東，來抵湘江滸。文人多左官，當道嬰齟齬。降謫下九天，鸞鳳鎩其羽。風日閲十年，林壑快得主。頑石與枯松，顧盻生厥嫵。維茲涓涓流，夾道乃子午。山下啓蒙泉，噴珠濺石乳。埋没幾千年，姓氏不出塢。自君題以愚，顔色照南土。愧無盛德容，敢將大智許。自子去柳州，音耗遂以阻。所嘆知我希，幽咽只自語。遮莫唐以後，銷沉幾今古。人壽無千齡，不堪從頭數。

代柳子厚憶愚溪

我憶永州城，西門十里屋。墟烟各成村，食竹不食肉。得罪朋友來，之官以其族。南方鮮士人，抱膝在空谷。十年固不調，豈爲貪微禄。零陵佳山水，蔥鬱名樹竹。脚底一泓泉，迴環經予目。弄我無朝夕，洮頮如未足。不忍題巧慧，署愚良匪辱。不敏如小子，敢謂此水不。世人競憸捷，爲官耻放逐。此水不尋常，與我寤言獨。曩時劉禹錫，亦在辰陽曲。朗江西來水，映他杯中緑。嗤伊無嘉名，曷不流而伏。自我去芝山，溪聲傍我哭。如彼生平交，念茲腸斷續。

三哀詩

吴總督孳昌

固陵吴孳昌，其先名曰伐。丙子大梁城，晤子在七月。婆娑鐵浮屠，青草地上歇。畫壁試旗亭，靚梳曉雲髮。是年歌鹿鳴，蘭茝深相襭。庚辰在長安，作賦詫奇絶。雙劍合延津，撇捩如飛雪。給假我南歸，送我盧溝別。紈扇灑長篇，悲壯帶幽咽。爾官入雲中，我亦腰初折。晋陽一泓水，共歷黄花節。西風子北征，滹沱車相軼。未幾除吏部，光寵生同列。我時丁内艱，避亂入西浙。遥聞鼎湖泣，攀髯號北闕。大兵討賊來，汎掃欃槍滅。出爾縲繫中，視爾口中舌。宣大藉長城，刮磨燕然碣。何物來青蠅，群毁因銷骨。翻然賦《遂初》，杜門絶請謁。不謂讒太甚，鴟張深相噬。猛虎食賢豪，吞噬如蠓蠛。閶闔遠不聞，乾坤竟流血。蔡邕既無兒，漢史從今輟。二陸入洛陽，便與雲間訣。膴仕亦何爲，傷心感明哲。高才無著述，零涕心惙惙。

王孝廉之鉉

先皇升遐年，我住九華脚。萬山一葱翠，虎落罥紅藥。維時十九玉，放歸新落魄。流寓秋浦城，聞亂爾出郭。卜居共一村，笑指雲間鶴。地主吳應箕，弘才何磊落。江東管夷吾，苻秦王景略。一發既不中，折牙自就縛。九玉謂我曰，爾我盍去鄂。意中大別山，西風差不惡。我乃遂官楚，子曰故鄉樂。攜抱入德安，叛卒夜相薄。倉卒亂軍中，遂爲人所攫。如彼昆山火，良玉能不灼。我聞長太息，遺骸在某壑。有子苦伶仃，不忍見流落。試看《絶交論》，爲何人所作？

張孝廉洪範

茱萸流潺潺，名山屬大禹。蘊隆孳其英，賢達實接武。前此天順朝，穰州出碩輔。維今長樂林，是其所生土。奕奕張箕疇，亦遂産其處。伊昔舞象年，頭角嶄然舉。講席開東鄰，魏師來自楚。師名希舜，鄧人。執經多問學，齠齔我與汝。跋扈競飛揚，功名侈自許。作賦入梁園，觀者乃如堵。幾番戰燕臺，空折千鈞弩。我遂行作吏，入官愧學古。折坂登羊腸，探碑到岣嶁。幾看橘作枳，又見鼠變虎。傷心燕子樓，化作臨邛女。生平把臂交，除子無可語。今子既云亡，有懷剖無所。子無一卷書，將同秋草腐。我向勸爾作，子文我當叙。爾猶等閑看，筆墨無留楮。孤墳蕩泠烟，言之亦何補。

明發

伊余昔伶俜，生四歲而孤。煢煢只我母，膝下撫兩雛。祖母與王父，年俱已桑榆。爲我延塾師，謂我血汗駒。小兒不解事，玩愒日枝梧。浸尋十四歲，祖父亦以徂。鄰子耽麯糵，招邀爲歡娛。我乃學飲酒，頟頟夜狂呼。我母向我泣，呵責在前除。養子不成立，畫虎或不如。況乃里中豪，侵軼我田廬。呑聲無氣勢，受制于家奴。出入無完衣，敢言藜藿粗。因此發猛省，不敢浪居諸。終歲手一編，食字如蠹魚。二十游鄉校，翩翩曳長裾。中原戰屢北，不得釋犁鋤。丙子既三十，是歲登賢書。適遭家園破，樓閣化丘墟。一女死賊難，義烈爲阿姑。女年十四，不離伊姑，遂及于難。避地入襄陽，大堤看芙蕖。及至庚辰春，乃得售公車。一行遂作吏，太行何崎嶇。對此汾晋俗，有懷古帝都。昊天胡不吊，傷哉母氏劬。從此恨終天，黄花慘山隅。母以癸未九日老陽曲署。扶櫬入平陽，馬鬛封東郛。是時秦寇熾，勒馬將渡蒲。倉卒携家人，問道走青徐。猿狖在左右，白日虎豹俱。孟津王閣老，相遇大伾嵎。連舫兼并轡，取次達三吴。維時甲申春，僑寓在姑蘇。忽聞龍髯泣，薄海攀鼎湖。一夫墮九廟，血流遍寰區。禍慘白馬驛，朝士嬰毒痡。或爲座上客，凝碧醉笙竽。皇皇三百曆，誰憐赤帝符。眼看大厦頽，難將隻手扶。潜舟走餘杭，螺黛見西湖。爰維史閣部，饒具興王圖。馬復共天下，建業王氣虚。沉落萬山側，隱身只釣屠。迨至乙酉夏，大兵彎南弧。既破潼關賊，旋追九江逋。良玉去武昌，靖南死在蕪。子儀古則有，王敦今不無。天意不可知，興亡在斯臾。金陵豐鎬地，爰止是誰烏。我欲賦《歸去》，[illegible]河種茱萸。牽纜到鄂渚，乃爲當事狙。亡何遂一官，漢陰披明珠。捧詔再游燕，零陵學牧芻。詘屈入井陘，取道平陽途。乃負我母骨，歸葬五父衢。八月泊漢水，一葉棹短艑。長沙思太傅，汨羅吊三閭。莅茲甫三月，名王借吹噓。空秩愧節鉞，澹然賦《遂初》。丈夫感知己，詎唯爲簪珥。庚寅復南游，帳殿擁氍毹。白露下清湘，暮山聽鷓鴣。刀環及馬策，相伴維蒸徒。長兒獨追隨，離家十月餘。全州城空闊，家園多霜蔬。況别墳墓久，天寒走蒼鼯。庶早整歸鞭，勿爲但躊躇。

多端

别爾在春暮，南陌柳青青。囑我語多端，多端恨填膺。我謂行當返，六月計歸程。豈意淹滯久，今已司玄冥。湘山多鷓鴣，黄昏向我鳴。叫道去不得，凄戾多哀聲。如聞深閨訴，切切不堪聽。蒼梧連交趾，毒霧氣溟溟。尉佗猶稱帝，夜郎未休兵。朝夕帳殿下，羽檄見縱横。栖栖復栖栖，不得即北征。牧馬湘干上，積雪結成營。薄暮不耐寒，刈茅構短亭。蕉蒯緝户牖，互簝在鄰楹。與牛人近。冬笋不可鬻，半緡或苦菁。夜來煎松膏，耿耿代孤燈。前月寄書去，家人細叮嚀。計爾將南發，何日過洞庭。

辛卯正月過嘉魚望木魚山憶與黄仲霖舊飲處事在丁亥秋時余自粤歸仲霖官閩久不得消息

春雪江冰寒，薄暮扁舟鋭。望見嘉魚山，城門日早閉。魚山拖殘練，衆樹纔如薺。我友黄仲霖，登臨憶連袂。落葉颯西風，乃在丁亥歲。爾我各有詩，同心紉蘭蕙。鳴榔過洞庭，湖光但溶瀉。投鞭去夜郎，爾遂入燕薊。一自嬰世網，我向故山憩。閩天海日紅，波濤東南際。悠悠五六年，書札無一字。維我遭轗軻，短髮日憔悴。知己如君少，白日多魑魅。著作近滿篋，示人輒不利。草成旋自焚，不則或中棄。今朝自粤來，正月江雪吹。開蓬見魚山，忽憶舊游地。故人不在眼，拳石空贔屭。孤帆看蒼茫，獨酌不成醉。

拜風臺在嘉魚赤壁山

赤壁山上石，猙獰如猛獸。赤壁山上碑，風雨蝕岩溜。剥苔讀古文，摸腹想句讀。當年赤壁役，諸葛績乃懋。水軍三萬人，東吴相輻輳。并力拒曹瞞，噌吰天地鬥。綸羽轉風角，陰陽歸氣候。萬艘一炬中，烏林偷身走。魚龍沸窟穴，虎豹空山吼。至今赤壁石，猶餘血光綉。吴書侈本國，襲之乃陳壽。公瑾誤成名，竪子實年幼。我來正月初，踏雪窮岩岫。臨風思昭烈，如在漢宇宙。

嗤彼髡鉗兒，乃以書蜀寇。

贈劉小渠

曰古長安寨，穰東六十里。土墻高四圍，下有盧奴水。殘壘照紅陽，腐草化夜光。白芽数間屋，春燕巢其梁。石塢三寸竹，乘風裊裊緑。主人能愛客，况值村醪熟。

劉次渠

次渠劉將軍，拔劍起南陽。殺賊武關道，京觀築鄖襄。金樽大堤曲，華燈醉紅妝。風流不可極，鬢鬣亦已蒼。塵生玉鞞釵，高卧白河旁。爛熳老瓦盆，珍珠響槽床。

與楊蓼莪話舊

憶昔平陽道，題詩韓信嶺。怒螭盤四壁，潑霧噀千頃。別來淹歲時，寒暑十年迥。風雨泣王孫，劍光爍電影。使君官西秦，取道入晋境。下馬拜淮陰，遺墨猶炯炯。南陽帝子鄉，朱轓照畫省。晤我百花洲，金樽卜夜永。覼縷成佳話，如醉發深醒。敝帚干戈餘，雕蟲灰劫冷。此物付名山，不敗有天幸。

送東陽李公美還里

李子來春暮，流鶯變夏聲。征衫衝雨濕，薄暮紅陽城。南國芍藥開，爍爍灼眼明。櫻桃亦離離，一尊相對傾。憶昔官三楚，南北走群英。意氣摩衡岳，咳唾凌洞庭。别來五六年，兩鬢漸以星。息機千斤弩，老驥耻長鳴。餘酣發浩歌，落月下三更。

榴花

榴花開如火，終日燒西壁。苞含大秦珠，百顆纂歷歷。丹砂不敢紅，猩血著雨滴。瓊枝五月緑，葉底藏鳴鵙。左右竹數竿，摇曳時相擊。趙家好姊妹，驕倨氣無敵。昭陽白玉階，銅沓玳瑁飾。起卧小園中，彼姝時在側。風雨聯朝昏，白日片雲黑。馬上聞琵琶，明妃去漠北。班姬長信室，作賦泪沾臆。一時見憔悴，零落雜荆棘。君恩不可恃，芳華有時息。不及老蒼竹，猶堪伐作笛。

仲夏東園東陽王茂才景順來晤寄懷諸子

白水東南去，人傳舊章陵。佳氣不復昔，殘壘漢家營。王子來百里，高林動蟬聲。晤我小園中，名酒相對傾。榴花開以焰，井邊王瓜生。種竹三五竿，慣雜風雨鳴。因子思舊游，歷落感晨星。

馬融門下士，誰是鄭康成。

與棗陽王茂才景順話舊兼訊水寨無恙

爾祖多心計，緣水結爲城。水面闊三丈，水底徹百層。菱藻相陰蔽，鱣鮪北中生。鳴狐起叢祠，躍馬來欃槍。所向無堅壘，天地風塵驚。維兹一丸泥，保聚未遭兵。嬰堞多戰具，車走霹靂聲。爾祖既令終，爾輩復長成。木罌度夏陽，巨艦鐵鎖崩。潼關　以敗，劍閣一以傾。不及爾祖智，桃源思武陵。

贈任嗣美

白水東來路，彌望是津鄉。蛙黽喧天地，玄狼白日猖。二麥已成秋，京坻半在場。黄茅護斷冢，老馬跳石梁。解韉鄢家渡，榴火燒東墻。任生事幽討，南園種海棠。瓷瓶穀雨茶，紅泉汲新香。五年三到此，短鬢忽催霜。長林多布穀，時聞呼雨忙。

嶙南寺在孝感東五十里。辛卯五月

十日楚山程，平原稻如綉。暑雨來北山，滮滮一何驟。土堡日成村，塢主勞結構。亂世避兵燹，雉堞如輻輳。牛圈産小犢，籬邊栽豆蔻。洿池不盈畝，垂柳陰相覆。上有盍旦鳥，夏來哺其鷇。短垣藏招提，茅屋纔新就。木槿生其門，流水環左右。蝦蟆避磬聲，鼓腹不敢吼。繩床蚊頗豪，帷帟能相透。窮途欺倦客，不復念邂逅。五載憶前游，風塵催老瘦。夏日使面黔，夏風使面皺。尺五黄陂河，霹靂白日鬥。滂沱慰枯槔，村姬憐水耨。稉米白於脂，不負豚蹄祝。緇俗相連墻，汲綆出一甃。僧言北山中，上有老學究。十年不出山，白雲生屋竇。向者陶彭澤，翻然捐印綬。又如漢陳咸，祖臘用其舊。看山懷伊人，桑下成三宿。

維揚寄賀蘇林

五載京華事，西山看積雪。分手我南游，洞庭詫奇絶。洄澓八百里，魚龍吼金鐵。繫馬芝山道，湘潭紆九折。纔讀武岡銘，甫建中郎節。白日跳魍魎，蝮蛇競相嚙。我爰賦《遂初》，鎩羽家山穴。抱膝懷故人，孤舟棹六月。信美廣陵城，潮聲激海窟。高臺不可尋，迷樓化成垤。咄哉隋帝子，風流不可滅。夜來管弦聲，泠泠漏箭澈。春歸蕃釐花，逝水共幽咽。

辛卯秋漢川西華嚴庵

長堤連古嶼，佛火照黄昏。老革喧鋋鐲，墟燈落遠村。孤舟望峴首，晋碑何嶙峋。漢陰多明珠，渺茫不可尋。旅游亦何極，長此曳車輪。因之生寤嘆，故山娱雲根。

投郢守李茂實辛卯秋

春來過石城，麥秀正離披。上林多倉庚，落花滿深陂。太守遮我飲，光盈琥珀巵。把手宋玉臺，西指羊祜碑。卓犖懷古人，芳草正葳蕤。酒後感前游，憶在晋陽時。雕弓大羽箭，并州馬上兒。五月廣陵渡，八月燕子磯。分袂忽西風，秋江木奴肥。扁舟溯漢水，旌雜白露飛。低徊舊山陵，兔狐穴翠微。挹蘭思公子，蒹葭在水湄。可能一杯酒，同醉看鸕鷀。

石城别萬君

萬君熊羆士，挽弓强如鐵。束髮起遼陽，征衣常帶血。二十矙狼居，三十蹀虎穴。旌旗凌漢上，珊瑚耀寶玦。叢狐不敢鳴，長鯨亦已絶。醉我千斛酒，羅綺紛成列。爾時燕初來，文杏飛殘雪。孤舟去東吴，瞥目九閲月。再來蓼花紅，兩岸如錦纈。遥望郢上山，金飈泣短碣。宋玉不可招，宜城酒尚熱。忽忽復别君，我行入百粤。

見賓園同田楚珩飲

新野城之北，是爲楚珩居。夾洲白湍水，三匝環映之。憶昔弱冠日，讀書漢皇祠。與子同飲酒，擊筑歌楚詞。陳倉石鼓文，祝融大禹碑。別子二十年，戎馬何猖狓。一作汗漫游，三湘跨九嶷。歸來杖孤笻，晤子舊河湄。故人成龍鍾，雙頰雪盈髭。手提一壺酒，拉我醉東籬。當時雲臺仗，將相何翳翳。繁華不可見，古水流寒澌。可能不沉飲，白沙愧鷺鷀。

詩集卷四

五言古詩中

盧次詩壬辰十一月二十一作

日月不少待，母逝十年徂。憶昔汾水陽，泪灑天一隅。赤眉滿河干，鐵馬度飛狐。冰雪結平陽，凝滯廣柳車。游裝歷燕魯，驚魂過青徐。鵠飛入廣陵，鹿走復姑蘇。風濤五千里，來食武昌魚。既而捧皇詔，謁帝承明廬。叱馭走太行，扶櫬到堯都。魂兮我母歸，潼關路崎嶇。茫茫宛洛道，取次達茱萸。家居河名。是時值南游，不及歸黃壚。浮坏我父齋，日夜泣慈烏。萬里蒼梧野，八百洞庭湖。忽忽五六年，浮名笑轅駒。不慣事權貴，翛翛賦《遂初》。醉尉呵將軍，舊客棄人奴。山田有蹲鴟，可以飽妻孥。歲時念我母，蒼然感頭顱。嚴霜吹松柏，黑夜吼於菟。葆羽何飄摇，州里奠酒餔。明朝是窀穸，重泉不可呼。地下見我父，十年泪已枯。所喜兒成立，即前四歲孤。伊余髮未燥，吾父成永訣。吾母年廿四，誓死礪苦節。王父與王母，衰齒且耄耋。官吏時在門，誰呵常不缺。東鄰羯羠兒，乘隙相媒蘖。竛行十二三，視我如蠓蠛。父柩在中堂，母時爲泣血。

亡何祖父殞，祖母亦已歿。煢煢母與子，不絶纔如髮。二十游鄉校，慈顔爲稍悅。屢戰輒不利，一臂曾九折。丙子我三十，乃登賢書列。再舉入明光，西山看積雪。歸來葬我父，炎暑適六月。母也哭之哀，肝腸爲斷絶。剖符入陽曲，太行何矹硉。詰曲羊腸坂，車輪摧相軼。邊城紛如蝟，玄象見伏鱉。涿鹿多戰馬，秦關飛金鐵。短衣夜乘障，蓐食在城闕。母氏鑒兒苦，相對時哽咽。一病悲蘐摧，奄忽千年别。鄉國路難通，平陽勒短碣。五載徂寒暑，隙駒只一瞥。間關達故鄉，邅迴去楚粵。今年歲在辰，仲冬已凛冽。卜吉啓父壟，葬母於同穴。楸松溜霜皮，萬古一丘垤。

社日思先壟和大人廬次詩 附始摶

陰陽運轉轂，逝者遞相徂。去來爲哀樂，所見但一隅。昔日王侯墓，零落穴兔狐。誰爲黄腸轃，徒侈雲軿車。凄涼笛悲吕，蒼茫劍挂徐。萬古如長夜，蟄藏無昭蘇。笑嚇鵷雛鴟，欲兼熊掌魚。何况閲市人，寄宿如遽廬。蠅營而苟狗，攘臂蓁五都。膻附誇捷徑，羊腸終崎嶇。森森柏鬼庭，未聞穰茱萸。水自别淄澠，壤宜差墳壚。白非浴而鵠，黑非黔而烏。昔日汪洋者，熯然塞葑湖。進退籓中瓶，局促轅下駒。人坐自窘耳，曷思完厥初。先公址雷同，剽襲嗤僮奴。舉止自羞澀，帷車閉新娶。因之自竪立，嶄然見頭顱。銜勒弛生馬，赤手搏於菟。不屑耳爲食，寧肯糟是餔。迫欲昭宋聾，曷啻疾聲呼。俯視吠聲輩，瓠肥終腊枯。所以十載人，立意不妨孤。明發耿不寐，罔極悲永訣。春秋倏變更，幾歷寒暑節。氣摧髪先白，心憂貌如耋。春秋上丘壟，今已十年缺。吾母手植柏，種爾自牙蘖。護惜加溉灌，風雨視蠓蠛。《淮南》：「蠛蠓泰而雨，墜而風。」痛念祖母亡，一植一泪血。茱萸莽荆榛，鹿豕所出没。植根幾如困，易葉纔若髮。跪拜告祖母，如奉慈顔悦。伐木作重欄，殷勤防踐折。群盗逼西山，蟣虱縱横列。爾時耕稼稀，麥種未濡雪。離城將百里，母住每匝月。今我困一官，南望堪痛絶。渾河朔塞來，濁浪高矹砕。顧步駭吕梁，蹇足競摧軼。大鵬伍斥鷃，驊騮笑跛鱉。囊無長袖金，案對短檠鐵。朝朝瘦馬塵，踉蹌向雙闕。昨日遣人歸，封書對嗚咽。大鳥戀故巢，回翔不忍别。蟬吟響林坰，苔篆上碑碣。歷歷記夢中，霎爾風花瞥。强作莊生達，肝膽視楚粤。社公雨濛濛，怵惕心凛冽。誓將歸故山，無爲戀枕穴。試看兩蝸角，何殊一蟻垤。

鄧東郊

到此日亭午，黄鸝灌木多。麥隴野烟直，蒼槐碧玉柯。四月連陰雨，沙灘漲白河。馬武冢纍纍，雲臺空蹉跎。麒麟風雨夜，獨立向中阿。慣是白楊樹，盍旦結成窠。

與浙川陳熙徵話舊

伊昔丁丑歲，避亂入襄陽。僦居一間屋，修竹夾短墻。市兒無相知，鬼魅日成行。西山多盜賊，干楯何狓猖。寂寞習家池，誰與共一觴。陳子浙邑來，軀幹似我長。胡髯堅如戟，蝟毛磔而張。連袂歌大堤，爛醉笑葛彊。別爾十五載，天地忽滄桑。我尋嬰世網，貝錦織成章。腰裹每吃蹶，平地多呂梁。歸來尋舊廬，濁醪滿槽床。六月炎蒸日，子來登我堂。携兒年三十，驢背負奚囊。爲言亂離後，重繭走他方。幾死憐張禄，大索脱子房。所餘老皮骨，鬚眉愈蒼蒼。慷慨勿復陳，東菑有舊庄。香糯白如脂，繞池菱荷香。時平催科緩，閉門著《老》《莊》。

聞定南戰死

三韓毓瑰瑋，長白産奇英。姿具天人表，功成帶礪盟。蹶張有殊材，學敵萬人驚。早從毛將軍，海外蜚聲騰。拊髀烈皇日，知王儷韓彭。王不事權貴，薏苡謗相乘。黥布終棄楚，王猛來咸京。托王如心膂，眷王乃股肱。按圖上方略，出奇斬長鯨。威名田横島，始事萊陽城。彎弓三百石，十萬可横行。一錢程不識，人奴真衛青。維時戊子歲，六師自南征。渡瀘還五月，飲馬過洞庭。三苗無固壘，京觀築朱陵。王來瀟湘濁，王至瀟湘清。軍食鴻鵠鲊，再勒武岡銘。槃瓠安遺種，鬼方不用兵。璽書曰欽哉，百粵連南溟。維王鎮撫之，草昧以經營。王也安反側，巢穴一時平。昆侖失其險，尉佗撤纛迎。磐山茉莉發，荔枝爍眼明。驛貢丹砂細，人披白葛輕。不須張博望，無用馬長卿。行看昆明闢，重譯皆來庭。蜂蠆流其毒，魁宿欻然興。鷙伏看乘隙，虎視久已萌。象兵千萬隊，噴火如雷霆。人馬失枝梧，列缺相砰訇。王也厲其勇，猛氣愈凌兢。熊羆五千士，搏擊如蒼鷹。衆寡既不敵，重圍復數層。昆陽瓦屋飛，淝水風鶴聲。王曰天亡我，飲血不欲生。身被十餘創，拔幟猶先登。所殺亦過當，嚴關陣雲崩。王乃入城内，焚燒其朱甍。手自刃嬪嬙，宫中聞血腥。佩刀尋自決，山河氣峥嶸。炎州失半壁，猿鶴沙蟲鳴。壬辰之七月，軍營墮大星。時在襄陽日，聞之趙中丞。憶昔住芝山，篝火遍欃槍。王旅開全楚，秣馬到湘蒸。相遇成國士，文錦五侯鯖。夜郎方多事，黔撫當前旌。自此永陽破，戰骨如山撑。雖然罷官歸，實王再生成。繫馬桂林日，南游歲在庚。每赴名王宴，醴酒琥珀盛。階前百虎士，皆爲太真擎。夜半側前席，密語達五更。爲之疏前事，中山謗莫盈。别來已三載，白髮種種生。磋跎成衰謝，半世空飄零。未死慚知己，涕泗泪縱横。

壬辰雜吟

白露團階墀，菊花開滿室。順治今九年，又見重陽日。隙駒無漸次，跳擲雙丸疾。憶昔汾陽城，邊沙吹觱篥。北堂此日傾，太行崩崒嵂。瞥目十寒暑，短鬓不如漆。每至登高節，魂魄如相失。灑泪向秋風，四壁聞蟋蟀。

春里居寄懷薛祭酒行塢 癸巳

憶作京塵客，西山看積雪。君爲帝者師，名德震九列。醉君玳瑁筵，華燈耿明滅。夜半呼索郎，指天見伏鱉。未幾我南游，風烟跨楚粤。脚踏蛟龍窟，手捫虎豹穴。百戰竟不侯，壯心成九折。褰裳賦歸來，無復口中舌。望望燕山雲，音書久斷絶。豈不念長安，舊交心如結。惟有薛祭酒，肝腸爲獨熱。

哭河東副使王大群 有引

予交海内多矣，未有如王公父子之愛予者。客歲孟冬，先生死，予往哭之。今河東長公大群又復告變。嗚呼痛哉！予湖南戰寇以來，鬢爲枯飛揚，不復故態。昨春自弘農走三鴉路雉城山中，憊甚苦，復不任鞍馬。行且老矣，不能復哭於其第，爲作詩以代誄，命兒子往奠焚之。太公在時，喜禹峯作，大群試往質太公，地下共讀之。嗚呼痛哉！

去年三月中，我在君家屋。炙鷄走千里，旅泪傾十斛。憶昔鼎革初，鐵馬太行麓。避地入東南，相將以其族。惟時爾太公，繫馬在淇澳。携手入齊魯，五兵相馳逐。白浪涌金山，夜半擁艫舳。寇來亂如麻，江聲霹靂蹙。我時嬰重創，幾飽江魚腹。公等出死力，勿爲鯨鯢肉。或爲蘆中人，或爲白龍服。一葉過錢塘，相與問天目。太公乃宣麻，舊物號光復。將纘東晋烈，或踵南宋躅。神州忽已沉，運適丁百六。庾信成羈旅，江總復見録。著述數萬言，所遇良不淑。前年歲在卯，捧詔入秦蜀。峨眉與太華，凝作杖頭緑。萬里寄尺書，訪我寵江曲。風雪漢皇坡，太公病以篤。八騶何郎當，沉綿入郟鄏。維昨年孟陬，太公乃就木。宣尼忽絶麟，賈誼已賦《鵩》。聞訃寒食時，仰天爲痛哭。海内喪厥鼎，中原失其鹿。李白歸庚星，蘇軾還奎宿。登堂徒徬徨，生芻纔一束。時君來河東，揮泪對短燭。别來十寒暑，歲月如轉轂。兩鬢多蕭疏，而我尤碌碌。君年四十强，已自建大纛。殺賊立奇功，太行争矗矗。是時君家弟，身猶寄北陸。排闥叩閶闔，天顔爲洞矚。特遣大行人，祭葬勞史祝。峨峨太保墳，乃是將作築。自别君南歸，雕鞍跨雙箙。每望孟津雲，擬山園裏竹。胡爲曰改歲，春律滿幽谷。偶從將軍所，接得太史牘。鶺鴒感在原，謂君忽不禄。斯人竟早折，百身不可贖。將謂天道何，宜男或遺腹。手執太史書，雙泪忽盈匊。四海誰知己，君家父子獨。不應一年中，奪我何其酷。

麻將軍駐鄧

西山蠢群盗，荒城邏戍卒。雕弧大羽箭，駼騊千餘匹。雖未曾出師，駐札三百日。馬既戀棧豆，人亦忘家室。遥望洞庭南，北軍吹觱篥。房州復割據，近報竹山失。居民疲奔命，苦無點金術。朝廷詔寬大，遐荒豈不恤。何時洗甲兵，四海歸寧謐。

癸巳燈下走筆贈馬雲孫

是日游南寺，微雨下石榴。紅焰發丹房，黄鸝囀墻頭。封羊醉嘉客，肥羜佐金甌。别久不相見，百壺難消愁。剪燭猶卜夜，摴蒱喧更籌。窗外金琅璫，淅瀝不肯休。醉後歌烏烏，擊缶雜箜篌。邵陵正用兵，房州羽書稠。杜甫悲陳濤，花卿不可求。骨白蒼梧山，血涌瀟湘流。蟣虱敗王略，天子念懷柔。亂離人欲老，蹉跎兩鬢秋。契闊思故舊，中原走兜鍪。種我南山田，典我驌驦裘。茂陵誠已病，驃騎何須侯。眠蠶凋遠桑，布穀呼東疇。手携劉白墮，岸幘問糟丘。

申將軍自鄧歸淮陽用陸機送馮文羆韵

樽酒白牛津，遥指大江南。之子行將歸，故山有所尋。嚄唶憐宿將，兵符爲世欽。三靈既改卜，轒輼到河陰。羽戟空中亂，天塹未爲深。角巾歸茅屋，遠游良苦心。時作仲宣賦，或爲莊舄吟。花洲暗朔雪，贈别愧雙金。來年春草發，耳熱聽車音。

讀史雜吟 甲午春

頗牧趙良將，相繼死郭開。信陵何人斯，酒色沉英才。秦政亂鮑魚，趙高爲禍胎。至今長城下，冤鬼哭如雷。魏其禍武安，賓客安在哉。灌夫與之俱，意氣何佳嵬。

陽翟商賈行，邯鄲歌舞鄰。佳姬不復惜，奇貨居异人。千金爲結客，飽裝入函秦。吾兒既已誕，顧乃遍體鱗。此物非常兒，嚙父口齗齗。胡爲效尤者，乃有楚春申。倚彼李園妹，爲作楚王嬪。兒既嗣社稷，父復掌絲綸。一朝時會改，赤族染朱輪。

平陽有歌兒，雙袖舞驚鴻。朝侍平陽邸，暮聽長樂鐘。椒房連衛霍，推轂錫彤弓。旌旗臨絶漠，京觀何穹窿。亦有李夫人，兄弟未侯封。因遣惡少年，以成貳師功。戈船百越下，璽書朝鮮通。人醉葡萄酒，馬嘶苜蓿風。樂府傳都尉，祠禱登崆峒。安期食巨棗，黄帝騎髯龍。文成隨殊死，五利復鮮終。神仙既已矣，巫蠱起江充。帶劍一男子，大索長安中。子豈盗父兵，藏匿湖以東。嗟嗟空自經，累及主人公。雖作望思臺，莫慰白頭翁。庶幾輪臺詔，惻然省厥躬。

聶政鏦累俠，得姊大名垂。荆軻入西秦，枉殺樊於期。不明於劍術，非關舞陽兒。亦有魏公子，能解邯鄲圍。何以殺晉鄙，朱亥袖中錐。云胡一虞卿，解印急人危。此人固不識，安用賣漿爲。魏齊頭顱盡，燕丹宗社墮。如此稱俠客，誤人良足悲。

黄霧四塞日，漢家封諸舅。飛燕既已入，歌舞爲皇后。啄盡宫中兒，木門倉琅朽。定陶賄昭儀，得爲成帝後。丁傅繼喧赫，幾出王氏右。巨君爲齒冷，斷斷日以久。亡何群燕飛，銜土哭培塿。馳詔新都至，漢鹿從此走。孺子來中山，臘日上椒酒。火德不復燃，禍水實文母。位號移他人，區區握璽綬。

漢統垂三絶，劉向多讜言。身死十四載，王莽篡至尊。狐媚取天下，穢德腥乾坤。茫茫九州土，謳歌思漢恩。或爲陳咸臘，或爲龔勝魂。安衆起通侯，東郡出相門。赤符應有主，猶自歸王孫。谷永或附鳳，揚雄亦美新。歆也既無父，譚也失厥身。稚丰以專地，黜免豈無因。名儒重孔光，老死貪朱輪。禹好肥牛亭，愛女亦上陳。年老子孫弱，曲意奬篡臣。如何文章士，偏爲狹邪人。權奸得黨附，竟厄曆數屯。經學兩不愧，更生乃絶倫。

兩漢紐絶日，天意苦蒸黎。神奸竊大統，九鼎如肉臡。先爲安漢公，繼惟董太師。妖狐憑帝座，股掌漢家兒。巨君既拔舌，郿塢復燃臍。劉氏真再興，火德乃重熹。或在大河北，或在益州西。劉虞既已死，義烈見田疇。哭墓辭之去，伯珪不能留。子源大下士，徒跣救雍丘。所志良不遂，一死復何求。陳琳檄曹瞞，許攸賣冀州。棄主如孤雛，反面事讎仇。翩翩彼二子，偉哉莫與儔。

中原方雲擾，偏霸以成功。竇融圖河西，公孫據遼東。融尋歸光武，勳名列上公。淵也耻曹魏，窮蹙大海中。亦有晋室亂，豫且困白龍。張軌保凉州，三世表純忠。流民起梁益，成都帝李雄。或以田横死，或以佗尉終。歐陽十世家，割據將無同。

牽招哭袁尚，脂習哭孔融。孫峻殺諸恪，一門嬰凶鋒。臨淮無臧均，棄如腐鼠同。王經死東市，鍾會復鮮終。隕涕爲收葬，惟有一向雄。

黄皓用西蜀，東吴進岑昏。社稷既淪胥，輿櫬出國門。丞相既有子，先主復有孫。石頭一片地，慚無忠義魂。

潘岳徒乾没，構成愍懷書。生平躁進人，乃托奉板輿。張華喪博學，秘書三十車。亡何中台坼，竟忘天象殊。二陸雲間士，才名壓東吴。戀洛胡不歸，唳鶴雲間孤。何如張季鷹，蒓羹食鱸魚。

洛陽有小吏，容止一何妍。納入簏箱中，香湯洗少年。樓閣多好屋，綺食錦衣鮮。烈烈吹朔風，河洛起飛烟。獻容泰山來，衣中赤火然。留臺幾賜死，金墉仍苟全。一辭弘訓宫，黄沙摧朱顔。不思司馬兒，摇唇劉曜前。

彦威著《晋論》，竟接漢家年。除却魏三恪，阿瞞不足傳。力疾歸襄陽，豈肯事苻堅。野民來姑幕，百家實精研。累官秘書監，篡竊值桓玄。况復有寄奴，晋祚不其延。遺老徒悲涕，收泪復何言。

謝家秘書監，好爲山澤游。構患來太守，一朝乃見收。作詩良悲憤，投軀入廣州。高才多放逸，陵忽起戈矛。何如柴桑叟，爛醉死糟丘。

豫章雷次宗，好學隱廬山。被徵建康來，巾褠侍天顔。開館鷄籠上，車駕時往還。一朝舍之去，不入給事班。卷舒真自如，高風不可攀。

魏主受符籙，拜道静輪宫。下不聞鷄犬，上與霄漢通。崔浩實勸之，億萬費人工。如何鄙佛教，經像一炬中。沙門欲盡誅，長安流血紅。金人何不幸，天師亦以雄。智能測敵國，不能庇厥躬。

道成破休範，實惟張敬兒。及其襲江陵，又復擒攸之。大敵既已殲，九鼎遂以移。畫腹是佳堋，髇箭中其臍。即此是禍胎，蒼梧嗟何爲。

邊榮感舊恩，不詣敬兒降。臨刑何慷慨，談笑雪刃旁。泰山程邕之，抱榮泣數行。意各爲其主，與之俱存亡。一時同見戮，義烈動荆襄。俠骨千載後，江漢流湯湯。

劉業荒淫日，乃有壽寂之。蒼梧尤不悛，復惟玉夫隨。射鬼竹林堂，織女渡河時。吁嗟李將軍，喋血滿宫闈。神龍豈不尊，捕之如狐狸。天意一何酷，好還諒如斯。順帝出别宫，何用泪漣洏。不記曩時事，取之司馬兒。

順帝禪齊日，不願生天家。王儉解璽綬，出乘畫輪車。琨也攀獺尾，痛哭泪如麻。彦回何狓猖，謝朏良足嘉。更有裴河東，奇節高嵩華。寧爲宋臣死，齊粟等泥沙。

劉祥譏禪代，慷慨見乎辭。雖以《宋書》禍，不愧穆之兒。褚胄何矯矯，身耻父之爲。南康既已死，讓爵不復疑。同一感宋恩，明德良自持。繩武與蓋愆，百世想見之。

敬兒爲開府，阿弟居冠軍。已知遍體熱，薰灼不忍聞。見收華林園，貂冠竟誤身。一朝消息至，席捲入鑾雲。衛身惟明哲，禍福早已分。超宗胡不悟，諮議徒紛紜。越巂竟賜死，咄哉實自焚。

劉裕毒恭帝，道成殺汝陰。轉眼六十載，逆戈巧相尋。司馬無遺種，寄奴族亦沈。大物原不祥，灰屠良苦心。作法實昭炎，報施如轉輪。自彭城以後，天道今如瘖。

山陽禪位日，二女釐降之。上表彼何人，李伏與許芝。楊彪漢老臣，不肯作台司。陳留入金墉，太傅爲酸悲。卓哉司馬孚，獨念當塗隳。寄奴殺零陵，詔出傅亮詞。遺老剩徐廣，泪下如綆縻。鬥將刈汝陰，築宮彷宋時。衛士殺丹陽，宋種無復遺。淵儉稱佐命，俱是公主兒。王琨哭畫車，何點青史垂。奸雄真接踵，吞剥如相師。群小安在哉，古道照鬚眉。

黑獺入晋日，瞻視原非常。六渾欲殺之，此意獨彷徨。蹉跌今之去，凌厲不可當。長安迎孝武，既而仍相戕。元魏成東西，洛陽爲戰場。關西與鄴下，戰骨齊北邙。兩主若孤雛，二雄各鴟張。拓跋自此衰，豆分日狓猖。貽戚者誰氏，胡后實天殃。爾朱亦已滅，河陰事茫茫。

高歡既已死，侯景隨以叛。宇文不受愚，蕭衍墮其算。朱异爲先容，臨賀復内贊。木驢蝦蟆車，建業遭喪亂。庾信食甘蔗，棄軍如鼠竄。羊侃差不愧，精誠下日貫。烈烈裴豫州，垂涕爲定難。

復有大都督，依稀識韋粲。

正德叛梁日，侯景立爲帝。歃血盟臺城，長圍日相綴。援軍數十萬，統一無復制。諸王復相螫，北魏乘其敝。淮南既淪陷，江陵尤吞噬。金甌亦已缺，捨身不獲庇。嗟彼八十翁，苛苛無良殪。野王不顧家，白華氣亦鋭。庶幾僧辯來，霸先爲盟誓。一舉石頭清，湘東稱萬歲。興國篡梁統，勤兵入宫中。沈恪爲將軍，忍死不能從。江陰隨見弑，天禄亦已終。張彪既赴義，黄蒼知效忠。厚禄豢蕭氏，靦顔佐命功。轉瞬三十載，隋兵入江東。掘陵焚其骨，飲灰盪元凶。僧辯猶有兒，報讎抑何雄。

高洋作齊帝，窮理爲淫虐。殺戮傾諸元，爪甲滿溝壑。雅僻三臺巔，刀鋸恣狂藥。楊愔供御囚，桃枝爲鼎鑊。及其臨亡日，慘然反不樂。憂及正道兒，常山或相攫。試問痛哭誰，非關群臣薄。

侯景破建康，九鼎忽沉淪。二帝既遇害，湘東起逡巡。西魏復吞噬，蕭詧稱賊臣。霸先竊江東，篡割禍相因。伊誰問宗周，王琳乃致身。縞素哭三軍，獨捲長沙塵。既發世祖喪，復立承祧人。九江爲震動，灑血溢浦津。所志既不遂，忍辱入北鄰。誓欲吞三吴，蹉跌死壽春。頭雖行千里，心實照三辰。典午既已滅，當塗亦已湮。徐廣與馬孚，矯矯固絶倫。

李密傳首日，世勣哭黎陽。三軍盡縞素，誼爲故主傷。楊廣死江都，宇文何狓猖。惟有一陳棱，葬柩吴公旁。一爲亡命子，一爲天下王。得失在人心，哀樂豈茫茫。

楊廣去江都，元感起風塵。鐵脛與銅馬，遍地成緑林。李淵在晉陽，私侍多宫人。裴寂實國賊，懼禍造戎心。化及已圖儂，魏公據洛濱。既斷關東路，偏師直入秦。九鼎已有歸，王竇復成擒。遼東勿浪死，悲哉徒荒淫。

叔子

羊祜在襄陽，伐吴謀乃成。將帥進譎計，飲醇醉以酲。不敢口稱兵，陸抗在西陵。酒藥相贈答，交際何頻仍。非待陸抗死，此事方經營。成志有張華，當局爲推枰。益州王刺史，艦下石頭城。曠世兹一事，人傳杜預名。以上二三子，稱舉良非輕。策書出祜廟，唾手建業平。以此報明主，不須臣自行。今看峴山下，片石千載情。

元帝

元帝江東日，偏安稱至尊。與馬共天下，乃出王氏門。茂弘中機政，征討屬王敦。賊子本無賴，稱兵入九閽。嶄然石頭城，血流江水渾。賢哉卞大夫，有兒弗與昆。誰持安東節，默默無一言。坐致伯仁死，負兹良友魂。賊敦不足誅，導深負國恩。晉綱漏吞舟，地下愧劉琨。

桓温

桓温伐燕日，五萬至枋頭。慕容非其敵，行看一鼓收。鄧羌從西來，投鞭殺澠流。况復南軍饑，奔陸焚其舟。輜重與鎧仗，堆積若山丘。邀擊復譙郡，苟池展壯猷。此事非袁真，温也執其郵。史氏傳直筆，孫勝作《春秋》。喪敗豈偶然，皆出王猛謀。當温入關時，披褐鮮其儔。悔無知人明，常抱敵國憂。

子儀

懷恩抱病死，賊兵圍涇陽。回紇與土蕃，二家争雄長。維時郭令公，衆寡不能當。免胄見葛羅，使兒爲投鎗。與回紇定約，厥功在大唐。脅之以危語，葛羅不能傷。反與我合兵，追逐出塞疆。結好與畏威，葛羅計之詳。此事關權謀，光瓚贊其傍。忠信能感動，迂哉胡致堂。代宗幸陝日，子儀入咸陽。灑血諭將士，旌旗一飛揚。全緒到藍田，大軍來自商。吐蕃失猖獗，駾奔氣若狂。維時李臨淮，高枕江淮傍。置母於河中，不復念高堂。遺棄在君親，忠孝已斯亡。如何千載下，李郭得齊芳。

二士

羅隱説錢鏐，舉兵討朱温。身不遇於唐，猶自念舊恩。亦有蜀梁震，歸君過荆門。季興欲官之，白衣耻華軒。止稱前進士，不復慕高騫。嬌矯彼二子，芳躅不可攀。

真卿富弼

真卿使希烈，富弼到契丹。一以獲死所，一以得生還。盧杞及夷簡，不同者賢奸。中傷與銜怨，厥病則一班。乃令千載下，二公以此傳。諛骨亦已朽，丹青照紅顔。

萊公

寇準方繫馬，丁謂已治裝。雷州與崖州，止隔一堵墻。故人來天上，何日發汴梁。司户差不惡，爾我官相當。家人苦多事，縱之六博場。主人不會客，移具有蒸羊。天道不可誣，報復亦其常。誰似公安竹，年年抽笋長。

四皓

秦鹿漢逐日，静卧商山陲。干旌不能致，采采山之芝。龐眉履帝廷，策立漢家兒。此計本留侯，吕后嗾成之。公等皆安在，顧笑聆言辭。羽翼自此成，楚歌聞者悲。後來劉氏種，不絶幾如絲。何如建長策，葛藟庇本支。早制諸吕横，毋待左袒時。舍此不復言，毋乃見事遲。子房尚如此，四皓不足嗤。嗟嗟圯上篇，空稱帝者師。

相如鑿齒

相如歸成都，垂死著《封禪》。鑿齒論漢晋，力疾以待獻。意在侈雄主，學仙與好戰。太山梁父間，古來香火院。况夫漢室亡，三國兢相煽。玄德帝室裔，巴蜀猶赤縣。繼漢不繼魏，習生千古見。但求逢世具，相如何足羡。

敬通孝標

身自操井臼，曾聞馮敬通。孝標爲自序，轗軻與之同。悍婦如鷹鸇，丈夫失其雄。二子顧賢達，遭逢如此窮。倉庚可治妒，乳酪倍其功。當時非乏此，胡爲困兩公。

許皇后詞

妾本洿穢質，生長在茅屋。少小事鞶組，書史手親録。一自克後宮，璽綬炫笥篚。寵遇冠椒房，光輝在九族。何乃壬寅日，明詔太相促。陽平既不佑，《本傳》『許氏自知爲鳳所不佑。』安能芘親屬。災禍嫁妾躬，彈者徒反覆。本有竊國徒，不敢一語觸。區區奉減省，掖庭甘樸蔌。嘆息欽永輩，空爲鷹鸇逐。

郅惲

惲厚董子張，爲父報厥仇。子張當垂没，戲欷泪交流。視惲雖不言，惲領知其由。起而遮殺之，笑取仇人頭。子張可以死，有病不須瘳。兹謂生死交，曰手而不憂。

光武廢后

光武廢郭后，或言累盛德。巋然中興主，况爲萬古則。試觀呂野鷄，奸穢漢家賊。誅鋤半朝廷，殲劉如不克。非平勃諸人，大軍收南北。産禄苟乘權，卯金運已厄。子孫尤效之，大奸焉能殛。所以十世間，政柄半中閾。及至新莽世，外戚遂移國。懲此能無憂，除惡無回惑。後來賢后多，馬鄧無纖慝。雖曰天性哉，亦得作法力。黜吕升薄后，與此同一識。

虞卿

虞卿解相印，信陵亦不識。驚問何如人，侯嬴乃在側。斯人萬户侯，伊昔秉趙國。白璧與黄金，談笑之間得。解印急魏齊，亡命來河北。稔知信陵君，欲見公子色。况復天下士，賢者不可測。乃知信陵客，强半侯嬴力。

卜式

欲討南越畔，輒爵關内侯。若果平南越，此德何以酬。卜式喜功名，武帝多權謀。輸財貢縣官，自是桑孔儔。咄咄牧羊兒，勿爲敗群憂。《鹽鐵》與《平準》，視此輸一籌。

送張亮伯歸泗洲兼寄訊黄無技

我有四方志，世人竟不知。迤邐三十年，華髮照接䍦。栖栖以終老，羲馭不我遲。婆娑故山側，白酒醉黄鸝。左手牽鷄翁，右手牛醫兒。昆明未收復，群盗尚五谿。王旅自南征，百萬振熊羆。豈不愛匡襄，尪羸無能爲。之子來泗洲，瑰瑋多殊姿。頰毛二尺長，負軀良不貲。胡爲徒碌碌，急之勿失時。或題日南柱，或勒燕然碑。景略佐苻秦，江左或賴之。崔浩尤佳士，聲名在絶陲。爲我問黄石，學須爲帝師。子房惡少年，傖哉博浪椎。

宋小庵詩

野人有茅屋，乃在岵山陽。赭堊多酸棗，老鸛呼白楊。香稻十月熟，飽儲鴿鷟粱。授兒毛鄭詩，臯比坐講堂。勿逋縣官租，里社封肥羊。瓦缶有濁酒，老少互爲嘗。厥名曰刺麻，醉來倒衣裳。擊壤歌烏烏，於菟窺短墻。寄言謝於菟，爾是獸中王。無啖我雞豚，我將適他方。

送菊溪觀察金陵 以下常寧刻集

之子適南國，鳴騶過我園。健兒腰弓韔，春郊大旗翻。漢水泝桃花，兩岸長芳蓀。解纜夫人城，簫鼓振襄樊。雄風吹大别，彭蠡勢崩奔。疇昔形勝地，王氣鬱吴門。石城何巉嵲，潮聲靡朝昏。大吏來京兆，氣奪三山尊。酹酒吊仲謀，撫膺思王渾。彈指八朝間，寧復幾人存。今皇開寶曆，江左接中原。東南財賦急，亂後訟獄繁。外臺簡名卿，推轂式臨軒。天子曰欽哉，惟公慎平反。峨峨古方岳，華蓋擁朱幡。鯨鯢方鼓浪，海上多游魂。唾手成功日，捷書報九閽。

送徐漢輂之白亭

我昔年二十，匹馬走於村。萬山巑岏裏，麥田雉子翻。中有嶂岈山，歷斗躡天門。我友徐漢輂，病足卧丘園。百城擁圖書，薜荔紉芳蓀。携手看青杏，幽篁倒金樽。别來滄桑改，海水飛乾坤。人生逢陽九，白日壓昆侖。中原豺虎多，天風捲蓬根。萬里嗟霜鬢，長征傷旅魂。里居復十載，毁屋醉瓦盆。每望岵山嶠，紫蓋映朝暾。故交成星散，生死未可論。今丙申二月，時和天氣温。將子丹江來，薄暮及我閽。審視不相識，耳聾雙目昏。案頭傾濁酒，意氣殊騰騫。我行游南楚，磨楯事戎軒。梁益方跋扈，牂牁江水渾。九有勤式廓，宵旰勞至尊。近日飛山戰，武岡蒼象奔。子老多奇計，何以贈我言。

沙陽觀馬公堤

馬名逢，臯都人。堤竟三里，費金三萬

沔水來嶓冢，蜿蜒下武當。歆歎歎檀溪，奮怒勢狓猖。爰爲築大堤，乃在襄之陽。又屈注而下，地卑沮洳場。群水繁厥族，秋夏恣汪洋。摧堅陷鐵牛，金堤爲蹶張。盧羅半魚鱉，章華蛟龍翔。吐巾兼納拓，蠻府竟茫茫。我公顧而嘆，削牘上明光。御史與中丞，一時相連章。帝哀此昏墊，命公爲之防。泥塗成歲月，辛苦爲備嘗。朱提三萬兩，虹霓十里長。百川歸大别，赤湖化倉箱。

覎此荆州土，包茅貢尚方。昔者胡公烈，補决多遺芳。至今景兄史，人傳太守良。我公今繼之，鄢郢兩相望。千載馬南郡，江漢共湯湯。覎音麥，相視貌。

自岳抵潭舟中述懷

朝發大軍山，暮宿節度石。天水相冥緬，萬古蛟龍宅。君山向我笑，毋乃前度客。蒼梧未解甲，哀牢方辛螫。潭州百萬師，猶自職方隔。君胡事遠行，赤手縛鯨額。酹酒謝君山，饒具綏邊策。男兒生五十，安能常困厄。我欲靖朱方，越裳來重譯。九真稱外籓，裸國歸圖籍。長嘯入嵩洛，不願九州伯。

長沙雜咏

朱方冒隆暑，金石真可灼。喘息卧方床，無計出炎熇。湯泉入幃幕，火山近城郭。層冰何處尋，團扇徒揮霍。蛟龍渴欲死，陰陽竟舛錯。府主焚山川，土龍被丹臒。望望祝融高，松杉枯萬壑。地既苦卑濕，天復苦炎熱。王師住城中，萬甲明浴鐵。北馬氣不蘇，噏噏音吸，衆貌。噏靃，見《洞簫賦》。靃多蠓蠛。莝豆雖有餘，雲錦只暫列。駿骨何磈礧，蘭筋化蟻垤。昆明猶待開，佗尉尚未滅。當宁勤南顧，幾盡大宛血。時北軍多馬死。

潭州雲霽後，空青見岳麓。徘徊公廨中，夙感傷心目。戊子徐將軍，此中建大纛。群寇西南來，飛蝗十萬簇。三匝薄危城，晝夜閲十六。霹靂碾地開，衝棚如電逐。城下鼓角鳴，城上陣雲矗。將軍氣愈鋭，挾纊慰皸瘃。我時勒黔兵，與君力相戮。熊羆一以奮，鼠鳥各竄伏。我既拂衣歸，君作辰陽督。豈知衛霍功，竟成張許續。一別成千年，人代何其速。我來重游此，傷心問前躅。甲第開新府，琅玕摇舊緑。事在戊子冬。

星沙古内城，不知何王築。瓴甓如鐵石，膠漆貫其腹。中有殿五楹，直與雲霄矗。珠簾白玉階，翡翠映華燭。上巳祓禊晨，寶琚照岳麓。賊騎捲江來，王孫共魚肉。紅顔不自保，偷生草間宿。一朝零落盡，深宫聞鬼哭。眼看睥睨平，化作千家屋。

長沙贈郜凌玉時以提學罷官游白下

嗌膝困捕鼠，山鷄欺孔雀。高才不任官，此理誠不錯。湘潭逐屈平，賈誼定落魄。王楊無貴仕，翁赫或衛霍。古之卓犖人，强半在岩壑。斥鷃戀棘叢，六翮翔寥廓。犧牛讓泥龜，亢龍學尺蠖。龐公隱鹿門，劉表不能攫。樊英不仕漢，張翰終去洛。賢路有崎嶇，禮法多枘鑿。我昔困世網，十載卧猿鶴。著書良已多，鄰酒恣大醵。烹腥與喙腐，争似飽藜藿。今日走炎荒，又被微名縛。回首百花洲，惆悵不如昨。

湘舟大風 丙申七月

開舟已七日，尚自困喧卑。湅雨忽作惡，秋氣兼以悲。鼃黽欲成梁，虎豹復追隨。簸浪大於陵，兀嶁學九嶷。奔崩散頵音絢，頭頵大也。砡。音玉，齊頭貌。銀漢相差池。磅唐一舟中，五色失威儀。豐隆怒不解，黯霮惱雲師。谽嘲音鰕，與谺囑并同。相噴薄，列缺加煆吹。稍得進北岸，篙工理柵維。縶纜蘆葦間，方悟向者危。

前日長沙城，正值三伏日。朱鳥罹昆吾，蒸鑠無可匿。將謂祝融峰，隳落在我側。孤舟入湘潭，再看衡山色。是時七月中，秋氣忽蕭瑟。素威一以壯，箕伯驕其德。況復陽侯怒，鼓浪天爲黑。汋瀿[一]沸湯中，舟中成敵國。黃頭號最能，撇捩盡厥職。蝘蜓良自喜，尺璧不可得。涉川以忠信，長年或能識。

【校記】

[一]汋瀿，疑作『灼爍』，據《後漢書·張衡傳》。

丙申長沙逢初度忽驚五十二矣援筆記事傷如之何詩用元美五十舊韵

華顛何匆匆，撫躬五十二。踉蹌無所成，忝焉愧身世。伊予命不辰，失怙纔四歲。母稱未亡人，撫孤延先祀。霜雪歷諸艱，惟恐箕裘替。稍長受一經，俯首函丈地。機聲雜絡緯，剔燈攻六藝。嬉逐同學兒，引將濁醪嗜。一醉十餘日，沉湎無所忌。母不忍尺棰，甘言繼以泪。雖復對盤餐，殷憂或不食。予時但頑冥，鮮復解人事。庸調急追呼，門有處福吏。總角游膠庠，冠軍輒小試。作賦入大梁，鄒枚群相至。三敗困曹沫，鹽車輒騏驥。丙子登賢書，乃騁燕山轡。下第感劉蕡，襆被促歸騎。流氛血中原，寺人稱元帥。賊既多猖獗，兵復少節制。丁丑二月春，穰城忽崩墜。白骨撑如麻，黄金耀旌旆。六親半成鬼，田園但拋棄。老母時鄉居，藏身走蘿薜。懷抱乳下孫，百方爲安置。血屬幸保全，敢曰邀神惠。降亂雖天心，豈非人所致。銅馬日跳梁，猰貐恣狂悖。拉朽陷名城，將軍皆辟易。山陵玉碗出，王孫珊瑚碎。庚辰醉曲江，錢鈔尚方賜。逐隊進賢冠，光采都人視。文字重鷄林，黄金買上駟。曳綬入并州，恒山亘幽冀。是曰古堯都，《唐風》誠已細。晋陽吊尹鐸，黄沙笳聲吹。禄養曾幾何，反成終天罪。是時賊踞秦，先聲凌晋魏。菀裘既無所，爲作南征計。豈謂兩朱榮，公然睨神器。龍去泣鼎湖，苞桑無所繫。義旗起東方，一雪普天愧。談經入舊楚，湘山種蘭桂。持節過洞庭，鞭笞牂牁際。誰謂嬰世網，齟齬當道意。虞翻昔有言，骨體原不媚。雲卧忽十年，救時慚無技。倉猝别猿鶴，寸心實惴惴。却掃丞相門，一官毋乃贅。徒來北山移，未宜室人詈。綉弧滿潭州，客身猶如寄。邇者辰陽捷，露布傳賊退。飲馬入昆明，銅柱看再植。今皇勤遠略，鬼方能不畏。時序感如流，勛業無所詣。鴛鷺本盈朝，紛紛持國是。徒手無斧柯，拊髀良足喟。

飲羽林將唐廷碩園 丁酉夏潭州

象床卧雕弓，佳客集瑇瑁。四座薰風入，岑牟飭新隊。岳麓雨氣深，湘烟濃如黛。玉蛆泛叵羅，格五争行簺。筊鳥相爲啼，檐花呈异態。把酒問將軍，昂藏饒敵愾。兩踏都護城，三出光禄塞。醉後解厠牏，血痕猶在背。

禁旅來燕關，更番十萬騎。雲錦張南國，離衛沸歌吹。潭州百粤喉，上公作元帥。智高方反側，雍闓猶携貳。節樓日旁午，鷄翹紛如織。實廑廟堂謀，未規礪埸利。武庫來精甲，熕蠡資糧糒。茫茫金沙江，使者方攬轡。夏屋開綺筵，清溪傍古寺。蘭錡劫盧明，楯瓦列成肆。蚤策尊卣勛，舍爵歌飲至。

耒陽龐公祠詩

炎德方灰燼，中原起卧龍。西川建大議，况復有龐公。胡不念河洛，因而棄江東。劉璋亦同姓，掩襲如囊中。立國四十年，大耳誠梟雄。蜀賊始法正，繼之乃張松。貪作小朝廷，曆數失厥躬。典午與當塗，相繼竊寶弓。煌煌甄官璽，竟入洛陽宫。涑水作《通鑒》，其説將無同。紫陽爲反正，萬古開群蒙。所以甚曹馬，小宗纘大宗。豫州失機會，龍鳳相始終。我讀《三國志》，嘆息真無從。兹來桂陽郡，仰止欽高風。下馬拜荒祠，歲戊戌孟冬。殘碑蝸牛篆，階前木芙蓉。不見盈樽酒，空聞隔寺鐘。翹首望成都，鳴琴記舊蹤。因兹生感慨，大寒雨濛濛。霸業前朝水，客心南浦鴻。作詩焚宇下，魂氣或相逢。試往問諸葛，遺恨滿虚空。

夏旱詩

蕙林成魁堆，蘭臯蕩朱旗。吸吸畦瀛盡，桔槔不復施。椒丘與京沚，瞠莽走封豨。不見采菱女，長干死鸕鷀。鼉黽何能飽，女蘿失葳蕤。土龍空蜿蜒，豐隆實未知。萍翳雙耳聾，梟楊角觺觺。雄虹與雌霓，逃暑將安之。老父仰天嘆，黴黧愁歲饑。喟喟感離蠥，陫側空爾爲。貴州猶轉運，雲南尚執殳。時事一轇轕，黔嬴轉崎嶇。念此荆南地，兩月疲轆轤。爍日走南陸，金石爲之渝。强半見腐井，沙洲渴短狐。螅獺饑欲死，蛟龍泣江湖。鹿蹊空躖躖，躖，徒管切，踐處也。《楚辭·九思》：「鹿蹊兮躖躖。」跛鱉爲人俘。馮夷威何在，陽侯氣不舒。願言叩上帝，沆瀣早來蘇。勿使《雲漢》後，而再賦周餘。

忽憶

世路何蹇産，曛黄復歲時。十載客南榮，騷屑獨自知。桂楫歷曾波，每每遭石碕。徑復多磈硊，硠磕苦相隨。安得駕青虬，又復驂白螭。所届無墆翳，墆音垤，又音帶。《楚辭》：「墆翳，陰翳貌。」飛身過黄支。部曲一百萬，左連大夏陲。相將入都廣，爲王闢洪基。屈甲何焆煌，焆同焆，淵入切，火光。長鋏一陸離。挂弓葱嶺外，談笑捲朱旗。

世皆棄孟娵，儱廉入深宫。儱音壟。儱偅與龍鐘、籠東同。人皆重康瓠，鷄駭瓦礫同。胡繩誰能識，馬蘭塞路中。皋騄一何憊，朴牛乃如龍。鉤繩各异姓，竹柏别其胸。鼃黽游華池，燕雀笑飛鴻。男兒生世間，吾道豈終窮。桂蠹宿芳澤，辛苦獨蓼蟲。囊我棠谿劍，橐我馮珧弓。笑謝雲臺仗，采藥入中嵩。

詩集卷五

五言古詩下

雁峰留别同事諸君以下《滇黔集》

僭作朱陵長，三載如過隙。軍興方旁午，水旱一以劇。文牒苦稠濁，簡書讋魂魄。蓼擾郴桂間，牙孽復作逆。土窖藏告身，蛟龍護侯伯。去年西征卒，公然肆蠆螫。勒兵鋤陸梁，寢處不遑席。屯兵壑巨川，轉餉難及額。催科與撫字，兩事實相厄。眷此問左遺，瘡痍充户籍。南荒苦兵劫，强半溝中瘠。曩者草橋戰，金鐵喧霹靂。名王化作塵，白骨如山積。近日滇黔收，車書通九譯。湖南一塊土，荆棘實再闢。予也忝藩宣，覆餗良踧踖。洪惟二三子，爲我資擘畫。市虎不咥人，鴻雁來中澤。積薪敢云久，瓜期亦以迫。璽書下昆明，葱嶺連沙磧。古來建節人，多是西南客。離筵簇南垌，爲君飲一石。躑躅惑舊游，徒有雪爪迹。

頂站

關索嶺而西，山勢與雲齊。裊裊象鼻路，斷續成高低。水聲一輊轕，松杉慔前谿。石龕夾天塹，下有粳稻畦。苗人垂椎髻，腰纏五色綈。烏耘坡陀下，赤骭踏黄泥。自言罹喪亂，葘畬生疾藜。秦王竊據時，滇黔爲鯨鯢。大者煉象兵，小者充提携。十九無烟火，豺虎噉蒸黎。近者勤吊伐，聖主念邊陲。王師屯六詔，竈增洱海湄。羽檄馳流星，三軍待晨炊。香糠來吴楚，白鏹供粱齊。縻費八百萬，轉輸相追隨。尪羸苦負擔，更無息肩期。願言交趾開，長此卧鼓鼙。憶我西征日，夏口柳飛絲。今已六月後，尚在黔中棲。崎嶇四千里，强半陰雨垂。熊羆吼當路，白晝走魍魎。山頂决層雲，山踵穿深池。或折如鹿角，或叠如牛膍。險狹不一狀，顛躓勞馬蹄。近者僰爨道，百萬羽林兒。詔書還開疆，驛使來京師。過都如歷塊，没滅飈風吹。大吏仰鼻息，小吏受鞭笞。驊騮半凋喪，駿骨生瘡痍。所嗟皇華路，荒服庇孑遺。兼聞厮養卒，鈔略無虚時。商旅爲裹足，都護空爾爲。不知端拱上，何以慰蒸黎。

再別崔修庵

東郭歸化寺，青青松柏枝。諸公送我行，離筵載酒巵。南指蒼梧雲，飄渺天外垂。行行一萬里，山川實問之。絶巘通霄漢，巉石起熊羆。五溪春水沸，遥拉牂牁湄。嶺表雖小康，九郡尚瘡痍。金沙隔戰壘，帶甲滿滇池。戮力視公等，租税疲孑遺。我行日以遠，分手良淒其。社燕海上來，游子去何之。我來菡萏發，我去楊柳垂。把酒問同人，分袂即天涯。桂林連象郡，荒服盡南陲。往者漢武帝，四路出王師。吕嘉不復反，甌駱罷旌旗。本朝收兩粤，幾經反覆爲。名王鎮番禺，日南盡健兒。遥知閭左空，征輸及荔枝。深譽撫字難，何時罷鐵衣。

滇南道中寄南寧令伯建

西南山石都，險狹剛容轡。硌硌礐礐然，夾道縛良驥。唐突千萬群，大小如引類。高峰削鏌鋣，平坂列贔屭。左擔臨絶壑，驢背惟恐墜。狂飈吼山脊，人面日顛頽。木香散馥郁，茶花開紅膩。亂山鷓鴣鳴，林深不見翅。南賈遠方來，布匹捆載至。經屬過百牢，忍將餓虎餧。此物到雲南，一時三倍利。賤子蘭滄來，量移五嶺地。所嗟鬢毛斑，原無將相志。蹉跎三十年，舉趾多顛躓。一身萬里游，於國無軒輊。空郊多豺虎，游徼藏劫騎。行李雖蕭然，白日防魑魅。金沙未息戈，緬甸牽右臂。雖鑿昆明池，莫樹日南幟。王者大無外，未容車書异。翹首望炎州，南海當離位。智高久蕪没，吕嘉亦辟易。我行賦南征，敢謂交州棄。我友桂江夏，百里南寧治。一官走天末，花封實小試。十年喪亂餘，民生亦孔瘁。孫李相鯨鯢，黄沙沉斷鞚。恩勤良已難，慈乳防猛鷙。

惟子嫻經術，循良有故事。邂逅交水頭，陶然成一醉。夜半詔書來，云是長安使。黄帝忽乘龍，薄海爲灑汨。倉猝竟分手，銷魂對古寺。把臂是何年，此日永當記。

鷄場寄題天台

憶我庚子夏，乘傳入滇池。三千黔楚路，頑山滿目垂。糞堆與土壤，礧硌空爾爲。曩者飛雲洞，獨自出等夷。今者天台山，愈出乃愈奇。青嵐觸馬首，藤蘿烟霧披。芙蓉十里外，乍可到金羈。夙心嗜佳勝，林壑矧列眉。未可覿面失，跋馬相追隨。遥望已神豁，近眺愜所宜。石梯何崚嶒，老樹三十圍。委曲蚰蜒路，松風入絳帷。山臍俯萬峰，嵌竇瀉匼匽。迤邐陟絶巘，軒欄帶罘罳。飛閣相牽屬，藻井一陸離。恍惚雲霄上，脚下踏虹霓。空中神骨寒，落霞任指揮。緬想楚莊蹻，與夫秦張儀。遠略開遐荒，萬里勤旅師。靈山歸職方，輿圖盡西陲。此山失本來，斧鑿窮設施。倉猝去白崖，經年昆海湄。今朝過安郡，鷄場繫馬時。復欲一登臨，春光攬翠微。王程不自由，杖履未有期。故人石太守，今者地主誰。爲我訊平安，名山好護持。

半山亭

孤峰跨郡郭，巉岩劃幽奇。雲漿瀉石竇，碧玉濺匼匽。寒壁削積鐵，白沙走清池。有時蛟龍吼，驚湍匹練垂。有時竽籟鳴，薜荔相葳蕤。遥望四周嵐，雲霞生近陴。攬之不盈掬，襟帶烟霧披。飛閣凌雲出，木筆大十圍。箬笠摇春風，松濤捲翠微。主人來山東，魁傑經人師。牙籤十萬卷，振鐸西南陲。偃仰一屠蘇，諸生羅絳帷。金甲方震蕩，羽書何交馳。士子敷文德，柔遠愜所宜。賤子下昆明，杖履偶及茲。深同主人醉，遂與名山期。昔者夜郎王，君長自一時。漢使唐馬輩，捧檄下羅施。古人不可見，風物邈難追。攬勝不到此，萬里空爾爲。

辛丑四月黄平作 時守杜廣廣文、余夢鯉相與盤桓，甚善

滇雲甲未解，王路正崎嶇。旌旗來上國，念此西南隅。代戍有程期，敢自厭征途。安西未列郡，餘孽實逃逋。粟鏹輸中原，艘滿洞庭湖。轉運一以艱，不仕健兒餔。驟裹塞城郭，又復急青芻。苗民筋力殫，骨髓日以枯。府吏捧牒至，山谷爲喧呼。開疆事未已，遑計閭閻墟。王者合三統，萬里入車書。會須銘青海，勒石過居胥。洗兵常不用，瘡痍長此蘇。

我行黄平道，百盤何嶕嶢。下有蛟螭窟，上有狖鼬巢。我前青兕叫，我後黄狐嘷。蹭蹬使我下，迤邐使我高。左右風颼颼，弓箭各在腰。左擔危如棧，溪壑或無橋。疲薾日將暮，筋力一以勞。馬上見平楚，茅屋架樹梢。道旁兩官長，迎我過西郊。雉堞埋蓁蕪，没滅見城壕。下有百頃田，荼蓼無人薅。一水通五谿，險狹纔容舠。近者鑿石門，南米來百艘。所嗟陸運難，喘汗入重霄。

殷紅良可惜，戰士空嗷嗷。

重九前二日看菊以下《粵游集》

嶺南萬里地，連年苦用兵。園亭半瓦礫，花草不復生。時序值九月，葳蕤謝朱榮。如何楚江菊，竄入百粵城。也復能盛開，燦燦灼眼明。雲霞當尊見，錦綉列前楹。五色相披宣，白露載盈盈。客子來遠道，天涯簇弟兄。絶嶠值名花，對此愜歡情。况復重陽近，如聞風雨聲。良醖姑蘇至，河干小舟横。翩然黄鵠裳，楚客賦南征。酹酒問秋菊，耻將百卉争。勁節傲嚴霜，天地見峥嶸。本宜植上苑，圭璋耀其英。炎荒多瘴癘，雜然配橘橙。未飽宗臣腹，徒成處士名。培之以錦砌，衛之以千旌。送汝洛中去，明王重老成。

全州道上聽松

驅車歷炎暑，四望入平蕪。長松夾道植，稹舉十萬株。結蔭彌百里，倚斜色態殊。青銅化作骨，積鐵長其膚。根節互盤錯，强半如跏趺。車蓋何陰森，龍螭相盤紆。萬籟忽而作，變幻不一塗。大者撾金鐵，小者振笙竽。或如兒女喁，或如壯士呼。山谷一以震，管弦一以鋪。或謂是風也，抑松之爲乎。風松不可辨，二者相模糊。菟絲結不解，琥珀叩難誣。列戟擁將帥，鼓吹導前驅。

行行斷復聯，望望到城隅。我聞古嚴關，在昔隸番禺。南越在漢初，不登王會圖。此松始何年，歷代幾榮枯。尉佗不可見，伏波亦以徂。飄渺蒼梧雲，日暮但栖烏。

柳州懷子厚

我昔吏永陽，山水足亭嘉。大率因君顯，文字爲梳爬。不然終荒裔，蛇豕以爲家。今我入南粵，浮梗泛天涯。覽勝入龍城，懷君意更奢。公於元和際，崛起陟清華。鋭意凌霄漢，鷫鷞淬鏌鋣。豈知遭嗟跌，塌翼徒咨嗟。屈原得放逐，賈誼到長沙。自古經術客，難免物望嘩。困厄愈凌厲，何啻陟嵩華。當其堙鬱極，騰踔天漢槎。芝菌發光怪，虬枝紛盤拏。磨成大手筆，漏天補女媧。百粤文字祖，詞賦奇而葩。讀君易播表，天子再宣麻。誰謂君門遠，一身萬里遐。君於朋友際，義烈良足誇。所以韓公傳，昌言爲君加。同游蕭許輩，高步登雲霞。無人爲一言，洗剔其疵瘕。騏驥困泥坂，鳳皇終籠笯。永柳遷謫作，秋雨雜塞笳。當其腸斷處，猿聲落三巴。羅侯勤俎豆，荇藻間秋瓜。歲時走巫覡，楚歌猶傳芭。酹公一杯酒，不復嘆栖苴。公有句『寧復嘆栖苴』。使君作將相，德音豈無瑕。何如千秋業，時發嶺南花。

粤城諸葛祠 有引

在桂林城西陬卧龍山麓，土人祠之，未詳所始。衡州石鼓書院有公祠，舊史：『公爲軍師中郎將，督三郡軍實於臨蒸。』按，零陵距此尚數百里，此時嶺南之地盡歸孫氏，公不應至此。或聞風而祀，不必深究也。拜公祠。

公是瑯琊人，跋涉來青齊。避亂入南陽，卧龍乃舊栖。嘆息漢中葉，中原走鯨鯢。三顧煩昭烈，魚水相提携。協規赤壁功，略地湘水西。嶺南百粤地，震悚達雕題。江左方割據，許昌正鼓鼙。借此荆州土，苦欲救蒸黎。所志既不遂，白帝成封泥。雲霄一羽毛，長此復凄凄。灑血定南中，誓師過碧鷄。尺涔困蛟龍，麒麟縛其蹄。回首祈山道，潼關戰馬嘶。未能成俘馘，徒自嗟噬臍。至今褒斜路，五丈草萋萋。我來粤山徼，荒祠一攀躋。萬山犄鹿角，叠嶂如牛膍。石竹年年緑，榕陰怪鳥啼。望斷蜀鵑魂，落日蒼梧低。

望南岳

昔稱岳主人，勝概幾游覽。譬彼果腹客，珍錯不能啖。今日過嶺來，反動南岳感。陟身蒼梧巔，遥望金沙糁。祝融爾能來，烟鬟何澹淡。伸手秀可掬，層霄七菡萏。下視齊州低，星辰會一攬。

岣嶁峰奇字，虬龍糾成緻。忽傳虞帝來，珠琉帶玉紞。如聞朱陵瀑，銀河流其坎。紫蓋羅閶闔，陰森雲日慘。山北多蒼耳，山南多菖歜。我聞得道人，噉此如橄欖。但能生羽毛，凌虛出塵窞。把酒勸赤龍，世兒差鉛槧。洞庭纔一杯，九野氣黭黮。一笑漢秦君，學仙無此膽。

談蘧老之東粤

談子何方來，詩文美而艷。短髮間霜髭，壯心殊未厭。踆踆走江東，鸊鵜看一劍。百戰疲金陵，餘子爾壇坫。糠粃見六朝，長江涌天塹。又如金焦山，砥柱同瀲灩。近日詩格卑，徒爲竟陵玷。如疾到膏肓，藥石難箴砭。孟津繼回瀾，李何起昏墊。以此號大宗，當璧或不僭。自笑頭已白，半生攻鉛槧。一官雖不偉，壁壘猶在念。飄渺蒼梧雲，霜風吹茅店。送子過粤東，離尊何足饜。禄位雠高名，如君亦其驗。

鏡亭園蔬

何來瓦礫地，萵苣雜菘青。黄公鄙肉食，群蔬羅其亭。悠然命灌溉，不時漱園丁。曰惟古之人，淡薄以爲經。所食無兼味，何必五侯鯖。近市少桔槔，有智須挈瓴。未幾兩月間，滋華如郊坰。承筐猶掇之，蓊鬱滿户庭。狂奴不求多，公餗常在銘。我聞服氣人，所惡喙腐腥。葵韭薤蓼蘇，野味留芳馨。長鑱以爲命，菜傭且莫停。古之霸王略，寓意在無形。經綸藏播植，甲拆隨風霆。黄公笑不答，客去門復扃。

閫署古松

公廨中置此，閱人真如郵。未審何年植，枝幹與雲浮。挺挺立階下，老氣横炎洲。黛色兼霜皮，蔭可蔽千牛。訓狐不敢巢，陰雨啼鵂鶹。當時秉鉞人，歷盡幾公侯。人代抑何速，此物等蜉蝣。憶在勝國日，閫帥建節樓。朱甍連碧砌，雄風抑颼颼。大厦都銷歇，一椽不少留。憖遺獨有爾，離奇載道周。豈以不材棄，先容不我收。徒爾耐風霜，總不見虔劉。日望伏波山，矍鑠相綢繆。主人金陵來，饒具匡王謀。暇日酒其下，濤聲灑壯猷。時復　相訪，金尊散客憂。婆娑想神理，倜儻出城頭。如斯不棟梁，深爲匠伯羞。有時清廟上，網羅或見求。

書所見

我觀《溝洫志》，載讀《河渠書》。疏排有至理，地氣無填淤。吳子啓邗溝，嬴秦掘丹徒。迷哉隋楊廣，梁宋達江都。亦有蕭寺主，淮堰百里餘。國君猶不可，何况在簪裾。汝南鴻隙陂，灌溉資萑蒲。一朝與陂滅，黄鵠爲嗚呼。是皆窮造物，遑恤民怨睢。找行甌駱道，高嶺雲鬱紆。北水歸洞庭，南水下蒼梧。瀧江近城隈，雙虹帶高渠。王足何方來，麻子殫爲閭。胥靡苦畚鍤，孑遺失歡娛。罔論地脉傷，雉堞上河魚。鯨鯢相噞喁，引類入南隅。直突羊馬墻，輕舟蕩雁凫。地是沁水園，人泛赤沙湖。羅綺满沙棠，蓮舟穿芙蕖。府主大歡喜，醉污氍毹。

寄衡州趙使君時督桂林運

爾本承明客，舊作《長楊賦》。再出典山公，人倫歸掌故。一麾來百粤，山林啓篳路。十萬羽林軍，挂弓瀧江駐。轉輸良艱虞，嬰兒如待哺。石田困廩庾，庚癸恐時呼。長鯨未盡縛，量沙那可誤。惟君救時才，兼能佐轉輸。星檄飛江東，白米如泉注。日增十萬竈，儲胥咄嗟措。槍櫐何振振，飽此桂林戍。滇黔方出師，黄金急白羽。得此稱後勁，飛過鐵橋渡。計日泰階平，告廟賜大酺。念君紆籌策，勿絀西南賦。行且召君矣，回首望嶺樹。

懷南寧江使君

我昔游金陵，得聞江郎久。身出紫陽鄉，文似同甫手。一官閩海東，伸手捫北斗。飄渺白雲司，鵜鴂在户牖。茫茫九江南，屢經兵燹後。聊作豫章行，彭蠡環左右。帝乃顧日南，巫黔尚小醜。惟兹百粤陲，倮國相雜揉。誰爲借長城，天子曰江某。果見黎陳歸，公然上印綬。筐篚盈道路，表箋篆蝌蚪。可知兼通材，左宜而右有。吏治須經術，邂逅君是否。

寄平樂胡使君

日前胡公來，爲作方伯祝。玉壺合在陳，銀燈醉華屋。是時山花開，兼之秋釀熟。飄渺飛白紵，婉轉連絲肉。我聞方伯言，得悉子芳躅。塞帷在三輔，旌旗臨上谷。牙籌佐軍需，羽林仰斗斛。驅車太行坂，跨馬華山麓。至今秦晋地，剪伐愛嘉木。天子憫五嶺，雙戟下南陸。百粤魑魅地，萬山如結束。磽确叢蟣虱，梳爬難欲速。惟君保障材，椎髻易風俗。豺虎既屏息，深岩結蛇蝮。聲靈震朱崖，稽顙來歸服。此事雖廟謨，功勤良足録。賤子叨同舟，隨人空碌碌。翹首蒼梧雲，倚徙江潭緑。

聞長男始起武科捷 辛丑仲冬廿日

一官寄嶺南，邊風欺人面。每於吏牘暇，手不廢一卷。念我起家此，垂老猶不倦。晨興未盥沐，丁寧喧貢院。時予居此。短衣兩健兒，來自長沙縣。囊出京國師，爾與熊羆宴。喜提如意舞，朋舊相歡抃。英主方龍興，連年苦征戰。將帥思鼙鼓，時方重弓箭。昔日班定遠，書生焚筆硯。獨於父兄外，卓犖以自見。我爲縑緗誤，輒生時事賤。崎嶇萬里游，歲月如飛電。昨朝攬鏡窺，鬚鬢白於霰。誓將拂衣歸，湍壖學漁佃。濁醪理散帙，王侯何足羨。

粵樹何蒨葱，粵山彌崒嵂。廢邸作公堂，朱門帶瑤室。嘆我離家久，屈指歲華七。眷懷祖父塋，伏臘增嘆息。前接建水書，萬里來滇國。爾弟先致身，荒徼尹爨僰。我爲軒然喜，豈不念先德。丈夫事壯游，何必論關塞。爾今復成名，天駟驊騮質。古來封侯人，原不在文墨。楊馬賦蹭蹬，衛霍擅封邑。天寶多文人，獨傳儀與弼。兵氣未全銷，潢池在方域。爾父抱壯志，生平人未識。斥鷃戀搶榆，蹉跎已云失。努力事戎軒，爲國靖殘賊。吾里將相鄉，雲臺猶在側。莫學爾老翁，但恃三寸筆。

冬暖偶出郊關坐蕭寺看沿江烟嵐

吏事嶺外簡，瘡痍纔定後。异國喜同人，荒嶠多烟岫。每於簿書暇，不忍廢清晝。笋輿出東關，探奇如訪舊。黿鼉駕高梁，江面迎風縐。傍岸即闤堵，人烟兹群僦。連錫與丹砂，藥物相雜揉。榕木冬逾青，長干垂橘柚。上有青蒼壁，山花争鋪綉。峒穴靄森沉，宗生繁玃狖。翡翠不時鳴，棕櫚霜皮溜。精廬何年置，幽篁獰石竇。梅花不雷同，金苞大如豆。叢桂甫盈尺，公然與霜鬥。蜜蜂乘暖來，柏蔭晴更覆。郊郭一氣中，孤峰識獨秀。商帆南北征，戍壘尚斥堠。金沙鼓未歇，樓船捷待奏。百粵相唇齒，如車恃輻輳。猺寵叢蟣虱，荒獷而固陋。邇來雖化鳩，所在猶莽伏。

節鉞賴重臣，南人多反復。儲胥飽健兒，芟芻充馬厩。轉憐民力艱，所慮挺而走。以此告同游，過計豈云謬。

風峒觀魚

桂山有古峒，乃在城之陬。俯瞷即灕江，梟雁見漁舟。洞風來無自，空中響颼颼。如開土囊口，窸窣動四周。下有百尺潭，鱣鮪相遨游。往來矢魚者，網罟如雨稠。間有垂芳餌，捶針作釣鈎。大魚或以尾，小魚或以頭。時聞潑剌聲，憑空上譙樓。四座咸歡暢，披襟任夷猶。絲膾切紅玉，葡萄酒無籌。我思渭水璜，尤懷子陵裘。日暮風將息，漁火猶未收。臨風問榜人，艓子滿沙洲。在昔張季鷹，秋風憶舊丘。念及四腮鱸，華簪即日抽。粵山幽云好，萬里在邊州。何如白水上，鱖魚任所求。

雨中送破門

浹辰春雨足，旅愁日以侵。況送老衲去，如何不沉吟。雲館一寂歷，紫花帶夕陰。虎落相逶迤，翠鳥在青林。對此魍魎地，徒勞瘴海心。祝融八萬仞，九江杳然深。爾去朱陵洞，我在桂陽岑。但逢南雁至，可能不嗣音。

名山在何許，霄漢入百層。乳鶴巢不住，猿玃失憑陵。我爲朱方客，石梯凡幾登。門對臃腫樹，詰曲間壽藤。黠鼠時窺案，華蟲不避罾。嘆息十年事，宦途屢折肱。兹者巒𧉮窟，杖履如不勝。半載留桑下，破衲悟三乘。時作文字緣，揮毫見爾能。倏然從此去，奮飛如蒼鷹。問汝從經路，莫驚山裏僧。

贈李梅谷方伯

梅谷天下士，千騎來東方。前纛擁如雲，列戟明如霜。聖人爲推轂，受命下炎荒。不腆西粤城，萬山羅混茫。猺狑如蟣虱，窟宅瘴癘鄉。六詔相連屬，長官接夜郎。近日大將軍，駐軍甌駱旁。轉餉何艱辛，舳艫載江糧。使者持牙籌，經營紫微堂。蒼梧雲氣白，牂牁草木黄。作牧心良苦，何以報君王。

送張一庵

魚魚文酒會，相娱瀨江津。婆娑長松下，茅舍日相親。兵衛雖羅列，中有圖書人。東門青羅江，朱樓碧玉岑。有時或往返，頹陽漲夕曛。不知炎荒苦，逐逐老馬塵。著書一百卷，殺核雜然陳。窪者風籟木，微者鳥鳴春。匪侈經國業，聊爲梁父吟。得子能玄賞，如聞太古音。扁舟從此去，蕭蕭叢桂林。嗟彼長安市，我欲碎胡琴。

再送張一庵

憶昔鼎革交，賤子游金陵。鐘山十萬户，鼎然號陪京。藩邸洛陽至，丹艧聳觚棱。黔相何猖狂，貨貝日以增。永巷填綺羅，狗尾續公卿。王孫何方來，貫索滯前星。義旗武昌下，南北列軍營。誰云長江險，指顧失中興。夢夢思往事，天心未可憑。子今歸建業，艤舟石頭城。六朝空霸業，舊禁走鼯鼪。向來胭脂井，香魂帶血腥。臨風莫惆悵，白鷺夕陽平。

送沈羽生歸代州

燦燦沈羽生，奮翼出錢塘。上書入承明，蘭臺墨幾行。潛身圖書府，拔起羽林郎。饒抱匡濟略，造次謁東堂。揚旌來宛鄧，叱鞭問葛疆。還訪召杜迹，溝洫砥堤防。菑畬東南畝，京坻復倉箱。每每鉗盧陂，斗泥不可量。暇日事貙膢，爰田作戰場。五步或六步，風雷躍龍驤。仡仡千夫長，西鄂資金湯。蜉子潼關來，急羽索軍糧。或言是亡將，潰卒恣披昌。得君砥柱之，夜半走南陽。痛哭元戎第，飛檄靖城隍。至今遺父老，垂涕思不忘。勒馬入上谷，鳴鏑句注旁。相逢李太守，出獵射黄羊。如何桂林路，炎熱下朱方。水陸輕萬里，扁舟問瀟湘。殷勤念老友，不辭瘴癘鄉。

百粤文身地，向來號大荒。近日中國人，租税通上邦。吕嘉不復反，樓船各相望。安南復來歸，鱗介慕衣裳。一身笑陸賈，愧無千金裝。離筵復送子，載酒各盈觴。蕭蕭黃葉下，白雁亦南翔。屈指數歸程，雪花滿太行。

病狼行 有引

八桂人有業田者，見一兒狼病倒山溝間，以絮籃護之持歸。初，制以鐵鏇繫項間，日食以肉少許。坐卧床第時常弄之，狼亦摇尾求食馴甚。一日，偶乘主人醉毷氉，嚙主人足，瘖驚，乃銜一肥豕跳墻去。此以後，横不可制，墟落蕭條。北客有多力者手搏而得之，乃磔焉，伏其辜。

狼子方出胎，抱疾山之阿。傴僂溝塍中，老狼不顧他。黃髮把鋤來，咿嚘耳邊聞。依稀似狗子，拾得守柴門。小物能狡黠，弭毛在階除。雖然受羈靮，原無阱檻拘。自小好肉食，一日輒二斤。豢養成氣力，反顧齒齗齗。主人帶酒來，齁息只酣睡。此物乘其暇，一足幾不衛。主人中傷起，謂畜何敢然。魚肉及主人，情理難自寬。跋胡乃自言，不耐鏇索苦。食肉有程限，一日能幾許。槽頭有艾豭，終日口流涎。今日飽餐之，其腹良果然。謝主入山中，腰膂日增强。恨不生羽翼，擇啖牛與羊。狼在一家寧，狼去四鄰驚。無復留鷄犬，赤埘汝横行。長橋有老蛟，南山白額虎。

不及此狼饞，肉山難糊口。左擔碧玉山，右恃羅帶水。崎嶇走軒昂，據山之腸胃。有客鄧塞來，兀然奮老拳。入山尋此物，齇劉如烹鮮。嗾犬食其肉，阿奴寢其皮。老狼氣數盡，貪戾亦何爲。

梧州石荆山園走筆贈黄凌之以下《續滇黔集》

凌之三湘客，生長岳陽樓。身跨五花馬，又被青兕裘。從軍四十載，大戰隴西頭。左手執雕弓，右手拖神矛。倜儻何不羈，同游邈無儔。功成身將隱，不願關内侯。近者栖嶺南，冠蓋若雲浮。愛客四公子，華鐙酒無籌。時方亂未歇，邊塞羽書稠。幽州謝廷甫，《陰符》多奇謀。日與凌之交，約如膠漆投。盛世方推轂，毋爲耽林丘。會須杖策去，爲王定交州。

陽朔舟行

癸卯之六月，舟行陽朔道。萬山奪一目，形容難爲肖。或如象而蹲，或如虎而跳。或如縮頭鯿，或如搏風鳥。或如淮陰旗，赤幟捲燕趙。或如昆陽圍，風雨戰獅豹。或如虢女妝，娥眉只淡掃。或如龍山會，參軍落其帽。或如鵠鸞翔，或如鴟鴞叫。或如陛下戟，或如馬前纛。或如泗上君，敦槃結盟好。或如吴延州，觀樂恣探討。五城十二樓，鬼國羅刹島。變化各神奇，空色俱玄妙。扁舟五尺地，公然湊衆巧。神魄失枝梧，應接忽潦倒。半刺未及通，義從如雲擾。雄蝠乘晝出，栟櫚貢瑶草。水車響烏犍，木客走窈窕。維時柳漿熟，桂巤甚一飽。獼猴如串珠，孔翠類中表。黑涎咽老蛟，輕舟纔瓠小。不及細領略，愧未闡其要。風烟入裸國，江山富文藻。百怪洩元氣，莫笑人物少。

益湘贈經雲文

山勢何紆曲，夾道即長林。壽藤挾老樹，倚釣狎風淪。此中有遺舊，原是葛懷人。自言其先世，系派汲水濱。宋高南渡日，爰長其子孫。貂蟬何赫奕，閥閱在其門。迄今嘆式微，衣冠尚蓁蓁。相與話先疇，屢夕復兼晨。低佪不忍去，疑是武陵津。

七月十五日，策馬出全陽。迤邐六十里，一河水湯湯。蛇盤田塍中，山角互低昂。有時路不通，樹罅吐其光。碧瓦連朱楹，風雨半圯墻。座間對耆儒，頭顱亦如霜。長揖爲下榻，宿我忠愛堂。古心含樸直，鷄黍感農桑。我去黔陽道，居住益湘旁。可能來相訪，莫笑夜郎王。

波山詩有引

歲在癸卯，予年五十有八。薄游桂林，爰生七郎。繫馬古田，輒得寧馨。遂依舊山，題以佳名。五月歸來，一試啼聲。扁舟蒼梧，溘焉朝露。老人心瘁，傷如之何。康熙甲辰，黔臯春王。偶然念之，爲憶以詩。令爾雁行，無忘孺子。

垂老西南角，兩鬢漸如絲。六詔初開日，繫馬昆明池。東鄰有妹子，二八揚清眉。蹇修以爲言，邂逅遂結縭。迢遞來廣州，萬山走魍魎。甫獲即次安，介馬復星馳。雨雪山谷間，魂魄寄屜屩。梳爬良以苦，負固阻王師。綱紀家中來，喜氣滿軒墀。爲言熊熊兆，三月產佳兒。維時在座客，强半多偏裨。手奉金叵羅，爲我酌盈巵。我因頹而醉，百盞不復辭。兩月始言歸，倉猝撫摩之。羅列多星士，維言此兒奇。焚香謝祖妣，酹酒伏波祠。願言錫嘉名，常念百粵陲。如何三伏日，一葉梧江湄。鳴櫓入始安，寸心百憂罹。七箸不能進，反側何所爲。骨肉相關切，躊躇獨自疑。東門逢小史，將欲艤舟時。忙然亟問訊，忸怩飾言詞。我乃如兒信，生別死相離。嘆汝多兄弟，兩者今我隨。寬言慰老父，其實用自悲。古人折箭誓，相憐同父詩。下殤何足嘆，老泪徒爲痴。西郭有黃周，地下好扶持。

送黃蟾如歸思南

黃公年三十，奮蹟起東遼。弱冠入承明，况復閥閱高。一守山陵戍，旋觀浙江潮。仗策凌八荒，蛟龍上節旄。振旅還帝闕，聲華壓百寮。爲王司喉舌，黃麻出雲霄。廟堂方側席，徘徊西南徼。封豕曾割據，兵氣未全消。我聞烏蠻俗，人類而鴟梟。睚眦一相犯，讎殺如刈蒿。負固梗王化，陸梁匪一朝。慣爲逃逋藪，吮血礪寶刀。茫茫巫黔野，族類古三苗。夔子接房州，魍魎連其曹。十年成甌脱，千山斷蒭蕘。唯公天子使，萬里賁星軺。號令一以下，板楯不敢驕。溪主來相賀，釃酒醉嫖姚。鯨鯢成京觀，蟻穴盡蕭條。賨布時登市，傜女在近郊。咸曰大夫力，長此罷征鐃。

寄王振懷思南

郡[一]陵雙清閣，送我入滇池。金勒紫騮馬，寶鞭珊瑚枝。郊原列氈屋，鎧仗壯軍麾。猶記分手際，贈我多壯辭。獵騎金沙外，蹈碎麓川碑。丈夫耀竹帛，未可碌碌爲。封侯當及壯，勿負不貲軀。我亦隨相勖，黽勉勿遲遲。倉猝從此別，王程路崎嶇。我遂入六詔，君還過五溪。越巂開壁壘，山鬼避旌旗。聲靈讋川東，解甲巫山齊。府主失魂魄，刀劍易鋤犁。黔中咫尺地，牂牁水東西。賤子來觀察，復與公同時。去不盈千里，相思無了期。我聞黃使君，君比往年肥。我日增衰白，常夢故山薇。我有琥珀酒，飽貯鸜鵒巵。安能長羈旅，與君久別離。會須恣熳爛，重倒舊接䍦。

【校記】

〔一〕郡，匯編本作『邵』。

照壁山作 癸卯冬

貴陽郭外寺，乃在此山巔。騎馬恣登眺，屢踏菜畦田。鷄柵間茅屋，石路走蜿蜒。我馬纔喘汗，青轡珊瑚鞭。行行及山麓，曲折入雲端。石門何崱屴，廟貌亦方嚴。僧寮多窈窕，北窗起竹竿。老僧何處來，家住青城山。來此四十載，霜雪覆兩顴。趺坐亦不出，日暮看飛鳶。周墻種小樹，丹翠殊芊芊。我友陳自修，歡笑拍我肩。爲言身到此，鼎鼎已三年。胡爲未過此，此懷良歉然。適來同子醉，好山應佳篇。我爲磨墨書，杯酒半闌珊。坐念冠蓋場，難得此日閑。倚徙不能去，萬山返照間。

送吴熙中

吴下延陵客，三十始從戎。騎馬過南鄭，投鞭劍閣東。上書謁朱邸，談笑揮長纓。邂逅幾不遇，一氈夜郎城。壯心猶未已，杯酒指長虹。

海内推大手，皆言吴駿公。我昔游京輦，親與决雌雄。犄角共其鹿，人傳兩空同。我遂去長沙，子亦返江東。何期西南角，得遇爾阿戎。篇章固磊落，幹略仿縱橫。人望其麾蓋，知爲大軍營。

贈王篤仲二首

曾向姑臧壘，獵騎射生還。破敵當英歲，轉戰過前山。河套沙原下，伊吾戰馬間。至今六詔地，猶説舊蕭關。

挽强纔三尺，雕鞍跨賀蘭。涼州要害地，蓐食如風湍。短劍崤函夜，寶刀渭水寒。蒯緱猶在握，垂老不能看。

詩集卷六

七言古詩一

靈石縣南淮陰祠

六國灰燼何茫茫，飽食伏肉秦始皇。燕有名儲奮厥螳，千金爲人壽北堂。悲歌易水濺衣裳，匕見圖窮還自戕。是時將軍蠖屈淮陰傍，冷眼唾手觀興亡。江東烏騅鋭莫當，只合垓下泣數行。尺寸山河歸咸陽，長者寧惜一假王。俎醢何須怨彼蒼，辟穀虚傳張子房。一生恩怨只女郎，漂母淮水，吕氏未央。君不見王孫土與明妃墳，或如朱丹或如靛。有冤別恨無處白，天地千年爲改色。

同劉講山飲鄭天玉園甲申春揚州

霏烟淡瀉細雨宜，白花青果相宣垂。海上蚌蛤江中鰣，珀光瀲灧巾角攲。嬌鶯雛燕翩來遲，如雜歌板吹塤篪。雄文一卷粲棗梨，滄溟欲枯華峰低。有如騊駼奮神姿，朝馳荆甌夕月支。我爲捫讀長嗟咨，珊瑚十丈照江瀰。《昭明文選》三絶碑，曠世如君具一時。風翻滹沱走旌旗，天津柔櫓蟠蛟螭。稻糧宿飽羽林兒，磨濯棠谿振鐵騎。嗚呼長子誰帥師，潼關榆塞不復支。十萬解甲空熊羆，而今流落清河湄。北來經過淮陰祠，不見王孫意空悲。之子騰驤馳九逵，軒轅之法《陰符》辭。淬鋒截海剸鯨鯢，喝斷蘆溝死紅眉。我方氣竭西山陲，鋸牙箭羽出葳蕤。孤艇烟波貯子皮，虎丘鶴圃任所之。曳尾自惟快塗泥，不妨種藥兼采芝。揣摹如君當自知，碧竹蒼石照幽奇。

江浦曲

前日到宿遷縣，今日過清江浦。夜來巨浪叠如山，天風吹墮龍腥雨。雨下麥田兩岸青，春草蓊薈氣冥冥。海鷺與胡燕，翾翾遮小舲。烟戍萋墳，古城殘壘。夢縈亡慈，感彼逝水。躍馬鳴狐毒九垓，新秩長跽何人哉？手刃虺蛇，突圍西來。今日兒女船中語，不見一人泪如雨。

峽川歌贈劉伯宗 乙酉

峽川詰曲盤幽窈，六月陰晴幻昏曉。蒼龍甲爪透雲根，鬖鬖長鬣拖山杪。濕綠毛雨泣殘紅，石乳泯泯決清醥。女貞林裏玄猿啼，山鷄衣妒錦鴕鳥。大樓離奇插碧空，獅峰襹褷而倔矯。我友劉伯宗，來此耽淵討。左子而右孫，坐卧復潦倒。千里置驛每慇勤，十年作賦非草草。我昔讀書嵩少巔，海內文人知子好。玄都燕麥感春風，天祿閣上青藜老。我今遇子大江南，瘠寐與之爲介紹。客冬青羽落鳩茲，秉燭夜闌魂悄悄。蘆荻洲帶江雪白，凍烏啞啞寒林繞。照秦磯上柳如絲，一葉桃花鯨波漚。賃舂我傍昭明臺，子就征車金陵道。寧南鼙鼓武昌來，東流建德無完堡。卜夜我尋江祖石，秋浦玉潭看欲飽。幾回問子無消息，豺虎滿前魚雁少。有子有子曰得輿，邂逅騎驢仁四保。爲道阿翁駐烏程，款段馬尾中丞纛。是時鳴笳吹維揚，鐵瓮土崩金山搗。延秋門外扈從希，解體魚龍抑何早。騊駼蹄嚙六朝松，山鬼陰森哭華表。胭脂古水咽石床，檻車忍復入燕趙。侘傺江鄉胡不歸，漢水湯湯禹山杳。便欲鼓枻溯潯陽，羽檄烽燹尚未了。聞子在峽川，乘興時登眺。避秦尚覺武陵近，栖隱或見鹿門小。芒履叩荆扉，鯈鱗曳碧藻。暮蟬淅瀝枇杷秋，浣婦綷縩白石皓。社鼓逢逢田祖臨，紙錢窸窣風裊裊。不必青門亦種瓜，如讀《豳風》見剥棗。前此百年産達人，徽音令德猶蹻蹻。龍門有史付名山，彭澤何人庸自考。信陽未死弇州存，赤城二子建霞標。此物有道復有神，且復把臂香香稻。吟蟲病葉冷階除，夜來猶見銀河皎。

書所見

投馬棰，卸馬韉。煮香糠，烹小鮮。若有人兮如雲，氣吐蘭兮氤氳。度吴歈之亹亹，曳蜀錦之鱗鱗。玉管金徽動深曲，酬醴馥馥醽醁。羅襦朱袿笑遲遲，珊瑚枕雜貂襜褕。阿誰尸之羽箭兒，闐闐衙衙姿軒渠。破人之壁穿人屋，枳落駕豚無遺足。白日陰曀老稚竄，騣裹踥蹀如飛電。朱雀芟芟蒼龍躍，椎埋紛拏溷厠遍。乾坤無地無鉏鋙，君不見河北熊羆江南虎。

乙酉季夏游昭明祠

秀山蜿蜒叢草緑，有客躑躅窮椒麓。朱甍碧瓦對石床，一泓古水吹蒼竹。空山偃蹇六朝墳，斷壍荒城度白雲。纂組百代心良苦，不得君父誰共語。李白詩魂結秋浦，風流文采照兹土。同爲蕭李稱王孫，生前杖履如接武。涷雨飈風捲幕來，芭蕉車蓋葉翻開。江南幾許帝王陵，采樵驅犢凌崔嵬。殞折英齡白日匿，天道非耶不可測。白兔誰復借賓客，世子之篇空抑塞。醯鷄腐儒漫嘈嘈，耳食蘇公爲弁髦。獨不見草堂杜二名詩史，屢以遺文教厥子。管匏迭奏亂鐘鏞，作者述者同其功。

擒虎行

往年虎蹲山中，今年虎嚙山下。乘風虓闞飛走窮，白日啀人虐長夏。虘盧羅羅不一族，慣於淺草路傍伏。劉昆不復法雄死，忍令弱者强之肉。昨者巨寇武昌營，十萬重圍池陽城。嗟哉此方厄百六，干戈滿眼虎憑陸。山中父老爲余言，有般斯首薄鄰屖。疏籬牛後透爪痕，劚肉如拳牛失魂。乃置鬍髯機阱中，往來曾不嗅厥門。爲笑此物一何狡，不將七尺營饑飽。依徙巽林吼谷風，金質燁燁星明昂。亭長有待擊重瞳，劉璋未許坐山窮。君不見射石斬蛟彼何人，酷吏角翼漫爾雄，嗚呼世間可畏非毛蟲！

胡鍾郎舟妓曲

江烟羃䍦蘆光白，晨粉宿脂凝翠額。鬅鬙馥郁寫薔薇，剪剪秋泓沉琥珀。我來排闥坐匡床，錦纜風前飛彩鷁。握手一笑池陽人，揮別高梁四五春。春花春月燕京道，地棘天榛傷懷抱。驊騮塵蹴進賢冠，金雀銅駝飛野燒。間關娉婷走江南，匣雷三尺魚皮函。崖蜜撮飥殘紈扇，朝華晻靄菡萏面。門前車馬意如何，笑他潯陽夜半歌。

同黄仲霖看廬山歌 乙酉

潯陽江上廬山青，長虹蜿蜒亘天半。我來正值八月時，落葉寒蛩淒古岸。幾家屋舍火燒殘，將軍猶未罷征鞍。柴桑故里風淅淅，琵琶洲上露漙漙。良宵恰遇驄馬使，爲我投轄復倒屣。胸中磊落龍劍鳴，慷慨悲來肉生髀。憶昔君在大梁城，銅鐎鐵騎兩年聲。蛙竈自屬保障力，張許徒博鼠雀名。一朝姓字聖人知，惠文峨峨凌具茨。黼扆爾時念瘡痍，十萬金錢長河湄。亡何大廈燕山折，南國君臣安庸劣。君時按部三楚中，排闥天門飛列缺。炙手可熱彼何人，青宮蒙難黯紫宸。

義旗直下小孤山，露布淋漓泣鬼神。漢業灰飛天殫怒，從此銅盤泣仙露。秋笳觱篥吹秦淮，傷心松柏鍾山路。我今歸里過江州，十年舊夢廬山游。得君稱地主，况復遇中秋。領略烟嵐几席間，五老香爐杯中浮。我聞此山瀑布甲天下，燿電蒸雷靡晝夜。攜手絶巘不爲難，桂魄寧馨月華瀉。海内風塵戰血腥，贔屭空傳燕然銘。向來印綬慚五斗，誰教猿鶴負山靈。片帆明日西江去，蘆荻深處看野鷺。多應回首匡廬間，山帶瓔珞白如絮。

重九武昌舟

前年此日并州城，竹屋悲嗥不勝情。左妻右子泣孤煢，葬母平陽泪縱横。既入淮泗通廣陵，道塗草竊復叛兵。一身狼狽達舊京，楓林颯颯栖霞鳴。長揖鍾阜秋浦行，五十八灘勢砰鍧。二年蒼狗雲陰晴，亭亭松柏祖父塋。可堪鮮民無弟兄，七尺揚顯愧所生。今歸計將母柩迎，茱萸河邊藝杜蘅。秋風九月報水程，荔子黄與蕉葉平。武昌殘郭飛鼯鼪，黄鶴碧瓦雷電驚。倏忽籬間黄花明，摧膺如雨泣落英。霍山宿草纏荒荆，廿四月中戎馬征。市來楮鏹啼無聲，屏風梟冉見紫莖。

楚王城行

頹垣落日樊山道，牧馬兒童纓珞帽。江風鏜鞳呼垂揚，十圍松柏鵾鳶叫。熒熒青火飛蒼筤，參差鴛鴦沉野燒。碧甃朱甍荒壘存，芳草無復舊王孫。憶昔分封出秦晉，剪桐賜履備楚藩。奕世其昌史卜之，汝往欽哉天語温。甲第縱横連天起，珊瑚翡翠如雲屯。彤管朱徽琥珀流，鐵笛戰退黄鶴樓。趙玉秦聲闐金屋，蹴蓮舞燕動箜篌。瓜綿一世至二世，本支繁衍多昆弟。林立邸舍矗崚嶒，阡陌王田富租税。蕭墻内外備將軍，老拳爪透稱儀衛。二月春游卓刀泉，蛾眉裊娜拜鞦韆。雷車風幡黄塵起，桃花李花漾芊眠。菡萏初放小亭前，到來秋夜月娟娟。六出不綏朱門裏，三時佳興非偶然。亡何妖躔見黑眚，百二關中賊壓境。鳴狐躍馬胥蒸徒，流血漂櫓填眢井。大河以南鮮堅城，雒邑既陷襄陽警。凱音次第達明光，衄書不上中書省。猶憶癸酉五月時，石榴開遍舊來枝。渠魁謂張獻忠也。夜問黄州渡，鐵騎直逼洪山祠。登陴戰士如兒戲，十萬豺虎搏階墀。兜鍪耀日柳葉明，殺人如麻尸縱横。罘罳帝子驚撤膳，雕弓忽入長楊院。嬿婉魂飛水晶簾，奔崩失落明珠釧。鬅鬅隆準被生擒，笄輿長謝丹青殿。伊人宛在水中央，江聲霹靂磯頭濺。通判長史高與徐，通判高景星、長史徐學顔死之。一擲頭顱漫躊躇。可憐杞梓材半盡，可憐椒蘭澤欲枯。故相賀逢聖死之，諸生明睿一門全節。吊古空傳賈太傅，投江不少屈三閭。况復學南捲土來，長江一炬嗟焚如。二別山邊青青草，白珩不見無以寶。大言賦就緑林灰，細腰人向黄巾老。昨年我自九江來，千里蕭條傷懷抱。看來不獨楚王城，冥冥天心何足道。

吊楊杏園君諱暄

渭南大令能死節，十月霜風蹙城裂。頭顱一擲等閑看，白刃如飴濺頸血。渭流春漲魚波腥，青火迷離吐孤城。長年俎豆宣王宫，寒雨如絲泣鬼雄。君不見將軍之首太守舌，渭南大令能死節。

空印歌丁亥

仲冬我上祝融峰，有僧指我茅坪寺。茅坪一望樹茸茸，北風淅瀝黄葉墜。僧言衲是鄧州人，祖父犁鋤湍水濱。蒼茫略記丁丑春，人死如麻白骨鄰。夜半縋城從此逝，一瓢一笠漢江裔。無端遠涉洞庭南，一住衡山十二歲。蒼耳食盡斸黄精，七十峰頭白雲生。目〔二〕斷鄉關無一字，南浦不聞鴻雁聲。弟子前日來石鼓，爲言憲使湘江滸。荒山不識宰官誰，驛卒喧傳是中土。山僧依稀記姓名，文章鉅公身是彭。又聞長老爲余説，此日建牙永州城。永州距衡三百里，去來衣帶湘江水。我方早採穀雨茶，明年訪汝鈷鉧裏。我爲聽罷飲一杯，今日眉峰爲爾開。好坐蒲團待我來，共訂法華禹山隈。

【校記】

〔一〕原作『日』據匯編本改。

寄王北幹

我所思兮在衡陽，南天門下老楓香。中有道士鬚眉蒼，自言生長嘉靖皇。祝融海日氣茫茫，水花夜半濺衣裳。萬山飄颯秋葉黄，北來胡雁斷翱翔。憑高登之見瀟湘，樗蒲歷歷走白霜。安得携手我友再徜徉，手抉岣嶁燦寶光。衡山脚下督郵堂，有客和之詩四章。

魚塘歌

曉星缺月客行早，車轂轔轔湘鄉道。昔來湘鄉五月初，榴花明媚朱顔好。繫馬邵陵間，悒鬱傷懷抱。南方苦蒸灼，蟣虱況群盗。夕陽岸幘城東郭，江流直下雙清閣。雙清閣上砥柱磯，修竹長松雲外落。分藩使者夏長公，手携一尊每與同。弓韔矢箙兩月中，駸駸匹馬我復東。四鼓發前騎，萬山響秋蟲。早田香粳熟，破臼老婦舂。幾回憶君重搔首，濕烟冷霧魚塘柳。魚塘居人十萬家，雕梁畫棟互倚斜。主人何處去，狐兔肯來游。蓬蒿滿目蒺藜桐，爲兵爲賊者誰子。碧瓦參差片片毁，鑿朱提沽白酒罌。雛鷄山之後，湫戒兵子勿强梁，此間上人畏爾如虎狼。

湘潭紀事

去年黄葉落漢口，桂楫蘭舟雲夢藪。永陽繫馬及霜紅，鈷鉧潭邊青青柳。維藩有命我西征，杜鵑霏霏倉庚鳴。武岡西去豺虎横，白晝飛入靖州城。砮石砰訇走列缺，壯士兜鍪身流血。萬山蜿蜒入黔江，馬鞍風雨冷如鐵。挽鞍又復到長沙，有客贈我南岳茶。多情尚憶徐將軍，琥珀爛熳喧栖鴉。是時爰有岳陽卒，羸馬一百五十匹。敵于敹甲溽暑中，進發邵陵抑何疾。邵陵剛遇夏使君，岢嵐舊友八年人。飽斟金罍向我酌，都梁寇盗聲息頻。炎荒祟人病徹骨，湘鄉前館重來歇。何當阿兒亦憊甚，沉綿七月及八月。湖南桂樹十丈高，黄花綏綏委秋濤。黑雲倒壓邵城折，雙清赤染東門橋。零陵衡陽叢蟣虱，眼穿熊羆一百日。汎掃欃星見雲霽，何以酬之太階平，醽醁之酒衡州橋。

贈中丞詩

中州十年烽火餘，八郡生聚不復初。昆侖怒浪掀滎澤，東京遺黎連爲魚。我皇御宇簡才傑，惟公爰莅使者車。漢家太守二千石，赤幡皂蓋凌孟諸。天子臨軒策良翰，乃爲公也勞璽書。古者方伯連帥職，今之大吏司儲胥。乃築宣房伐淇竹，尋厥故道殫爲問。有時匹馬入南陽，有時搴帷臨陳睢。維時餘孽起新野，揭竿嘯聚繁有徒。公爲方略捕械之，在泮者馘原者俘。此中不少迫脅人，實維鄧之西南隅。刺史解慕强禦名，遑辨淑慝悲焚如。公也清問爲流涕，寧失不經勿無辜。爲解其縛爲脱驂，之死而生惟須臾。時予督學叢生儒，澧蘭湘芷芰榛蕪。郵籤作文記其事，豐碑直壓龍岡嵎。此時憶公未見公，欣逢朝覲趨鴻臚。公治天下爲第一，天子手錫錦綉襦。未幾節鉞臨湘沅，我亦分藩聯蒼梧。零陵邵陽多群盜，蓁蓁千里飛封狐。公誓滅此方朝食，磨厲鶴膝穿犀渠。風雲變態祝融頂，鵝鸛響徹帝子湖。昔者陸賈到番禺，尉佗改號臣老夫。南海東西數千里，和集百粵通剖符。又聞徵側徵貳亂，炎荒矍鑠翁爲擒。其迺及其傳首洛陽日，進爵新息賜大酺。君是經綸草昧手，况復公孫自碩膚。射隼何須計高墉，即鹿林坰其無虞。自此南人不復反，北歸還拜諸葛廬。

漢口別夏令源 時同李淑元、王北幹、程雲臺、許香岩同席賦

春雨凄凄漢陽舟，相逢共醉晴川樓。短鬢蕭疏不勝愁，大別小別鬼啾啾。中有王郎氣最遒，讀書萬卷開雙眸。朝拉我洪山頭，賦成擲筆鸚鵡洲。左携程子右夏侯，江空日落聽棹謳。古刹龍象金碧稠，青苔茁茁石華柔。三撾漁陽雜箜篌，夏公浮白硨磲甌。目前勁敵誰其儔，憶君昔在岢

嵐州。塞草沙磧邊笳秋，我亦種花汾水流。與君把臂同鳴騶，揭來天地叢戈矛。子入雲中我東游，越絶吴趨客如郵。七八年來不可留，方舟共向瀟湘浮。邵陵幾度成糟丘，雙清閣下魚鯈鯈。蒼柏幽篁挂猿猴，我方夜郎振貔貅。終日饗士椎肥牛，八月高秋潦新收。興國寺裏聞鵂鶹，盗賊如麻恣虔劉。上湘中湘風飕飕，我今遇子百其憂。世路崎嶇何須尤，鄱陽許子礪吴鈎。画上麒麟不可侔，緊惟李公向我謀。雙柑黄鸝好相求，家有秫田堪耡耰。纂纂羊棗夾紅榴，我將遲子穰西疇。歲時伏臘飽乾餱，不羡人間關内侯。

許菊谿使楚竣旋里予自湖南罷歸聯舫入襄舟抵仙桃鎮泛月觀劇因話往事酒酣菊谿有作和其韵

雲中矯矯雙黄鵠，南北飛來江水緑。鳳凰山上歌復哭，生死六年如棋局。自别爾來我亦官，聊復爾爾未免俗。秋風不厲蒼鷹翮，行坂幾蹶驊騮足。猶是漢陰誰投珠，再過荆山聞泣玉。蠻谿苗峒古戰場，餐眠動與干戈觸。九折雖云叱馭艱，雌伏懷安非所欲。每於馬上讀殘書，匆匆旅夜燒短燭。悲來幾醉君山酒，澆胸不少衡陽醁。無端更建夜郎節，銅鼓山邊閃大纛。羊腸横亘千餘里，墝埆何處平田沃。民間猶用諸葛禮，漁家解唱禹錫曲。杔鵃聲夾短狐鳴，江水砰訇飛石歜。是時寇盗從西來，沅撫宵奔棄長轂。我率麾下戰邵陵，雙羽腰韃自結束。坐上揖客幾後輩，階前將校或舊屬。南人未服多反側，王事靡鹽用相促。楓木嶺邊壘陣多，紫陽河上重恢復。只將筋力盡蠻荒，那知黔楚分疆域。八百洞庭重鼓楫，庾亮南樓乃再屬。今朝聞命得歸田，草色芳洲看綉縟。畫舫好月仙桃鎮，笑殺市兒失寵辱。亦知宦達等戲場，蹉跎良宵難再贖。此去高卧禹山限，多種黄精好自劚。還吹横笛和陶詩，出卜不勞更握粟。

漢水舟次同許菊谿再步前韵

乘風短艕疾如鵠，依依楊柳眩睛緑。君承使命我歸來，楚國相逢不一局。抵掌衣冠優孟場，難將此意告薄俗。六年别緒喜兼悲，把臂故鄉意良足。憶爾向來賦擲金，長年契闊人如玉。伊余禄相不宜官，鳩拙輒與世網觸。家山叢桂招我還，永矢勿諠固所欲。幾番落月滿屋梁，趁此宵闌更秉燭。漢水既不西北流，眼前莫負杯中醁。與子呼盧復徵歌，醉來漫説囊時槖。畹蘭拂拂杜若香，大麥小麥青沃沃。與君西指峴首雲，倒羅共聽大堤曲。猿鶴莫將三徑疏，虎豹從教九關歜。問君裘馬遍長安，如我兄弟幾連轂。顛狂羞供吴儂憐，繇來放達恥拘束。金山菊水俱情性，百里風壤相聯屬。我歸作誓告先靈，子亦北裝莫太促。相期共有千年業，名山著作勞往復。仙人丹竈老青鞋，判教塵俗分疆域。蒼崖矹硉八千仞，倚帝山椒縱玄矚。揭來岸幘劃長歗，山中禮節去其縟。自憐壯志已成灰，何事虚名乃再辱。呼兒速爲糟丘營，失侯不須酎金贖。霜後蟹螯客共持，露下藥苗手自斸。醖珍何必大官厨，饘粥飽我陳陳粟。

惜阿喜有引

阿喜者，岳之臨湘人。年甫十四，自長沙隨予入寶慶。爲言幼爲兵所掠，日事薪樵，遭兵婦笞楚，不能爲命。順治戊子仲夏，予方提師入黔，喜來掃除滌器，侍帨沐，皆精勤率訓，不犯主人嗔。予念此兒離亂，既失本生父母，獨非人子歟？善畜之。己丑春，予罷歸，隸中狡儈者乘隙解去。喜依依無他志，舟行抵襄陽四十里，日將暮，黄頭使船走風，飛帆如鳥。喜身緣舵上屋檐，將嬉其上，日以爲常，乃竟以是墮水死。長沙姬人念而哭之，予心惻，爲之廢箸，作《惜阿喜》詞。

阿喜生長洞庭浦，頭角未成失恃怙。鐵騎一朝捲地來，風散蓬根離故土。没身入奴在潭州，冬夏斬木山之幽。有時牧豕兼捕魚，阿婆剌剌詈不休。自嘆此身欲擇主，倉猝遇我邵陵府。追逐獠奴阿段群，脚踏黄泥冒暑雨。馳驅漸看梧葉落，白露盈盈霜花薄。長沙群盜六十萬，箭如蝟毛生城郭。是時圍解我北來，岳陽路上雪皚皚。一寓臨湘八十日，桃花杏花各争開。朅來得遂長林願，一棹漢陰草蔓蔓。阿喜戀戀隨北歸，三月解纜黄鵠磯。鹿門灘上春風厲，沙棠舟去疾如飛。阿喜短肥學升木，船板摇落舵間屋。不葬螻蟻葬江魚，刻舟難求峴首麓。主姬念汝意酸辛，枉把恩勤付水濱。向來躍馬食肉者，掉臂而去彼何人。

常德遇宮辛岩

太原古城連荒塞，漉漉汾水來西北。我昔筮仕慚五斗，腰間印綬太行側。登臨幾醉汾河柳，桑落酒帶琥珀色。別來海内箭滿眼，再到并州不可得。揭來羸馬上湖南，相逢故人一嘆息。荒祠再拜馬將軍，楚王宮裏生荊棘。却憶先朝舊督師，狼纛不歸再辱國。襄陽失陷洛邑崩，黄巾馬白桑乾勒。空餘城頭一片石，磨刻姓名在常德。

新廂驛 有引

岳陽南去六十里爲新廂驛，甲第雲構，矗斜可五六里。自兵燹來，强半劫灰，剩瓦殘磚，草木蕪穢，兔穴雉雊，廢井荒臺，行客酸鼻。西距五里是爲黄氏村，大厦維多，馬上遠望，屋出林表，略有人爨其下，行者息焉。予戊子冬以撫黔役，爲當事者見謫，奉命還里，憩於兹。時薄雪衰林，敗葉霜委。寶慶夏少參揚名、太守閔先基、邵令晋承柱、溆浦令苗鳴皋俱爲寇所窘，一時并至。是維臘月七日，爲少參誕晨，爰酌村酤爲壽，醉而罷。閱今年庚寅予奉定南王徵再經其地，念諸友既飄零不復聚，而此屋有緣，薄言信宿眷懷舊游，能無載嘆。因爲長歌紀事。

湖南山水看不足，三年兩度此間屋。一者寒雪載道塗，一者黄鸝囀夏木。憶昔諸子共稱觴，旅舍蕭蕭跋短燭。邵陵藩伯夏使君，紛紛年少吏若屬。一朝越寇捲地來，兜鍪蹙裂湘山竹。酒酣耳熱起傍徨，漁火不聞《欸乃曲》。平明上馬入巴陵，八百洞庭纔一束。諸君既去我亦歸，閉門掃軌金山麓。今朝重復下湘陰，三載缺隙一何倏。新厢草茂高於人，攬轡荒街驚起鹿。揭來舊館猶巋然，前度主人曩時僕。昌邑夏老歸山東，太守大令具在逐。汨羅何處吊屈原，長沙少年應痛哭。古來放棄楚澤多，况今諸子經余目。子桓欲報吴質書，南皮舊游不可續。雪中鴻爪尚依依，歷落晨星感太速。不堪回首憶故人，嘆我馬蹄空碌碌。

虎丘行贈荆州太守袁籜庵

虎丘片石何峥嶸，千年生長姑蘇城。仲謀舊井要離冢，鬣鬣老樹蒼龍精。籜庵苞孕適此地，揚子欲枯金焦平。六代禮樂延陵劍，上國衣冠黄池盟。慣逢文舉呼大兒，不教作賦屬長卿。朝刷燕薊暮甌越，流沙西渡南過衡。足迹縱横一萬里，二十八宿失晶瑩。明光殿上奏黄鍾，天池黽蛙不敢鳴。有時彈箏入秦隴，有時鼓瑟過洞庭。優孟寂寞叔敖死，曹植水澡邯鄲生。我以十年意中人，良二千石識楚荆。珊瑚擊殘蘭膏滅，瓦間鸜鵒柳上鶯。此時把臂望東南，下士大笑蒼蠅聲。

與李燦宇參戎同舟話舊有引

李名東斗，關東人，順治丁亥以參戎鎮永。余以是年受分守命，既抵永，相得如舊交。戊子春，余奉定南王題請撫貴，遂别去。是年七月十七日寇來攻永，公出死力，且守且戰，大創賊無算。賊愈益衆多，圍城三匝，援絶糧盡，人相食，凡百零五日不解。至十一月初一，遂潰圍出，賊尾之，公以數十騎接戰，齮齕五晝夜，乃達岳。余又以前後至岳，倉卒一臂東西。會庚寅五月，余奉定南招來衡，李適以他事自武昌來，艤舟岳陽樓下。余以馬行倦，不能辛苦，遂同以舟南。朝夕几榻，茶鐺蚊幕，久不相見，私語道故，不能盡悉志。其中間離合之境及别來兩人死生閱歷之態，詩曷可没耶？

江南五月花的的，沙棠舟去快於鷁。萬頃水色一拳山，巴陵道上人吹笛。此地逢君不偶然，憶得前年霜滿大。猰貐亂嚙巴蛇冢，岳陽樓上不飛仙。馬首相逢芟百草，臘月袷衣猶未襖。驃騎雲夢獵初回，郵亭金盤擊鮮麂。時佟將軍送麂共食。問子何日離永州，别來無日不兜鍪。山城群盗結如蟻，投鞭直斷瀟湘流。自從七月至十月，炮石如雨戰不歇。甯問争産晋汾蛙，睢陽食盡中丞妾。髑髏滿地火磷磷，重創扶病餘幾身。將軍裹藥猶酣戰，拔起傷殘氣嶙峋。背城與賊共決死，許國有如此江水。鐵衣猶自犯重圍，誓不從賊爲君耻。單騎冒雪走長沙，山中蝮蛇多於麻。肉兹群猊萬山中，爚爚龍文耀鏌鋣。我自暮春與君别，牂牁西去泉幽咽。豈知定南一疏力，手拔餘生出虎穴。無錫直指雅愛余，好學相如撰《子虛》。擊劾偏不及權貴，皂囊爲我賦《遂初》。草草東西遂分首，傷心芝山我去後。何當邂逅復此間，君山井邊人姓柳。屈指倏忽三年餘，遭逢世路各崎嶇。我今又向永陽去，與子同舟朝與暮。眼前俱是再來人，如彼萍散與萍聚。湘鬟曉髻拭妝殘，長干不少九畹蘭。不堪驅車舊游處，白骨如莽不忍看。

送衡山黄令歸吴門

邑居南岳東北隅，瀟湘兩岸多鵜鶘。頻年寇盗苦兵火，監門難繪流民圖。固山佟公靖萑苻，上方親賜銅虎符。投鞭飲馬洞庭渡，蜑塢獠洞誅其逋。首恢湘潭次衡岳，樓船百萬銜舳艫。駼騊一鳴莽戎伏，手携滄痍出菰蘆。江夏黄童何來暮，扁舟一葉飛東吴。自稱身是次公後，漢家循吏傳良模。創齒群猊一百六，跨馬虎穴手擊枹。岳麓培塿作京觀，反接纍纍似貫珠。自此哀鴻歸中澤，强半菜色與短襦。大軍之後有凶年，天灾流行一何瘏。公出腰纏炊作米，家糊其口如哺雛。祝融峰下多黄精，山僧日斸數百株。解囊四野起尫羸，窮檐活得溝中軀。國僑今是衆人母，風詩賦我人居居。一朝姓氏達宸極，璽書纔下承明廬。帝曰汝非百里才，兼當家國草昧初。我來駐馬衡山道，朱陵六月如洪罏。到來幾宿清凉寺，竹風習習吹椶櫚。前日聞汝金陵去，百千父老遮爾車。有吏如子固信美，不獨客中能好余。湘干新到多名酒，小罍餘杭大姑蘇。與君共典鷫鸘沽，曷不泥飲呼硨磲。河朔舊欲逃三伏，况是秋風落宫梧。酒酣耳熱起狂呼，座中黄公歌嗚嗚。石罇欲破天門開，壯士沙場燿昆吾。又如兒女小窗語，喁喁爾汝恩怨餘。前身應是周公瑾，笑殺楚國優孟徒。石頭城下六朝都，金陵故有莫愁湖。因君有懷昔游處，干戈未定杖履孤。與君相期十年後，壯心猶欲碎唾壺。丈夫立功在麟圖，不見乃公安事書。

九龍盤在衡祝融脚，爲三叢林之一

萬山葱鬱氣冥冥，九龍飛下濺石屏。歕珠拖玉馳風霆，上薄銀河走流星。壽藤瘦樹各青青，下視絶壑白粼粼。板橋苔壁積如茵，烏蛇蜿蜒丈八身。猿玃携雛舞蹲蹲，時下山園偷果頻。老衲見之不敢嗔，眈眈相視齒齗齗。秋蟲亂聒無晨昏，風聲水聲不可論。我來七月適中旬，僧厨飯客笋與蒓。静卧不聞山犬狺，時復荒鷄呼月輪。飛樓丹閣臨深淵，欲尋歲月無真珉，開山阿祖彼何人？

丹霞寺

丹霞本是南陽山，如何移作南岳寺。寺中遺僧爲我言，南陽仙祖開此地。此人姓鄧名天然，長安謁舉兩不第。擔簦裹糧過洞庭，卜地岳南栖神志。曾於脚底踏聖僧，更向木佛燒舍利。自從祝髮住空山，至今石塔猶贔屭。後來歸去老丹霞，衡岳猶傳丹霞字。此事去今二千年，南岳有圖寺無記。揭來我亦南陽人，四年兩作楚國吏。扁舟數渡瀟湘濱，策杖一拜祝融位。不知丹霞是舊山，瞥眼梓桑良可愧。今者僧出篋中書，咄咄反驚爲怪事。分付他年住山人，此事當入《衡山志》。

集賢院將去衡州別朱吉甫羅克生諸子

四年兩次瀟湘渡，沙棠舟上看白鷺。最久無如此番游，他鄉又是七月暮。記我來時正清明，家家楊柳寒食雨。馬頭遥見鹿門山，杯酒一酹宋玉墓。荆州寂歷舊章臺，霜梅鐵幹窟雙兔。割據無復話曹劉，登樓空傳王粲賦。自此舟楫達洞庭，萬頃波裏君山樹。井邊不見柳毅書，城角猶鎸杜甫句。凄凄陰靄走星沙，岳麓華表慘泫霧。四月五月二千程，中間戎馬行且駐。榴花燦燦過衡陽，香水庵中我暫寓。一拜定南便辭歸，王曰姑留不須遽。金盤雕龍珊瑚杯，葡萄名酒醉以飫。舍此移棹過湘東，斗室炎蒸不堪住。座間有客言南岳，白雲深鎖無暄燠。又言一入南天門，萬丈飛瀑如灩澦。夜來寒氣積層冰，六月衣被不離絮。我來正值三伏中，梧葉雖飛暑不除。一肩行李岳廟前，少帶紗羅多帶布。集賢院内古先生，此間俱是過化處。七月十五上衡山，朱子羅子向我語。南天門下三禪林，相連各有數百步。肩輿蹭蹬入雲烟，[illegible]奇語山靈此再晤。中山琅玕萬餘株，寺南榔樹猶魁梧。茅坪舊有百尺樓，紅果離離瓔珞具。溪聲對岸鏜鞳來，中栽黃精與山蕷。夢中噌吰枕上聲，蛟龍迤邐西去九龍盆，石乳噴薄如甘澍。陰壑烏蛇丈二身，吐舌客過不肯去。怒鬥霍然瘖。狙公呼類犯僧園，盜得茄瓜大如瓠。天門南去小曾游，所恨但只方廣路。下火場中羅生園，蒼象紫駝簇相聚。絳紗玉膚帶朱唇，海棠千葉如錦綳。半百和尚雲間來，手走龍蛇寫懷素。中有一碧流瀺瀺，有客錯指桃源誤。下山白帝已乘權，洞庭鴻雁且將度。我當返轡入衡州，南去蒼梧行叱馭。憶子杯酒話朝夕，此行難忘者杖履。諸公少年各努力，天開草昧莫馳鶩。陸賈南來一紙書，嶺外將軍銅作柱。還期立馬九疑峰，百粵山川歸指顧。

九仙臺詩

長平山中九仙臺，我曾半載坐徘徊。風雲慘結甲申年，黃河鐵馬渡喧豗。庚寅之夏南游楚，驅馬衡山聊避暑。此地亦有九仙臺，龐眉道士爲我語。蒼藤九節綠玉杖，穿磴詰屈秋虫響。林禽樹下青蓮池，一股甘泉颯蕭爽。是時夜雨天初霽，空階倚徙看石砌。石刻滅没不可讀，仿佛猶見至正字。傍鐫支干庚寅年，爾時天子元順帝。甲子五周年三百，光陰百代真過客。閲盡銅駝與石馬，烟蘿不改道人宅。今年又逢庚寅年，挂驂游此豈偶然。紅桃離離青果熟，茅屋雕胡炊白烟。

感兹歲月成嘆息，好憑雲母看山色。

赤壁歌贈朱吉甫

子瞻才大故如海，下筆原泉傾萬斛。古今文人敏而贍，餘子雕虫空碌碌。當年孟德下江陵，八十萬人如蒼鷹。一朝糜爛遇公瑾，江風火烈勢奔崩。匹馬曹公華容去，眼看赤壁成火樹。自此阿瞞罷南征，荆州猶歸東吴處。只今遺迹屬嘉魚，嶙峋赭壁半丘墟。江干尚有祭風臺，夜半殘鬼哭烏烏。子瞻狡獪懸河口，横槊儼然賭釃酒。兩賦草自壬戌年，此事誤傳千載後。黄州亦有赤嶼山，山邊沙礫何斑斑。謾把巴陵作齊安，武昌西去荆州南。

雁峰歌贈黄抑公

秋江潦水下千尺，秋色飛入雁峰碧。江上懷人天一涯，南陽十五年前客。我之師長君叔父，白水城邊舊講席。爾時伏轅太行側，不則抱泣荆山璧。求知羞上宰相書，救時空具太平策。曹沫三敗耻劫盟，博浪沙中休大索。分藩使者閩山來，如彼芥草引琥珀。高築戰壘十二城，屋瓦亂飛張衡宅。公謂我曰此壯夫，不比雕蟲乃執戟。自從别後無消息，或歸深山與大澤。中原十載多豺虎，鯉魚無腹雁無翮。今朝送子在湘衡，重訊黄公紫芝色。阿咸正好凌青雲，門下士已髪半白。

勛名將相愧河汾，絳紗南郡空陳迹。對子杯酒塊壘生，雲臺無分商山窄。誓將捨此去熊耳，礌砢松與百丈石。流泉濺入讀書聲，白驢間雜登山屐。何時有使報海東，爲言此志終無斁。富貴憔悴兩無著，況復雲山萬里隔。不及人間有子孫，授此生徒亦何益。

衡陽晤袁參嵐話舊

秋風乍入衡山麓，朱方亭午猶熇熇。北來十萬羽林兒，手擁雕戈腰挂箙。一時破賊入邵陵，鬅篥聲喧馬蹄蹙。有客孤劍懸湘東，居停斗大纔一屋。瞪目北望洞庭雲，葉下微波静落木。扁舟袁子何方來，二千鄂渚水耶陸。床頭舊有姑蘇春，湘南況復香粳熟。殷勤相對話契闊，遠看祝融萬丈瀑。七十二峰落酒杯，勢如陣雲争矗矗。袁子酒勢作狂呼，慨慷欲碎燕山筑。憶昔繫馬黄鵠磯，武昌城内烏食肉。爾我悔爲一官出，時危豈曰耽微緑。江東江西多戰船，氣嘶强顔如奴僕。子真有才踢鸚鵡，捕鼠縛將麒麟足。我時不飛亦不鳴，日與諸生課卷軸。屈宋文章不復昔，楚王宴上冷樺燭。私心不敢吞雲夢，抱璞肯教荆山哭。惟子與我相朝夕，經營此事費心目。别來倏忽已七年，眼中晤言如信宿。三月楊柳過潭州，寺壁新墨光焜煜。此詩吊古多感傷，江邊漁父坐間鵬。我謂僧曰袁子來，訪我當在江湘曲。夏來炎暑其可當，流石鑠金者三伏。笋輿昨自登岳歸，衣帶雲嵐猶堪觸。果於此地得逢君，可能不醉負醽醁。只今百粤未休兵，尉佗城邊多遺鏃。

君看入粤諸群吏，龍籜食盡瀟湘竹。舉世共棄一人知，自有名山藏圖籙。試看古來賢達人，豈必高牙與大纛。

孝源没

蕪湖解纜大江流，西風騷動黄鶴樓。匆匆鷁首各分飛，我入秋浦子虔州。左家將軍武昌起，流血直下九江水。揚子北來寒笳鳴，鐵馬突入金陵裏。我遂與子隔南北，渺渺音書不可得。遥聞司馬敗枋頭，曾聽温嶠思故國。關心不止兒女情，蜉蝣陰出蟀秋聲。燕臺風沙梁苑月，鷄鳴曉露石頭城。鄂渚未已零陵郡，四載空霜入短鬢。入宋大令耻陶潜，歸蜀進士愧梁震。今朝勒馬向全陽，湘山寺前蕉葉黄。有客來自豫章水，識得南贛李都堂。殷勤訊子在何許，爲言已作嶺南土。正朔相承三百年，爾家鄧州兩宰輔。前者秉鈞天順時，玉燭春調丕丕基。維子一木支大厦，手抉虞淵日熹微。出師未捷諸葛死，漢業不成良有以。地下無慚周世宗，人間再見江萬里。仁化山高錦石屏，云是相公馬鬣封。嶺南舊有將軍柱，年年陰雨杜鵑紅。

桂林行

桂林西南山巃嵸，四面石壁削芙蓉。高帝猶子維藩封，與爲訓梓爲剪桐。黄屋左纛連崇墉，獨秀矶硉王之宫。上有朱鳳與銅龍，碧甍金楔十二重。西秦烽火起關中，終南焦爛渭水紅。長驅直過潼虢東，一時崩潰如轉蓬。高帝子孫隆準公，洛陽襄陽失其雄。維時將相何龍鍾，中使有旨觀軍容。靡盡金錢帑藏空，萬隊駛騠到宣同。高梁石橋如蝃蝀，地維摧折神鰲窮。鼎湖空遺烏號弓，攀髯挂角不可從。大清義旗誅元凶，追逋直入九江衝。爲明討賊惟乃功，立國七載亮天工。西南聲教尚未通，爰簡名王誓羆熊。瀟湘河下水溶溶，戰艦如山積艨艟。銜枚壓城雨濛濛，兜鍪燿日新磨礲。三韓鐵馬嘶曉風，桂林人散如驚鴻。是年十一月之冬，侯伯鼠竄無影蹤。王孫熟睡珠簾櫳，留後閣臣曰吴儂。倔强猶昔嗟老翁，張家司馬氣如虹。阿祖江陵舊相公，二君孤憤在其中。行止羞與衆人同，連雲甲第玉玲瓏。零落胭脂碎華穠，梧州帝子尚呼嵩。雲臺仗入水之濛，聞説嶺南虎豹叢，可無爛熳到高春？

金口驛拜睢陽張王祠

九江砰訇風飀飀，武昌上下山亂走。扁舟有客自粵來，是日泊船到金口。金口廟貌巍長干，擊牲石上血痕厚。當構不知何王殿，金碧穹窿篆蚴蟉。半百黄冠爲我言，神靈舊是睢陽守。天寶之亂羯鼓鳴，爾時熒惑犯南斗。河北既去潼關破，長安如失左右手。六龍西幸馬嵬危，妖魂血污玉環朽。公繫半壁在東南，淮揚保障良非偶。令狐子奇相糾纆，彈九黑子不足取。唯公誓死障孤城，鸘鶒劍作蒼龍吼。帳下美人善馬肉，雜將雀鼠充軍糗。軍中聞笛賦新詩，墨氣潑雲生兩肘。援絶糧空城以陷，眼中蟻賊如猰狗。怒鬚蝟磔噀血紅，嚙指斷頭猶不苟。以身障賊蔽江淮，太子靈武已稱后。張鎬未死李郭生，尺土復爲大唐有。天將完節付兩人，公也先之許也後。自古興亡若寒暑，賣國偷生亦孔醜。屈膝蒙面彼何人，我公見之恐欲嘔。千年藴藻楚江濱，棟梁自與乾坤壽。里中後學仰高山，我今酹公一杯酒。

趙參戎歌

郎官湖上柳青青，春草葳蕤漢陽城。孤舟萬里蒼梧來，官邸梅花爛熳開。花香酒色何清醥，金管叵羅含要眇。半酣起舞屢傞傞，磊砢之人眼中少。將軍有馬白鼻騧，産自西極來流沙。自跨此馬七十戰，閑在櫪間老自嗟。泰階既平欃槍伏，終日不能飼苜蓿。况復西南多戰争，何爲羇此驊騮足。夜中醉摩鐵兜鍪，床頭寶劍鳴蒯緱。安能四十常碌碌，馮唐李廣都白頭。丈夫立功須絶域，或在五嶺之南雁門之北。拔劍斫地，欷歔何極。試看屠狗販繒人，山河常照英雄色。

葡萄歌有引

舅氏述塘公客庭東偏葡萄一株，根如秋蛇，蜿蜒亘亙，維葉萋萋，風雨蔽虧。每客盛夏觴其下，飲筠筒麥釀，見青果垂垂，約如指拇大，撞人頭角。自兵燹秦關以來，萬事頹唐，舅氏與諸表兄弟俱已物化。今春，余自粵來，表侄輔臣招飲舊栖，敗壁殘瓦，巋然此物。念昔人無復在者，緊葡萄之幸歟？人何以堪。乃爲長言紀事。

葡萄果熟香離離，凉州十斛西風吹。况是博望之故里，遠從流沙來月支。扶疏曾記吾舅宅，盛交深秋醉琥珀。根如怒螭相糾盤，狓猖狂葉二千尺。雕梁朱棟映南園，瓦雀胡燕争來喧。維我常年坐其下，竹枝白苧聞高軒。揭來猰貐頻相逐，中原既死秦人鹿。千村烟火百村磷，十年塵劫化親族。重游我愧魏陽元，指點舊迹迷頹垣。曩時傑閣無一存，暮鴉古樹啼黄昏。菜甲紅雨短籬寂，月榭風湍遍瓦礫。何期此物紛葳蕤，猶見兀然出敗壁。博望舊封没荒丘，遺種猶傍東庭陬。街頭矶硉百仞樓，高年可與爾作儔。魯靈光殿今在不，古戰場文無時休。華燈瀲灔銷春愁，篸山客似昔年稠。

得子橋十方禪院

勞勞馬上苦蒸灼，長林招我雙乾雀。手披蒙茸古佛祠，龍象偃蹇煦寂寞。柏深亭午自屯雲，老檜兀突猶巢鶴。殘僧戴笠鋤藥欄，終日不堪飽藜藋。黄犬狺狺布穀啼，山中花木開且落。我聞此寺肇唐藩，朱邸金碧紛相錯。憶昔南陽全盛時，平沙特地起神閣。珊瑚破碎王孫死，功德無主寺落魄。贏得石梁墮彩虹，千年祖搆穰西郭。白頭父老能寄語，天上麒麟真如昨。我來廿載憶前游，景物不改只岩壑。欲將此意問蒲團，夜半鐘聲風前鐸。

與見賓

紫金山上望中切，鬱鬱園柳韜百舌。渭北江南憶舊游，轉眼與君十年別。陰后宅荒吊古藤，伯華壘没拭殘碣。跋扈俱是少年場，布衣與君深相結。有時拔劍吼蒼旻，白水泚泚聲斷咽。有時騎馬過長楸，颼颼寒風十萬錢。促裝兩向昭王臺，攬轡同看西山雪。何期一朝天地醉，鼎龍飛去烏號折。麻衣飽載晋陽雲，朝踏齊魯暮吴越。璽書直入尉佗城，西南再持中郎節。餘生虎口鯨波中，十七部史何處説。今年贏得骸骨歸，短鬢垂霜馬蹄缺。茱萸灘上鵂夢堅，大禹山外鳴鷃絶。親知半隸泉下人，對酒腹痛耳不熱。低徊憶我梁孝廉，藥裏關心憂惙惙。君不見子雲成都門常閉，窮年著書良不輟。又不見王通教授河汾時，生徒將相皆人傑。此意我爾俱有之，鄉里小兒真蠛蠓。

叔度園喜晤元憲壬辰八月六日

叔度園中花千種，不合園中更有竹。竹葉凌虚三百尺，風雨瀟瀟映茅屋。叔度時常坐其下，手捉白蟫傾玉斝。東鄰老友八十翁，霜鬢髿髿對長夏。白水嗚嗚繞郡東，漢業銷沉雲臺空。荒岡冢墓何纍纍，回首西風感卧龍。曩時遇君黄鶴樓，西風颯颯紅蓼洲。殷勤送子峴山頭，寇盗如麻干戈稠。我時黑髮君未老，樽酒與君灑懷抱。左看鸚鵡右鳳凰，衰草離迷漢陽道。奄忽别君已八年，子真老矣我蒼然。蹉跎兩事吼龍淵，一犁雨足一蓑烟，何不歸來種舊田。

憶昔二首用少陵原題韵

憶昔聖人起朱方，雲龍風虎簇鳳陽。長騎浴鐵一百萬，白晝魍魎不敢藏。手提三尺真神物，綸綍《六經》多紀綱，鞭笞萬里不爲忙。列聖饒嫺文武略，玉燭金甌靖多方。猰貐西來天地黯，解甲開門不可當。宫中罘罳夜未央，控弦蹀躞來西羌。妖狐一旦坐御床，劍佩將將拜假王。豈知東海來傳箭，長驅鬼國掃夜郎。

憶昔烈宗丕基日，萬年天子奠家室。日南太守上計吏，琉球海舶貢庭實。無復螟螣灾异生，如彼絲綸王言出。揚州錦綉青州紈，水陸繹絡弗相失。執政宰割如觀火，城無盗賊不須漆。文子文孫三百年，譬則寒谷聞吹律。豈期運會逢百六，坐看玄黄日流血。預且網中真龍死，洪河果見潰蟻穴。侯景已擒黄巢竄，陵寢鬼哭向誰説。只今鼎革已十年，爾輩又有公侯秩。不合時調應歸來，况是夙嬰茂陵疾。

卧龍岡

我游龍岡二十年，安得卧龍呼之起。蕭蕭古柏幕井寒，豐碑林立栖鴉語。今日并轡陳使君，回風獵獵霜華白。西望成都唾三分，一時吴魏無顔色。投棰下馬醉將軍，氍毹隊裏酌琥珀。是時草衰夕陽中，對客遥指半壁月。借問草廬大夢人，長林颯颯驚落葉。

東郊行

鄧城東接土山麓，桃花李花多如簇。三月群花半飄零，朝來微雨釀新緑。道傍突兀結高墳，云是將相千年屋。憶昔廣柳出東門，千車萬馬攔道哭。雲臺結搆漢中興，前者馬武後賈復。父老傳聞失其真，况復山川多陵谷。既無石馬與龜趺，教人何處尋名目。日落黄昏青麥阪，白狼成隊趕角鹿。

包叔度過訪

茶竈匡床白茅屋，陰雨瀟瀟叫布穀。有客來自小長安，錦韉黄泥紫金麓。剪燭呼觴酒百壺，十載離愁歌兼哭。大小戰憶燕臺雲，抛擲壯年空碌碌。功名無復画麒麟，中山毛穎已成秃。將子跨蹇時往來，紅藥欄邊看修竹。

古柏行

南寺古柏學龍鱗，鬖鬖黑鬣曳風輪。肩背浮圖兩相望，鐵幹猙獰互齗齗。老態婆娑五十圍，霜皮皸瘃如躨跜。父老傳始開皇中，風雨剥落無殘碑。綠瀋遠帶嵩山雲，烏鵲巢傍斗牛宿。有人誤疑博望槎，秦家大夫梁父麓。胚胎我欲問金仙，兒孫近亦稱百年。人言兩雄不并立，黛色横亘各參天。時危且莫作棟梁，聲名直欲震扶桑。

賀允升誕日歌

五月十九榴花紅，漢南漢北久挂弓。高樹夜鳴鐵鳳凰，麥秋雨後呼郭公。廣文先生是日壽，有客争來酌醇酎。淮南書自枕中傳，黄石略從圯上授。先生莫惜醉如泥，半生蝌蚪照青藜。膝下既有仲謀子，案頭日對伯鸞妻。先生今年四十九，我多一歲稱老友。肉髀自憐劉豫州，琵琶空對潯陽口。略記廿年大梁城，鐵騎十萬静無聲。與君大小七十叟，長河欲倒嵩山平。是時汝我方年少，鳴鞭躍馬汴京道。轉瞬雙丸織如梭，英華已去兩鬢皤，左右不飲將奈何！

霜髯歌

中公霜髯天下奇，横行海内號于思。星眸熚熚翻紫電，黄石白猿争追隨。憶昔徒步起淮海，左拉劇孟右朱亥。六博時爲繞床呼，蕩盡千金産何在。雕弓羽箭白鼻騧，揮斥惡少等泥沙。天下何曾有劉備，山東止有魯朱家。轉戰青徐二千里，飛騎喝斷楊流水。勒名遠出鷄鹿塞，揚旌再過甘陳壘。自從束髮誓擒王，刀痕箭斑身滿創。隔江無復拐子馬，偏裨解用梨花槍。歸來戰袍猶帶血，長江以北十萬鐵。廣陵不守督師死，武昌精甲如捲雪。聖人義師出東方，韓仇已報張子房。况看率土皆來王，普天大酺赦首陽。林慮鐵工非長計，宜城酒保難終避。褐衣襏襫來穰州，不妨爲氓聖人世。把臂曾於刺史宅，狂叫爲我呼大白。剨然一聲石門開，欻然珊瑚十二尺。祭遵老去周郎死，將軍雅歌今已矣。誰知二千餘年後，乃有髯公發皓齒。君家先世申公受詩浮丘伯，齊人轅固燕人韓嬰爲之客。三家身入儒林傳，一時歐陽夏侯肩相拍。天官風角地理圖，髯公以身爲之厨。世兒多碌碌，髯公白其目。樊英能噀成都火，方朔舊遺細君肉。乃知青騾日馳七百里，甘離人世辭親族。何如隱迹江湖稱寓公，醉吟田舍春酒熟。噫吁嘻！望門投止彼何人，郡邑殘破累交親，雖有高名安足珍？

晤曹變文追憶往事

西鄂山下緑楊村，牛社濁酒滿瓦盆。近來齒脚漸衰朽，車馬故人誰相存。有客來自淯陽里，叱咤風雲無與比。鉅鹿戰罷始歸來，箭花滿眼血在髀。奚囊小技欲全焚，彎弓猶能三百斤。漢室不能容賈誼，唐人何解用劉蕡。我有鸊鵜新霜十二尺，出匣光芒走太白。何不與君南定百粤西縛羌？羞共纍纍若若之巾幗。不則林慮尋夏馥，大壺訪樊英。山坐狒狒與猩猩，燒藥空山不入城。吁嗟乎！曹君記得少年騎馬舂陵道，唾手雲臺仲華諸公不爲早，不謂蹉跌竟如斯。今日封侯已自遲，莫放長林酒一巵。

詩集卷七

七言古詩二

豐樂鎮望銅雀臺和壁間韵以下常寧刻本

魏家臺榭凌雲起，岌嶪舊對漳河水。經營結構四十年，玉階金屋貯羅綺。南陽戰罷赤壁歸，又餘張魯在西鄙。况復涿郡大耳兒，壯心流涕肉生髀。河北袁氏冀州雄，黎陽烏桓相繼圮。吴蜀未定中原危，許昌還向臨漳徙。築臺欲并太行高，兩都并建良有以。當年誰著九錫文，荀彧空向壽春死。漢家自得孝廉報，英雄無意甄官璽。低眉忍作大將軍，此情堪對只女史。唾手漢鹿不爲難，寧王不帝甘没齒。百戰鬚袍精力衰，雖有將相不如婢。他日好爲後人言，丞相心事只如此。紛紛竪儒漫低昂，王莽桓温相詆毁。吁嗟乎！試問宫中賣履人，眼底孫劉安足擬。

鄴城行有引

爲鄴城詩多矣！顧獨罵曹氏不及石虎、高歡諸人，將以爲不足責耶！爲此作詩并及之。

秋日秋風鄴城道，黃沙紫陌飛白草。曹家父子何清狂，沿河高臺鑿空造。當年金碧玉玲瓏，歌喉舞袖蘭膏紅。日出猶醉珊瑚枕，佳人卧起花影重。岧嶢飛觀[illegible]，已矣，嬋娟化盡走豺豕。壯王淫后司馬隳，河東羯兒來漳水。誰家瓊室復雕墻，南跨建業西咸陽。勞勞土木無窮已，大行恒岳兩相望。北魏東齊纔瞬息，鄴城龍戰玄黃色。宰相何人供御囚，漳河有魚食不得。五代流血滿城渠，牧兒斷壘拾頭顱。瓦橋南北多爭戰，山前山後此通衢。暮雲捲山日欲入，漳河河底劍花澀。僵尸直竪安陽橋，天陰烏烏聞鬼泣。

哭劉狀元湛六公死難暨夫人側室

有明三百不及曆，西山寇盜淬鋒鏑。流血漂櫓大河南，拉朽名城氣無敵。既屠太原入紫荆，驍騎公然犯帝闕。坤維破裂天柱崩，乃在甲申之三月。宮庭禁地走猰貐，煤山絶頂飛金鐵。甲戌狀元劉雍丘，平生忠孝多大節。攀髯痛哭竟無從，瞥眼穹蒼空咄咄。登堂肅肅整衣冠，便與妻孥爲永訣。成仁取義自書紳，仰止文山有遺轍。揮手笑墜文杏梁，庶幾無慚跨往哲。公自書『成仁取義，孔孟所言，文山踐之，予曷不然』云。有妻有妾兩繼之，黃泉不忍相拋撇。臣死君兮妻死夫，忠魂拉手甘同穴。黃河倒捲中岳摧，星歸箕尾光難滅。千年竹簡青猶汗，夜雨荒磷碧成血。彰義門外土一抔，忠臣忠婦邦之傑。旅櫬寂歷荒丘寒，高粱澌澌流嗚咽。泉下骨仍戀舊君，咫尺山陵四霜雪。孝廉兒盡念遺骸，梁苑松楸歸切切。嗚呼！靦顔從賊彼何人，却把綱常忍自絶。氈狗亦爲故主報，齊和還斷隱侯舌。負心甘笑古人愚，遺臭從今天壤別。公豈心邀後世名，讀書識得是字徹。此事在公不爲難，所難尤在公妻妾。

邯鄲行有引

乙未仲秋，騎馬邯鄲，呼女郎涂佐觴。詢及知爲江右名族，以金變流徙如燕，爲兵子婦。後兵子陣没，再傳乃至此。噫！傷已然。頃年來，吴楚閩粤如此類亦復不少，予爲挑燈記其事，作《邯鄲行》。噫！獨悲一女子乎哉？

八月廿三邯鄲城，秋風黄沙馬頭生。邯鄲有女南城裏，菡萏欲吐朝霞明。依違向我欲有言，微見衣褶舊泪痕。郎當似屬不得意，落葉滿庭坐黄昏。爲問女郎年幾許，爺娘更是某鄉土。如何流轉值此中，更向邯鄲學歌舞。幾番欲説且逡巡，羞將姓字向人聞。古來生女良足悲，未詳本貫泪先垂。吴頭楚尾是妾鄉，南昌故郡傅家郎。父母生我年十六，等身剛與阿嫂長。阿翁遠作嶺南客，阿母深閨頭半白。流蘇帳裏綉鴛凰，摽梅未賦奠雁闕。將軍姓金名聲桓，激變全由獬豸冠。公然跋扈生割據，欲將洪都抗長安。洪都城内百萬家，城頭半載聞吹笳。猶記北軍破城日，旌陽觀裏尸如麻。惟有紅顔多薄命，縱横紫駝踏曉鏡。曳紅拖緑無哭聲，鼓角振入廬山磬。將軍掠我入膻屋，手執乳酪傾一斛。雙槳直入琵琶洲，聞得長官喜殺戮。嬌身隨營渡秦淮，戈船又向廣陵開。明眸暗濕青淄道，蛾眉浪捲天津來。燕市十月大風雪，賤妾馬上聲哽咽。將軍言語類烏孫，碧眼秃衿刀磨血。對伊不敢念江鄉，毳幕魂猶落豫章。穿針學刺平壤靴，纖手日作高麗裳。雲中一旦干戈起，債帥乃是姜家子。河東澤潞黑雲横，上谷漁陽築戰壘。長官奉命又出師，手挽弧矢竟不歸。阿兄賣妾狹斜巷，倚門忍作青樓姬。去冬轉徙邯鄲道，香閣日把雙蛾掃。群娣勸飾梅花妝，凉州口授是阿媪。南商北賈織如梭，三河更是老兵多。翡翠簾中春不住，珊瑚枕畔泪成波。葬愁埋憂無處所，於邑此情共誰語。卧榻盡是行路人，平明上馬何足數。朅來今日遇使君，胡琴欲奏不敢聞。倘得竊附紅拂去，人間省得蘇小墳。此言未已潸潸泣，華袿珠襦一時濕。醽醁滿貯金叵羅，氣結魂消不能執。君不見馮家小憐下鄴臺，玉顔委地蘭蕙摧。又不見洛陽草迷銅駝日，羊后忽從趙曜來。我聞玉河今兩岸，桃花李花結成片。不是越女便吴娃，銷沉粉黛又何限。不聞胭脂來塞北，騊駼盡是傾城色。灰飛夢逐向南揚，青冢草猶思故國。即如邯鄲一片地，千年香粉雜烟霧。寶瑟跕屣醉叢臺，金鐙華燭歌玉樹。香魂鬼哭石麒麟，安知不是流落人。

白漪公塘産并頭蓮歌

霜華月練白公宅，座中蘭燈燕趙客。芸窗的的雙紅渠，香風瀲灩動魂魄。枯枝猗娜猶含情，連理枝上鴛鴦鳴。武安郭外秋塘裏，趙家姊妹芙蓉城。朱苞紫蕚層波緑，帶月娙娟削群玉。金釵翠翹簇新妝，前者如壓後者蹴。楚腰吴娃同一宫，臨春綺閣滿花叢。珠迸魚貫相首尾，鶼鶼宿起狎獵風。我聞西岳有峰高插天，建業江上九華前。層層肺腑結菡萏，一跗一萼勢宛然。何如白家司馬門前浦，烟霧斜横成三五。銀瓮芝房不足奇，河朔變作西方土。白公金屋絶代人，纖歌霏微玳瑁塵。携手香國氣氤氲，珊瑚枕畔石榴裙。

朱敬身南歸歌 有引

甲申春，予同孟津少保王公自伾南下會稽。朱五爺是爲敬身之父，與偕。抵東昌，今太史藉茅及乃兄太公與敬身躍馬西來，劍合邸舍。中間患難險阻，靡不共亂。後南北信杳且十四年。乙未〔一〕冬，予客燕，敬身亦來再晤太史館，爲賦此詩。

朱郎昔年二十時，同我跨馬走亂離。觱篥夜喧臨淄道，瓜步山頭多戰旗。桃花夜半渡江水，長鯨簸浪舟欲圮。拔劍斬蛟彼何人，君家是父與是子。南游繫馬太湖曲，又過六橋訪天竺。虎丘寺裏杜鵑紅，飛來峰下楊梅熟。是時國變聞鼎湖，江左傳有管夷吾。一時草昧誇天造，長江南北失雄圖。亡命尚見庾丞相，死節不聞卞大夫。倉卒乘輿向北來，姑蘇臨安一齊開。我遂食魚過武昌，君亦採藥入天台。歲月如駛十四周，夢裏由拳想舊游。何期雨雪燕山道，馬上相逢對蘆溝。

頭顱蒼黄半不識，各道前事泪沾臆。不堪爾我同作客，爾髯如戟我頭白。丈夫垂老尚風塵，此義毋乃羞巾幗。歸謂爾父窮措大，且向蕺山深處卧。或入宛委探藏書，侏儒一飽真可唾。

【校記】

〔一〕原作『米』，據匯編本改。

與顧介石登燕臺歌

燕臺崒嵂漁陽北，蜿蜒西拖恒山色。雲霄上接天爲黨，平沙漭漠桑乾黑。是時顧子雲間來，京洛故人誰在哉。我適匹馬南陽至，相逢把臂共登臺。昭王既去，郭隗不回。千年老貍，夜哭龍媒。相與灑酒共徘徊，燕雪如掌冷如鐵。薄暮酒酣耳政熱，眼中不見十七年，此身未老猶存舌。荒原狐兔嘯落霞，痛飲且復數暮鴉。憶我西南走萬里，上有藤橋之路，下有牂牁之水。道逢大敵喪偏師，身經百戰濱九死。歸來卧疴舊柴荆，四海同游隔弟兄。閉門自鎖翟廷尉，當朝誰識張然明。天涯聚散復今日，連袂相歌復相泣。腰裹壯欲鳴，芙蓉光未澀。西山積翠鐘聲出，羽林健兒吹觱篥。君不見東南兵氣亂星躔，海上旌旗欲絳天，吴趨越絶時見艨艟船。又不見夜郎昆明天外懸，雍闓智高相鉤連，流官蠻長椎髻猺女未息烟。吁嗟乎！顧君丈夫既不長舅勒石入瀚海，即當伏波題柱過日南。充國成功歲已暮，伯華封侯年獨少。安能逐逐羸馬緇陌塵，龍鍾老死長安道。

吴六益歌

長安冬日苦風雪，腮毛鬑鬑如蝟結。紫貂白狼駔儈兒，紛紛市馬走列缺。猩唇麟脯五侯鯖，繞床呼盧門金穴。蘭膏白苧醉氍毹，一時造化歸炎熱。吴郎三十餘，手持一卷書。袒裼體不完，皸瘃無完膚。沈家學士雅愛才，殷勤手進中山醅。吴郎狂呼鯨吞盡一石，腰間蒼龍白日吼霹靂。男兒生負抑塞磊落之壯志，皇天不易棄七尺。酒酣擊缶歌烏烏，手提如意碎珊瑚。胸蟠象緯二十八，著述如山窮筆札。左思真後輩，張華坐下風。孟津已葬北邙中，大梁無復李空同。茫茫海内誰其宗，撑拄頷頞笑禹峯。騎驢忽遇銅駝陌，全如舊識非生客。赤幘王通多上書，制科安能辱李白。典鸘鷞，沽美酒，相與把酒共登昭王臺。嘆華表之無存，見馬骨之已朽，荆卿樂毅復何有？噫吁戲！機雲陸抗之子孫，聯袂入洛愧青門，雖有文章安足論？彭澤長沙後，輕棄柴桑柳。縱然折腰賦《歸來》，八十日曾綰印綬。吴郎詞賦動京師，草稿不令君相知。雲臺竟不换漁蓑，傷心父死之謂何？

清凉寺作

羅庄古寺臨江干，老柏突兀石巑岏。内有篠簜竹十千，因風裊裊蓮座前。白菘紅藥互争妍，社燕三月飛翩躚。群衲貝葉豈徒然，碑文剥落元宋年。咸陽火烈逆甘泉，海外金闕自神仙。征衫驅馬走麥田，沙彌手執藤花箋。鍾聲數杵歇茶烟，淮海將軍帶酒眠。雲谿緑靄榆莢錢，好將墨寶經堂懸，黑灰或劫此物傳。

將赴湖南宛城留别桑笈雲藩伯

南陽城外芳草生，南陽城内班馬鳴。酌酒别使君，賤子賦南征。南去瀟湘一萬里，粘天陷日洞庭水。怪鳥紛飛猰貐狂，槃瓠氣壓三苗壘。祝融峰下萬竈烟，丞相駐師今五年。使君饒具安邊略，三輔曾將豺狼縛。我今匹馬走長沙，殷勤贈我金刀錯。我謂使君南陽帝子鄉，東都大業見蕭王〔一〕。寇鄧已去雲臺圮，瑯琊人起卧龍岡。先朝厄運當百六，中原川谷厭人肉。青犢銅馬滿西鄂，千村萬落聞鬼哭。使君新捧璽書來，驄騎遥矚紫山隈。胐糒車軨生饑殍，寒谷陽春今始回。桃花落盡黄梅雨，子來宛汝我適楚。中原相望各嶔崎，鐃吹聲中閃旗鼓。臨岐惜分手，對酒不成醺。據鞍且莫悵離群，書生解作上將軍。

【校記】

〔一〕原作『玉』，據匯編本改。

曹翳子行 有引

李皓白，齊人，與予方外交十年。其人多道術，離亂以來，江阻南北，匆匆不得消息。丙申七月，復作朱陵游，遇襄陽之曹翳，公採藥侶也。走筆贈此，幸執此以報皓白，且寄訊山靈平安也。

衡陽翳子身姓曹，半骨寒削鬢一毛。朱陵白露響雲璈，道人手執紫玉瓢。十年前有方外交，依稀玄元皇帝之裔苗。其人曰皓白，云是山東客。燒藥九仙觀，半畝躐遢宅。曩年我向祝融游，時值落葉洞庭秋。聯袂拍肩赤脚直上岣嶁之上頭，耳邊但聞白虎紫象笙歌竽籟之啾啾。今別已六年，道人不可見。我復至衡陽，寥天初試雁。欻遇翳，踏芒鞋。爾何來，九仙臺？爲云南天門外之石船，已於前年之六月霹靂列缺夜半開。濟上羽人未便歸，山中日食蒼耳肥。丹竈玄鶴往來飛，子與道人掇取作氅衣。我欲身跨白驢重經此，再看半辟雲霄匹練水。

附　公於衡岳南天門外書偈訊石船，一昔風雷作，破壁飛去。其事甚奇，道士李皓白載入《衡山志》。湖湘父老至今能言之，以爲昌黎開雲不是過也。因用昌黎謁衡岳原韵敬志二首男**始摶**

開雲曾説昌黎公，天人相應一氣中。文明筆配朱鳥位，岳靈不得專其雄。昔稱幽絶阻中原，清淑之氣于焉窮。蒙茸探碑到峋嶁，猿猱緑樹啼酸風。屏翳果見收雲霧，自信正直能感通。先公繼起南陽後，石船白日飛半空。當年湖湘繫馬日，杖藜三次來祝融。秉鞭止在苗獠窟，乘槎不夢蓬萊宫。笋輿相傍朱陵洞，蒼苔屢破丹崖紅。維岳降神信斯語，和平神聽鑒厥衷。樓船往定九真亂，賊壘深入瘁鞠躬。昆明戰艦闢蠶叢，潮州鱷浪將無同。嗟之艐舸萬斛阻陸地，舟楫霖雨徒以荒山終。不若虚舟破雷電，泯然常存造化功。名山著作藏崔嵸，鑿闢混沌開曈曨。開雲飛石傳兩公，亦如祝融之南紫蓋東。

公爲南岳主人公，三至朱陵洞天中。七十二峰題詩遍，筆與山勢争豪雄。南天門外飛來峰，太古以來傳無窮。望之可見不可即，三神山遠隔閬風。舳艫一一具維楫，徑豁絶而風雲通。公時笑語應怛化，積氣萬象還虚空。數日居人瞻岳麓，晴雲無翳天融融。何來風雨吼魚龍，山腰忽擁馮夷宫。鐵瓦迸散浪頭白，岳廟殿用鐵瓦。緑樹半碎電脚紅。船上去也符公語，信惟神靈啓其衷。韓公有言識神意，清明志氣果在躬。不然何以二千載，靈貺仿佛開雲同。我聞天人感應有至理，神物變幻渺難測其終。此間已履波濤險，何處更收舟楫功。巨槎貫月事荒昧，斗牛浮空傳朦朧。安得乘槎一訊銀漢支，機石樓船駕楫扶桑東。

長沙走筆贈夏人淑

人淑來湘之隈，天久旱欻而雷。花石戍邊黄狐立，銅官渚内老蛟泣。烟舟夏口别茫茫，不見於今六十日。部凌玉，住武昌，來書某日下建康。建康陵上六朝松，鳳臺屹立華表東。中有大士卧白雲，隴西元是舊將軍。我欲作書寄此君，將子來時可曾聞。子向凌玉稱弟子，大抵雄文相如似。凌玉拓落不得意，子尤輕世而肆志。君不見長沙城外吴王墳，高處六十有八丈。海風吹入赤沙湖，峻嶒直與祝融抗。又不見蓬荆深没馬殷宫，夜來烏烏走鬼雄。登熊湘，望百粤，我欲驅兵百萬過日南，伏波銅柱只等閑。

酉夏客潭乘馬忽死爲招以歌

湖湘十載作戰場，元老秉鉞靖遐方。少年天子勤南顧，羽林健兒盡上襄。北馬不飲瀟湘水，十馬生來九馬死。駿骨高撑吴王臺，前日驊騮今蒿萊。天厩房星若爲空，馬祖不應雙耳聾。昨年賤子來幽并，選盡兩廣無下乘。黃金不惜買萁豆，伏櫪但見蘭筋瘦。次第化作岳麓塵，夜半時聞蛟龍鬥。昨斃一馬更無敵，長途用盡壯時力。艱危幾出虎狼穴，十年患難共南國。爲馬誓曰：嗚鞭直入昆明池，叱咤風雲生權奇。朝秣葱嶺夕炎洲，麒麟閣在好爲之。如何棄我忽中道，振鬣一旦厭水草。辰角昏昏渥洼竭，坐嘆嚙膝成没滅。不信長沙卑濕地，三湘日流汗馬血。

郴州拜義帝冢有引

予讀漢史，至項王弑義帝，竊疑之。然漢竟以是得天下，借口實何歟？毋亦楚分王諸侯，漢亦在王中，故使黥徒殺之，推過重瞳。觀後來布歸漢，其一證也。且項王爲人强直，太公及邦墮其掌中數矣，皆不殺，乃己立而己殺之，是狐埋之而狐搰之也，其又一證也。總是漢見楚王彭城睢水一戰，東歸念灰，乃弑帝一事爲誅楚名，并三老之説亦借之以行其僞者也。若小説所傳，英布後身節推九江，爲義帝所攝，其口授當被弑之由，是漢非楚，則反荒唐附會不足據已。順治戊戌十一月，以行部入郴得拜義帝冢，爲作歌吊之。

秦人哮虎咥山東，席捲八荒指顧中。藍田戰後丹陽衄，天不悔楚社稷空。楚王入關無歸日，楚人哀之如親戚。世爲楚將項梁死，江東忽起重瞳子。身倡大義立王孫，手拉亭長拜至尊。京索滎陽戰雲矗，劉家太公俎上肉。叱咤終屬婦人仁，吾翁若翁不忍戮。一時雌雄判興亡，老死褒中漢中王。乃封義帝楚南疆，况是熊繹舊帝鄉。弑帝江中事可疑，驪山之徒供指揮。已爲隨何進身地，此意唯有三老知。因之假名爲誅楚，縞素三軍義旗舉。若果真爲君父讎，豈忘他日啜羹語。吁嗟乎！淮陰餓夫跨下兒，蹙楚王漢亦何痴。彭城纔傳魯公首，秦關已裂假王戶。世間是非論成敗，漢史滅没幾千載。鴻門猶不殺敵國，何事故主苦相害。郴陽江上一孤墳，銀杏婆娑葉紛紛。我來吊古增惆悵，焚詩地下一問君。君不見祖龍鮑魚錮三泉，牧兒火底生紫烟。長陵抔土蕩丘墟，漢家陵寢多玉魚。秦歟漢歟今已矣，帝墓猶在郴山裏。

俠士行贈楊海宇有引

君諱洪，弘農人。身精悍，眉宇深黝，聲如巨鐘，豪宕性，成慷慨，負燕趙之氣。幼從异人學書不成，進而學劍。人有不平事，投分一言，輒身許之，蘇張復生，不能間也。視金如土，人有操是術進者，揮而去之。予年四十得遇此君武昌江上，今予年五十四，計君年亦且四十。即有俠，安足施。客曰：『如禹峯言，何以處田光侯嬴輩也？』海宇方壯，昔荆軻入秦，事不成，爲小兒所壞。必如海宇，前數年，吾懼其敗也。今海宇若干年矣，俠成矣。』禹峯曰：『是也。』會己亥四月海宇來衡，慰我官邸，將歸鄂，爲作是歌送之。

憶昔作客黄鶴樓，正值干戈鼎沸秋。前有毒蛇後猛虎，江上規人不出户。嗚皐義士來司州，腰下錦囊貯吳鈎。幺麼餘子敢蹀足，夜來醉酒看蒯緱。十年五度常游楚，此公流寓漢江渚。扁舟南來舊游散，如君無次不相見。今年訪我來朱陵，眉宇氣概何崚嶒。相見相歌還相泣，老驥伏櫪長太息。男兒書劍兩無成，局促轅下困鰍生。或從易水訪荆卿，或向大梁謁公子。祖龍只作俎上肉，四十斤椎安足齒。三杯叵羅罵不平，灌夫斂手魏其驚。君不見張儉亡命何曾死，笑彼望門輒投止。又不見廣柳車中季布出，河東太守無乃是。人世難逢司馬遷，游俠作傳豈徒然。朝救李陵夕蠶室，可憐竟無贖身錢。楊公楊公，世兒齬齪何須數，緩急人之所時有。陰呂飴甥，公孫杵臼，或歸晋君，或存趙後。我昔强壯少年時，喜同烈士談心期。一言刎頸何足道，酬恩應報軀不貲。精力銷亡今老矣，談兵説劍猶自喜。我有寶刀一贈君，結爲白虹氣凌雲。陳湯介子彼何人，一劍獨成萬里勛。滇黔以下兵甲休，閩海鯨鯢尚未收。將子努重取封侯，勿但輕摘元衡頭。

己亥初夏武陵題游漢叟像

蒯履茄衫帶鋒芒，山門早下入戰場。左右頻顧意傍徨，置身忽在牛斗傍。神龍三尺飛扶桑，群雄汎掃如粃糠。騊駼十萬定南荒，六詔牂牁一時降。指揮八極無陸梁，天竺活佛來西方。倒騎獅子謁玉皇，廣額屠兒黎花槍。朝發廣陵暮瀟湘，何不仗劍來從王，麒麟閣上生輝光。

大營歌有引

祁陽北五十里，山之北趾，素名大營。初未審名所自起，會己亥六月有蒐軍實之行，夜宿郵舍，見二碑矗然，上鐫宋岳少保題壁遺墨。云於紹興二年七月七日蕩寇至此，中有復三關迎二帝等語。急呼同侶，走筆記以長歌。公英烈忠憤，千古如生，廟貌血食，久而聿新。始晤大營所自。書句慷慨，永屹南荒諒哉。

楚南雄關扼百粵，草樹蒙茸迷短碣。誰將佛寺作官亭，殺氣氤氳泉聲咽。有客指我榻邊石，贔屭盤拏高三尺。剔燈捫苔快讀之，奇鬼陰森摶魂魄。夜半忽驚少保來，萬龜貔貅細柳開。手磨隃糜驅毛穎，突兀龍蛇生塵埃。我爲一字一叫絶，唾手三關犁庭穴。湖湘兩廣一時平，將軍視之如蠓蠛。憶昔宋家南渡時，康王承乏纘丕基。六龍北去長不返，鐵甲中原鼓角悲。從此徽欽無消息，蟻聚蜂屯多盜賊。天心已厭夾馬營，璽書不向長江北。將軍崛起河朔間，三百斤弓左右彎。長驅直搗朱仙鎮，匹馬奪回太行山。從王誓死願不違，九哥原不念慈闈。白溝移向江淮去，錢塘何須二帝歸。將軍血鬥徒爲爾，湖南江北多戰壘。掃蕩蠻蜑只等閑，曹成已縛楊么死。幾回問天天茫茫，將軍無福死戰場。千年罪案莫須有，反將逗撓爲藉口。黃龍未醉獄吏尊，閶闔誰爲呼天門。四壁秋聲響萬壑，祝融山捲祁陽郭。風雨旌旗常不散，紹興七月今如昨。

再游黄鶴樓 以下《滇黔集》

武昌城俯漢江流，萬里烟波與天浮。西門巀嶪起孤峰，憑空祖傳黄鶴樓。樓跨江邊不知年，雲夢洞庭相鈎連。馮夷鼓浪陽侯叫，噴薄巴蜀帶秦川。左携鳳凰右鸚鵡，江漢蜿蜒夾雙股。楚王宫殿没荒苔，章華南樓作黄土。憶昔阿瞞下荆州，唾手江東孫仲謀。何來舒州一年少，頃刻敗走華容道。涌月臺空字剥落，相傳曹公手自作。烏林本是舊戰場，此事毋乃真荒唐。又如典午南渡中原血，劉石紛争九州裂。當時若非陶八州，江東安得成王業。長江天塹非偶然，六代雄圖恃荆襄。何怪當年問周鼎，氣吞吴越抑何强。低徊莫思勝國時，蟒衣玉帶照江湄。肘間金印大如斗，將軍夜半潯陽走。一炬長干烈火紅，夏口武昌復何有。開國九年我來游，白骨陰雨聲啾啾。黄鶴時已乘雲去，畫角琅璫不知處。今來又復十七年，金碧嵌空貯飛仙。桃花紅雨亂翠微，江山無恙酒一巵。李白騎鯨去不來，崔灝題詩安在哉！惟有仙棗盤瓜青銅根，夜半時聞鐵笛。上月臺，把酒問，同輩往事付劫灰。漢陽樹色半斜暉，痛飲爛熳不須歸。

湘鄉懷褚僕射

隋鹿競走唐龍躍，太原忽起霸王略。汾陽文水百里間，荆州都督武士彠。爰産妖狐傾唐宗，紅顔天子竄宮中。豈知昭儀即禍水，燕尾龍漦溷乃公。是時寵幸壓群婢，册立厥后維武氏。敬宗義府彼何人，英國胡爲亦爾爾。惟公尚書司喉舌，臣不奉詔心如鐵。正色危論死不懼，御衣難浣侍中血。屏後媚娘恣震怒，此獠斧鉞何足污。正直古來禦魍魎，爲君遂起潭州路。潭州去國三千里，左者鑾窟右苗壘。不少忠義作比鄰，三閭洛陽常居此。後來宸妃亂天下，國老吞聲侍從啞。王孫肉俎海内殘，幾使晋陽屋其社。惟公灼見稱先知，遷流應過楚江湄。豐碑不泐潭督字，湘水常流洗墨池。

靖州戰場歌

靖州城裏萬山中，四面斗絶削青銅。西南險扼滇黔路，控引百粤犄湘東。蒼崖詰曲猺苗窟，密箐楂枒蟣虱叢。順治戊子時仲夏，我來道經兹城下。時方秉鉞過牂牁，臂挽雕弧身躍馬。是夜霹靂列缺紅，銀河倒注長江瀉。主人堅卧公廨中，銅鐎漏箭響玲瓏。密聞邏卒相偶語，降將反側陳友龍。蜂屯蟻聚成三匝，青犢鐵脛何縱横。維時主人拔劍起，重鎧竟據西門壘。喧豗炮火走雷霆，流矢直射女墻裏。懸梯蒙盾相肉薄，突騎奔騰山欲圮。頃刻孤城勢且墮，元戎揮戈陷重圍。帳下將軍奪槊舞，先登叱咤陣雲飛。謂中軍張自强。人馬辟易輒數里，僵尸如麻南山陲。驚沙斷鏃寶刀折，雄溪水漲桃花血。關外武襄三鼓戰，江上康樂八公捷。何須更勤武岡銘，從今汛掃飛山穴。旋軍且復去潭州，拂衣我尋歸菟裘。自此湖南重割據，邵陵以西干戈稠。今皇御極之戊戌，輿圖始將舊地收。萬里滇黔成破竹，六詔夜郎一時復。异姓真王鎮南中，剖符通璽設司牧。庚子我捧藩使檄，再向靖州城内宿。登臨恰是舊戰場，低回憶昔泪沾裳。傷亡將士猶堪念，軍諮祭酒何渺茫。書記謂陶生副將賀進才。感兹歲月成飛電，彈指何堪十四霜。人生封侯貴及壯，老去蹉跎鬢已蒼。吁嗟乎！登臨恰是舊戰場。

靖州戰場歌再

憶昔順治戊子年，持節夜郎稱使者。手挽神物三尺寒，破賊靖州城之下。組練霜飛鐵馬雄，黎平天柱草木風。桃花綉澀寶刀血，百萬鯨鯢空其穴。自笑功高不受賞，歸來遂作五湖長。此事距今十三秋，飛揚跋扈成白頭。無端又作昆明游，風雨瀟瀟入靖州。靖州城外舊戰壘，白骨如山京觀在。婆娑長劍感年華，一官此日復天涯。英雄往日思廣武，白馬將軍真貔虎。烈士壯心良不已，投鞭欲斷金沙水。博取侯印大如斗，重來痛飲靖州酒。

沅州太守歌

沅州太守年二十，朗朗玉山照人立。胸藏异書三萬卷，匣底芙蓉風雨泣。前年親捧皇帝書，剖符直下南粤國。今年仗節入沅州，五馬騂騮黄金勒。我來驅車過昆明，榴花爛熳沅州城。欣逢使君呼大白，滿酌叵羅兼晨夕。把臂問使君，因子念匡岳。匡岳乃是吾家物，東南青峰虧雲日。下有萬里之長江，五老香罏風蕭瑟。何時與子策杖共踏廬山第一峰，酹酒問天公：如此矶硉挺起八萬丈，矯首直入斗牛宫。昆侖西來蓬島東，何遂不與五岳并稱中國雄？

贈房游擊光先 沅州

房公偉岸天下奇，盧龍塞上産英姿。十歲跨馬落皂鵰，翻飛上下捷於猱。耻學書生記姓名，一匣秋水鸊鵜成。霜華燁燁走上國，面受方略入金城。姑臧卜邽連沙磧，青兕豪猪左右射。元昊没滅失游魂，居胥瀚海白草昏。千金寶裝珊瑚鞭，安西都護勒燕然。我聞公入玉關時，皓首父老雙泪垂。開邊不少馮奉世，遠略擬同皇甫規。天子南顧念蠻方，將軍爲我定遐荒。而今滇黔新開闢，洞蠻餘孽尚充斥。我聞湖南袁開府，甲兵藏胸手霹靂。前矛後勁恃中權，房公膽略萬人先。吁嗟乎！既稱膽略萬人先，天子何不唤取親築壇！

綏寧歌

萬山屼硉草樹緑，綏寧城郭傍山谷。西征鐵騎如雲屯，飛輓糗芻日轉轂。令君饒具揮霍才，手迸霹靂心春臺。簿書之暇左右射，撫字心勞靡晝夜。憶我前年在長沙，與君共醉馬侯家。馬侯吴鈎三尺水，天下人呼馬鷂子。威名曾著光禄城，上谷雲中無全壘。將軍雅慕令君名，桓公幕底羅郗生。設策直下牂牁渡，前軍今已過昆明。令君左手搴蝥弧，右手連發金僕姑。笑謂老兵不足爲，美錦學製楚疆垂。彈丸黑子多棘杞，銅符握手瘡痍起。楓門樟嶺叢蟣虱，相傳乃是槃瓠宅。猺姬携鼓舞蹲蹲，公堂野謳獻瓦盆。我來持節過滇池，羊腸牛角走厓巇。得公醉我武岡酒，時維四月梅雨後。丈夫及壯當封侯，開疆須到西海頭。樓蘭、鄯善復何有，緬甸、交趾爲君取。行矣勉之好加餐，我欲携君上雲南。

關嶺歌

關嶺在何許？乃在普定之西南，萬山矹硉嵯岈最高處。猿玃號啼鵂鶹愁，倒退長蛇死猛虎。哀牢緬甸接夜郎，羅鬼花苗自君王。隔斷中華幾萬里，天產雲滇作壁壘。憶昔雍闓亂南中，虎豹岩關蟣虱叢。漢家丞相前後《出師表》，乃遣河東將種關索爲前導。將軍手握金僕姑，陷陣先登萬馬趨。嶺上一時失枝梧，鐵鎖金沙重開昆明圖。丞相因成擒縱烈，益州振起富强業。至今蜀漢歷千年，山腰猶存馬跑泉。飛流濺沫萬頃碧，古樹陰森響霹靂。穹然山椒半畝宫，野老俎豆歲時同。孫曹霸業久澌滅，西川王氣亦銷歇。惟有此嶺長存天地間，將軍姓字日月懸。

滇中歌

我聞且蘭以西哀牢國，盤羊烏櫳古重譯。蒼牛叩頭馬搏頰，鹿崩狼朧少人迹。劉徹皇帝事開闢，麋泠桑關來獻馘。㡗降左擔成通塗，漏江盤町歸疆場。牂牁既定益州開，金沙朱提互崔巍。天馬胎銅一時至，光珠琥珀滾滾來。相去中原一萬里，浪泊林邑連交趾。范王城上好樓閣，丹碧照耀日南水。晋宋以還多叛服，金標鐵柱變陵谷。曾聞征南敗九真，未見元嘉斬區粟。只今天子還孝武，陳師直下永昌府。計功不少龍編侯，滕家都護何足數。葉榆江闊蜻蛉寒，楊邁金登瑪瑙盤。剖符應須到越裳，文淵近已鑿南塘。

庚子秋昆明池上同楊筠伯談及太原舊事爲作太原歌事在癸未距今十八年矣

管涔山接飛狐塞，馬邑南來剪桐國。腰章手板憶昔年，珊瑚寶玦黄金勒。種花曾遍沮洳場，敢謂彈琴不下堂。貞觀社稷餘霜草，開皇宫殿下夕陽。爾時寇盜正充斥，故鄉南望黄流隔。河伯簒入梁王臺，洛陽城内戰骨白。太原風物游冶兒，玉簫金管擅歌吹。中有一人最艷者，手搊琵琶低雙眉。流蘇帳裏琥珀酒，藐姑山色汾河柳。人間别有温柔鄉，玉環飛燕彼何有。挹蘭把蕙無終極，快意當前莫虛擲。大藥曾不駐紅顔，千金難换此一夕。潼關一夜羽書催，殽函風雨二陵來。欻見鐵騎迷上黨，銅鞮絳闕一時開。樂極悲來繁華歇，風風雨雨鶼鶼别。九仙臺畔銷魂時，二月楊花腸斷絶。馬首東征走萬山，重圍幾陷虎豹關。大行阻絶羊腸路，雁門不見有書還。此後滄桑幾歲月，墨綬丁年今華髮。徒勞舊夢憶并州，金徽難續菱花缺。自憐玉關人空老，無端更出牂牁道。昆明池水三百頃，西南萬里傷懷抱。東川使者楊筠伯，自言舊作晋陽客。越石樓邊每對酒，戎褶新妝舞袖窄。猶記殷勤問姓名，雙眸珠下泪如傾。可憐明月凌井驛，石門關上度曲聲。萬事灰飛甲申中，長樂秋院鎖梧桐。不堪回首少年游，晋陽有舊鬼啾啾。

黎平行 庚子

甲申三月燕京變，賊騎突入明光殿。未央鐘杳斷嵩呼，鼎湖龍去如飛電。薄海不聞勤王師，大厦曾無一木支。四鎮甘爲守户犬，百官盡作澤中麋。黎平秉鉞在江漢，精忠直與秋霜貫。灑血躍馬誓燕徒，前編後伍出勝算。亡何良玉尸居餘，部下健兒半賊渠。三軍何自虎變鼠，終日戀食武昌魚。五馬浮江成南渡，建業忽啓行在路。玉帛争耀三山叩，旌旗乍繞六朝樹。一時僕隸化侯王，宰相何人馬貴陽。羊頭都尉騰關内，狗尾公然列成行。是時三秦邊報急，商於鄢鄧皆充斥。盧循欲向海上去，黄巢竟掃關中迹。左卒聞之膽已寒，横江舳艫卸馬鞍。潯陽秋浦烽烟起，千里長干一時殘。先是公駐貢院裏，老兵夜半迫公起。亂箭如蝗射公庭，踊身躍入江漢水。樊口赭山江水紅，公遂藏身菰蘆中。召號湖南多義士，還期捲土來江東。人傳叔寶已北去，王謝燕子迷舊處。兩王繼立甌粵間，黎平公爲借前箸。南陽纔罷衡陽興，武岡邸第楓木平。一夜西風傳漏箭，郭外喧闐鐵馬聲。鼠頭國舅劉承胤，肉袒牽羊來相迎。君王夜出延秋門，絹輦柴車路蹭蹬。黎平百折氣難回，險阻艱難何壯哉。枋頭輜重棄不顧，順昌旗幟捲復開。零陵桂陽成唾手，三軍爛醉湘潭酒。忠孝難全壯士心，忍學王陵棄阿母。更番江上萬貔貅，三匝危城裏戍樓。一劍猶傳姜維膽，千里自行王琳頭。嗚呼黎平何處是，乃是中國西南彝，羅施鬼國三苗壘。星文遠接荆梁域，夜郎直下牂牁水。大澤深山産龍蛇，五開衛裏君侯家。百年間氣鍾羅甸，長城萬里墮星沙。

貴陽行

匹馬崎嶇貴陽道，萬里巑岏多苗獠。赤社何人撞破之，纖兒曾説馬閣老。憶昔先朝國變初，白水還剖赤帝符。維君隻手扶日轂，江左想像管夷吾。如何大節從中改，胡賈公然居鼎鼐。一麾閣部去揚州，大小官爵惟視賄。深宮終日醉長星，未央宮殿白日扃。宰相堂中無政事，柳插羊車且莫停。是時江東晏安極，忘郤神州舊社稷。豈知將軍從天下，一時交壓江南北。貴陽左右失枝梧，飽裝珠玉過西湖。金陵城大不須戰，六代烟花失三吴。抱頭遠遁錢塘去，拖却君王不知處。山陰道中跋馬看，驃騎已奪前旌路。黄金如山不贖身，先後判爲兩截人。前身未是賈秋壑，今日忽逢鄭虎臣。嗟嗟貨貝亦何益，國老當年空定策。半壁山河擲等閑，鐵瓮金山自潮汐。我今攬轡過君里，黎平一樣巃嵸起。銅鼓石門下夕陽，界河奔跳烏汀水。黎平未與白馬盟，猶能報國誓忠貞。君當泚顙見黎平，愍孫不共彦回生，至今人歌石頭城。

滇陽送徐養心歸思南歌有引

公黔人，壬午鄉薦。汀州之役，爰走東粤，晋太常，奉使楚，左遷永昌，少選轉滇中督學。會今上之十六年，王師三路入，公念天命有歸，謁軍門，復疏原官如故。既而以他事去。余庚子夏秋得交公，家弟駿聞座上同人多作詩送之，余爲長言，用弁驪歌之首。

黔州荒徼西南角，萬山崱屴青銅削。隔斷中國三萬里，丹砂竺竹黄金錯。秦漢以還不曾開，道路巉岈虎豹回。中間光怪藏不住，每在岩壑最深處。曩者事在甲申中，黎平忽起湘潭公。洞庭波浪瀟湘闊，照見碧血懸丹衷。國家養士三百載，臨危幸有黎平在。人言紫狍花苗是鬼方，自此人去無復夢見舊封疆。我友徐養心，磊砢負奇襟，自稱生長思南密箐與長林。仰天拔劍來東滇，三尺秋水膩血腥。親藩自起無諸國，手捫牛斗氣縱横。萬星墜落溟渤地，無端遂有汀州事。披衣夜半望羅浮，嶺外王孫天際頭。是時公爲小司馬，九真奉表來闕下。亡何汲黯去淮陽，迤邐君亦過永昌。哀牢山下孔雀呼，再見中郎下成都。西南文教漢武帝，池上石鯨近有無。於鑠今皇十六歲，乃簡名王下雲貴。將軍親統三路師，鐵鎖橋邊耀旆旗。公乃披褐謁軍門，萬卷圖書山色昏。維時草詔專封拜，將軍由來制閫外。還將祭酒領諸牛，未許英雄論成敗。私心未敢負猿鶴，乃憶白鷺洲前之舊郭。我聞昔者田疇隱徐無，自言身賣盧龍圖。老死田間不願仕，如君毋乃斯人徒。又如襄陽龐處士，景升百計不能取。携將妻子卧鹿門，至今高名照漢水。噫吁嘻！徐君弗復咿嚘悵離群，種瓜蚤學青門客，射虎只憶故將軍。短桎三尺黔陽道，青螺却向山中老。

詩集卷八

七言古詩三

歸化寺歌 庚子初冬

金馬山腰歸化寺，雲城咫尺連東北。崔巍殿閣何年置，虬龍盤挐鬱松柏。朝霞掩映光玲瓏，簾牙喆曲茶花紅。回廊飛榭不知數，靈文樹木解翻風。石梯蹭蹬寒蒼竹，僧敲木魚狎豕鹿。紫薇皺瘃玳瑁僵，梧桐倒挂鸚鵡緑。憶昔勝國成化時，金仙此地創初基。山河已往將軍去，今餘贔屭照厜㕒。門前車馬如流水，狐兔悲嗥梁王壘。前朝戰馬麓川功，半入昆明黑劫裏。此地古來鄰西域，葱嶺雪山相扼塞。蓮花初産阿育王，風壤實接衆香國。十餘年來鐵鏑鳴，髑髏化作沙蟲聲。李漼郭多相繼起，陳餘張耳接踵生。雄心霸業徒灰滅，六詔山河亦崩裂。陸賈元通大夫璽，臨邛今建中郎節。往事滄桑不足論，花開木落幾黄昏。高車大纛何處去，亭午荒山寺閉門。

四戰歌有引　辛丑四日作

孫、李據滇，凡三戰：一保寧，爲劉文秀，被我師大創而奔。一廣西，爲李定國，定南王敗績，死之。一草橋，亦定國，我師復少挫。時主兵者皆孫可望。迨後兩雄不睦，肉俎所事。孫發黔省，李自滇，接戰交水。孫敗來歸，滇南事以去，此自爲戰也。不與我戰之數，其他辰、常諸戰不盡載。至於羅炎磨盤，此敗亡之餘，不足録也。繫馬昆明，覽前王之遺邸，感梟雄之舊事，爲作是歌。

一保寧

褒斜左擔蜀山路，杜鵑啼血鬼哭雨。錦江玉壘叢蟣虱，割據门帝藏金虎。將軍十萬走城都，内江外江一時渡。是時孫渠據南中，拔劍砍案氣如虹。爲遣三車敕甲胄，鑿出凶門劉文秀。晝夜兼行三百里，塹山堙谷築壁壘。窮追鏖戰保寧城，千山落日草木腥。南兵帶甲捲土來，黄金盧匝錦雲堆。北軍觱篥呼風雷，虎豹戰栗終南摧。將軍躍馬親搦戰，朔方健兒好弓箭。西洋火炮武剛車，汎掃南兵如飛電。南兵象馬積如陵，夔門劍閣積尸平。君不見甲申大戰關東日，唾手堪擒李自成。嗚呼一戰兮戰正酣，應憑長劍掃雲南。

二廣西

獨秀參天天五尺，黄沙白晝走霹靂。玀玀跨象涌山來，一隻可當萬人敵。飛弩毒矢如風疾，銅騎金甲山銜日。名王劇戰鐵衣紅，宫中火烈星流空。孤城援絶城已摧，寶玉金章付劫灰。左嬪右嬙同時死，嶺南真見鐵漢子。嗚呼二戰兮戰數奇，千古英魂百粤陲。

三草橋

祝融南去雁峰迴，蒸湘水對寺門開。月冷草枯霜華夜，白骨烏烏逼人來。使君問前路，乃是南北交鋒舊戰處。我馬躑躅掘地鳴，我僕膽悸不欲行。使君仔細聽，耳邊微聞刀槊劍戟百萬金鐵人馬踏籍之行聲。憶昔兩軍相當時，旌旗蔽天閃躨跜。南鬼煩寃北鬼哭，交趾母象大如屋。百粤烏鎗三韓箭，獅子吐火元黄戰。飛鏃蝗霧捲長沙，烏食人肉剮如麻。東珠璀璨嵌兜鍪，千金竟購大王頭。嗚呼三戰兮戰不利，南楚賴有長江蔽。

四交水

郭、李自相傾，陳、張乃隙終。二物不并大，神位生巨憝。中原自失咸陽鹿，幺麽餘子相徵逐。西川割據彼何人，腰領灰滅空碌碌。孫李抱頭如竄鼠，穴此西南一塊土。不甘老死㸑爨中，假借朱陵擁共主。牂牁江上竪壁壘，十年喝斷五溪水。人謂葛相將復生，豈知朱温特未死。囚縶安龍空怨嗟，後世莫生帝王家。刎頸忽爾結深仇，二子治兵交水頭。大兒側目雲南府，手屠龍孫皃龍子。次兒揮刃板橋東，誓死不肯誤乃公。虎豹股栗天地黯，秦王晋王來酣戰。一成一敗彼此分，十萬枯骸性命賤。遺矢斷戟沙場鐵，斑花土綉壯士血。停鞭下馬繫長亭，道傍遺老爲我説。是日東南風正急，秦軍大衄寶刀折。秦王帳下曹無傷，夜半背將軍情洩。秦王塌翼望東行，晋亦跛馬回昆明。嗚呼四戰兮戰相戕，滇黔萬里歸職方。

白水行

先帝升遐十八年，今皇龍飛之二月。賤子驅車雲南來，新捧簡書入西粵。是時六軍尚駐滇，雕弓羽箭滿市廛。積藁白粲相鏹屬，東南水陸飛金錢。滇田磽确歲一穀，甌婁一丘租一斛。閭左烟寒狐兔嗥，破屋微聞寡婦哭。板橋南來白水渡，衰草頑山無　樹。頹垣廢堡兩家村，中存一綫行人路。我友南寧長，其人程伯建。蒼頭持書夜半來，驚心陂陀見于思。書前何所有，爲言江夏別，今是五載後。書中何所見，乃言求我詩，勝當百匹絹。嗚呼伯建抑何痴，我詩何能萬古垂？只今聖人漢武帝，遠略開拓西南彝。笑我隨人徒碌碌，僅能百日醉昆池。昔者陸賈好詩書，趙佗一言九郡歸。司馬相如善爲文，中郎持節開滇雲。世知二子能文士，豈知二子所長殊不在此。我何人，斯所游之地，乃與古人期。君不見鷄狗之血飲銅盤，縱羅千人不能救邯鄲。丈夫有權能救世，文章無命工徒然。周絳侯，霍子孟，一朝將相功業天地間，李杜萬丈光芒知何用。

貴州晤王樸齋名鏌，山東人。辛丑三月

王郎鬚髯天下奇，蝟毛磔磔飛黃絲。駿骨崚嶒華不注，雄風颯起東海陲。爚爚芙蓉寶玉鳴，夜半光寒斗牛横。自昔跨馬走長安，諸侯上公盡交歡。坐中朱家邯鄲椎，洛陽劇孟争追隨。尊前不顧尚書期，灌夫季布大小兒。一麾車蓋來江楚，手拉滕王親攻語。有酒頻澆陶太尉，華子魚輩不足數。趙尉嶺南尚阻兵，璽書曾聞致陸生。回首還開牂牁山，夜郎鬼國一時掃。僕也遠從六詔來，把臂笙竹城之隈。拔劍砍地讀君詩，如同鉅鹿酣戰時。犵狫烏苗皆破膽，蠻王長跪前致辭。天涯知己惜分手，驪歌莫問旗亭酒。桂林山色蒼梧雲，鷓鴣陰雨不堪聞。貴陽芳草三月暮，不知何地更逢君？

都勻歌

貴陽使者河東客，藐姑山青沁水白。風節華胄振箕裘，廿八羅胸天地窄。亂裏一官走豫章，詞源

争如九派長。爾時侯景窺江左，適值蘇峻起溧陽。公視此物如蠓蠛，王維肯受禄山爵。翻身跳入蒼梧雲，手捧金册朝至尊。經略丞相受命方，南征將子署爲老。參軍既定五谿，夜郎旋開，西南君長相率俱來。我前捧檄入六詔，邂逅逢君劍南道。今日單車入桂林，相逢舊邸夜雨深。子亦有命入西秦，脱手相贈雙南金。黯銷魂，惜分手，寒雲幕幕黔中柳。我作嶺表客，子稱關内侯。瘡痍滿眼，羽書未休。丈夫不爲稻糧謀，茫茫别恨水西頭。

武岡雙杏行 有引

昔陶士行令武岡，植雙杏，幹大如囷，數十圍，高聳。是年來，皮枝剥落，蘚栖其上，生意枯焦，約二千年物矣。守浙東吴六吉作甓護之。予自滇藩移粤，經此地，爲作歌。

陶公手植樹雙株，輪囷杈枒山岳扶。兩雄并霸西南角，倚斜排蕩神焦枯。龍虎攫拏蛟螭走，赤膊擬向雲霄趨。骨皮皴瘃蟻子穴，葳蕤蘿蘚生積鐵。老烏將雛巢絶巔，風雨飄摇不肯折。勾吴太守來浙東，爰爲甓砌護厥躬。宫墻咫尺分俎豆，如睹典刑永嘉中。盤根直節二千載，秋霜烈日陶公在。豈知前此十五年，大物一旦蝕光彩。秃頂還摇祝融雲，怒號拔起洞庭君。古柏何數孔明廟，大樹俄失馮將軍。我爲婆娑坐其下，古氣森沉迷朱夏。酹酒還澆陶八州，一木真堪支大厦。憶昔司馬江左時，上下南北羽書馳。棟折梁摧鐘簴覆，一時將相失枝梧去聲。惟公灑血誓登舟，掃蕩宮闕見石頭。自此秣陵一塊土，得公再奠成安堵。温家太真絶裾來，與公提携心良苦。睹物思人轉惆悵，晋室安攘存匕鬯。葛藟猶能庇本根，柱石如公豈可忘。君看此物豈無神，歷代撑持亦有因。樛枝遠蔭長沙墓，萬劫常留天地春。宮墻句，以隣學宮，故云。

中秋小集

看月難得值中秋，况復中秋在嶺頭。石渠娑娑菡萏舞，天涯兄弟飛觥籌。觥籌交錯還度曲，胭脂花對幽篁緑。琥珀瀲灎玳瑁紅，蘭膏明滅漏聲促。座中已見月華升，玉盤飛出五嶺東。山河大地水晶裏，冰綃誤入廣寒宫。桂林白露更盈盈，一尊爛熳赭土城。今宵得遇故鄉月，故鄉争如此月明。昨年此日游昆海，金尊玉斝僰僮外。今年匹馬走粤山，良夜兼逢知己在。人生百年已過半，十載飄零客异縣。目前黄菊又將開，昨日初聞北來雁。問君何事還不樂，欲駐紅顔無大藥。君不見獨秀山頭落葉紛，向來歌舞石榴裙。至今高臺一任麋鹿游，夜半古木響鵂鶹。

石將軍歌 有引

將軍號荆山，吾鄧人，爲予表侄，與予鄉社相望，同作諸生。既見中原多事，棄去。豪於酒，能度曲，精騎射，廣交游，不復事生人産。鄉人不知也，獨予知之。今輿朝定鼎，名王南下，謁軍門，得爲虎賁，亭障凉州，再游河間。會辛丑予游西粵，將軍亦以是年分幕桂林。隸撫軍戲下，相見如夢。計予別將軍且二十年，栖遲嶺外，故鄉親串來希，幸得將軍杯酒道舊，破塊壘，亦佳話矣。重九飲將軍別業，芙蓉花下，陶然盡醉，走筆爲《石將軍歌》。次日即將軍誕辰，爲將軍壽。

將軍天資原磊落，少年不受諸生縛。雕弓羽箭常在腰，唾手欲取封侯爵。每讀衛霍諸人傳，將軍擊節口稱善。丈夫何事不戎軒，安能鬱鬱長貧賤。將軍跨馬出門去，回首曾無妻孥慮。真王承制下江南，適遇前麾鄢郢處。將軍獻策軍門喜，天吴朱鳳賜衣美。從此將軍稱愛將，羽林金吾各相讓。一麾鹵薄走西凉，天下精兵古戰場。姑臧城外草迷離，將軍每日射黃羊。牙纛再領漁陽騎，雲中上谷晝角吹。將軍密佐中丞算，易京樓臺不用戰。維時皇帝南顧問西粵，近來不閉長沙鐵。趙佗、吕嘉亂既定，漢家竟啓日南郡。本朝兵力全勝時，將軍爲我勒銘直至南海陲。將軍謝曰：『惟天子聖且仁，鼻飲川浴敢不臣。坐見國王竪旗降，象馬從此不敢再飲富良江。』昨日朱夏信使來，接踵稽顙拜中台。海貝瓔珞貢上國，交趾今已安反側。我聞將軍携有西凉緑葡萄，此物釀酒令人飲之膽氣豪。將軍明日是懸弧，帳下壯士各爲將軍盡一瓢。滿堂客醉芙蓉花，况我與君相遇在天涯。此花爛熳迷五色，手持琉璃貯琥珀。酹酒伏波山，爲問新息侯。英雄仗劍萬里逖蠻方，何須更憶馬少游！

觀察黃抑公山室歌有引

室甫成，納以書帖，四壁粉堊，綺疏霧縠，疑在玉壺。階所甓砌，蒔秋菊百本，瓷甌置短垣上，略經布置。雜花稱是，最後涌高臺。周望四遠，桂林萬山揖拱几席，如聞謦欬。笑謂抑老：『誰謂公廉，半畝之宫，載千笋來矣。』同藩伯德輝、學憲紫雲爲作歌落之。

黃公愛山真癖絶，一園幾欲藏百粤。百粤奇山在都會，珠聯璧合各引類。黃公學得縮地術，以之縮山無不足。觀察署内有隙地，公欲看山巧布置。幾回度十事經營，要領當無過此處。公爲築室兼築垣，辛夷作柱竹作門。生平尤愛柴桑客，五色菊花種百盆。蘭蕙不須更計畹，短松秃如鉸刀剪。枸杞茉莉相後先，橘柚垂垂帶橄欖。石丈層臺如人立，窗紗凝烟晚照碧。酒熟忽逢嘉客來，拉客看山一登臺。臺上山光杯中落，片片青山供大嚼。已羡臺成驅山鞭，更許山作下酒物。我聞君住東南海國城，武夷山高參斗横。綿亘磅礴八百里，萬丈瀑布噴雪水。此山真可作兒孫，君胡爲乎置之前軒與後軒。黃公謂我君其謬，看山何必似家山，况夫粤山原與甌山連。十年薄宦風塵老，是山皆可破愁顔。有酒不妨對山酌，無山有酒亦白樂。但須對酒讀君詩，何必千峰與萬壑！

西粵胡方伯歌有引

方伯字德輝，武定人。太翁博極群書，屢困名場，教甚嚴。方伯奇穎，又能彎弓馬步射。會值鼎造，方伯以髫歲選人考上第，筮仕昌平，擢陽和，晋河東兵巡，所在稱治。既乃揚歷三秦、二東及兩浙藩臬，當一面，犖犖有聲。最後有西粵之游，歷今官。西粵接滇黔，巨猾方殄，國新立，飛輓仰給他郡。公咄嗟而辨語曰：『山東宰相自漢已然，今聖人起東海，密邇豐沛，又其時矣。』旦夕借公中書籌畫天下事，有如此粵。又或以公兼資之材，俾以方虎之任，豈韓范諸君子所得耑美於昔哉？辛丑重九後二日，爲公攬揆期，爰壽之以酒，作爲是歌。或者曰：『公年方强仕，春秋正富，衍爲大年，此不足爲公壽。』解之者曰：『太翁方康强，天子方南顧，側席而求壽公者，壽國家也。』

天産蠻荒作百粤，中國五嶺相隔絶。漢家帝子逞雄才，萬里車書朝北闕。自此列入王會圖，明珠翡翠走番禺。馬人龍户來稽顙，春秋冠帶盡蒼梧。勝國末桀邊塵起，寇盜縱横竪戰壘。荔城象郡竟甌脱，編民化作灘江水。今皇御極再興師，城内無人只健兒。况兼蜑窟叢蟣虱，峒主時復報反側。爾時猺兵兼象陣，日南猶未復九郡。蓼擾如此蒼生何，家臣何以佐轉運。天子詔公惟舊臣，爾其爲我策九真。牙籌未已漏鼓歇，節樓蘭膏正明滅。舳艫銜尾到江頭，真見黄金地上流。

驍騰士馬嶺南道，貔貅日增十萬竈。前日交州新入貢，手挾芝房兼銀瓮。行省威名入雕題，會見侍子來親送。同時撫軍亦雄略，與君夜半相咨度。石田椎髻種菑畬，猺姬獞女把犁鋤。我思關中王業首蕭相，汗馬曾不敵轉餉。古之方伯總六師，豈如後世區區但度支。坐看節鉞下期門，整頓乾坤報至尊。男兒致身將相未四十，爲君東取朝鮮西昆侖。

又方伯詞 代

我公起家燕趙邊，營平鎖鑰雲中守。迄今馬邑鴈門間，亭障威名常在口。畫戟再爲蒲坂行，藐姑山色黄河聲。已收潼關百二險，還下山東七十城。前驅一門無諸國，鰲眼射波海天黑。談笑收拾兩浙中，東南再定蛟龍宅。帝念嶺表在天末，爲報呂嘉[一]新受縛。陸梁密邇接滇黔，惟爾爲我定亂略。今者四海貢車書，皇輿猶似建元初。屹屹方岳在南陲，何須更煩十萬師！伊余三度從君游，前者齊晋今嶺頭。菊花燦燦照金甌，況逢桑蓬懸節休。滿斟椰酒爲君酌，蕭蕭黄葉尊前落。男兒及壯當封侯，高密早受元公爵。

【校記】

〔一〕原作『家』，據匯編本改。

藤峽吊古

造物亦知地維缺，胚胎東南忽而結。交廣風氣接炎洲，海氣噴薄凝積鐵。綿亘延袤六百里，高入層雲下無底。蒼梧雲氣貫其中，潯陽江水勢砰訇。兩山巀嶪剨然開，鴻荒以前斷絶人烟不往來。中有猺獞常居此，鳥言卉服椎髻而漆齒。藥弩火箭不離身，芥釁報復日齗齗。有藤何來粗如輪，牽橋百丈渡行人。屠牛刑馬喜戰伐，往往憑視大藤峽。縣官不敢問，里正且莫瞋。磨牙吮血相鏖戰，左韃右櫜解弄兵。我思成化正德年中事，嶺南蟣虱奮螳臂。矯命再見儂智高，抗衡欲學南海尉。三十年中變三起，爾時土木禍初已。前有韓雍後蔡經，中間底定王文成。王公但借田州兵，餘咸恐喝八塞平。蔡經亦用萬達策，公丁猖獗不可得。惟有韓公爲其難，爾時賊已煽亂兩朝間。攻墮郡邑無虛日，朝議洶洶日顧南。韓公用兵尤奇絶，十七萬人八道入虎穴。決策不遺新會亟，立斬指揮何足説。此事去今幾百年，戰功猶在嶺人傳。樵子陰雨拾斷鏃，沙場尚帶土綉緑。我聞近日峽人耕作稠，估客時通魚鹽舟，歲歲伏臘祭三公，膜拜獻牲一與祖先同。如何當時朝廷賞獨薄，威寧靖遠偏獵五等爵。嘆息爾時監軍無中官，致令此事封拜獨寂寞。

秋日灕江東龍隱寺讀磨崖元祐黨人碑

桂林城外灕江東，岩峒陰森藏古寺。青壁蜿蜒走雲霞，魚蟲剥落前朝字。萬木蕭疏一氣中，英魂高叫老蛟宫。手掃蒼苔認邊傍，雙眼糢糊失光芒。石藬澀綉復積鐵，懸鍼垂露半磨滅。薜荔緑沉元祐人，雷雨陰垂皇宋碣。司馬君實來洛中，眉山伊水相率從。最後忽出黄豫章，細尋惟遺米襄陽。勁節高風不可見，金繒社稷玄黄戰。蔡家父子何狓猖，三百九人開生面。當時石工彼何人，朝堂不懼丞相嗔。至今嶺表蒼梧地，想見諸臣瘴癘身。或竄或逐威福歇，富貴繁華如掘閲。力能禁錮及終身，豈知史册光日月。汴水東流艮岳圮，花石君臣今已矣。舉目不見宋乾坤，諸君姓字空山裏。

秋日拜伏波祠同抑公德輝紫雲諸君

伏波山接桂林城，孤峰突起插雲表。黄葉蕭槭虎豹蹲，崚嶒獨壓廣南道。我來繫馬值秋晨，想見將軍百戰身。鬚眉欲動劍花落，舊是當年矍鑠人。將軍去此幾千載，俎豆依然血食在。只今裸國文身地，歲時伏臘常不改。灕水東流此山存，蠻風瘴雨幾朝昏。祠下松杉烟漠漠，祠上芙蓉萬仞削。回首中原望雲臺，不見當時功臣閣。

再拜伏波祠作歌

漢家世祖中興日，交趾猶稱漢郡縣。弄兵忽起兩女子，帝遣將軍爲定亂。將軍秉鉞號伏波，手揮日南萬里戈。朱崖九真歸底定，浪泊西里幾戰勝。桂林是時交州之北門，灕江烟鎖暮雲昏。孤峰蜿蜒傍江起，上入青冥下無底。有洞劃然向北開，人言此地將軍還珠來。此山因以伏波名，萬丈雄峰涌出蓮花臺。將軍一去無消息，此山挺立百粵常與天地無終極。歲歲蕉黄荔子紅，野棠間雜木芙蓉。遥望中州三十六人，雲臺何處是烟樹。茫茫但一氣，酹酒問將軍：『當時火德欲熸，赤龍未興。隴蜀紛紛各問鼎，赤眉盆子據關中。如何識得真人出白水，遨游二帝意獨在東。』我聞至今安南國，黍稷馨香烹羊釃酒，欲報將軍德。將軍神靈著南海，將軍名姓光史册。椒房不肯貯南宫，却恐丹青污顔色。

全州道中聽松歌

全陽古松夾道立，森陰虧蔽無雲日。楂枒遥接蒼梧嵐，千年青翠何鬱律。蛟拏虎攫枝撑幽，炎天白日藏鵂鶹。牙蘗盤屈青銅根，九嶷雲氣頂邊浮。客行六月安南道，回廊曲榭恣窈窕。鏜鞳忽從車耳生，響像舛互不可曉。百萬鐵騎頃刻變，昆陽鉅鹿互鏖戰。鐃歌鹵薄鼓吹兒，又如雄王獻捷告廟時。匡廬瀑布錢塘潮，渤澥橫流海怪號。彭蠡洞庭環左右，銀河倒注雪山高。久之微聞雅奏出，髣髴周郎來度曲。峒主蠻腰柘枝舞，秦箏趙瑟斷復續。神魄恍惚聲聞歇，如醉如痴不可說。車殆馬煩人忽蘇，乃覺此身在百粵。萬木何獨松有聲？萬木獨啞爾獨鳴。松爲人語辭則恭，千百萬株化作龍。敝秦大夫何能爾，向者不見大王風。

桂林行

西南風土古百粵，城外山身何稠叠。歷落巉嵯相結聯，萬莖蓮花生鑌鐵。下有鬱藍萬里之灘江，想見當時下瀨艘。辛夷花發虞帝祠，古柏笙篁無歇時。朱門舊邸青磷走，訓狐夜啼雨垂垂。憶昔六師號專征，此地曾經兩用兵。山川麋爛無耆舊，一時猰貐漏南寧。滇黔近日雖收復，閭左尚聞寡婦哭。獞狑尋戈相仇殺，民間更無半間屋。饒有庵閭巾蟣虱，鴻雁依然在中澤。米船銜尾括東南，嗚榔猶覺九江窄。近日部民亦徵租，公府文牒滿蒼梧。磽确新穀纔上場，有吏不待官家呼。天子使臣治郡縣，就中土司居强半。我聞勝國開粵時安置，岑黄兩姓潯江畔。南交黎莫稱外臣，歷世干戈相斷斷。此物前朝攻之不能下，四千里地棄朱垠。一自興朝震雄略，前日安南就戎索。貢來霧縠瑪瑙盤，綉脛花裳拜王朔。一時遠人喜輯柔，聲靈今過南海陬。此去君門真萬里，春風不到五嶺頭。念兹瘡痍猶未起，中丞早建籌邊樓。

從軍行爲張一庵賦

江東年少張一庵，手提神物三尺寒。追捕白額縛長蛟，三吳俠士讓君豪。性癖佳句尋謝朓，高牙早建宣城道。翻身射翼入雲中，蟄弧蛇甲白草雄。指揮即墨五千兵，唾手山東七十城。圯橋素書無顏色，華不注山戰雲黑。心念尉佗不歸朝，聖明南顧徒勞勞。張公磨厲匣底鸊鵜刀，霜花如水照吹毛。笑彼洛陽一布衣，猶欲父子死南粵。況復興國將相多如林，席捲九郡何足説。鳴鏑直踏蒼梧雲，鶉尾炎州蕩妖氛。紫騮叱咤過南極，穹龜大貝來鮫室。富良江上竪降旗，胸中甲兵真賢百萬師。賤子一官萬里來，繫馬邂逅伏波山之下。與君彈棋更酌酒，真氣素心生户牖。自愧腐生三寸竹，半世無聞徒碌碌。白馬何曾問詩書，列侯將相幾見出文儒。佔畢誤我頭空白，丹青無名老邊塞。因君再歌伏櫪詞，我有壯心君應知。

粵游嘆

瀟湘南去五嶺頭，風烟萬里隔神州。毒蟲惡草相蘊結，中有怪鳥藏鵳鶹。朱夏炎天流金石，行人如在火山脊。祝融乘權愈驕蹇，生人八九化作碧。我聞胡德輝方伯爲我言，宦游此地失精魂。去年之官入西粵，百人今有幾人存。天子帷蓋念使臣，中丞郵符給亦頻。更有扶櫬歸無力，白骨終然瘞异域。所以西粵成畏途，馬蹄斷不入蒼梧。一人官此一家哭，不見除目見鬼録。嗟乎此事是耶非，作官豈必在王畿。君不見旅食京華嘆積薪，長安豈無陳死人。又不見衛霍出車事朔方，三軍士馬亦相當。豈必嶺南能作厲，漢家因而棄朱方。我聞江南爲橘江北枳，鸜鵒渡濟偏能死。物生固有性，人生亦有命。陸賈過嶺曾北歸，馬援征南年已老，猶能百戰出重圍。丈夫如不南粵走，争似鄉里小兒紛紛僵尸兒女手。

水月洞 有引

在桂城東半里，山踞水中作象鼻形。鼻之下，群水所匯。每月出映水，水映壁石，光怪殊絶。漁舟其内，聲窢然矣。

桂林有水繞城隅，百千萬山向東趨。中有一山不欲行，十二辰中姿相殊。盤踞中流挺偉軀，厥鼻蜿蜒十丈餘。矯矯欲捲往來艀，是石是鐵森模糊。鮫宮貝闕疑象魏，水怪見之生噴畏。此物元自産日南，坐鎮蛟龍如無氣。歲久波深忘本形，舟子漁人但髣髴。髴，寘韵，又音沸。見《靈光賦》。不走不鳴有鼻存，噴薄鯨鯢當百卉。鼻下盤渦時蒸雲，噌吰鞳鞈娱象君。月華何來生水底，爛熳忽成五色文。琉璃盤托明珠出，寶氣離陸照夜分。鼉鼓欻然掀地軸，有時真象來相逐。天地黯淡海若藏，霹靂跋浪震山谷。九疑雨氣翻磊砢，耳後風生鼻出火。我欲醽醁載百壺，左携篙師右象奴。捉月入洞任狂呼，屋梁影落滿蒼梧。我聞林邑諸國戰，此象即可作車徒。近日兩階舞百獸，呼嵩擁立當彤除。麟角鳳嘴供上國，何事象鼻復區區！

分水塘有引

塘在興安，即灕水之源。其地當西南最阜，水分南北，下多石峽，傳爲秦時所開云。

五嶺南來石砐硪，千峰開遍芙蓉朵。地接雲霄水不流，天限南北灕江左。一作分江沱。咸陽帝子事雄圖，六十萬人鏟坎坷。直驅叠嶂學平陸，一綫中分凌飛舸。舳艫銜尾入青天，長年欸乃催行柁。象郡龍城歸職方，雕題漆齒椎髻鬘。南人使舟北人馬，漢室將軍從天下。呂家相國漫倔强，犀甲戈船一時瀉。大軍騰飽戰艦稠，明珠翡翠來中夏。鸂鶒歡呼屬玉鳴，萬里舟楫憑此問。䦱，上聲。開也，裂也。蘆笋蒲牙兩岸緑，打鼓開船斷復續。鹵簿忽出馮夷宫，時見中流閃大纛。人謂百粵是瘴鄉，水行殊不苦蒸毒。就中荇藻何森蔚，時見漁郎窮罟罻。估客日載東鹽來，山民饜棄黄魚味。我來局促一扁中，斗酒自勞還自慰。無端忽憶創始年，物力人工幾經費。今逢四海同車書，黄屋久無真定尉。垂衣平秩到南交，聖主聲教正四暨。

再送祖大參入覲兼訊舊游

霜花十月廣南道，扁舟送子傷懷抱。羡子北征入長安，我復羈旅在嶺嶠。憶君昔年乘驄馬，豸冠峨峨稱使者。如何一麾到朱崖，兩年遠宦蒼梧下。五陵公子舊豪游，薊門風雪鷫鸘裘。況是公車計吏日，手賫桓圭入鳳樓。少年天子臨軒問，漢家百粵原九郡。前日交趾朝貢來，川浴裸國皆效順。君爲拜揚聖人喜，王化綏服過儋耳。珊瑚玳瑁不須名，獨羡車書通萬里。爰命冢臣簡茂异，多君曾攬澄清轡。即看斧鉞賜專征，晋秩一比藤峽事。嗟予猶作炎荒客，半世虚擲頭已白。因之翹首望桑乾，無端想見張華宅。我友合淝龔大夫，胸中排列廿八圖。久知司馬排元祐，未審李膺去東都。勛業幾能兼制作，文章不上麒麟閣。君才十倍過曹丕，莫怪區區今落魄。

書所見

畚鍤雲舉雉堞開，黄郎鼓櫂沙棠來。香亭旖旎柳橋隈，醉擁如花笑江淮。金雀紅唾蘼蕪緑，倚徙象床呼銀燭。碧流綉户芳園美，壕鬼嗚嗚骨成壘。

定粤寺

百戰功成金刹起，鐘聲填咽鼓聲死。觚棱拏雲鴟吻號，熊羆争入星月高。玉階霜華老苔濕，夜半如聞龍象泣。銷没真王一炬中，陰雨空山萬感集。

賦得早起寒霜似雪深

祈連山下北風起，漠漠驚沙一萬里。明駝戰栗黄羊僵，漢家將軍出定襄。夜來寒星摇練白，部伍晨起無人色。彎弓十人九墮指，紫騮蝟縮雕鞍死。幕上有烏禁不飛，蓐炊爨箄滿金微。僕射終然如父兄，安能人人挾纊到。邊城無定河旅魂，哭賀蘭坡烏啄肉。角弓鳴處膠漆折，况復沙場寶刀缺。

登萬壽寺塔

神工鬼斧撑撑絶，貝葉靈文磩短碣。螽緣似上蛟龍窟，窸窣忽驚蝙蝠穴。三江水氣蒼梧雲，鈴柝淅瀝不可聞。百感如觸曠士懷，東南九郡劃然開。如見星辰在户底，朱門人烟纔如蟻。蒼茫指顧日南國，照見銅柱青冥色。却憶金人辭漢年，清泪如水下流泉。不及此物峥嶸久，能令交人爲世守。日暮風高增嘆息，南海朱鳥在咫尺。古寺鐘聲黄昏起，滿城笙歌出壁壘。

伏波行

伏波山下酌君酒，我在桂林君去柳。客邸逢人嘆白頭，縞紵無人公最久。憶昔先皇戊子歲，定南授鉞征南時。戲下熊羆八十萬，汎掃湖湘築鯨鯢。幕府何人練掌故，獨有黄州草露布。磨墨楯鼻倚馬成，翼軫山河皆内附。我捧簡書來京國，真王駐馬衡山側。旌旄疏入我泮泂，明光天子動顔色。爾時把臂識君侯，長沙星物木蘭舟。彎弧躍馬入夜郎，杯酒别君在瀟湘。男兒殺賊未貴黄金肘，笑予曾被妒婦口。我去故山子南游，猶記辛卯相逢五嶺頭。自此與君成再别，落月屋梁不可説。豈知老去萬里走，西南天地重握手。昨年共醉羅施城，鐵騎邊月踏秋聲。今年擊馬象鼻山，復得與君劇飲相盤桓。追憶前王不可見，碧梧叢桂滿西院。人生知己苦無多，耳熱悲來泪如霰。

線將軍

鐵幕霜寒虎鞹驄，棠谿干將光玲瓏。當殿都護懸金斗，左列魚麗右犀首。腰間寶玦賜尚方，四尺角弓緑沉槍。大戰七十小四十，鷫鷞先登氣無敵。九真象齒雕題金，駱田君長來獻琛。血戰功高更無比，遠拓炎荒一萬里。漢家白馬丹書新，如君閥閱復幾人。流蘇駿馬五花身，平踏沙場氣絶倫。束髮從王起東海，憑君一掃咸陽塵。中原已靖黑山穴，名王唾手下南粵。灕水桂陽壁壘開，親縛尉佗報北闕。伏波山高羅虎帳，炎荒萬里列亭障。我來長揖上將軍，時向西園醉画舫。

全總戎

獨佐名王起海甸，跿跔科頭三十萬。牙旗十丈蕩蚩尤，七尺刈畫百餘戰。自昔戈船下番禺，長姣纖指錦羅襦。軍中有婦氣不揚，將軍志操凛冰霜。石相祠宇欒公社，真見父兄作僕射。古來不少躍馬登壇人，貫頤奮戟徒紛紛，幾見却穀與祭遵。

送桂林司李蘇念溪之官虔州

春陰幕幕灕江側，嶺外蠻雲學墨色。伏波山下送同人，可奈離尊只頃刻。自笑垂白作壯游，桂林繫馬已經秋。邂逅蘇君嘆不及，而今試看嶺南集。星岩象鼻幾回醉，鐘聲夜半栖霞寺。目前喜無拘忌人，跛扈飛揚笑俗吏。唯君健筆起東南，海上樓閣飄渺間。樂浪琉球連日本，雲烟變滅藏毫端。同時奮袂者誰子，親逢勁敵竪堅壘。謝朓驚人苦不休，謝天樞也，亦閩人。等閑欲逐秦鹿死。

謝已身逢御史嗔，落魄天涯惜此人。不應君復捨我去，茫茫江水潯陽樹。我聞虔州江楚之上游，制府此中建節樓。勝國貔貅三十萬，一時同赴章貢流。至今瘡痍猶未起，陰雨鬼哭殘城裏。君去試拜新建祠，想見洪都定亂時。

胡德輝中丞之官南贛握手灘干許爲翻刻小集書此志感

開府文章許燕手，雄風崛起濟南後。栖鼻墨成戰馬中，蘭臺賦就明堂右。齊梁小兒何足説，囊括汲冢探禹穴。從横中原一萬里，廿八星辰胸羅列。我來嶺南時把臂，朝夕得與芝舫會。見君吏治飾經術，合浦日南貢租税。笑我下帷三十年，名山風雨手一編。欲將副墨公海内，恨無十萬青銅錢。胡公愛讀禹峯作，潦倒藝苑恣盤礴。欲出中郎枕中書，懸之國門任筆削。我謂公曰此粃糠，不堪隨汝過南昌。江入潯陽九派闊，滕王閣下好文章。組子謂我不凡材，麟角鳳嘴鬱崔嵬。黄鐘一出瓦缶息，上叶清廟生民什。殷勤攜時過嶺頭，明珠大貝耀南州。木客山君皆辟易，海王島服來相求。君不見昌黎遺稿萬人傳，廬陵隨州開其先。又不見知章一言重李白，天子調羹賜顔色。豐城遇合自有時，舉世還有一人知。當其金石銷沉後，龍門雷電光陸離。我聞公言三嘆息，我生負有征南癖。亦知立言能不朽，未必大業能經國。對君一笑痴情生，多君貽我後世名。

江東歌送張一庵

張侯得意江東去，我欲挽之不暫住。問君欲去何匆匆，張君笑不言其故。江東昨日有書來，細檢篋中手自開。中云里胥徵租税，男丁女户相鱗次。一分二釐五銖錢，致使姓名挂吏議。新朝大農重催科，江南江北逋欠多。一朝緹騎從横出，斗粟尺布成網羅。張侯有母年七十，時常望兒倚門泣。幾欲解組不得歸，今朝歸去樂何極？行李已繫伏波山，挈榼提壺相追歡。人生離合不自由，試看始安嶺上分。水頭一帆遠影過，蒼梧一帆摇曳下。楚州此如人生暫，分手萬里東海終。合流我與君復類，此訂後期何處是？我携敝帚三十卷，此物不令世兒見。多君爲我付棗梨，黄金不覺咸陽賤。供人喜怒良足嗤，安能共君北去栖老禹山陲。姑蘇毗陵我舊游，因君更憶五湖舟。

嶺南再晤姚亦若有引

姚諱繼舜，歙人，而長於鄧。與予諸生相善。先朝亂，避地大堤，登臨宴會，靡日不同。予筮仕晋陽，單車來訪，遮留彌月，贈答連綿，篇章燦然。鼎革後不聞消息者十餘年。計同游諸君，怛化强半，斯人俱盡，不可考矣。康熙元年，予官桂林，亦若忽從東粤來，疑以爲鬼，視其刺，則予三十年前所與善之亦若也。歲月遷流，山河頓异，咄咄二子，獨爲傳人，斯亦奇矣！爲作嶺外歌。

峴山襄水鴨頭緑，與君共聽銅鞮曲。日逐歡場俱少年，藥欄酒榭記華屋。我自種花汾水去，君隨勒馬入句注。黄沙榆塞咫尺間，亭障望見白登樹。開皇別館下夕陽，杯酒送君入帝鄉。急管繁弦日已暮，便同蘇李限河梁。碣石行山分手期，袖中各有銷魂詩。豈知轉眼滄桑事，即在跋馬別離時。井陘居庸戰雲黑，等閑斷送大明國。金仙流泪銅駝棘，百年天意混南北。聞君先此渡秦淮，我亦抱憂白門來。山河迢遞不相見，飄零游子各异縣。一官馳驅大湖南，十年塌翼嵩高畔。中間更作滇黔游，鐵橋金沙天井頭。死生朋輩音書絶，西南戰伐無休歇。春鴻秋雁兩蒼茫，异代繁華成永訣。老來更作桂林行，伏波山下棹歌聲。將子何來真如夢，劫灰朱邸干戈送。耳聾眼花頭更白，那是當年舊顔他。低徊追憶往時塵，十之八九泉下人。多少黄壚生舊感，不獨喪亂一沾巾。

詩集卷九

七言古詩四

梧州老榕行有引　以下《續滇黔集》

樹在梧州公寺，騎墻而生，不知幾千萬年。大數畝，童童幾車蓋。嶺南多大樹，盡榕，榕之此爲霸。癸卯六月有黔臬之行，拏舟來梧，憩此，爲作《老榕行》。時趙人劉經庵文士官此，一見如舊識，率書此篇相貿，願經庵好藏之，與此樹俱壽可耳。

倚天拔地從中起，蛟龍怒吼三江水。本是明堂清廟材，如何偃蹇荒服裏。枝葉扶蘇捲復開，九真雲氣蓬勃來。勢接羅浮參斗動，蒼梧緣瀋浸朱崖。風平日暖如無力，千間碧玉澄一色。獨秀山高讓一頭，銅柱争雄不可得。有時摇曳震風湍，上潦下霧涌百蠻。萬馬辟易鐵甲鳴，根如盤石怒狰獰。三伏赤日暍欲死，婆娑其下凉無比。層冰峨峨陰山雪，藐姑綽約來仙子。我欲移向邯鄲道，囑付木客勿相譙。喧豗車馬蔭萬人，即不棟梁勝嶺嶠。借問父老植何年，依稀聞得秦漢前。陸梁開道俱白骨，更無楊僕下樓船。桃源歲月迷晋魏，五大大應難肩背。只疑造物相胚胎，孤峙南天成一隊。

謝將軍

將軍裙屐起燕臺，三百斤弓雙手開。更染柔翰擅當場，方略十二走群才。推轂跨馬粵王國，玄菟樂浪戰雲黑。獨杖馬策叩壁門，十萬金甲安反側。天子垂念顧桂林，七星岸上黃麻新。租稅一時通交趾，鼻飲川浴皆來賓。鳴鞭近過蒼梧郡，樓船東下三江震。客來命酒還圍棋，十丈榕蔭嫻八陣。將軍有母年七十，北望長安韎鞨濕。幾番欲歸不得歸，欲把斑襴易戎褶。我來下榻君之宅，佛桑花下酌琥珀。是時正值三伏中，一夜江聲喧霹靂。眼看水精百丈高，匡廬瀑起廣陵濤。將軍怒欲拔劍起，匣裏蓮花吹落毛。昨夜東鄰響淅瀝，人言有物藏空壁。前旌到此魑魅休，不當將軍之一擊。誰解將軍將而儒，左列櫜鞬右圖書。羊祜軍中常緩帶，弟孫樽俎且投壺。君不見古來良將出趙邊，秦歟漢歟戰鬥還。此是天下精兵處，盧龍碣石非徒然。我與將軍狂呼盡一石，蒼梧夜半星月白。來朝分手入黔州，茫茫雲山萬里隔。

都狼行 有引

余官桂林兵巡，康熙元年八月，永福牒云：『有賊殺人理定江。』幕府于公檄官兵捕之，命予視師，永寧守史贊勛功最著，爲作《都狼行》。

康熙元年時仲秋，暴客劫人理定頭。大鎗鐵脛十七人，白日血渾江水流。殺者何人名蔡葛，如此賓州太守何。白鑼紅顔捲地去，大礮飛鏃傷人多。邑宰軍書來見告，尚書聞之傷懷抱。會城貔虎擁如林，黄金肘印大將軍。不宜國門咫尺地，倉猝還有南塘事。花闌紙票出兵符，唶嚄何人未獻俘。兵巡使者膺專城，急呼校尉來點兵。參軍驅馬都狼去，夜半銜枚嶺上行。我兵伊何陳與王，馬家裨將居中央。是時秋陰天又雨，賊巢尚有百餘里。爰分間道出奇師，人縛馬舌捲旌旗。帶雨黎明入虎穴，鼓川無聲短兵接。朱殷漲膩始龍紅，頭顱糢糊草木風。用將京觀築鯨鯢，解甲直與都狼齊。就中死黨八百餘，反接自首哀言詞。我聞脅從應罔治，擒賊無如殲其渠。向者截舟十七人，纍纍長跽階下陳。飛騎走上軍門書，猰貐餘孽一時除。出師振旅剛百日，猓國傜丁皆嘆息。日者師從枕上過，從此南人安反側。轉輸芻糗誰第一，危灘毒溪深千尺。赤脚花衫佩短刀，作尹鼯狖非朝夕。借問使君彼何人，河內男子史贊勛。

憶昔行

憶昔烈宗戊寅歲，盜賊如麻人鼎沸。中原白骨高如陵，推轂將軍等兒戲。是時渠魁誰最雄，西營入隊張獻忠。摧墮名城無其數，甘言摇尾房州東。總理何人熊尚書，八閩曾安海國逋。爲中前議專招撫，寶馬黄金錦綉襦。尚書帳下多材官，如十九人來邯鄲。漢家不少中行説，晉陽誰復張孟談。我時孝廉方家居，尚書聞我親式廬。更有王孫爲交薦，束帛戔戔賁門閭。我母驚聞止兒行，兒未服官何輕生。親朋闌道爲遮留，此行毋乃非身謀。我謂母曰不足懾，此但恃兒口中舌。曾聞韓愈使河北，豈必魯公遇希烈。吹角嗚鞭南門路，鐵脛銅馬不足慮。百里酇陰蕭相祠，五龍門前漢江渡。賊整軍容夾道迎，皂旗高牙下江兵。匹馬入營三軍起，紅帓腰韃主人禮。我稱王命作上客，折衝樽俎無草澤。羊酪牛炙幾夕晨，胸中鱗甲不可測。歸見尚書恭致詞，出其不意兵薄之。尚書謂我迂而痴，此事何須更用師。大堤正駐左寧南，銅鞮日夜醉管弦。更輦黄金三十萬，元戎斗印到軍前。未幾賊果飽揚去，從此難將折柬至。漢江千里流血渾，拉剿洪支不知數。尚書身向東市死，賊渠躍馬錦江水。孤兒寡婦化青磷，征南破蜀未見此。成都財賦天下雄，秦漢倚此起關中。蠶叢路絶杜鵑死，兩江水涌劍閣紅。曾聞養賊如養虎，穀城之事目親睹。坐使中原賊勢逼，龍髯一去無消息。相公司馬何人斯，銅駝荆棘九廟移。

廣陵行

大梁閣部領揚州，上下長江建列侯。鎧仗霜寒三十萬，漕糧雪燦五千艘。靖南幕府留瓜步，左家壁壘漢陽渡。更有二劉堪犄角，間道出奇亦不弱。此時江東捲土出，更邀北軍左右翼。君臣飲血蕩秦師，唾手關陝不可知。何事南朝俱如寐，半壁山河猶貨貝。眼看厮養豎旌旄，乍見王侯開邸第。曾聞貫索滯前星，節鎮治兵江夏城。爰撤黃公辦西事，淮揚一時失障蔽。是時大軍已渡河，廣昌先倒馬前戈。聞道東平更蹈海，止有揚州孤注在。丞相身披金鎖甲，雙劍怒吼圍三匝。部下壯士盡刀頭，傾城粉黛一時休。金陵自此不用戰，鐵鷂飛入明光殿。

潼關行

文燦已誅嗣昌死，闖賊目中無全壘。偃師一戰左軍逃，百二關中在囊底。代州司馬起南冠，汾陽部曲角聲殘。散金椎牛勤召募，横戈直欲輸心肝。司馬自顧兵力弱，上書廟議請咨度。稍寬時日更籌兵，佇看緑林一鼓平。臺省諸公慣舌戰，皇帝聰明亦受炫。争言司馬費金錢，坐失事機良非算。司馬類禡便誓師，十萬鐵甲如掣電。二陵風雨古來多，夜半量沙可奈何。元戎督戰氣愈厲，怒馬飈馳看裂眥。鐵脛大鎗幾重圍，一時前軍倍精鋭。司馬桓桓九尺軀，丈八神矛手親提。更彎雕弓左右射，僵尸直與商山齊。天險已墮潼關摧，表裏山河赤眉來。司馬竟濺沙場血，紅顔黄口歸井渫。妻妾子女十七人，霜魄香魂葬一穴。是時天了重建侯，東壓河濟西楚州。擁兵各有數十萬，滿堂羅綺醉箜篌。賊衆控弦入晉薊，上谷漁陽無戰備。節鎮戟門午未開，遂有甲申三月事。

大梁大水行

黄河水没梁王宫，户口十萬化沙蟲。饞口魚龍飽欲死，天風捲户大海東。百丈浮屠餘三尺，金宫銀闕入鮫室。艮岳平臺復何有，白波勢與嵩山敵。艅艎大艦何處來，王孫禁女出東街。圍城盜賊不須戰，壁壘無人只自開。御史中丞乘小艓，泛波中流纔一葉。十日不食亦不飲，剛遇登封大舟楫。教坊朱邸舊名倡，畫角吹蕭各擅場。自縛木罌凌瓠子，九死不忍棄周王。我時繫馬晋陽城，因感晋陽灌城事。乃知水之爲利害，讀書須讀《河渠志》。此番馬首入東京，黄狐赤狸塞滿城。果見金仙剛露頂，向來人在地中行。幾家沽屠土鎈門，藍縷衣裳半裹身。信陵公子能愛客，可憐更無守家人。

王將軍談南陽舊事

康熙二年梧州城，偶與將軍相對酒。將軍不知何方人，項帶刀疤一寸厚。仿佛年纔四十餘，腰間鞓帶雙銜珠。豪猪韡子紅纓帽，口操秦聲不枝梧。隨問刀痕緣何事，將軍仿佛還能記。略憶崇禎十四年，流寇掠取河南地。南陽朱邸唐王孫，高帝子孫肺腑親。詔書屢下頻南顧，未許鐵騎過朱門。兩家總戎猛與虎，猛如虎，虎大威。廷受兵符到藩府。相從一半榆林軍，三河俠少相參伍。獨山牧馬纔崇朝，諜報賊鋒過潁橋。裕州葉縣無堅壁，左帥木仙久遁逃。王孫夜與將軍約，或戰或守定一著。城内粟可支一年，閭左蕭條無處掠。賊鋒甚鋭且勿交，伺間乘暇礪寶刀。但使將軍全社稷，何須更覓霍嫖姚。語尚未終突騎至，三匝幾同華不注。西洋大炮如雷霆，衝車雲梯更不計。屋瓦皆飛虎豹鳴，昆陽之後無此聲。恍惚更憶河北戰，壁上諸侯鉅鹿城。四門屯錮鏖攻打，霹靂列缺三晝夜。内外喧豗鼎沸中，爲賊爲兵兩不下。偏將何人是左襄，自知賊鋒不可當。奪門躍馬五百人，亡命蹀血脱戰場。是時人心已涣散，肘腋之間遂生變。如彼牽繩有絶處，西北城角開一面。將軍接戰短巷中，渾身是膽鐵圍紅。一折牙旗成粉虀，慷慨不暇更從容。王孫侍女皆星散，玉甃梧桐满後院。無處更尋青珊瑚，隆準大耳齒劍。南陽城内血成渠，南陽萬户化髑髏。維時賤子作偏裨，酣戰連宵力已疲。不記當場殺幾人，依稀彎弧墮馬時。白刃砰訇人命賤，左膊右肩俱帶箭。生死魂迷皆不知，咽喉氣息纔如綫。腦後傷不記姓名，屠刀亂下如犧牲。一身换作磨刀石，幾番求死更不能。體無完膚何况此，解衣視之良爾爾。果然四肢如刻畫，每逢陰雨痛不止。言罷泣涕更沾襟，談及往事多傷神。故國山河今已去，爾我徒爲殘廢人。

房山寇行

獻忠死蜀山，自成殲溢浦。大清建皇極，盗賊無處所。何有遺孽尚偷生，竊據房竹謝羅坪。時佩刀劍還耕作，鳴鏑突馳任縱横。窟宅延袤褒斜谷，夔子巫山相連屬。檀居王土非王人，二十年來恣蠆毒。有時狙伺天柱峰，紫霄宫裏瓦飛紅。子女金錢歸鈔略，千山香火斷齋公。有時躍馬漢江下，輒與官兵相攻打。向者曾傾五千師，中丞捷書令人駡。鷹眼時復窺漢中，連雲棧與子午通。便欲耕屯渭左右，一丸泥塞潼關東。朝廷何難動一旅，笑謂鼠子不足取。仍宣赦諭下荆州，既不封侯待不死。三家節度屢上書，此人非可折柬呼。因之天子赫然怒，三路將軍各出師。山磵崎嶇轉輸難，里胥選户出丁男。每夫運米約四斗，脚踏左肩千萬盤。蒼黎出夫各歡嘆，天子爲我除禍患。婦贈芒鞵兒負釜，日望鯨鯢築京觀。今年二月出西征，今年四月賊已平。前日郵報飛兩捷，爲秦爲楚大中丞。唯有蜀督未見報，想應賊未入蜀道。招安反側十萬餘，蔡人吾人皇帝詔。上請朝廷設官吏，篳路藍縷待布置。皇帝夜展輿圖看，不喜殺賊喜得地。我居宛南賊近郊，順陽鼓角一江遥。嶺外此時讀露布，恨不即日挽歸橈。計日賊除應罷兵，家園不駐將軍營。周餘殘喘得安息，年年布穀催春耕。

昭平灘 二首

試問灘聲抑何疾，有如萬馬相争趨。篙工面面無人色，死生便欲決斯須。弩力勢與馮夷戰，龍母蛟孫如飛電。鍔齒如霜丈二長，日吞駔儈從難饜。東鹽滿載撫軍舟，砰訇谽谺過石頭。分付江神且莫侮，不是尋常舊商估。
秦人開嶺良苦心，郡縣而今説桂林。桂林一水下蒼梧，日夜聲喧萬轆轤。盈盈千里三百灘，下者連瓴上天難。約計一灘高數尺，地形便與星壤隔。粵東百貨聯舫來，槲椒檳榔次第開。鹽筴金錢十萬繦，行鹺使者充軍餉。不然廣西嶢崅國，不食東鹽人亦得。

別鶴瞿歌

十年畫舫寄邗溝，廣陌金粉照朱樓。我友鶴瞿方抱膝，已是江左夷吾儔。白髮蕭疏入百粵，自憐饒具虞翻骨。堨來鶴瞿亦逾嶺，手捧簡書下北闕。猺窟駱户苦難馴，桂蠹椰槳魁髻人。今日詩書傳陸賈，漢風丕變滿朱垠。一番邂逅等膠漆，如飲醇醪真黄匹。那知分手傾蓋間，眼中伏波已相失。桂林遥望五溪山，蛇途牛角八千盤。自笑蹉跎兩度過，部親生苗與烏蠻。一身遠托夜郎國，鐵鎖飛流隔爨僰。同作外臣我更遠，對此曷能不嘆息。君盛年，我落魄。梧桐葉老雁初飛，人生難得及時樂。灕江美酒置千壺，且留斯須與君酌。

楓木嶺迤西山路險巇今開除如砥且數百里癸卯三過此記事

楓木嶺勢割雲霄，開闢以來未見此。十步喘汗五步歇，鷓鴣堨冀玄猴死。逼側谽谺變幻奇，陡崖絶澗命如絲。懸度微茫不可辨，如過大痛小痛時。近日周開府，山川受經理。飛檄下郡縣，鏟削如平砥。朝發武岡，暮抵黔陽。我僕木杪俯雀巢，我馬蹀躞游板橋。鑿山開道者誰子，我今爲作周公謡。

貴州送馬君輝歸浙東

我昔浪游昆明池，逢君征南幕府第。是時上將方出師，鐵鎖金沙沸鼓吹。公手征南一卷書，周回萬里掃葉榆。褒斜犍爲指顧間，左携唐蒙右相如。大渡河邊玉斧開，六詔象馬滚滚來。我思瀚海昔勒長舅銘，千年短碣照班生。又如丞宰興師淮蔡日，韓愈文章懸瓠城。我爲讀罷長咨嗟，爲君呼白走龍蛇。此事他年入國史，征南實録良非夸。磨墨楯鼻事未已，如何更渡牂牁水。邂逅逢君在黔陽，老驥雄心未可量。問君匹馬何所至，君曰將歸偕李過錢塘。君歸莫向東山去，此是謝安舊隱處。

貴州送王右君參政嶺東

憶昔繫馬長江日，與君共趨丞相府。丞相已成帶礪勛，經營于闕西南土。幹略維君左右之，不獨下馬草檄時。我每潭州陪清讌，婆娑華燈振雄姿。無那一官去衡岳，此日揮手別東閣。已知談笑失中丞，豈真當路成枘鑿。此後昆明作遠游，君亦黔巫柁牙籌。三年之中兩晤汝，我來君去五嶺頭。貴陽共作异鄉客，君壯我老頭半白。看君匹馬走炎荒，茫茫羅浮大庾隔。甌駱風氣古來偏，百濟新羅日本船。伏波兩度專征日，九郡全歸正朔年。名藩授鉞開朱邸，澤國艨衝患未已。君昔參佐在三湘，開拓滇黔已如此。遮君馬，飲君巵，送君那得不作詩。番禺山高割據歇，看君竹帛紀南陲。

送衛猶箴齋捧便道還河東

太原勾注連砂磧，刺天涌出太行石。昆侖蜿蜒倒星河，龍門砥柱纔咫尺。天地光芒藏不得，帝都王會河東國。《六經》以後無文藻，崛起司馬傳筆墨。卓犖衛君生其鄉，胸羅百代相低昂。乍闢薪蘸開鬼國，遍徵公車獻《長楊》。少年天子勤訪落，正月干春玉帛錯。况值慈恩祝鼇辰，萬里孤臣傾葵藿。朝天纔罷入壺關，崎嶇九折壽陽山。迤邐持節經行地，雨雪征塵驄馬還。伊我昔年曾過此，往事飛揚等逝水。今日泮洞一送君，無端更欲拔劍起。君家舊有桑落酒，我昔一飲三百斗。倉猝南來二十年，夢想此物不到口。何時舊地復重游，與君爛熳倒觥籌。醉後携手共踏藐姑之上頭，蒼茫九塞望中收。俯視黃河一綫流，不知此願可能酬。

丙申重經江夏憶羅節度 追録

憶昔江漢草昧日，武昌城外盡飛鏃。洞庭一水即戰場，烏鳶白日啄人肉。八郡子弟多憔悴，屈宋衣冠非舊族。我時局促守一經，杞梓楩楠在深谷。關東節度自豫州來，手披翼軫衡岳開。十部從事書一紙，樽俎談笑驅風雷。明光一疏萬言瀉，吹噓上天呼休者。自此雄風振楚國，豈惟白雪出郢下。未幾攬轡復南游，芙蓉七十望中收。名王傾蓋成薦涬，中丞鹵簿水西頭。鎧仗剛發寶慶城，三匝忽聞戰馬聲。夜半陷圍親搦戰，義從裹血出軍營。得公羽書飛夢澤，雄師十萬壯魂魄。長沙岳陽鼓角昏，廓清一旦歸疆域。中山滿篋彼何人，當道幽逢御史嗔。初服一棹歸樊鄧，杯酒黄鵠慰我頻。往事及今已十載，知己無存城郭在。孤舟此日問瀟湘，灑涕當年舊壁壘。

水西行 有引

水西居黔省之西北境，大荒國也。羅甸王火濟居此，漢以來不通王化。本朝自十五年開黔閩，康熙三年朝廷遣兵討之，大將軍以下二十將軍拓其地，前後凡三戰，斬馘有差，渠魁安坤尚逋誅。予由滇藩之軍中，駐六廣，陰雨連朝，爲作《水西行》。

我皇神武誓長征，天策羽林上將營。特遣元戎授廟略，鐵騎十萬水西城。淵淵闐闐擊畫鼓，叱咤之間風雲睹。雕弓在箙箭在腰，二十將軍彪虎怒。苗壘何堪作戰場，蜑洞蠻窟不可量。混沌以前未見此，密林深箐何茫茫。鑿山剷道填鼓吹，馬上兜鍪裹糗糒。大者牛車小負擔，日爲君王開土地。延袤四府多膏田，烏蒙鎮雄與東川。此輩婚媾相犄角，古來結聚西南偏。昨者露布三大捷，或化鯨鯢或反接。死黨散盡憑陵孤，游魂豈足膏斧鉞。甌脱自此供職方，縱横千里多稻糧。天子萬壽輕而康，空同長劍掃粃糠。

羅甸古外域，竄居滇黔腹。滇黔既入郡縣中，水西猶然稱荒服。向者事起天啓年，水西乃與播州連。一傾我軍三十萬，椎埋黔省無墓田。疆場至今烽火青，照見國殤列舊營。此物百年不復收，瓦礫殘缺水西城。甲申以來闢東戰，靖埽燕都定喪亂。幾度樓船過昆明，又復提師過緬甸。飲馬欲斷牂牁水，三苗負固無全壘。鼓吹纔渡六廣河，大軍直搗果勇底。崖峒懸絙三百丈，牽藤人如獮猴上。下有深淵上青天，人在山陰之腑臟。轟雷飛礮列缺紅，長崖人下絶壁中。革箱裹鐵擊撞處，天驚石破百羅空。蠢兹欻然喪魂魄，宗生族長甘就縛。不信其中大有人，生聚依然見城郭。前此一萬八千年，中國王會不能宣。開山鑿石逢今日，普天長貢水西篇。

送陳頑龍觀楚中

頑龍先生起淮甸，自幼學書兼學劍。左携《陰符》右昆吾，獨步江淮人所羨。曩者事在鼎湖中，手障東南當一面。指揮江上王敦死，再定溧陽蘇峻亂。駼騊已報過揚州，八公山下人不戰。爾時飛檄四鎮兵，保障山東七十城。回首江南失故國，鐵騎十萬大軍營。將軍倚閭泪沾裳，遥念白頭指故鄉。况是義師闕左戰，手擒猰貐報先皇。將軍泪下如鉛水，國運天心正如此。高郵相公棄印歸，東平跋扈肉袒裏。將軍登壇復下帷，手携佳兒换錦衣。昔也彎弧今射策，驊騮同向五雲飛。有子今作虹縣郎，有父昔刺湍水滸。兩邊棠樹分南北，一漾謳歌思召杜。秉鞭作牧復太行，貴竹蒼梧兩相望。送君今過洞庭水，白首交情倍感傷。公昔下車我落魄，啞啞言笑春風閣。豈期一去適長沙，便與青山負然諾。揮手送子武昌城，我復萬里去昆明。山河綿杳分方域，骨肉關情别弟兄。我有雄心未建旐，時命難將理數遭。將子今爲金吾客，節鉞何堪笑二毛。只今大國屬江楚，西山寇盗無終已。古人治獄兼治兵，汛埽房竹無全壘。君家舊略在戎行，往事披靡幾戰場。開承大業多垂暮，老驥伏櫪泪幾行。悲歌發，離恨長，黔州有酒滿千觴，願君努力莫相忘。

别張公詩

督糧使者洛陽來，手持牙籌心計開。向者身居大農日，國計民生總自裁。此日西南用兵久，倉庾錢緡無一有。昨者下令流水源，轉粟真同量沙手。羡君妙算能兼通，酒政文心笑語中。六博投壺兼飛檄，命履東山何從容。交君真可譬醇醪，歲寒良不負人要。况我與爾同鄉縣，兩鬢蒼蒼已二毛。我爲觀察子繼之，我復萬里入滇池。把君手，飲君卮，萬山落木游子悲。陳君之外無知己，與君且復醉斯須。

別董公

董公健者氣絶倫，夙昔曾作上將軍。甲申南渡秣陵春，手障鐵圍淮海濱。指揮十萬何嶙峋，唾手虞淵取日勛。北來大隊滿天津，鍾山陵樹化作薪。六宫粉黛石榴裙，短袖悲啼馬上聞。董公飲血渡江濆，武昌安慶獵火焚。揮戈魯陽不敢嗔，東南半壁已沉淪。董公杖策來稱臣，躍馬川蜀過西秦。褒斜子午摧車輪，保寧畜牧南鄭屯。又曾驅車到八閩，大梁平臺醉日曛。孝王之苑酒千巡，回首太華黑水湑。碧鷄金馬炫若神，皇帝念此滇黔民。汝往乳之飲其醇，金吾羽林聚如雲。金錢百萬聚散頻，赤手仍不見一文。方伯無如董公貧，予也歷落嶔崎人。頗有肝膈取君真，與君意氣獨相親。此日別離不忍論，白頭灑泪欲沾巾。

甲辰重九復游鸚鵡庵

向者登臨值此地，勝友如雲八九人。今日尋秋復到此，載罹寒暑更五春。追憶舊游復星散，或生或死各异縣。眼前古檜黄葉稠，把臂談心何由見。自嘆人生會面難，朱門駝馬散如烟。當時連床風雨夜，此日忽隔九嶷山。後會無期魂斷絶，丹青信誓限吴越。不堪回憶舊時游，山頭同看中秋月。

送楊職方入長安

憶昔授綷南郡日，一時網羅傾江漢。是時楊子甫成童，隻手携得青玉案。上有珊瑚尋丈長，下有星辰互燦爛。我爲把玩長咨嗟，洞庭雲夢相倚斜。忽而化作南岳雲，七十二峰連海霞。予去初服嵩山陌，茫茫烟雨鄂渚隔。十年不寄一書札，萬里游人頭半白。今日逢君滇海邊，五華山色六詔前。壯心寂寞雲臺仗，屈指别來十七年。君年未壯吾已老，邂逅送子邯鄲道。國之大事莫如兵，司馬得之名譽早。只今東海西山事已平，唯有水西尚列八軍營。破巢犁穴親搦戰，烏蒙東川皆革面。將子驅車入金門，汎埽蟻子如飛電。君不見馬鈞陽、劉華容，廟謨邊略二君何縱横！唯子勝算能壓荒服四郡城，萬古西南不用兵。

馮再來節母戴太君詩

越山有女閑書册，天台、雁宕大江隔。自從結褵賦蘋蘩，不同凡女共巾幗。藁砧慟絶秋霜清，子規夜啼山竹裂。阿母辛勤画荻灰，爰鍾令子上苑客。頓將寒谷變陽春，自是天心眷有德。萬里金馬碧鷄祠，手執刑書馳鑾貊。不堪回憶黄鵠歌，雪霜慘淡龍蛇厄。凄凄風雨泪痕中，贏得金門首射策。予時坎坷走炎荒，逢君邂逅真超越。念君异骨本生成，向來文字復奇絶。爲詳君履讀君書，令人白日生哽咽。予母曾作未亡人，紡輪猶帶指上血。只今濩落無所用，身將老矣頭如雪。羨子綵服且華年，赤城霞起在東浙。我欲登堂往拜母，如見并州舊白髮。

送吉太丘之貴州學使歌

皇帝四年，再來南中。道路逢子，去何匆匆？使君南去九百里，漢節遥臨五溪水。萬山詰曲一綫通，紅苗烏蠻間壁壘。自昔我聞羅施國，夜郎牂牁相扼塞。穴居蜑處非我族，盱睢侏離天爲黑。前此勝國三百年，開山千里近蜀川。歲貢公車賓上國，《六經》名教得薪傳。近來聲教朔南暨，我王冲齡翊運出。要令草昧起文明，不教獉狉入鬼魅。况君立朝多風節，壯心老驥難没滅。豫章殺賊八十萬，箭花滿眼刀磨血。是時天子動顔色，璽書下勞錦獸織。何人解妒甘陳功，欲畫麒麟不可得。坐間絳灌誰與倫，自言兒輩上將軍。偶因半醉罵權貴，拳折卿相不須嗔。幾載沉鬱劍光澀，夜半猶聞山魈泣。昨日躍馬過金沙，玀玀僰爨豎毛立。王師新蕩水西城，南謝北謝各罷兵。繼此全歸羅殿部，獠狸巢穴一時平。我昔交君在長沙，日醉洪公宰相家。東西分手各兩散，今日相送復天涯。送君行，難爲别，爾我仕宦各他鄉。南雁北鴻勿斷絶，以公兼德今作師，蛾子術之照鑾彝。文翁常袞彼何人，向來文字啓西秦。君不見黎平公、楊監軍，身當國家板蕩日，吐氣猶與山河壯。深山大澤産偉人，鬼國何曾無將相。

送胡都閫之江東歌

胡公與我交五年，兩度相逢俱在滇。一朝南去問樓船，故人攜手如雲烟。問子何所之？將過匡廬凌三山。問子何所攜？長劍陸離吼龍泉。少經大小百餘戰，指揮壁壘白羽扇。左手跨得左賢王，右手撥刺天山箭。自從王師定雲南，牙旗畫捲畫角閑。咋者一鼓水西平，紫犵花苗敢縱橫。盧循孫恩已報滅，海上鯨鯢尚餘孽。尚書忽下討賊符，偏師江上埽逆逋。采石磯，濡須口，此是長江南北要害之淵藪。莫愁湖上六朝松，歷代繁華在眼中。倩子今飲建業水，毋使他盜窺江東。

陳將軍歌

君不見北平將軍礪寶刀，殺賊中原如刈蒿。略記當時陳汝戰，西精既平嵯岈高。有子弱冠猛如虎，束髮欲取河南土。當年李闖氣最雄，一時眼底無關中。大梁城角正鏖戰，賊之右目忽受箭。江東不爲赤縣歸，回首玉座已摧陷。將軍躍馬定三秦，雄師十萬埽黃巾。偏師又定梁州亂，手鬪河湟下昆侖。河堤當年捲瓠子，萬户千門化作水。圍城半載攻不下，自非將軍不至此。提師還復入六詔，翻然爲闢昆彌道。西南天地待君開，車里緬甸一時造。爲君酌酒爲君歌，子方年少我婆娑。依稀記得四十秋，我與太公同醉古穰州。太公據鞍顧眄氣雄豪，子亦彎弓上馬身如猱。兩世交情何繾綣，白髮鬖鬖泪如霰。

張晦先柱史歌

當代柱史何人斯，我聞身起常山郡。臨軒天子賜酒頻，番禺木崖君是問。是時東南亂初定，羅浮山射海光動。新羅百濟皆來朝，珊瑚翡翠齊入貢。西里泿泊無盜賊，鯨鯢息浪星月白。尉佗自用天朝禮，吕嘉更鋤邯鄲色。是時蜀道尚縱横，白骨如麻積錦城。君爲一開褒斜〔一〕路，劍閣如砥雪山平。更念西南煩司馬，詞客猶勤萬里駕。指揮乃見冉駹通，閉關能使吐蕃下。惟我老髦與君游，知君詞命居上頭。衰音嗤彼竟陵儔，草蟲蟋蟀聲啾啾。我時抗浪渺難匹，跋扈飛揚無與比。此日甘心死太原，敢向中原問牛耳。今之著作誰鉅公，子津已葬北邙風。得我與君相犄角，不令瓦缶摇黄鐘。君方年壯我已老，邂逅逢君蘭滄道。縞紵雖然是新投，海内應求子舊好。幾日同看太華雲，幾回共踏昆明月。人馬辟易失枝梧，不覺牙旗竟爲折。我方跨馬入燕趙，萬里行被金門詔。秋風颯颯下梧桐，故人把酒傷懷抱。我去君來經歲暮，雪花滿眼盧龍樹。有時燕市還對酒，相逢更折高梁柳。

【校記】

〔一〕原作『邪』，據匯編本改。

附　送彭禹峯先生應詔赴都門歌　真定張純熙晦先

銀河耿耿秋月白，我友策馬長安陌。天子側席憶長卿，獻賦《長楊》聲名赫。天涯此日惜離觴，同人携手上河梁。矧余燕趙悲歌客，把酒臨岐倍慨慷。文章有神交有道，世人紛逐何草草。先生力起八代衰，障砥往瀾於既倒。少小本具封侯骨，健翮排雲似秋鶻。彈琴曾坐單父堂，一劍能當十萬卒。是時潼關已不戰，賊兵直入昭陽殿。陳陶青坂事可悲，荆棘銅駝勢忽變。徒跣哭廟血泪乾，身著麻衣歸鄉縣。傳聞弘光已南下，國事蜩螗胡爲者。官爵塞滿石頭城，南渡威權歸左馬。先生披髮入山深，却聘固答史道鄰。楚囚對泣嗟何益，閉户聊爲《梁父吟》。清朝乘運秉太阿，世祖奮起揮天戈。先生龍卧起南陽，報韓不作《五噫歌》。朝廷開國重選舉，秉憲衡文過三楚。酒酣賦詩黄鶴樓，王粲禰衡等爾汝。氣吞五岳猶未平，直欲乘槎問牛女。仰天大笑惟李白，下視群子如腐鼠。片語傾動洪丞相，握手風雲孔武壯。隨藩開撫闢黔陽，甌脱大夏列亭障。旌旄直列海西頭，豈徒爨僰獲蒟醬。建牙吹角西南行，妖星夜照靖州城。前鋒摧陷狼烟滅，潢池何人吏弄兵。先生臨敵意整暇，羽扇綸巾真不亞。手提寶劍七星文，猿臂挽弓左右射。麾下健兒氣如虎，丈八蛇矛銅牙弩。斬盡鯨鯢走欃槍，積尸流血武岡土。嗚呼此事二十年，父老銘勛勒燕然。功大謗生反受過，揮手長笑遂歸田。男子蓬矢射四方，宦游何恤走邊疆。伏波山下著述多，斷獄明刑復牂牁。兩涉滇海泛昆明，太華峰高對嵯峨。人生建樹何須早，鬚眉如戟君不老。匹馬秋風黄金臺，傾倒燕山意氣好。漢文下詔方求言，羨君應詔登金門。董賈天人《治安策》，移榻前席動至尊。嘉謨滚滚告我后，臨軒贊嘆不絶口，御盞調羹親賜酒。石渠蘭臺重君集，經國文章垂不朽。君曰俞，臣曰否。元首康哉臣拜手，此日遭逢真不偶。萬里之行自兹始，鷓鴣亭子河橋柳。古道離情歌一曲，君今何辭酢百斗，况有文章垂不朽。

將游燕與鄉人趙鴻章飲别因訊汴事

子居汴水我南陽，居然與子成鄉縣。鬖鬖白髮六十年，間關萬里乃識面。晤子昆明傾蓋中，無数荷花隔岸紅。美酒十千來醉我，無端却憶大梁東。依稀猶記前朝事，賊壓四境門晝閉。青犢銅馬如堵墻，嵩山震動黄河沸。何來蟻穴潰金堤，浪涌如山熊耳齊。艮岳浮圖無是處，賊方大鄲虎牢西。白谷既敗潼關衄，横行燕薊真無敵。義軍數萬填東海，不遺孑遺染鋒鏑。此事去今已廿年，眼看白波化桑田。朝廷仍有河南地，禹迹茫茫走潁川。世間往復亦常理，治亂相循十二子。今日相逢在天涯，對此能無憶州里。爲問亂源事若何，王侯第宅汴梁多。一自腹心遭傾陷，盧龍古塞失嵯峨。提柳飛花似夙昔，綉壤山河竟崩坼。不堪馬首望東京，泥沙何處尋遺迹。

洪丞相以經略治兵長沙予時以白衣從軍與今臬司孔公共事稱莫逆會有飛語中兒子孔公治之得亡恙閱數年矣官滇黔如一日也會有燕行賦此情見乎辭

經略治兵長沙日，西南猶未歸郡縣。沿江羅列羽林軍，洞庭上下人情變。是時紫陽界鴻溝，列戟如麻纛棨稠。夜來詗伺防叵測，束甲蓐食古戍頭。岑牟一人女墻中，夜半醉墮藥局東。夢中云是夜郎使，爲人穿鼻雙頰紅。一時軍壘乘風起，如得敵國汨羅水。得君鞫治衆無嘩，投彼亂人付豺虎。此意感君十餘年，馬首車塵黔復滇。歷亂間關幾萬里，我今被詔復游燕。黯然南浦與君別，君方華髮我頭白。可知燕臺醉酒時，等閑還憶長沙客。

詩集卷十

五言律詩上

平陽亢園

名園足勝事，况復枕城隈。疏樹蒼烟斷，遥山暮雨來。池面隨欄曲，客身煩鳥猜。嵌空穿石壁，綺閣綴高臺。

取境寂喧外，何妨近市廛。木牌花姓字，墨綉壁山川。霜氣空階肅，藤條古徑牽。到來餘一恨，無竹著松邊。

靈石道

甫息征塵路，空林獨鳥聞。前山知是霍，有水不離汾。到處武安廟，荒丘國士墳。終南黛色裏，烽火黯斜曛。

拜辭母墓平陽將卜居鄴下

嚴飈吹霍岳，灑泪别孤墳。黄土長年草，暮山何處雲。旅魂關塞闊，歸路死生分。總廢《蓼莪》句，深慚烏鳥群。

新阡傷异域，只此愧兒孫。豺虎迷鄉夢，蓬蒿長墓門。殘鐘來廢寺，冷月破孤村。秣馬西陵道，傷心不忍論。

同張雲齋避亂南徙自共城紆道二百里尋覺斯先生舟於黎陽聯檝而進裁詩見投依韵奉答時甲申二月

舟檝同今日，干戈彌十年。鄉人俱异縣，旅况復凄然。缺月江城暮，青條野寺烟。古來説廟算，何以慰安全。

久絶家園信，所親何但疏。那知衛水上，得傍一舟居。短劍觸沙冷，危檣動夜虚。東南堪避地，鷗鷺待平墟。

揮手黎城去，孤舟泛曲汀。沙看浴鷺白，雨送遠山青。好對雕胡飯，同翻貝葉經。黄蒿縈帝里，知舊感晨星。

已是聞聲至，相憐況異鄉。時方悲處燕，誰復志封狼。雙槳中流闊，孤燈夜語長。弘農未可問，不獨是南陽。

沙鳥私相訝，高旌照古原。山川叢鬼厲，樵牧侮官尊。失據黄河水，難憑露布言。試看淇衛草，血帶馬蹄痕。

同此北風意，相將一水湄。春來或舊雁，花發是何籬。坐感物情變，寧非人事爲。淮揚一片月，瀟灑照青螭。

蘇州徐元嘆

拓落以今老，儒冠戀鬢絲。到門紅莧發，愛客老蘭知。定有名山在，寧關我輩私。晚風留石岫，習習過軒帷。

虎丘

好山今日到，夏雨正凄凄。僻徑石光澹，蒼林虎迹迷。轉憐吴苑草，舊接越來溪。香散紅羅裏，斜風烟嶼西。

湖心寺步覺斯先生韵甲申

知有湖心寺，春烟一棹過。柳風吹白鷺，沙嶼隔黄河。客夢旌旗遠，僧房薜荔多。蘆溝橋上月，慘淡意如何。

不見北來信，空餘南下情。水涯忽有寺，春杪未聞鶯。客況憐荒驛，江風識舊京。嵁岩栖息穩，只此愧塵纓。

寄謝世培中丞

炎舟威季夏，緑縟鬱苕谿。晚見孤雲去，凉披一水西。浮圖歸野鴿，荒廟奮山鷄。却憶維揚道，江聲雜鼓鼙。

去年六月裏，侍母太原城。此日吴興路，愴然感嘆生。丘園煩束帛，忠告愧干旌。况此故鄉遠，啁噍燕雀情。

金陵中秋甲申

積葉空齋坐，覊魂倦不支。他鄉愁對月，多病强裁詩。國事存諸老，江風冷一巵。昨聞淮上壘，軍氣振熊羆。

相看難成寐，凉風動水湄。栖身何地可，乘興此宵宜。榴葉承虧蔽，桐陰覆合離。無端思舊歲，照我大行陲。

贈沈昆銅

慊慊太平路，曉鐘促俶装。濟流慚苦葉，蠲忿寄青堂。豈必才名誤，堪爲吾道傷。邇聞淮渚上，師旅正張皇。

牢落靈墟酒，菀枯賦所遭。星應潛處士，鳥許注功曹。一殺供人快，頻揄恣鬼勞。綺疏蕉葉雨，蠹腐舊《離騷》。

阻風登天門山同九玉

一雪動旬日，積寒凝客舟。凌晨來古寺，敗葦咽殘流。債帥紛難數，封侯志未酬。何當采石上，醉吊謫仙樓。

寒日江天暮，丹爐對客樽。凭欄翻野馬，簸浪拜江豚。樹蘚連身古，山蘿得勢尊。籜冠餘短髮，足不下松根。

望望鍾山路，逆風吹日曛。長年紛入市，舞袖半從軍。乾鵲何林去，荒鷄昨夜聞。飄零感歲暮，目斷楚天雲。

冬夜宴集

他鄉值歲暮，濁酒對層冰。孤緒易爲感，散懷殊未能。流飧伲凍草，晴雪帶殘燈。可有寒園夢，明朝許細稱。

訖不得安謀，無端歲且遒。土風祠蜜餌，旅況澀乾餱。舊宇清江浦，高藩黄鶴樓。材官來帝眷，雨雪正彪彪。

識舟亭同劉公勇

江色來亭上，高寒滿萬羅。遥天傳雁唳，冷石咽漁歌。古北風塵暗，西安戰伐多。三山青不改，樹杪澹金波。

丁隆吉墓

一棺攢客骨，曭莽著荒丘。護國殘鐘夜，蕪陰落木秋。玄壺耦穴住，白浪涌江流。不盡山陽淚，他鄉憶舊游。

平生磊落意，伊鬱孝廉魂。古瓦沈秋水，初楓染斷垣。尚聞行李去，無復老奴存。珪冷蟂磯月，青畦入舊軒。

王渭竽墓

蕪陰來哭爾，蕭槭及秋晨。衰草他鄉泪，冲齡半世人。聰明真宰妒，筋力戰場辛。無地藏英物，風回揚子濱。

殘魂真惜汝，披棘認崇岡。處世同朝露，鐫碑注夕郎。寒林羅橡栗，華髮痛耶娘。咫尺賢書鬼，相將入故鄉。

乙酉春客秋浦故鄉蕪穢胡鍾郎館我池陽馬倩若奉差詔復至長安兄弟遂得三人

五載粵東客，飛廬萬里來。關河叢涕泪，星物但徘徊。花燦錦駝鳥，草薰文選臺。他時郡國志，流寓傍君裁。

太原重九日，百死罹憂身。杜宇眼中血，鬼門關上人。泣呱經癸甲，母亡於癸未九日。灰劫憶庚辰。

飄梗嗟何及，能忘京洛塵。

聞建德東流破

二邑相連陷，不知何處兵。長江未可恃，天道亦難明。怒雨崩鯨額，沉谿度虎聲。東南王氣在，拜手祝金陵。

僧院七里

萬樹緑相學，竈觚連水灣。菜花分竹出，雨氣著苔閑。喜遇蓮花界，如游檀特山。塵勞憐底事，午夢落雙鷴。

春同王九玉張箕疇游杏花村尋坐二聖庵中

共憐花事老，游思未能緘。竹影沈杯緑，山容入望饞。春浮雲濕樹，雕窟鼠憑岩。杜子真如在，遺踪問木函。

不謂傷羈旅，此生雲鶴甘。松球方滑屐，榆火正燒龕。女曳三春態，山拖五里嵐。方塘碧水静，柳髻正毿毿。

寓和甫園東發若子相

柱石今誰賴，樓船薄帝京。徒然勞秬鬯，悔未惜縈纓。烽火邗溝夜，蟲沙姑熟營。可憐南北史，又復記皇明。

撥杯讀往史，夏院每蕭森。皮結栟櫚重，花敷薝蔔深。鼎鐺憂未已，蜂蠆苦相侵。誰撰景純賦，徒堅江表心。

山居

紅藥空相對，清谿每獨尋。蠛蠓豐草立，朐腮暮階吟。斆學荒兒久，通侯報國深。商於殘戍壘，回首一沾襟。

積雨方朝霽，東山小屋喧。蛇師緣竹杪，輿父抱瓜根。徒見新林渡，無聞滬瀆屯。何堪舊相國，飽載入閶門。

再聞

徒然揮涕泪，兩至友人書。不見六師作，空憐九廟墟。關山來鐵馬，將帥負銅魚。回首新豐市，依然漢帝居。

中興成底事，灑血謝熊羆。灞上無堅壁，符離又喪師。庭花簫曲日，桃葉渡江時。却笑黃冠誤，同歸一死期。

君在蕪陰死，今宵夢見之。聊爲李翰傳，再賦杜陵詩。國事金甌破，天心海颶吹。皇輿三百載，誰與競鬚眉。

谷庵喜次尾九玉見過

遂能携手至，欲發且逡巡。階雨王芻長，林風黃鳥頻。花臺沉夢蝶，蟹眼射游人。白社嗟何晚，甘蕉自許身。

不謂里中寺，來游始此年。溪山誰杖履，書帙供餐眠。旅次逢秋浦，高枝急夏蟬。可能杯酒外，相與證青蓮。

寓高田將復移居七里吴次尾緒倩發若和甫幼美[一]子相遮留谷潭庵賦此

逆旅稱家衖，殷勤兩月中。能無思代馬，猶未厭雕蟲。蜀郡浣花叟，《周南》太史公。何當返北棹，蘋末起秋風。

別離良獨苦，况復是心知。微雨青蒲上，斷橋殘月時。思玄同作賦，招隱各裁詩。回首天涯遠，雙蓬鬢欲絲。

感君情繾綣，遮我過招提。秋浦未歸李，秀山今姓齊。教兒慚刻鵠，蹴友負聞鷄。孟六襄陽去，詩名滿大堤。

晨興髮未梳，接得小兒書。爲報諸君意，同攀游子車。高材堪逐鹿，彈鋏耻歌魚。廡下從今賃，端居賦《遂初》。

【校記】

〔一〕原作『莫』，據匯編本改。

谷潭庵胡王中來留飲松下

山關南北路，屐齒到從容。活活楣前澗，陰陰屋角松。雄虹插地肺，靈瑣决人胸。坐看石盤上，隤藍出亂峰。

山行四十里，蜷曲到瓜田。看我忘三伏，知君逾五年。青楓蒼鼠擲，斜嶺老猿懸。款款緑沉裏，衣縈萬壑烟。

再至池州

二月齊山上，孤亭入翠微。重來紅蓼發，再見錦駝飛。秋漲雉城矮，塵生塞馬肥。傷心江漢水，猶未片帆歸。

箕疇覆江得不死

留得餘年在，茶鐺倚病軀。良朋今有二，生死直須臾。方信水難玩，旋知天可呼。故園佳節近，誰共泛茱萸。

那知天塹内，白骨變紅顔。憶過烏林寺，同看赤壁山。魚蝦屢吊裏，神鬼醉醒間。却笑孤燈下，鮫珠濕翠鬟。

寄懷吴横溪

好月并州夜，離群計五年。狂歌誰共酒，患難幾呼天。君父歸殘夢，身名等逝川。不才我與爾，往事愧凌烟。

雙清閣同夏使君 有引

順治戊子夏五月，提師入黔，道經邵陽，藩使者夏公揚名與余同官晉陽，友善，再晤於兹，八年矣。邀飲雙清閣。是日密雲靉靆，無風，熱甚。散去後二日，攜門人張鵬翼暨兒子始起復來，兼小船渡河，問北塔，再旋登石級，入竹路，深曲得寺，歸。又同游者爲溆浦令雷鳴皋也。

同作并州吏，別來逾八年。蹉跎空白首，遲莫未歸田。曲檻憑蛟窟，流雲侮佛巔。揮杯邀石丈，醉倩北窗眠。

楚郡何頻陷，沅常與靖州。蒼生孽未滿，恭順去難留。俗自傳青鬼，冠仍着沐猴。欣聞兵馬使，解纜武昌樓。

蒼寒入石路，綺閣俯江邊。剩此高山寺，猶刊往代年。青崖藤竄鼠，孤塔雨鳴泉。香稻污邪緑，争如故國田。

二水清如許，環流寶慶城。青林留客坐，舊雨濕鐘聲。天末憐知己，南方苦用兵。紛紛車馬夢，回首故園情。

翠靄微茫處，孤亭暮雨時。茂林群寺出，長笛一僧吹。遠拓夜郎地，重開武帝池。匡襄慚大業，六月自王師。

寶慶送張圖南丁憂還德安

七月邵陽路，臨岐送汝歸。碧梧初落葉，荒郭見殘暉。雲氣桃花洞，江聲黄鵠磯。獨憐匹馬去，雙泪濕征衣。

記度洞庭水，湖南葉再黄。苗民猶負固，佗尉尚稱王。橘色迷衡麓，秋風緊漢陽。可能忘竹帛，來共老都堂。

湘潭秋雨

九月湘潭縣，征車苦未休。蠻歌三爵罷，檐溜一燈秋。鄉思雁峰頂，浮名蜃市樓。昊天亂靡已，烽火報荆州。

恒雨真無賴，飄摇黄葉天。壁蟲争作夜，霤響乍如泉。宋玉初悲後，媧皇未補前。憑書報魯叟，麟筆紀何年。

箕疇墳

斯人胡不壽，零落紫山春。搜古披金簡，傳家厄石麟。夷門梁苑雪，燕市馬蹄塵。遮莫前朝事，傷心問舊人。

往年南下日，别爾在床頭。不記作何語，相看泪各流。舊亭新雨散，故國老鴉秋。慘淡徐州月，猶懸燕子樓。

塾師同負笈，略記少年場。奇穎君稱早，飛揚我獨狂。鷄聲催曉月，芳草逼横塘。底事都成夢，孤墳春柳長。

鼎湖龍去後，避地在南方。舟覆君猶在，夜闌燈共凉。何當牖下老，不及白頭亡。猶有烏栖樹，牛衣泣汝傍。

庚寅七月自登岳還至衡湘東岸忽見白鬚二命姬人拔去

昨日衡山道，猶誇未老身。何當螓首下，忽作燕毛人。去惡原當盡，拔尤寧厭頻。風光憐白傅，博爾一時顰。

逼人何太遽，薄雪到長林。無鬢堪陪汝，守玄良苦心。宦途容此少，爾輩惡他深。拙矣安仁賦，二毛憂見侵。

庚寅衡山初度

衡岳清凉寺，一年三過之。老僧能愛我，初度况隨兒。短鬢風還勁，孤舟雨亦奇。梅花南國早，開遍舊來枝。

過洞庭

湖南四載客，今識洞庭君。岸黑鴉成壘，沙明鷺誤群。蛟龍還割據，草樹此平分。禹迹九江在，春生極浦雲。先是陸行。

誰説洞庭闊，今纔受一舟。江豬迷舊窟，地肺結新丘。脉絡通吴會，風聲壯岳州。適來不渡此，應亦負南游。

水勢雄秋夏，我來正月初。傳聞八百里，今見果何如。氣概還張楚，江山舊起予。黄陵祠上井，可有寄來書。

兩月湖光裏，舟中望岳陽。風雲何慘淡，蛟蜃見行藏。短鬢誰知己，低眉憶故鄉。巴陵堪買醉，春色報垂楊。

荆州晤劉生 劍光，洧川人

南郡干戈壘，蒼生喘未蘇。林猶啼怪鳥，雨尚嘯封狐。羈旅空才子，雄風舊霸圖。蘭膏鄉夢裏，十載大梁都。

辛卯春暮同座師薛相國兩郎君出游西郭看鐵鍋歸集真武廟

是日來西郭，春風遶馬頭。高臺唯見寺，老樹但呼鳩。土蝕前朝鼎，城傳故國侯。湍流舊無恙，浴鷺滿平洲。

春郊時極目，猶是舊山川。殘堞浮圖出，晴烟燕子旋。枯楊淡靄後，野鶩夕陽邊。片石成今古，還鐫隆慶年。

辛卯夏中鄉送菊溪之商州

百二山河在，星文動使車。腰鐮入麥阪，曉露濕葵花。戰壘潼關暮，垂楊渭水斜。邵平如可問，寄我舊時瓜。

雨散前游日，傷心憶國門。不才我自棄，有子在中原。殘戍十戈壘，荒城虎豹屯。三秦定有檄，早晚去戊軒。

明遠頂同薛爾儼爾昌兩世兄 宛東郊

騎馬東郊外，堤邊芳草生。凭墻倚老樹，隔寺見流鶯。青黛餘殘照，白沙環舊城。炎精飛雉處，突兀暮雲平。

南陽城外寺，紅碧只三層。携榼聯同輩，鳴鞭問老僧。雨倒前朝樹，墻留十丈藤。春來啼布穀，猶傍漢家陵。

昨日春陵道，傷情二里橋。殘香逐蝶化，勝事與烟消。麥阪猶朝雉，荒臺見晚樵。南都賦可作，橙橘雨蕭蕭。

棗陽東野憶王布寰

泥塗思老友，此地惜重游。水寨魚蝦少，荒墳薜荔稠。故人猶繫馬，新雨正呼鳩。賸有青氈在，傷心問白頭。

長年不可見，舊舍水之濱。無復蒼龍杖，難尋化鶴人。春陵氣已盡，峴首泪如新。莫怪西州路，征車痛轉輪。

别江寧令杜丹丘

此日江邊客，他年晋水人。相逢憐异地，老去欲沾巾。舊夢銅駝陌，新詩寶馬塵。鍾山松柏路，况復化爲薪。

小孤山辛卯八月

烟波望不極，兀涌一峰尊。樹奪鮫宫入，日次鰲背昏。何當插地肺，從不見山根。一片鄱陽石，比肩呼弟昆。

江心起柱石，獨立削青銅。浮玉稱東帝，大孤森兩雄。客身窮鳥道，寺脚踏龍宫。八載名山約，今朝喜便風。

池州母誕辛卯

八年不見母，飄泊况他鄉。攬鏡憐華髮，稱觴憶北堂。蘆花秋浦黯，木葉禹山黄。封樹思先壟，愴凄未合防。

辛卯中秋再泊九江有引

乙酉八月十五，泊舟潯陽，皎月對酒，望匡廬山在眉睫間，今八年矣。會辛卯秋，適有金陵游，溯洄鄂渚，復以是夜繫纜此處，殊不見月，看廬山荒蒙略辨。因念八年來天道人事爲陵爲谷，顧予前後兩游不先不後，俱以是夜作廬山過客，亦佳話矣。

八年如轉轂，兩度此中秋。好月難重遘，空江只自流。蘆花慚地主，鴻雁識征裘。轉覺廬山好，多情不在游。

廬山五岳外，獨自結奇峰。兩度來雙槳，孤踪欠一筇。江邊叮白鷺，天外暗芙蓉。不見潯陽月，深杯度曉鐘。

九日沙洋舟次

此日思吾母，重陽忽九年。短蓬新歲月，雙泪舊山川。客火紅蓼岸，暮鐘黄葉邊。征鴻來不倦，猶自去南天。

《池州母誕作》係辛卯年，此《九日沙洋》舊刻又序在辛卯中秋後，可見亦同　年作。前此《乙酉蕪關九日賦得菊花從此不須開》詩有『恨他九日菊，摧我百年萱』云云，蓋祖母生於八月六日，歿於九日。公每遇是日，必有哭母詩。今集中或存或不存，以公生值戎馬倥偬之際，稿多遺失，今止就存考，考之亦可見公終身之喪，無日忘之也。己丑三月日男摶泫然謹志。

和王覺斯先生哭新野二馬公詩 有引

先生辛卯冬奉使蜀，還，道經新野，哭康莊、九逵二公於其第。時先生病甚，歸孟津之次年壬辰正月，以詩四章寄家君、雲孫二公，與先生四世必誼也。詩後跋『禹峯知，必屬和，共成一卷，懸之祠中』云云，閱三月，乃聞公訃。予往吊，歸，雲孫乃以前詩見寄索和，因和之，哭二公兼哭先生矣。

星車來蜀道，灑泪漢皇城。古驛飛殘雪，檐帷欲二更。中原文獻盡，白晝虎狼横。生死交情裏，山川見哭聲。

萬里關中路，單車白水鄉。長安憐舊雨，殘夢憶黄粱。御禁還鴛鷺，沙場老驌驦。尚書冬日泪，衰草暗斜陽。

心知與世訟，到此只山阿。雪苑留歌舞，藥欄飛薜蘿。西州情自劇，河内恨偏多。回首洛陽道，其如白髮何。

如公亦復死，枉自哭詩魂。散矣長安雨，傷哉白水村。攀藤來鳥道，策杖過龍門。豈意中台坼，華堂酒未温。

狄陂寺在郡城南五十里，一名鉗盧。壬辰八月

狄陂纔繫馬，古院倍堪憐。茂草埋前徑，落紅流暗泉。雉飛老佛頂，兔立卧鐘邊。幸有蒼苔護，碑鎸弘治年。

我聞王人守，弱冠治穰州。召杜人空往，河渠書尚留。荒陂晞布穀，老衲飯黄牛。鵠語真堪驗，蕭蕭蘆荻秋。

宛南晤黄學憲兼憶令弟源簡師

舊雨勞殘夢，蹉跎十八年。荔枝肥海國，鴻雁斷南天。空執郎官戟，難忘圯上篇。君家荆樹好，分植草廬前。

春感

只尺西山盜，游魂尚未擒。孤懷惟白雪，病骨且長林。黨錮留張儉，時危憶郭欽。無端霜髮裏，歲序復驚心。

上元

上元又復至，敢自負深杯。細草長年緑，百花今夜開。封蛇驕楚甸，河伯吼梁臺。幾夢金門友，長安使未來。

卧龍懷古

帝里荒岡迴，人傳蜀相居。空階聞雀語，危石讀蟲書。王業成三顧，臣心在一廬。中原猶割據，東伐意何如。

愛此中興地，重來擴漢疆。憂時還抱膝，遇主起南陽。天意留神鼎，中原見假王。老臣不盡泪，白水自湯湯。

躬耕原此地，更莫問襄陽。涿郡風雲日，東都戰伐場。吟情留管樂，兵略走關張。六出能無死，雲臺未可量。

山東梁父日，已抱漢家憂。郿塢初燃董，樓桑已識劉。從王同白水，遇主似陳留。蹉跎張鄧業，流恨失荆州。

林居和戴經碧見寄

畏日長林下，何人共一觴。休心同瘣木，過影見鵞黃。大業留華省，雄心付戰場。相期重載酒，白水醉斜陽。

亂離經十載，慷慨且呼觴。國計留甌脱，將軍失大黃。時楚氛尚熾。密林喈夏鳴，山纍滿秋場。既遇漢文帝，何勞哭洛陽。

癸巳六月十四鄉雨書懷

凍雨來何急，村波没樹腰。漏屋驅仙鼠，危枝墮馬蜩。蝙蝠爲仙鼠，蜩中最大者爲馬蟬。不辨白門練，如觀赤岸潮。羽書南國緊，兵氣不曾銷。時王師駐寶慶。

小水能留客，崩崖未有橋。村居忽十日，淫雨過三宵。濕樹死童落，腥風醜扇搖。長安莫更問，生事寄山樵。《爾雅》：蠅，醜扇。注：好摇翅。

一夜西岡水，土門汹欲平。無人更載酒，有旅尚盈城。莎薛緣墻上，雍渠得意鳴。問蟆何所爲，喧沸過三更。

帝心不可料，雨澤真無窮。窪土藕車死，喬林負雀雄。近床饒濁酒，隔壁見長虹。念此不能醉，馬蹄吾欲東。鶤，音淫，鷂也。以捉雀，名負雀。五年不出户，今日復離城。舊鬼陰宵哭，殘花半樹明。空山聞鑿木，夏日見商庚。海内誰知己，離群感又生。《爾雅》：鴷，鑿木。

柬佟懷東中丞大梁兼寄聲周元亮

秋雨留新爽，山花滿汴城。故人餘蜃海，藝苑走蠅聲。往事新亭酒，孤懷廣武營。信陵坐上客，若個是侯生。

猶記一杯酒，秦淮古渡頭。乾坤賸老革，魚雁割鴻溝。竹槿辛夷塢，詩傳杜若洲。遥知海國使，舊夢落穰州。

七月十九聶元賓庄是日次兒京至

蜻蜓非一處，禾黍間秋場。兒面增黧黑，客書題正陽。隤垣迷黠鼠，商葉老霜螿。見説河防急，丁男滿大梁。

城西三十里，古道半泥沙。驅馬臨湍縣，蕭蕭黄葉斜。衣冠猶洞口，鷄犬自山家。何處嫖姚壘，烟沉水一涯。去冠軍里餘，傳霍嫖姚墓。

張村寺

匹馬逢秋霽，殘碑入廢廛。土垣餘茂草，山堡見桑田。魑魅憑人嘯，麒麟傍冢眠。商飈吹不極，落葉滿晴川。

冠軍城

舊封傳戚里，知是漢家侯。五劇蓬蒿滿，荒村薜荔秋。江山仔石馬，風雨入鵂鶹。莫問臨湍縣，黄沙古渡頭。

官舍烏巢

春烟彌望裏，偏占最高枝。卵翼誰能禁，鴟鴞未敢窺。方知憑禁樹，正好護佳兒。分付東皇主，莫教風雨吹。

聽友人談密縣松高十五丈

百里蒼蒼色，冥濛曉日高。蒼髯分岳雨，白鷺濺江濤。僞爵羞秦帝，雄風拔虎牢。消磨萬甲子，大地見秋毫。

道士巾

低頭思往代，羽客自堪奇。共羡綸巾好，休教白髮知。龍章司隸盡，虎士典型垂。長劍陸離者，切雲空爾爲。虎賁士貌似中郎。一代時王制，峨冠化作塵。侏儒近逾飽，優孟一番新。誰漉籬邊酒，猶存墊後巾。聖恩高莫戴，嗟爾觀中人。

甲午除夕

五十明朝是，孤燈且半酣。青雲辭魏闕，白首老江潭。楚國餘三户，柴桑見五男。横塘楊柳路，策杖許深探。

乙未元日

短髮羞窺鏡，今年更可憎。瓶梅還慘淡，厩馬故崚嶒。笑任來高密，兒疑是景升。故交零落甚，貰酒問山僧。

一松亭

騎馬東郊外，寒烟入望來。隤隍還寂歷，廢壘故崔嵬。狸母眉酸棗，山樵陷野梅。戍兒腰羽箭，時見獵禽回。

行行春又去，白髮逼人長。半靨桃容濕，通身柳骨狂。呼盧遮別墅，牧豕過鄰墻。取較羅城裏，幽心未可量。

老傖雖尚在，傑閣更無存。瓦雀嘩生客，棠梨識舊村。經營都腫樹，温飽在衡門。斜倚黄牛背，《漢書》時一翻。

距城剛五步，便是自繇身。猶用前王臘，休嫌四壁貧。竹松開委曲，岩壑譜清新。海内傳佳句，羞稱慶曆人。

銅雀臺

離宫何處是，往事倍增愁。霸氣潼關外，文心赤壁頭。明珠埋舊草，鬼母哭荒丘。羃䍥寒烟裏，西風菡萏秋。

英風不可見，落日下孤城。綺閣雄狐據，銅臺勁草生。乾坤開閏統，兒女戀多情。松柏西陵路，似聞鼙鼓聲。

薄暮臨漳道，悲風何處來。西征元有志，漢業未曾灰。氣壓鮮卑外，名成官渡回。一抔香履盡，千古太行隈。

舊都凌趙魏，矶硉此臺高。短賦餘横槊，雄心見捉刀。山河難誓漢，曆數竟歸曹。滿目沙場泪，朔風摧斷蒿。

信陽西乾明寺乙未七月廿二

崎嶇千里路，驅馬泌陽東。暑氣晚猶酷，山身邃不窮。僧當荒歲老，蚊是早秋雄。依舊寒階下，蕭蕭旅夢中。

申陽晤丘魯瞻夜坐

竟日輾車輪，晚山秋氣新。鐘聲催旅鬢，蟲路妒閑身。王化《周南》地，華風江左人。良宵千里共，思與季方親。

孔哲按光固坐署中憶之同魯瞻，時攜兒始起北上

蒼梧山下別，六載悵離群。淮水來何暮，秋蟬不耐聞。紫荆花下酒，鴻雁嶺頭雲。展轉不能寐，剔燈爲憶君。

迤邐安昌道，危溪著板橋。山農常畏虎，客路但聞鴞。别泪思南粤，殘年復北朝。蹉跎非一事，獨立向中宵。

晤汝下李一韓

曩年游楚日，得子固陵書。一札何曾報，多情愧不如。豈知淮水上，竟似大梁初。白首秋風裏，荒城落葉疏。

鈐閣秋烟迴，南湖草滿堤。戰場餘斷鏃，石馬卧黄泥。晚照辟蘿瘦，天寒烏鵲低。殘碑荆棘覆，無路覓淮西。

因王鵬起思太原舊游

管涔脚下路，還憶少年游。夢裏名山改，尊前白髮秋。邊風吹畫角，旅雁過譙樓。無限并州泪，

逢君緇陌頭。

往歲鳴琴地，今聞塞馬嘶。青苔迷畫閣，翠羽醉征鼙。日落岢嵐暮，雁飛句注低。華顛思往事，强半太行西。

舊游真隔代，奚但感黄壚。煤窟藏山鼠，戟門跳野狐。毁身誰報主，忍死未存孤。剩水殘山在，沙風日又晡。

墨綬他年客，翻然牽旅魂。石田餘户口，羯鼓厭王孫。土蝕隋宫瓦，花開李后村。沸唇天地滿，無處覓劉琨。

中牟道

濁流無定渡，走馬逐風湍。纔至河南岸，應知薊北寒。隋堤楊柳秃，雪瓦故宫殘。廿載兵戎事，行人掩泪看。

宜溝驛飲喬鳴軒馮秀才

西山新黛緑，頽壁老沙鳴。策馬逢亭長，關心問友生。殘風催薄暮，缺月帶層城。廿載黎陽道，蕭蕭白髮明。

仲康祠

循良不可見，往事記中牟。下邑留殘齒，馨香薦一丘。林獐爭壘出，雪壑帶春流。無限前朝泪，傷心古渡頭。

衛輝投張調鼎觀察予戊子與公及徐總戎共守長沙，今丙申，十年矣

憶作長沙别，悠悠十載中。關河豺虎裹，歲月死生同。舊迹真如夢，重逢盡是翁。行山萬古碧，好照一樽紅。

聞爾蒼梧去，威名百粤尊。何期來薏苡，猶未奪昆侖。歲序孤鴻雁，干戈老夜猿。十年炎嶺外，零涕對華軒。

共作湖南牧，我歸君亦歸。白頭空被放，血戰幾重圍。宦路憐同病，春山見落暉。共城泉色好，把臂問漁磯。

幾醉君山酒，同看岳麓雲。别來誰念我，夢裹數逢君。鐵騎關山黯，金甌歲月分。潭州餘父老，泪墮舊將軍。

磁州晤湛虛司馬公曾爲兩廣總制

廿載鄴城路，征鞭十度過。故宮妖粉盡，舊壘戰魂多。歲月空三徑，山河老一蓑。嶺南銅柱在，風雨黯嵯峨。

南渡倉皇日，桃花水上舟。王敦終禍晋，庾信竟歸周。國事苞桑失，天心碩果留。韓仇應已報，好共赤松游。

詩集卷十一

五言律詩下

石城晤門下士常寧刻集

列帳談經處，淒涼此再過。一身行老去，諸子更如何。成臼餘烽火，大洪翳薜蘿。更憐羊太傅，遺泪滿湘波。

漢行雜咏

倚徙孤蓬裹，遥憐江上村。鸕鶿啄蔓藻，烏賊涌朝暾。幕暗垂楊曲，窗摇素女魂。可知愁病眼，别有物華存。

郢州

枉渚風無定，郵程故不前。秃鶖頽岸外，燕麥廢村邊。旅夢關山闊，鄉心羽檄懸。江雲望不極，仿佛見晴川。

長沙送傅對揚還山東某先官秦，被謫，茲不遇，當事去

長沙逐客地，萬古共悲辛。況我浮湘日，因君去國辰。虞卿終棄趙，王粲合歸秦。海霧茫茫裏，漁竿何處詢。

樽酒江城暮，帆懸岳色孤。天涯憐謫宦，世路齟鴻儒。鷗沒田橫島，鼉鳴范伯湖。良書期早寄，天地幾吾徒。

長沙送李欽鄰之官賓州

誰謂長沙遠，還看嶺外行。蠻烟開象郡，天使過龍城。橄欖迎車色，鷓鴣殘雨聲。職方猶未盡，好報日南平。

赤日蒼梧路，行旌望欲迷。三湘猶畫角，九郡自征鼙。廢驛蚺蛇壯，殘山孔雀低。車書今萬里，攬轡見雕題。

湘行即事

泝流湘水上，竟日見青山。雨急寒臯冷，樵稀古度閑。漲生昨夜雨，崖叠百重灣。憔悴征南客，何時奏凱還。

山坳成水次，濁浪奪清流。未免天吴喜，徒教孔雀愁。朱房墮豆蔻，青壁腫扶留。亂後墟烟少，無人問橘洲。

慣作湘中客，重游復七年。畹蘭何處是，茅匭只空傳。雲氣呑山股，藤筋鎖樹肩。小羚不畏客，覓母到沙邊。

秋雲排不盡，水裔澌無垠。篔簹適得志，鸂鶒欲凌人。賓緯遐荒斷，牙璋幕府頻。獨憐衡岳色，一看一回新。緁，音集。左賦：緁宥紛紜。緁，蠻中貨名。

衡藩舊邸酒南將軍

王孫不可見，舊邸作軍營。共羨巴渝舞，忽聞羌笛鳴。玉階桐影碎，碧瓦露華盈。十載南游客，愁心一雁横。

又是悲秋日，初筵動旅情。若能爲楚舞，何處得秦聲。翠羽當軒媚，紅妝耀甲明。興亡成底事，灑泪忽沾纓。

寄黄抑公公闓人名中通是爲吾師阿咸今作永州分守予舊地也湘東别六年矣〔一〕

湘東一片地，曾記共銜杯。别憾六年久，艱虞萬里來。昌黎慚幕府，江夏見雄才。鈷鉧潭邊樹，勞君仔細培。

騷屑真無賴，從軍賦遠行。瀟湘猶旅鬢，天地忽秋聲。隔代憐師友，南陲老弟兄。向來跋扈意，不敢對君鳴。

【校記】

〔一〕『公闓人』以下，疑爲題注。

湘行

彩鷁晴江去，諸峰墮我前。半年空駐馬，七月始聞蟬。老樹吞風吼，孤蓑釀雨眠。南來何處客，莫是武昌船。

長沙中秋同夏人淑黄焕甫及次兒始騫小飲

相逢真不易，況復是中秋。對此金飈動，空憐白髮稠。關山還戰鼓，天地自清謳。饒有胡床興，何須庾亮樓。

只此十年内，長沙五度過。丁亥、戊子及庚寅、辛卯，暨今丙申。其如今夜月，更照旅人何。帶甲三湘滿，愁雲九郡多。親知南國酒，老鬢更婆娑。

萬古天邊月，人傳此夜明。浮雲無處著，天籟忽然生。霄漢流雲母，乾坤貯水晶。倚樓何處客，惆悵故園情。

丙申九日是日爲母忌辰，母下世癸未，十四年矣

客心無節序，難過是重陽。异國人空老，鄉園菊已黄。寒烏啼斷戍，落木抱迴塘。獨有終天泪，年年向北邙。

枉渚悲風急，南鴻幾度過。征衫空歲月，短髮滯關河。劍是土陵苦，檄如毛義何。可當卑濕地，暮雨入湘羅。

丙申初度長沙送次兒始騫歸鄧

長沙今送子，五十二年人。相府空留滯，歸途獨苦辛。江山撐戰骨，歲月黯傷神。莫把封侯志，荒唐紿四鄰。

十年彈指過，今日又長沙。蹉跌心猶壯，飛揚鬢已華。長征愁歲晚，久客奈天涯。誰共屠蘇醉，江城隱暮笳。予游長沙始丁亥〔一〕。

【校記】

〔一〕亥，滙編本作『寅』。

送陳自修使君之潯州

三湘猶帶甲，五嶺尚征鼙。坐惜斯人去，何時手再携。鷓鴣啼晚驛，桂蠹落晴谿。千載桐鄉淚，六門堤水西。

丙申除夕同袁參嵐李臨淮黄焕夫家弟昉聖守歲

四時成過客，此夕倍難留。屈指衡陽路，衰年五度游。天心吞虎門，歲序裂鴻溝。兒女天涯意，征人竟白頭。

丁酉元日同袁參嵐李臨淮作

百年已過半，歲月復天涯。况值辛盤薦，難堪旅鬢華。日南調戰象，幕府散寒鴉。風物如邊塞，人傾乳酪茶。

潭州晤汪學士煉南

往事燕臺月，深杯度曉鐘。何當經歲別，况是异鄉逢。怪鳥鳴花戍，奇雲倒雁峰。誰憐俠骨盡，瘴雨暗芙蓉。

長沙送唐廷碩將軍旋歸

文昌推上將，朱鳥捲蚩尤。旌入蛇盤渡，笳吟雁陣秋。蓼花摇漢水，楓葉染蘆溝。若問牂牁路，唐蒙此舊游。

長沙送雪肝歸翼城

天涯成聚散，客裏送君歸。澤國賓鴻下，霜程落木飛。他鄉誰共醉，老泪忽沾衣。姑射神人在，誅茅傍翠微。

天子方南顧，湖湘未罷師。歸鞭逢雁陣，子舍遂烏私。秋色綿上晚，宦情桑落知。蓬根良可念，重晤是何期。

寄池州劉輿父吴緒倩諸子時客衡陽

石城南去路，險狹見斜川。訪子深林裏，騎驢小徑邊。中原無祖逖，霸業失孫權。回首江東事，驚心十四年。

飄零吴會日，喪亂寄餘生。豈意寧南檄，終成犯闕兵。盧龍驚紫塞，鐵鷂度金城。往事都如夢，江流六代聲。

衡州送次尾冢郎吴孟堅歸池

雁峰山上酒，送子去江東。吴楚方飛輓，滇黔未挂弓。存孤惭李固，後死愧臧洪。無限新亭泪，秋花滿故宫。

异鄉驚汝至，臨别倍凄其。幾作巢中卵，猶存袴下兒。孤舟蠻雨歇，客路夏雲垂。壁裏遺經在，無爲學廢詩。

劉岵陟校衡竣將駕芝山 公吴人

南薰披祖帳，酃酒酌青湖。荆貢亦浮洛，楚風今變吴。絳紗籠翡翠，鐵網得珊瑚。回首東京事，春陵氣未孤。

戊戌春寓清凉寺

咫尺湘干路，香堂狎鳥飛。重來雙鬢改，所寓故僧稀。夜雨青林墜，春畦紫蕨肥。炎荒還鐘馬，何日解征衣。

百戰衡陽地，鐘聲水一涯。猺蠻連百粤，舟楫帶長沙。鄉夢早春雁，邊情薄暮笳。還看銅柱近，搔首問年華。

送黄抑公從軍

聞説沅州下，群雄一水西。漢中還借箸，關外滿封泥。帝闕蛟龍繞，蠻雲虎豹啼。檄文難父老，仍是茂陵題。

安仁東郊彌陀寺

遠郭山藏寺，此中應有人。花藤纏豹股，老樹學龍鱗。屋角雲争護，鐘聲雨乍新。金剛門外草，仿佛見前身。

曲徑迷青靄，僧雛出樹根。偶然驚客至，即此是山門。苔蘚仇官長，輿臺惱世尊。却憐霜葉路，歸騎欲黄昏。

謁杜祠

傷心天寶客，遺蜕重衡山。水落魚龍窟，魂招屈宋間。好花隨地發，落葉趁秋閑。便遇魯麟筆，公詩不用删。

如公原未死，疑冢在江關。靈武君臣後，詩名天地間。亂離來白帝，談笑老荆蠻。萬古郴江水，東流不肯還。

晤寶守傅和鳴 以下攸縣刻集

他鄉喜汝至，把酒醉高岑。瘴癘山川合，干戈歲月深。獨憐心病態，又觸別離心。匹馬滇南去，晨風寄好音。

烏符觀

山月留殘魄，蠻荒賦遠征。諸峰含夜氣，一鳥入秋聲。老寺紫雲合，危橋古木横。時方憂旱魃，況復未休兵。

詰曲零陵路，殘星鬢早窺。嗇夫紛列炬，木客避前麾。香稻高田死，徵兵寡婦悲。風塵游已倦，尚復滯南陲。

卜夜征途裏，真同秉燭游。偶然一寺觀，引我到林丘。半嶺笙簧度，方塘菡萏秋。仙人不可見，遺墨滿山頭。

樹腰忽有寺，況復帶前溪。饌客炊冬筍，司晨仗夏鷄。藥苗瘠土瘦，瓜架夕陽低。襳襹空惆悵，巒山遍馬蹄。

浯溪

扁舟今再至，倉猝憶前游。削壁蒼龍躍，枯枝怪鳥愁。江山傳過客，曆數記靈州。不盡漁陽恨，瀟湘日夜流。辛卯一過其下。

南荒稱二絶，佳句與良書。落日吞殘寺，寒烟嚙舊廬。胡麻妾早後，秋隼踏枝初。多少游人泪，傷心天寶餘。

名山留勝迹，遺墨重千年。社稷孤臣泪，干戈死事傳。蝸苔十丈碣，牛笛一溪烟。倚徙孤亭上，斜陽急暮蟬。

寒澌連腫樹，石徑一荒凉。刺史何年去，菟裘古道傍。金仙成地主，狸母卧横塘。欸乃滄浪外，如聞呼漫郎。

郴江别高晳眉刺史時予將游滇公以罣誤歸山東

緒風催落葉，孤館歇征輪。對此一樽酒，相酬萬里人。好朋難聚首，别泪忽沾巾。聖主西南顧，能高卧海濱。

桂陽山中晤黄生

聖世留遺老，青山戀腐儒。游人方下馬，稚子解提壺。我愛陶徵士，人傳龔大夫。多男兼大隱，談笑謝安蒲。

武陵晤游漢叟得周元亮手書

誰憐離索久，好友各天涯。瘴海一鴻信，荒城四月花。君仍藏廣柳，我尚滯長沙。患難何曾共，臨風枉白嗟。

共醉高梁月，分飛忽四年。艅艎連海嶠，羽檄滿湖天。籍喜兀豐削，名從黨錮傳。一書來正好，况值武陵船。

湘中送戴生歸孝感

送子洞庭去，瀟湘一葉舟。可能不共醉，其奈此中秋。漁父滄浪晚，歸鴻白兆稠。庭闈方健在，莫滯武昌樓。

宦游白髮裏，無汝不開樽。維楚還多士，何人念舊恩。餘皁凌建業，鐵馬指荆門。子舍郧山近，黄花彩袖翻。

自古文章客，難兼義俠存。孝昌維戴子，此事可同論。暮雨催黄葉，南荒斷旅魂。相期江夏月，覼縷對芳樽。

藍縷開疆日，談經鄂渚城。相從誰古道，洵美爾多情。九折湘江轉，千山落木平。南霜初度雁，旅夢憚秋聲。

潭州送王小猛從軍雲南

岳麓黄花燦，雄心事遠征。他鄉猶送客，天末若爲情。木葉當霜下，秋鴻帶雨聲。遥知緬甸國，更築受降城。

立功須萬里，慷慨爾西征。瀘水蠻烟合，金沙戰壘横。高秋愁雁語，古戍怯猿聲。同有封侯願，蕭蕭白髮生。

别雁峰 以下《滇黔集》

三年慚地主，欲去始登臨。便作名山别，其如父老心。搴帷猶水旱，持節且滇黔。回首朱陵月，并州泪滿襟。

衡峰七十二，負郭爾崔嵬。萬里人將去，三春雁不來。湘靈解愛客，山鬼舊憐才。莫謂玉關遠，班生手自開。

經鎮遠

山路無終極，王程且未休。蠻溪逢令節，賽鼓動鄉愁。公廨連雲母，金仙跨戍樓。戰争思往日，猶憶潁川侯。

平溪衛訊故監軍萬年策

荒城當落日，下馬且徘徊。鼠向魚街過，狐從狗竇來。交游成隔代，邸第見青苔。倚徙蠻山内，笛聲何處來。

清浪衛

山胸留客住，破屋著繩床。燕厦蛇窺幕，牛欄虎過墻。荒臺生旅穀，側路見垂楊。苔雨涔涔裏，蜻蜓分外狂。

興隆衛

微雨山城暮，嵯峨指舊宫。朱門吊鸜鴿，别院鎖梧桐。漢業摧張耳，成都失李雄。遐荒留姓字，往事記興隆。

飛雲洞

黔山殊易了，得此忽驚人。象馬空中下，鸞凰物外真。化工勞結構，鬼母泣酸辛。不作梁州貢，夜郎稱外臣。

古柏蹲山脚，奇峰觸面開。三山涌作柱，百怪結成胎。海若元身現，河圖鬥寶來。幾經秦亂後，莫作武陵猜。

重安江

灘流急暮雨，勒馬憩空城。銀杏歷千歲，夏鷄催五更。花簪苗女路，鐵騎大軍營。憔悴黔州客，愁從兩鬢生。

清平衛

舊邸朱門在，高臺尚九層。劉禪失劍閣，孫皓棄金陵。燕壘迷今昔，榴花照廢興。窮途難買醉，恰得酒如澠。

倚徙何王殿，殘霞報曉晴。松巔烏曝翅，瓦脊鵲呼聲。羽箭流官路，環刀犵狫兵。開疆須萬里，回首玉關情。

一字孔

席帽斜朝日，猩袍鬥曉程。溪山隨處艷，小鳥怪人鳴。白骨中原血，黄茅瘴外晴。頻年勞聖主，萬國未休兵。

迢遞群峰合，荒城落照間。郭東餘破寺，地勢舊岩關。鼠竄沙場瓦，苔生雨後斑。招安勞刺史，兩月不曾還。

迤邐羊腸路，參差鹿角城。周廬皆鬼國，槍欓半軍營。佛火半山吐，毒溪深樹行。已聞開越嶲，何日罷南征。

安順府王將軍柳亭同石昆圃太守

羅甸逢知己，飛觴酒百壺。蘭膏簇翡翠，白苧落氍毹。蓬鬢風塵换，雄心歲月徂。西南荒服外，近剖一王符。

六軍今出塞，萬里合同車。持節來荒徼，王程半廢墟。輿圖九野外，部落百蠻居。屈指西征日，潭州二月初。

永寧州

信宿郎公驛，茅檐送雨聲。群巒圍廢圃，一澗繞荒城。瓦雀覘廒喜，竹鷄深岸鳴。紅崖留古峒，猶説武侯營。

纔過鷄公背，遥從象鼻行。雲根一寺出，石髓亂溪鳴。歲月金錢費，關河鐵馬情。似聞南詔使，聖主欲休兵。

孔驛

到此黔中盡，山巔兩樹存。香粳裹廢寺，茅屋出孤村。人語華番雜，蟲聲遠近喧。如何馬太史，猶未識昆侖。

鸚哥嘴

行盡高低嶺，坐來長短松。雲烟纔一氣，水石幾千重。暮雨天邊罄，空山世外鐘。一身成老大，遮莫感萍蹤。

平彝衛

滇南纔入望，山勢漸從容。早稻平疇滿，亂流殘郭重。九夷開道路，六詔見提封。今夜陸梁月，飛尊對馬龍。

路入芳華縣，溪邊忽有村。環山簇石笋，拔地起松根。苗女鷄窠課，猓翁燕麥屯。喇麻罎内酒，何必讓金樽。

昆明懷古

乾坤留閏位，歲月老遺宮。蔓草高臺緑，雕墻晚照紅。鼎遷金馬外，氣盡鐵橋東。却憶昆明戰，還歸灰劫中。

孫逆窺神鼎，西南創帝基。雲霄連象魏，日月走罘罳。鐵馬雙雄斃，金甌一統資。交州吾郡縣，莫緩富良師。

山河黑水盡，列第遍王侯。樹老虬龍坼，園荒翡翠愁。鬼上窮貝闕，藻井上飛樓。不盡興王感，滇池夜倒流。

別駿聞

倉猝别吾弟，應知分手難。天邊荆樹合，塞上鶺鴒寒。世亂悲游子，人情妒好官。西湖饒畫舫，贏得幾回看。

何能不爾别，灑泪向滇池。廉吏人争笑，榮名只自知。離尊鴻雁過，客路柳條垂。莫謂蒼梧遠，相將啖荔枝。

再别嵩岑

我到君斯在，胡爲我獨行。銷魂惟此日，回首不勝情。萬國勤飛輓，西邊正用兵。秋風驕鐵馬，想像渡瀘聲。

五載長沙别，相逢洱海邊。河梁人又去，雲樹兩相懸。嶺外秦關路，昆明漢武船。板橋分手處，再晤是何年？

鷄場别石昆圃

送我牂牁道，石林餘落暉。天涯寧易别，知己古云稀。皂蓋彌荒徼，徵書下帝畿。粤山一萬里，獨有鷓鴣飛。
遲暮難爲别，相者更一巵。他鄉芳草路，瘴雨落花時。楚國車書滿，昆明羽檄馳。可憐分手處，邊月照羅施。

平越三丰觀

何處尋丹鼎，苔荒舊石梯。陰林飛鳥過，畫棟古蟲題。物色勞英主，窮追到海西。至今禮斗處，俯瞰萬山低。
城内孤峰起，高臺獨爾尊。金丹那更有，石髓至今存。老樹猿猴挂，靈岩虎豹屯。團團叢桂裏，鼓角易黄昏。

黄平客居

萬山藏宿霧，古寺帶烟蘿。翡翠來深樹，獮猴飲碧波。蘆筒邀客醉，椎髻聽彝歌。粳稻連檣至，嫖姚意若何。

樹杪朝雲濕，城陰喜雀斜。催科勞府主，戰伐自天家。白象蠻溪裏，沉槍黑水涯。黔州凋敝甚，群盗尚三巴。

千山憐絶域，六載滯他鄉。白氎蠻中長，丹書异姓王。居然開越嶲，不復賦蘭滄。魂折滇黔路，到來迷戰場。

山雨能留客，荒城竟浹旬。黄鸝隨樹囀，乳燕與人親。有客携尊至，諸生問字頻。草堂堪送老，莫是浣花濱。

沅州别遠撫軍

兩度沅州路，俱逢孟夏時。雕梁還乳燕，茂樹更呼鸝。越嶲新開郡，牂牁未罷師。五溪傳俎豆，獨有馬公祠。

十八年中事，三經過此州。滇黔歸鎖鑰，吴楚控咽喉。鐵馬千群牧，牙檣百丈浮。征南留勝迹，應在萬山頭。

東安高山寺同里人邑令潘文彩飲

老樹留殘郭，高臺壓近城。客心林與静，暑氣午來清。疆場還荆甸，溪流帶粤聲。一尊同地主，恰動故鄉情。

送劉宓城大行西粤奉使北歸

嶺外與君别，鄉思忽以增。一帆飛采鷁，萬里奮秋鷹。旌節經寒暑，江山記廢興。六朝還在念，指顧下金陵。

即看龍節遠，一棹洞庭飛。此地難爲别，堪兼送爾歸。江城紅蓼發，故國羽書稀。莫戀東皋醉，乘時入帝畿。

星車來萬里，百粤古雕題。鄉酒那堪醉，明珠未可携。江聲來不厭，王路苦難稽。略記銷魂處，伏波山正西。

故人逢异國，幾醉越王臺。使節蛟龍繞，重陽風雨來。蘆花江月吐，雁陣楚雲開。爲報梁園客，新從交趾回。

秋日寄劉公愚行省江夏憶舊

萬里蘭滄路，一杯黄鵠磯。那堪雙鬢白，又是兩年違。澤國金錢盡，炎荒羽檄飛。牙籌還未歇，得不念宵衣。

昆池纔飲馬，又作嶺南游。萬事今垂老，一生終不侯。闗山炎海盡，瘴癘百蠻秋。懷舊思江漢，飛觴黄鶴樓。

藤峽懷古

聞道王開府，威名著嶺南。良家勞士馬，蜑窟靖戈鋟。佗憯纓曾繫，嘉亡首自函。至今瘴癘地，猶自識耕蠶。

奇兵萬里外，直擣百蠻居。鈴閣黑山夜，盾鋒露布書。軍中傳小范，司馬屬穰苴。社稷功猶偉，淮南定亂初。

劉仙岩小集

劉仙何處去，聞在此山居。鳥篆雲中額，蝙窺篋底書。烟嵐蒙姓字，樓閣著空虚。驛絡南垂客，憑高問舊廬。

往事留仙迹，靈岩壓日南。藤蘿迷藥竈，橘柚護丹龕。千仞風能肅，一泓泉獨甘。渥顔如可駐，騎鶴問蘇耽。

栖霞寺以下《粤游集》

削鐵來青壁，飛樓倚斷阿。秋鐘吹木葉，石燕出雲窩。古寺能留客，邊城久息戈。且拚今日醉，華髮笑蹉跎。

咫尺江東寺，婆娑兩度過。榴花殘更吐，布穀叫偏多。金碧當軒酒，漁樵薄暮歌。馬祠懸漢月，不飲欲如何。

送林司李之官惠州

共作粤西客，胡爲君獨東。孤帆更有托，吾道欲誰同。海色羅浮上，江程白鷺中。香魂知未散，謂朝霖也。酹酒問蘇公。

送蘇司李之官虔州

异國惜分手，春城酒一巵。江山憐過客，冠蓋憶同時。驛路征鴻裏，鄉心漲海陲。南昌應有賦，早晚寄相知。

送鑒湖歸里有小引

鑒湖與余少年同學相善，兼以親誼。亂後，故鄉友朋率先後化爲古人。壬寅春，余客桂林，鑒湖翻然來，慰我伏波山下，别久，老弟兄相歌也，還相泣。未幾，辭去。爲走筆贈此。

嶺外春風劇，他鄉送爾歸。何人憐短髮，落日見殘暉。亂後江山在，荒年故舊稀。北山猿鶴夢，傍子到荆扉。

栖遲誰更問，寂寞送君行。楚粤關河闊，歲時兒女情。蠻山釀瘴雨，鴻雁帶春聲。往事繁華歇，黄壚憶爾兄。

回首同游盡，如君復幾人。殷勤猶念我，瘴癘入邊塵。舊夢山河邈，元戎壁壘新。耻將天寶事，零涕一沾巾。

回思難鑄錯，半世枉蹉跎。却笑馬肝誤，其如蛇足何。青雲遲歲月，白首送干戈。還憶臨湍縣，秋風理釣蓑。

鮑潔庵以他事左遷還江東

邂逅隨成別，離筵悵晚春。即看江左客，舊是嶺頭人。才子宦游薄，主恩功令新。恭聞舌更在，仗劍復歸秦。

陰雨對離尊，獨勞江上魂。栖遲憐异國，送子下吴門。六代繁華歇，長江一練存。吾曹還戀此，豈必長兒孫。

九日贈荊山

萬里江山客，誰憐落魄人。封侯豈不羨，報國愧無因。壯志風塵老，殘年歲月新。天涯吾與汝，斗酒莫辭頻。

何當重九日，恰是爾懸弧。旅鬢客中换，年華嶺外孤。天邊傳虎節，塞上識龍圖。吹角鈴門下，黄花蕊正敷。

九月十三寄全鎮柳州

漲海傳金印，飛來大將旗。鈎陳明帝座，玉帳下南陲。地盡羅侯表，天連浪泊卑。丹青應有信，麟閣照鬚眉。

九日後贈梅谷

宗風留柱下，昪世見王孫。秬鬯何年錫，歌鐘往日存。初鴻翻桂嶺，殘菊照金尊。如水填車馬，擁歸將相門。

同官兄與弟，僅隔一墻居。巧曆誠難算，猶龍愧不如。彤弓傳盛業，白馬紀盟書。况是南荒酒，剛逢雁落初。

征古田日起奮二子來省

汝父西征日，兒來萬里行。頭顱憐雪白，鼓角帶邊聲。黠鼠穿千障，都狼壓郡城。隘名。天涯還歲暮，對汝倍含情。

何能不汝憶，遠寄在窮邊。底事空囊外，壯心華髮前。關河來故國，雨雪滯殘年。浪說成功日，鎸碑記古田。

壬寅除夕 時出師古田

舊曆隨時過，新醽隔歲嘗。節旄驚此夕，老大寄殊方。積雪猶擐甲，空山未裹糧。聖人南顧切，何日報明堂。

五十七年夜，無端欲二更。歲華如掣電，旅次倍關情。蜑户還抽税，駱田方用兵。天涯思故國，把酒泪從横。

癸卯元日

山城春又至，元日羽書馳。白髮猶天末，青樽且歲時。金門念未歇，銅柱置何期。笑作蠻彝長，黄甘信手持。

癸卯正元日，交南兩度春。不應荒服地，久住數奇人。瘴癘欺雙鬢，文章誤此身。聖朝無闕事，争似老垂綸。

徐亨若居攜起奮二子來游癸卯夏五月　以下《續滇黔集》

竹塢藏山角，匡床只舊書。簪花來女伴，采梠入樵廬。隔岸猿呼子，晴江簿曬魚。相逢無襏襫，此地一留車。

王瓜隨夏長，任意過墻頭。社燕巢茅屋，長堤縱子牛。握歡成劇飲，有客是中州。薄暮催雙槳，漁歌入夜稠。

柴門連曲樹，中有讀書堂。洞穴衣冠古，亭臺草樹長。硌田愁水旱，耆舊記興亡。短巷遲樽酒，歸來月滿航。

偶然成過從，携手到林陂。曲淖香秔滿，茅檐乳燕卑。書能藏老蠹，花解種辛夷。蠻語習來慣，黄昏入酒巵。

別廷甫

謝君年少客，射策且專征。横槊嫻詞賦，投壺借友生。三千君子在，丈八鐵矛成。南粤今無事，何方更請纓。

早歲擁車騎，隨登上將壇。轆轤傾壯士，騕褭半材官。愛客黄金盡，重圍白羽寒。從來傳衛霍，生長在長安。

別公卜

相逢偏意外，此地別離難。短髮愁中老，王程亂後看。荔枝白粵郡，竹箭五溪灘。俱是前游地，敢言行挂冠。

却笑霜髭滿，黔中復此行。纔離佗尉國，又向夜郎城。天地留荒獷，風塵老弟兄。來朝即萬里，回首各含情。

嶺外溯舟

桂林城下水，十步九迴灘。壯士如鏖戰，諸侯但壁觀。蛟涎屯黑沫，鰐齒礫風湍。轉憶秦皇帝，能令天地寬。

造化真奇巧，因茲障百蠻。撐篙臨鬼窟，上瀨賀生還。百計留康瓠，多情悟曉鬟。西南天地隔，何必只嚴關。

桂林同陳子完馬易生王政寰三將軍討賊山中將去黔州留别

十月勤師旅，今朝始罷兵。黑山無剩壘，白馬竟成名。雪帳都狼驛，軍書細柳營。牙旗方虎卧，遺孽敢縱横。大澤何年嘯，江中竟殺人。中丞騰露布，談笑却邊塵。馬繫桄榔樹，糧舂槲葉濱。向來經苦戰，念此倍酸辛。《陰符》聞早授，武庫更知名。蘸血堪磨楯，提戈笑請纓。帷燈山魅路，暮雨荔枝城。我向牂牁去，臨岐感易生。提戈，一作回頭。

同張九如衛猶箴陳自修諸君游東山在貴州東郭。

騎馬東城外，鳴鞭且暫停。好山堪命屐，雜樹故冬榮。苔濕天門路，禽歡雨後亭。向來傳割據，把酒問山靈。

精廬聊把臂，風日倍堪嘉。極目來前浦，憑虚問落霞。獠城山磊落，鬼國氣參差。同作天邊客，臨風各憶家。

送青弁北上

常年兵革裏，今日問京華。六詔星河异，千山雨雪賒。衣冠族輩上，書劍起天涯。遥指南歸路，春深御柳斜。

萬國呼嵩日，三春祝鼇辰。益州傳驛使，上苑舊儒臣。游子千山路，危疆百戰身。欣逢江左客，天末見歸人。鼇，音利，與忌叶，見曹植頌。

送徐方伯丁外艱歸揚州

相逢良不易，握手復臨岐。所見多芳草，長征更墨衰。灾荒留姓字，友道在鬚眉。萬里尊前酒，回腸是此時。

好朋偏晚合，送别值初春。宦迹存荒服，鴻鳴紀北辰。江聲雖涕泪，疆場尚風塵。胍脉揚州去，羞稱跨鶴人。

淮南風物好，廿載憶前游。戰馬嘶行殿，珠簾捲畫樓。蕪城[illegible]京觀在，斷戟海門秋。底事增惆悵，揚帆過石頭。

黔山天盡處，送子適東吴。何計遲行李，黯然聽鷓鴣。昆明[illegible]還置戍，蜀道尚彎弧。六代繁華地，鳴槨指舊都。

水西

王師真聖武，六月啓蠻疆。入穴窮方略，開山作戰場。炎荒青鬼火，木末透蜂房。除却猿梯外，《陰符》未可量。

鳥道原無路，猓兵何處來。峒門喧霹靂，地肺起樓臺。鷄犬常年置，溪山特地開。浮槎星漢裏，應有漢臣回。

送自修先生之楚

與爾生平約，始知離別難。故人誰海内，相勸且加餐。白髮憐同調，蠻鄉戀一官。還期携手處，得似往年看。

之子荆州去，西山正用兵。離筵還此夕，老馬去孤城。黄鶴江雲暮，金沙磧裏聲。蕭蕭秋葉下，無奈是長征。

乙巳七夕婁仁符呂武臣招飲白衣庵

楊柳緑無次，陰森小院東。危樓藏古佛，繁響雜秋蟲。僧羡加瓜長，客來車馬同。蓮華香梵唄，清吹夕陽中。一作『勿數離別异，盡醉藕花中』。

選閑聊憩此，鄉里動金巵。婍娜荷花放，參差晚照移。窺香來粉蝶，捕鯉見鸕鷀。勝地還佳客，投歡良在茲。

雙塔還衝寺，群山半入筵。滇南偏少蝎，夏日更無蟬。堤花綺羅裹，金刹酒杯前。匝地松茵合，凉風獨颯然。

徼外風光异，歡然坐小汀。芙蓉環廢寺，笑語對孤亭。却指關山月，剛逢牛女星。殷勤此夜酒，拚醉莫教停。

萬緑幽篁外，垂楊古寺西。小園來翡翠，淺藻帶鳧鷖。薄暮還吹角，青畦獨杖藜。可憐雲漢夜，難得共招提。

馳驅十載暮，今日始言歸。酒喜親朋餞，時兼羽檄稀。江山還落葉，伏臘且漁磯。回首昆明上，常看鴻雁飛。

史質輔居

策馬東城路，尋幽過子居。入門雜花放，流水漸成渠。有客頻呼酒，當階自種蔬。金戈閑此地，幸未有高車。一作『聊復駐柴車』。

小園方種菜，原自飽兵符。百戰愁關嶺，銷兵出葉榆。聖明辭紱冕，垂老且江湖。策馬昆明舊，猶然憶五銖。

詩集卷十二

七言律詩上

楚闈校士

篝燈瀲灩映高幃，柏老虬龍膩葉稀。缺壁高臺磷未散，荒檐古瓦蝠初飛。十年夢冷雕蟲技，四月江乘黄鵠磯。誰謂洞庭衣帶水，猶遲聲教未言歸。

五日贈祖静庵將軍

虎帳岩關久濯靈，身經百戰血袍腥。黄河舊仗元侯策，瀚海曾封長舅銘。乳燕從教回綺席，榴花況復焰山亭。君家勝事差堪繼，笑指先鞭鬢已星。

入横山

江干忽復健兒横，秋浦鳴榔卜夜行。欲買奇山誰定價，試調野鳥自呼名。胡床月冷瀟湘色，棋墅風餘草木聲。數畝香粳堪自老，問奴應解象爲耕。

青林偃卧半斜横，避亂山城以族行。尉是南昌今易姓，山非隆慮暫逃名。長林一悟菀枯理，遠澗時傳喜怒聲。最是多情撒穀鳥，石田無地也催耕。

奉懷若谷師

略記輕舟到越垂，玉津園内酒盈巵。歸來絳帳關山闊，夢裏銅駝歲月移。商雒還能留角里，江湖豈肯厭鴟夷。風篁嶺外深秋月，可似傳經燕市時。

錢塘郭外奏吴歈，爛醉烏程聽鷓鴣。一自扁舟凌北固，只今匹馬憶西湖。傷心莫問關中鹿，往事深慚轅下駒。鎮海樓邊頻借問，江山勝處屬林逋。

母節暨女烈建坊

九原合慰祖孫魂，斷臂焚身終古存。華表峥嶸神禹廟，絲綸誥曲養甥村。幽宫冰結玻璃乳，黄土松沉琥珀痕。一死何心來譽嘆，鵂鶹風雨殢山根。

流寓

凌晨舟楫蕩晴霞，火後山城亂卒嘩。萬里長江空隘險，六朝王氣失繁華。殘書已盡湘東邸，破鏡還歸越國家。却憶司州王閣老，冷鷗烟嶼賦蒹葭。

江聲鏜鞳孟婆風，展轉孤舟對短篷。蘆荻悲鳴沈畫鼓，關山暮雨斷征鴻。武昌再下王敦死，湓浦初歸庾亮窮。不謂雲烟雙玉蝀，銷沉戰馬夕陽中。

中江阻風 有引

乙酉八月日，發船安慶，抵東流，岸泊數日。時寓池州，久聞江漢道通歸鄧。《荆州記》『江至潯陽分九道，東會於彭澤，經蕪湖，名爲中江』云。

閶闔西來白日藏，傍人理舵意張皇[一]。江連渤澥歸牛渚，山折昆侖下馬當。再有何人横鐵鎖，漫因往事笑沙囊。聊看鳧雁平洲上，忍使黄花怨故鄉。

五載風塵厭薄游，歸帆纔放正中秋。山魈雨泣楓香驛，鼉鼓雷鳴桑落洲。澤國銅符遼海使，史書鐵漢靖南侯。青蓑擬向嚴灘去，渺渺烟波一釣鈎。

畫船贏得旅顔酡，繫纜江干五日過。蟲響荻幃憐客夢，葉翻石壁下漁蓑。喜聞羽檄武昌少，但見舳艫南贛多。此去名山應有願，千秋祖構意如何。

【校記】

〔一〕傍，匯編本作『榜』。

乙酉過儀真示丘將軍飲次

有客飄零感斷篷，蘆烟蘋雨薄秋空。杯涵静竹横窗立，幕捲喧蚊入夜雄。燕趙血流殘壘外，東南險據亂流中。向來五馬浮江處，古渡荒寒起暮風。

泊蘄州

荒汀旅夢淡秋泓，促織蘆中帶雨聲。舊鬼髑髏餘斷壘，孤村烟火亂朝晴。垂楊葉老西河驛，腐草光流夏口城。身是桐鄉思故吏，蕭蕭鳴雁自南征。鄧守夏公，蘄人，没已二年。

團風鎮

町畦蕭颸暝朝曦，度越關河游子悲。被被烏榫鳴曉葉，踆踆鼬鼠冒殘籬。陰陽人鬼一闤市，風雨蛟龍兩斷碑。莫向南朝詢戰壘，青袍如草渡江時。

武昌見梅

芳華久負故園期，春色江南見一枝。不謂荒城仍有此，獨存[illegible]氣較難窺。法曹官閣留賓日，處士孤山放鶴時。旅況闌珊年事暮，婆娑花影欲何之。

送香岩令丹陽乙酉夏

空江涼月映秋澄，離思鄉愁兩不勝。异國山河人又去，孤舟妻子病相仍。臨文乍可搜丁卯，酹酒先須吊建陵。古寺沙邊如借問，瓜蔬夜雨憶龕僧。

鍾山合沓暮烟平，釃酒勞勞送客行。忍向他鄉裁别賦，誰從古道認交情。漁陽戰鼓闐燕月，關外軍書老渭城。因子東征思國事，長江未可恃陪京。

戊子湘潭九日母以癸未是日殂陽曲署距茲六年矣

歷年楚國浪游身，裊裊秋颸江上蘋。老去慈闈傷歲月，南來久客倦風塵。鼓聲未闋三苗壘，柳色空殘五代人。況復夜郎行萬里，晴江白石愧投綸。

太原城郭憶殘暉，苔篆蒼槐十二圍。誤我終天因墨綬，着身無地是斑衣。重陽每歲猶堪到，汾水東流竟不歸。此日瀟湘樓上望，北來鴻雁趁秋飛。

戊子重陽前二日起兒病愈自湘潭歸鄧

颯颯金風入碧梧，晴江萬里一帆孤。初霜應自珍殘病，佳節誰堪共老夫。鄂渚月明黄鵠石，巴陵秋色洞庭湖。遥知十月穰州客，争送鄰家酒一壺。

前日蒼頭報水程，襄船猶繫漢陽城。曰歸恰值黄花燦，久客初聞鴻雁聲。帝女祠邊方躍馬，滕王閣下未休兵。新恩却喜如天廣，邸報南人正六卿。

湖南作客已經年，蘆荻風催下水船。送汝愁看湘浦月，一官遠去夜郎天。征車取便如安陸，繫纜無須更漢川。寄語農人多種秫，釀成春酒我當還。

穰國秋酣橘子肥，家人待汝合同歸。漢陽僑寓非長計，膝下辭余只暫違。上國今年征吉士，故人曾否薦鄉闈。有書報我初冬日，莫待金山雨雪霏。

歸興

穰西河畔舊茱萸，屋角白雲堪自娱。豈必名仍稱處士，此回論合著《潛夫》。桑間布穀聲中雨，床下鴟夷腹底壺。楚水黔山如夢裏，投醪每自愧蒸徒。

郢上阻風

郢城南去斷征鴻，日夜江聲震短篷。歌處不聞下里調，風來空比大王雄。五年楚澤驚霜鬢，三月長干見落紅。況是重經豐沛地，荒榛石馬夕陽中。

村居 有引

順治七年庚寅，定南王開西粵，秣馬衡陽，粵郡吏皆羈旅焉。環湘東西，刹觀爲盈。臬司山東王公寓佛寺，距城五里，作《村居》詩。余亦繼作。

良家十萬賦西征，況是今王舊有名。便可直擒真定尉，不須更借夜郎兵。於今王祭先供楚，自古南巡本在衡。百粵歸來群吏在，凱歌雜入早鴻聲。

桂林寓 順治七年仲冬

錦韉短景入嚴冬，瘴水蠻山十二重。萬里風烟臨絶嶠，六軍談笑入崇墉。滿堂簫鼓千牛酒，故國江山幾樹松。西指蒼梧雲氣黯，朱門暮雨濕芙蓉。

粵山四望絶攀躋，一夜西風動鼓鼙。侯伯何人頭似鼠，貔貅有酒醉如泥。謂趙印選等。蠻天瘴癘消金甲，猺女胭脂散馬蹄。獨秀高寒渾不管，妝臺猶傍洞雲栖。獨秀在藩邸，後宫多珠樓。

再過熊羆關

南來關勢抱巃嵸，萬木蕭森秋氣中。峰接祝融鴻久斷，勢觀滄海日初紅。龍旗甲度三韓馬，客鬢霜催萬里蓬。滿目山河成涕泪，漫云設險是王公。

雲間石磴曉風吹，萬壑谽谺度鳥窺。將略何人弛虎豹，關名徒爾擁熊羆。揮戈直欲吞三户，立馬行看踏九嶷。惟有秋山今夜月，獨憐使者再來時。

庚寅八月六日憶母

遺恨千年詛太行，難堪北日又瀟湘。安東未遂憐温嶠，黨錮無名耻范滂。不信依人空作客，獨慚遇主尚爲郎。蕭騷短鬢經秋日，雁杳江城憶故鄉。

庚寅中秋瀟湘夜坐

一年能得幾中秋，好月良宵不易酬。十載光陰都作客，此番汗漫爲誰游。軍中鼓角天連水，笛裏關山人倚樓。漫説蒼梧荒服外，從來禹甸古梁州。

辛卯三月春風閣柬楊莪蓼

十載他鄉客鬢秋，幸逢吾土一登樓。雨中鵠鵴呼殘壘，亂後蘼蕪滿負丘。社燕已過三月候，流鶯還覓百花洲。浮圖自涌荒城出，斜日闌干起暮愁。

夏日寄懷江司馬

楚天烽火照滄浪，黄鵠磯頭酒一觴。建業猶存王導節，武昌又醉庾公床。十年知己慚名表，萬死驚魂出戰場。自笑黔南持節使，牙旗空壓竹三郎。

初夏寄懷汝李王介公

寂寞湍陽舊釣磯，荒城落日見殘暉。牛醫有子思黄憲，貉督稱奴愧陸機。枕郭青山還舊臘，窺園蒼竹已成園。仲宣詞賦凌徐阮，莫謂荆州不可依。

漢上逢韓繼之同年

十年風雨憶連床，短鬢蕭疏雲水鄉。不謂士龍空入洛，却憐司馬舊游梁。杯前草色流鸜鵒，笛裏梅花繞鳳凰。今日欣逢漢武帝，與君莫話老馮唐。

過漢口經鎖兵憲舊樓

春花同汝醉長干，舞袖蹁躚午夜殘。一自懷沙憐太傅，更誰把酒酹郎官。道逢楚國思鴻雁，讀罷騷經憶芷蘭。隆慮山深栖息穩，天涯有客獨憑欄。

望廬山

識面匡廬已八年，今朝又泊九江船。白雲自傍香罏宿，瀑布還從五老懸。如此山川勞應接，何時杖屨待周旋。猶聞李白經行處，月裏松聲落澗邊。

彭澤懷陶元亮

參差雉堞曉鴉鳴，歷落人家烟火生。一抹山川猶晉土，千年甲子舊江聲。轉憐五斗還多事，不愧八州惟此行。我亦有田堪種秫，歸來一賦獨難成。

杜丹丘

凝珠桂魄憶汾陽，此後分飛即戰場。對客愁談天寶事，藏身仍在武陵旁。每憶舊游驚似雨，何堪短鬢漸成霜。石頭城下六朝水，况是孤舟人异鄉。

江寧赴盧長華招同陳孝求感舊述懷盧別於巡陳別於燕俱十年矣

同人餔榼置江濱，十載離愁旅夢頻。眼底山川古建業，尊前爾汝舊鄉鄰。湖光明聖猶如昨，柳色高梁幾度新。客裏相逢好共醉，鍾山曾對六朝人。

維揚

離觴傾倒酌清酤，正值西風下碧梧。處世于今多醉尉，藏身何地著狂奴。雷塘夢冷香魂盡，瓜步山高戰骨枯。廿四橋邊今夜月，十分秋色雨模糊。

壬辰秋寄許素臣商山

巑岏韓嶺下秦原，析酈相連如故園。憶子商於六百里，頗聞《道德》五千言。窗前舊雨梧桐濕，天外孤雲鴻雁翻。何處深山尋四老，蒼嵐石窟紫芝繁。

壬辰除夕

終年潦倒只長林，最是難堪止夜心。四海誰投青玉案，一身久付白頭吟。小齋石塢能留雪，明日春鶬好聽禽。底事日南銅柱下，情深知己欲沾襟。定南舊有白了疏，今戰歿。

癸巳元日

春來好自醉春筵，雪髮催人慚滿顛。況復纔經離亂後，有生纔見太平年。近聞南粵除黃屋，且喜西川盡杜鵑。往事風波還自悔，從今莫放洞庭船。

何處逢人謀醉鄉，難從烽燹話滄桑。棘荒誰辨銅駝陌，蕪失空驚朱雀桁。老態還能驅款段，當門正可種垂楊。昨年來自弘農郡，莫看東都看北邙。

五日東園送夏人淑還孝昌

蒲觴小苑對清池，半醉重呼酒一卮。自喜諸生歌瓠葉，難堪汝別贈將離。黄雲壟麥生朱夏，灌木荒山聽畫眉。水國芙蓉明月夜，西旋馬首莫遲遲。

荒城雨過水猶澌，日暮斜風蕩酒旗。文苑十年容逐鹿，故人此日一歌驪。極目好憑鴻雁信，關心最是鶺鴒詩。白頭君外無知己，待汝重來倒接䍦。

桐風槐雨間椶櫚，三徑蕭蕭處士居。可奈離筵偏送客，況兼多病正愁予。滄浪此去尋漁父，夢澤還應念《子虚》。紫嶼西來多爽氣，不須久戀武昌魚。

遥指東南天一隅，黄泥暑雨冒征途。繇來作客羞彈鋏，未是幽風也憶鱸。故國園林藏俎豆，頻年衰白感頭顱。晋陽霜雪北堂草，反哺如君愧孝烏。

無端送汝别東郊，野具魚蔬三四肴。曲箔眠蠶新結繭，高粱乳燕半辭巢。擬將白眼看時輩，誰向青衫問故交。昨夜長沙傳露布，喜聞縮酒供包茅。

東城碧曲帶蒼嶢，剪燭呼觴奈短宵。卜夜争鳴惟盍旦，結巢易就是鷦鷯。龍媒自許曾來宛，白豕何須更過遼。華髮摧頹成底事，胸中塊壘不曾消。

夏日同鑒湖城南再游黄林寺因憶向來張王兩孝廉俱已物故

廿年此地歇征鞍，杯酒同人話夜闌。世事新亭流泪後，交情河内奏琴殘。乾坤無地留雙劍，父老猶然進一餐。遲暮不堪重躍馬，長林愧爾一黄冠。

荒邨鄰火試新茶，野渚長堤幾部蛙。却對酒壚思往事，一番舊雨落誰家。葉摇晴樹連雲緑，日落柴門帶壁斜。共識漢陰灌園意，相期學種邵平瓜。

趙聖居開府予告歸富平

大堤曲裏歌喉殘，不喜彈冠喜挂冠。漢水元來通隴右，華山況復近長安。天馬舊從西極至，鵾夷今見五湖寬。獨憐止後習池酒，不共山公馬上看。

秋感

桐風蕉雨對孤城，芳歇不聞鶗鴂鳴。豫讓何當稱國士，李陵正不墮家聲。閑儲藥物防多病，恥借樽罍罵不平。莫把英雄嗤廣武，由來豎子易成名。

酈水洶洶走白龍，可能一洗向來烽。魚游鄧塔三層上，賊壓參山第幾峰。泉貨年年勞大内，丁男日日去開封。頹床剩有殘書帙，猶伴山僧寺裏鐘。時河決連年，寇據房州。

送唐修之任雲間

杏花新雨暗飛觥，柳眼青青望欲平。六載柴車留小吏，一春畫舫過陪京。天涯揮手即殘夢，海內關心尚老兵。爲訪陸家兄與弟，多應久去洛陽城。

甲午二月過塾師翎修公墓有引

師諱鴻翔，鄧茂才。負氣能文，唾手青紫，竟未遇，以子衿終。有子三四人，俱罹於亂，有生者亦轉徙他鄉。予舞象時從游，受益良渥。予爲諸生時，師既下世且二十五年，復無後，無可以報德者。抔然一丘，蕭槭城隅，跨馬西郊，時當寒食，率兒輩拜之，手植数柏，爲作詩二首告其墓。

新花著雨墮孤村，往事傷心不可論。俠骨共憐藏馬鬣，白頭誰解負龍門。竇融久斷西河種，徐稚空悲江夏魂。二月紫金山下樹，鷓鴣啼處易黃昏。

萋萋春草對斜曛，陌上新詩和泪焚。東海猶傳死士壟，大梁誰守信陵墳。魂歸月夜寒湍水，氣薄蒼旻失冠軍。麥阪霏霏紅雨亂，南來燕子掠愁雲。

過井寒泉丁潁水故居

白帢青衫跨小驢，年年濁酒醉君居。座中半是平原客，門外常聞流水車。舊鬼磷青十載後，故人馬勒一春初。重來不用山陽笛，籬管風吹泪滿裾。

經井淵水止水故居

竹筒麥酒任狂呼，記得東鄰舊酒徒。柘葉園中啼布穀，藥欄亭下長蘼蕪。風塵舉世誰青眼，潦倒當年一賤軀。携手泉臺州里盡，宦塗何處不崎嶇。

宛晤張涣之翰林問晉陽諸子

十載并州結夢魂，管涔楊柳浴晴軒。肉生髀裏增新感，泪濕衫邊見舊痕。驃騎何能容李廣，瑯琊原不念劉琨。殘碑剥落斜陽外，杯酒宵闌問狄村。

宛邸

宛南城郭只荒園，青草葳蕤舊井眢。香閣晚霞才鬼哭，高臺暮雨老烏言。昆陽戰壘劉文叔，鄴下殘垣賀六渾。頭白低垂空老去，近來不解憶王孫。

載酒西庄

墻頭朱果亂垂垂，偃蹇繩床竊自疑。瀹茗時看曉鹿過，著書怕有夜猿知。信陵歸國偏逃酒，謝傅籌兵且着棋。况是尚方新賜劍，南征莫問羽書遲。

送巘犖之粤

十載南征未息戈，炎荒今見重臣過。渡瀘丞相還忠武，逾嶺將軍自伏波。客至剛逢橄欖熟，天陰慣是鷓鴣多。桂林山色曾相識，爲訊平安近若何？

戴巘犖侍郎内召

公參汝南藩，移粤西，右轄未行，旋有是命

難堪分手只須臾，紫陌鳴騶踏九衢。共看懸旌臨鳳闕，可知補衮屬龍圖。嵩山草樹秋烟迴，易水樓臺晚照孤。回首東南方戰伐，老臣恨不到蒼梧。

麻將軍之官肅州 有引

將軍名胤揚，雲中人也。早讀軍書，夙稱將種。張然明特起酒郡，獨號邊人渾鐵，勒世爲蘭都，不愧乃父。李都尉善射，爰惟將軍之孫；曹保臣多謀，固是國華之子。策杖而歸河北，雲臺之烈再見。仲華捧詔而入臨渭，興元之功不數忠武。威名久著於梁宋，愷澤聿遍乎覃懷。維兹穰州，逼鄰楚地。躍馬嘶檀谿之月，未授首者八年。長鯨薄漢水之城，被流血者千里。猥以群醜，致簡師貞。昔黄巾暴起於潁川，得義真而大定；又梁龍扇動於交阯，藉朱雋以成功。律既叶於丈人，兵無慚於仁者。托宿廛市以無擾，如武穆之過廬陵；令犯鎧笠者必誅，似子明之在南郡。時維季夏，人去西凉。念長城起自臨洮，衛中國須斷右臂。陳湯揚旌於赤谷，郅支懸萬里之頭；班超起家於祭酒，西域開五十之國。古猶今也，公其人焉。同人數輩，離酒一尊，念生平肺腑之交，如公絶少。感疇昔膠漆之意，乍别實難；送南浦而消魂，不啻斷腸。憐此日望陽關而灑泪，可知聚首是何年。聊復贈言，各成近體。

王師六月即征途，况是西凉天一隅。耀日旌旗明弱水，凌秋鷹隼下休屠。霜寒玉匣青芙見，風老金微白麥枯。萬里陽關從此去，邊陲無事但呼酥。

伫看戎軒去絶邊，凉州天末靖烽烟。自來青海連西夏，此處黄河帶赫連。唐室中興靈武後，漢家上策竟寧前。將軍一石猶難醉，故遣將軍到酒泉。

對酒聊爲出塞歌，送君百二度山河。寳刀人醉葡萄劇，鐵騎秋肥苜蓿多。疏勒城連群磧出，崆峒雁帶早霜過。玉關莫問班家事，五姓單于已請和。

得孝感然石書

泮滸江上羽書催，裹血將軍夜半回。异國驚魂豺虎路，天涯灑泪弟兄杯。難堪生死十年事，都傍關河一使來。壯志彫傷霜鬢短，幾回殘夢楚天隈。

寄周元亮

北風淅瀝雜征塵，猶記衣冠南渡身。自許徐陵初使鄴，豈知庾信竟留秦。十年夢對江東酒，萬里鴻歸海角人。蕪没梁園賓客盡，宋家陵寢大河濱。

五日懷胡韜穎中丞李慶餘副使

緑楊遮處雨鳴鳩，杯底葡萄映火榴。按部好尋龍卧處，屏騶肯向鹿門游。中丞露布開荆甸，宰相軍書盡粤州。半世壯心銷不盡，憑君一上仲宣樓。

晤孫高二生

廿年杵臼化飛烟，曾記長干帶醉眠。愧乏雄名傳瀚海，空勞垂白見桑田。高臺破壁晴翻燕，短樹斜陽晚抱蟬。莫謂孫登真大隱，蘇門舊在嘯臺邊。

文心酒況兩迷離，亂後相逢老大時。博辯舊曾翻白馬，高懷仌喜對黃鸝。天台久著興公賦，蜀國爭傳節度詩。知己年來零落盡，忽追往事憶南皮。

三湘五嶺鼓鼙頻，百戰空餘未死身。誰念伏波傷薏苡，枉教充國畫麒麟。舊游却憶山陽鍛，官況惟存漉酒巾。暇日長林多布穀，作書今欲報同人。

寄懷申陽兵巡孔哲弟以下《常寧刻集》

嶺外霜風擁馬蹄，長松鬣鬣古全西。不堪我北君南去，况是天寒日欲低。山老無人孔雀睡，驛荒對酒鷓鴣啼。豈知一別六年外，聞説炎荒尚鼓鼙。

百粵樓船擁帝符，申陽使者舊蒼梧。殘燈鬼哭幽篁雨，老馬人分絶嶠途。江左華風還六代，汝墳地氣舊南都。年來毛羽摧隤甚，夢裏雲霄失壯圖。

重經博望

舊封蕪没只荒苔，鳩面人家住草萊。破冢黄狐成隊出，隤墻門毁侮人來。直教鑿空音孔星源見，誰信浮沓碧漢開。試問輪臺何日詔，多因方士海東回。

汝南觀音閣逢母誕辰

征塵白露泪沾裳，五十今纔過汝陽。豈謂將兒還北道，不堪垂老憶高堂。秋來野寺聞蟲語，月落空山叫雁行。萬古并州歸逝水，重憐落葉感他鄉。

經汝南哭吴孳昌有引

孳昌，予同年友也，固始人。弱冠成進士，總督雲中，罷官。爲軋己者所中，竟以笞辱，死無後。汝寺僧爲予言，僧師超然，計其後事甚周。予所多僧誼，乃哭之以詩，并垂焉。

汝陽城角對重軒，古寺思君不可言。官迹幾年同紫塞，郵書行日滯金門。山陽死後琴聲絶，絳縣來時獄吏尊。試看横溪山上草，只今劍戟竪英魂。

朔州節鉞大中丞，一旦風摧萬里鵬。酷吏甘人何必賊，交情誓死獨留僧。秋原宿草難懸劍，亂世無刑慘吊蠅。自愧同游冤未雪,傷心鈐閣最高層。

過汝陽懷一韓貢士

廿載騎驢走大梁,那堪轉眼是滄桑。聖朝自棄雲中守,往事深慚許子將。白露秋塘菡萏死,荒城古瓦海棠芳。懷人野寺頻搔首,嘹嚦空宵雁幾行。

八月十二夜商水寺

好月清樽喜勸酬,兼逢客邸近中秋。衣邊蟋蟀鳴蕭寺,户外蒹葭帶戍樓。客夢連宵縈蔡國,征途明日入陳留。兵戎到處勤飛輓,况是宣房未報休。

高柴里

高柴里望大康城,風雨迷離秋草横。斷冢荒岡沉舊鬼,饑鴟老樹叫新晴。中原水患三河汨,南國軍興百粵兵。老去何堪復躍馬,關山迢遞不勝情。

乙未仲秋北上紆道晤曠庵弟鄗城時弟亦罷官

何意長安復此行，關山萬里帶秋聲。初鴻纔出滹沱渡，老馬重臨光武城。宦況都隨俠骨盡，霜華忽使壯心驚。可知年事蹉跎去，磨蝎同宮弟與兄。

重陽前一日都下晤譙明

燕臺黃葉報新霜，底事離愁未可量。宋室山河迷艮岳，漢家將相老南陽。豈知雁阻連年札，忽使花臨九日觴。尚憶滄桑分手地，清源皎月照河梁。

都門晤桑笈雲侍御時予久放公亦再謫

晨星遮莫感同游，客邸重逢十二秋。馬首新霜臨易水，燈前殘夢是并州。憑教白苧翻歌板，共拉青衫踏酒樓。昨日東門瓜已熟，問誰更覓故秦侯。

董福兄燕邸夜話

薊門秋老斷征鴻，把臂高粱問故宮。避世敢云稱水鏡，掄才直不愧山公。十年旅鬢迎霜白，一夜衰顔對酒紅。更欲重游郭外寺，碧雲黄葉夕陽中。

長安晤張譙明趙錦帆夜話有作

相逢莫厭酒杯頻，共醉銅駝陌上塵。亂後猶存天寶客，詩名况是建安人。秦珠海貝新豐市，舞袖香車别院春。往日園陵松柏盡，可堪回首一沾巾。

燕邸晤大司農戴巗犖

才名海内舊寵嵸，咫尺星辰玉燭紅。富國羞稱鹽鐵論，封侯舊讓轉輸功。金堤河畔方横潰，玉斧圖邊劇戰攻。水旱東南民力竭，莫教上苑起新豐。

燕邸柬元亮侍郎有引

同里年友周元亮，官閩方伯，遷副憲，尋晋少司農，爲异己者所伐，天子下議閩撫。公杜門引大臣謝過，不妄交賓客。予投劾日久，挾兒輩赴武闈，把臂逆旅歌且泣。因念庚辰同游，今閲十六年，生死聚散，真同晨星。元亮方貴顯，旋爲人所下石，將伯何人，《谷風》永嘆。嗟乎！此昌黎所以痛惜於柳州也。予拓落連年，沌邅草間，尚復言天下事耶？身同張儉，形類賈彪，元亮視予於朋儕中何如也？撥燈蕭寺，書此以報元亮。昔人云：『虎不食小兒與醉人，畏其定也。』吾於元亮亦然。

征蹄又復踏燕霜，京洛風華蹴踘場。取笑久看來鄧禹，并生那更遇周郎。禁城名酒芙蓉劍，古寺寒燈薜荔裳。莫向薊門西北望，香山石馬正淒凉。

越嶠樓船震百蠻，東南帝璽手親頒。八年天向愁中老，萬里人從海外還。自許新恩酬息壤，豈知往事類中山。漢家高爵誰能擅，定遠書生久在關。

馬上離愁對帝都，相看零涕感東隅。上林烏柏霜初染，太液紅渠露早枯。苦戰未酬光禄塞，作官空羡執金吾。朔風淅瀝鳴哀柝，還似甌山聽鷓鴣。

霜華對酒夜婆娑，同病相憐且放歌。猿臂封侯邊將少，蛾眉什妒漢宮多。毀深即墨偏宜賞，客是任安舊許過。携榼金魚亭子上，濠梁意興問如何。

燕邸晤張譙明給諫話舊 有引

甲申二月，闖賊自潼關渡河。予先是丁母艱，住澤川，聞信連宵走輝。行萬山虎穴中，抵輝，晤譙明旅舍。遂促裝携家，同予避地南下，晨炊夜舟與俱。緑林竊起，狙人周道，譙明多算所在，輒行隙地，得以無虞。譙明與某將軍善，寓清源。予因同王尚書覺斯渡江。此後江左草創，時事沸羹。今上之二年丙戌，予官楚，以不合違官意歸，聞譙明令武林，久不調。南北雲樹，蒼茫萬里，予卧痾山中，貴交云稀，復不審譙明今作何官。會乙未秋杪，薄游舊京，杯酒闌珊，把臂零涕，屈指前游則已十四年矣。

太行鐵馬震清淇，携手東征與子期。林慮桃花方綻蕊，河干楊柳正飛絲。衣冠南渡真殘夢，鼙鼓中原自一時。痛定那堪思往事，白頭相對不勝悲。

春草葳蕤送馬蹄，陸離長劍手親提。帶星夜走青州路，嗚鏑時聞濟水西。十載離愁嬴氏鹿，一時倉猝祖生鷄。荒城猶憶淮揚月，我去吴門君住齊。

壽王七襄太夫人

寒梅冰骨老霜天，雪蕊繽紛照綺筵。截髢又經華髮日，斑襴况是綉衣年。蓬門風雨連秋杵，繐帳蕭條對斷篇。歲歲東風吹燕子，幾看海水化桑田。

孤檠午夜鎖深帷，四十年中萱草悲。江左勛名陶侃母，東京節義范滂兒。香清畫省開靈鷲，月滿岩城叫子規。我亦藐孤慚畫荻，白華有恨泪空垂。

送楊猶龍太史之河東觀察

别酒同君不欲停，漫因出使感飄零。歸來才子金蓮燭，謫去仙人太白星。汾柳先春迎旆緑，行山萬古插天青。應知門下傳經客，不少侯芭過草亭。

送藉茅太史之浙中觀察

瘦日高粱蕩酒旗，客中送客更堪悲。朔飈落木征軺晚，斷壘寒花驛路垂。暫借圖書充岳牧，不妨節鉞是台司。臨安千古興亡地，借問湖光知未知。

王似鶴按察之中州

弓鳴落日帝城邊，節鎮旌旗出使年。雪苑寒雲梁殿闕，朱仙父老宋山川。十年水旱搴帷裏，八郡瘡痍畫戟前。聞説宣房煩璧馬，好從河伯問桑田。

燕晤錦帆投詩見慰率此奉答

孤館凄清旅夢勞，冬深况復朔風高。西京以後無班史，南國何人續楚《騷》。酒底叵羅新貯月，匣中歐冶欲吹毛。昭王死後憐才少，日暮金臺哭斷蒿。

招提佛火共寒宵，病骨鄉思倍寂寥。薄海甲兵全駐楚，天家將相半生遼。平沙古北烟沉塞，積葉蘆溝雪滿橋。萬國車書猶此日，不妨聖世老漁樵。

桑篾雲分藩南汝

埋輪尚自憶張綱，君向巡按關中。使者車轔塞草霜。此去還應如左輔，誰云不可問南陽。褒斜山勢連秦楚，唐鄧風聲走宋梁。莫謂春陵王氣盡，雲臺將相舊家鄉。

燕城送客夕陽邊，爲賦南都第一篇。四翼蛇空鳴舊地，雙飛雉已去何年。東京王業昆陽壘，北魏兵鋒懸瓠田。最是中原要害地，使君立馬莫潸然。

燕京晤王鵬起訊太原舊游

廿年旅夢太行山，保障虛慚尹鐸還。一自碑傾狄相字，至今沙漫土橋關。予往尹曲陽，有建狄梁公祠及三堡碑，猶存。隋宫鬼哭唐兵泪，趙地磷吹漢草斑。遮莫鐘聲思往事，晉祠明月水潺潺。

陳公朗山東方伯

旬宣特命舊詞臣，行省中書任秉鈞。乍借蘭臺司鎖鑰，故教文苑貌麒麟。搴帷應過燔柴地，立馬猶思煮海人。此日山東還宰相，莫將開閤侈平津。

薛彤游分守蒲州

寒日高牙出帝城，離迷霜草暮烟横。雲邊山壓中條色，天外河流砥柱聲。亂後沙場餘斷戟，關前野老拜雙旌。漢家原是股肱郡，咫尺咸陽接舊京。

再送公朗之山東

待漏金華曉箭鳴，東藩鹵簿出神京。侯門履跛三千客，國士談傾七十城。朋舊偶隨黄葉散，離愁忽傍酒杯生。遼陽故地扶桑外，聖世高麗不用征。

乙未十一月戴尚書奉命畫山水十二幅又賜御墨三幅

金鑰纔開下玉綸，初陽墨氣動鴻鈞。帝教册府傳能事，天啓圖書是近臣。萬里山川皆入覲，百年草木更生春。丹青好借調元手，莫畫雲臺第二人。

宸翰淋漓寶氣浮，多材先即老臣謀。墨卿風雨三千个，毛穎山川十二州。虎拜敢云稱絶技，龍章固已代封侯。四方水旱圖難盡，爲付安門監者收。

雪邸撥悶

乙未臘月初一。是月十三初度，客燕

天邊雨雪夢中身，病骨支離馬上塵。萬里鄉關催落葉，百年齒髮見勞薪。清時忍著《潛夫論》，畏路空餘妒女津。禁雀不飛宮樹静，瓊花曉散上林春。

王念六之官翰〔一〕林

名廷諫，先爲侍中

離亭落日下桑乾，積雪香山一帶寒。天使遠開張掖郡，侍中舊著惠文冠。千峰紫塞雲間出，萬里黄河天外看。君去試詢元昊壘，可知將略范兼韓。

【校記】

〔一〕翰，匯編本作『榆』。

仲冬燕邸贈嚴生港

寒城把酒醉琵琶，何處鐘聲響暮鴉。投杼似聞市上虎，藏弓爲有影中蛇。日南薏苡伏波柱，西域葡萄博望槎。自笑功成身不受，高官且讓五侯家。

曹秋岳侍郎之官廣東方伯

帝城斜日對尊罍，萬里征車百粤開。天上樓船懸嶺外，日邊寶玉帶潮來。威名久著青驄使，詞賦争傳銅雀臺。近日炎荒無瘴癘，羅浮早寄一枝梅。

雲臺仗下出鳴騶，元老旌旗海國秋。銅柱自應傳漢使，吕嘉未許問交州。陰崖雨氣桄榔濕，晴日藤花翡翠裯。此去長沙猶繫馬，思君一上岳陽樓。

别篁庵學士名憲汶，曾見謫，補今官，江右人

燕子磯頭醉白蘋，五年别恨阻風塵。天涯更對高梁月，歲暮還傷旅次神。薏苡囊中招謗客，琵琶洲上再來人。那堪分手長沙去，又負梅花上苑春。

别曹子顧翰林

薊苑霜華送酒頻，《陽關》一疊已沾巾。帝城高會殘年盡，南國軍書白髮新。馬蹴蕭王臺上月，烏啼黑闥壘邊塵。中山南去漳河路，想見楊林作賦人。

飲中牟李贊恒署同惲涵萬殷伯嚴時予方南游兼用留别

蘭膏瀲灩奏金徽，二月春城白雪飛。海内知交雙短鬢，天涯車馬一征衣。袁曹古戍迷官渡，梁宋寒雲接帝畿。聞説長沙兵未解，滄江久負釣魚磯。

過博望

張騫故國宛城東，异代人傳絶域功。一自封侯來博望，更誰仗劍過崆峒。殘碑廢井烽烟後，衰草枯楊落照中。人世難逢惟漢武，空教歲月老霜蓬。

何處中郎出塞車，荒凉極目嘯封狐。尚方符節尋源使，西極山河採玉圖。白水寒烟迷舊國，方城暮靄接東湖。春來苜蓿離離盛，曾飽龍媒上苑無。

渡河

直從西極倒真源，吐納洪荒日月昏。萬里春冰瀰瓠子，千山雪浪捲龍門。帆檣漁火陳橋近，草樹鯨吞艮岳尊。十載河渠歸故道，泥沙盡識大君恩。捧土從難塞孟津，中州天險更無倫。吕梁自許勞神禹，德水終難王暴秦。少府金空曹衛地，長干鬼哭宋梁人。滔滔不管興亡事，南北分争幾戰塵。

南征留别漢哲憲章天章諸子

二月垂楊緑未齊，南游有客賦征鼙。孤帆春入君山暮，萬甲霜明岳麓低。親舊相逢憐社燕，羽書未靖問荒鷄。敢云新息頭空白，躍馬還能定五谿。

自襄陽開舟沔水大漲

樓船又向楚江開，欵乃鐃歌定幾回。萬里枯槎南鄭下，兼天雪浪武當來。習池落日山公酒，郢上雄風宋玉才。何似龍驤飄木柹，石頭蘆荻鎖烟煤。

漢口遇呂全五袁籜庵俱以飛語免官

仕路全如虎臂灘，千回萬折共蹣跚。不應再見中山篋，何事常摧九畹蘭。行坂邅迂常北轍，江城風雨自南冠。十年却笑潯陽客，往日青衫泪未乾。

長沙送趙君鄰丁内艱還金陵

晴江把酒問湘靈，欲叠《陽關》不忍聽。温嶠南來心獨苦，聶卿西去劍猶腥。城邊戰壘齊粱色，雨後晴山虎豹形。四海爲家還此日，莫將舊泪灑新亭。

長沙晤鸞傭劉孝廉話舊戊子予以黔兵守潭凡十六晝夜

扁舟此日又江潭，短髮蕭疏不耐簪。戰壘常年思病骨，征衫依舊笑晴嵐。繇來楚爵原稱子，不謂雄風竟屬南。拉手衡陽頂上去，紅霞夜看海天函。

秋客長沙值大師西征丙申

居然重鎮古潭州，玉節金符照畫樓。自許平章還節度，可知宰相舊封侯。詔書不棄珠崖郡，廟算還憐悉怛謀。聞説征南新介馬，旌旗應已過壺頭。

秋客長沙觸事有作

書生柱自愧雕蟲，躍馬揮戈感慨中。鄢郢只今傳白起，牂牁誰復繼唐蒙。霜林乍墮深秋葉，旅店初驚昨夜鴻。况是辰陽多戰鼓，隔江烽火照湘東。

長沙感懷

居然時序故鄉同，斷成殘烟感慨中。苗壘洞庭還左右，霸圖湘水自西東。鷓鴣雨泣宗臣廟，鼉鼊雷喧帝子官。十二年中争躍馬，向來割據爲誰雄。

轉因鷄肋滯江津，十載雕戈老戰塵。時貴偏多馮主簿，世途争似尹夫人。豐碑廢邸雕黄蘚，漁火空汀亂白蘋。酹酒還澆陶太尉，霜風旅鬢一傷神。

長沙即事和汪徵五

清湍只合理漁竿，回首鄉關夢未闌。自笑殘年霜鬢短，重來舊地主恩寬。湘山泪盡惟存竹，楚澤焚多不種蘭。却掃空慚丞相府，猶分退食到盤餐。

客潭感懷

江花江草互芊綿，老樹離宫古廟前。斷續漁歌湘水曲，有無山色祝融巔。張玄江上圍棋日，楊億城頭飲博年。大渡河邊堪飲馬，藤橋鐵鎖一鳴鞭。

新綸紀事

龍髯一去不能攀，血染乾坤草木殷。天使聖人生渤海，手提長劍刈神奸。輿圖再辨九州土，華夏重呼萬歲山。更有新綸昭日月，千年雲氣護燕關。

十七年中宵旰身，西陵寢樹北邙塵。誰憐麥飯明宗墓，舊是長安天子人。洛下朱榮禍獨慘，雲中白馬勇無倫。神州無恙豐碑在，愁見桑乾柳色新。

長沙寄馬都督邵武并訊周元亮消息

許昌把袂意如何，轉瞬滄桑廿載過。自古封侯須汗馬，幾人開國指黄河。天臨海角珊瑚老，秋入衡陽鴻雁多。顧曲周郎偏自誤，鍾山曾是舊烟蘿。

乙未冬燕晤周元亮時予參軍于楚元亮以人言罷司農復就直于閩別三年矣潭州七月書此爲訊

燕臺雨雪共開樽，倉卒逢君出國門。朱勃書成心獨苦，馬遷廢後道彌尊。江城壁壘軍前色，海國樓船戰後魂。半世飄零今老大，不堪同病向人論。

十載湖南歲月虛，良朋消息久成疏。可知名士親鈎黨，偏是功臣惹謗書。海涌鰲身吞日本，山連蜃氣鎖扶餘。莫言瘴癘人空老，長信還能貯婕妤。

長沙軍中送雪肝侍御歸省河東八月十九日

故鄉曾記是并州，送子旋歸憶舊游。予舊令陽曲。廿載滄桑成幻夢，一番車馬付東流。中條露早丹楓醉，上黨風高白雁秋。君去河東詢季布，多方爲我致曹丘。

贈吉太丘秦人以縣令立戰功

宿裏郎官天下聞，花封突起上將軍。弓彎猿臂一輪月，衣帶龍樓五色雲。誰信墨符堪破敵，幾人銅柱自題勛。却憐憔悴湘潭日，聊復伸眉一對君。

鷄公石

孤峰斗絶起沙湍，曲徑危梯得畫闌。萬壑松濤連郭沸，一灣黄葉帶江寒。偶因風物思前部，何事栖遲戀舊官。滿眼瘡痍堪涕泪，幾回搔首問漁竿。予十年内兩爲永衡監司。

永興觀音岸

半是人謀半鬼工，層梯曲檻各玲瓏。樵崖欲俯蒼鷹下，漁火時連古洞紅。别有山河成大地，居然樓閣在空中。忽聞南雁催歸棹，誰謂衡陽果斷鴻。

蘇仙祠

群峰巃嵸俯荒城，洞壑雲從太古生。掌上芙蓉初掩映，鏡中翡翠乍分明。輕身欲挾飛仙去，絶壁初聞落葉聲。廿載南游今老大，鹿門回首故園情。

忽聞

策馬焚香别祝融，松聲山色舊時同。十年再作朱陵長，萬里今成白首翁。薄命無緣朝北闕，孤舟恰喜遇南風。此身便是投籠鳥，回首衡陽笑斷鴻。

湘東舊事幾回思，忍向峰頭賦别離。鸜鵒偶然巢北濟，鷓鴣原不戀南枝。人同橄欖思回味，樹似黄楊厄閏期。解綬歸來猶恨晚，六門堤上酒盈巵。

生來肉相不宜官，到處逢迎折節難。誰向王門憐寶瑟，曾無帝子惡儒冠。燖將孔翠知何用，毁後姬姜不耐看。却憶雲臺銷蝕盡，南陽猶有子陵灘。

重至寶慶有感先是以戊子提師入黔駐兵兩閱月歸卧十季復起分臬朱陵以己亥陪直指重來距十二年矣時又得滇南之信

雙清閣上醉飛觴，記得驅車入夜郎。异國人誰憐白首，此身何事獨南荒。往來争似衡陽雁，剪伐空慚召伯棠。又作昆明江上客，好裁别賦寄瀟湘。

邵陵北郭木蘭舟，夾岸松濤帶畫樓。鴻爪十年如幻夢，蓬根萬里此重游。湖山無恙留孤塔，溪峒依然鎖上游。昔日岩邊今腹裹，按圖早已過梁州。

别王振寰總戎

蕉園緑滀午陰斜，竹影參差暮雨遮。毳幕常懸瀚海月，寶刀舊帶玉門沙。信陵座上偏多客，去病生來不爲家。更憶湘東花藥寺，秋深黄葉醉琵琶。

送王南伯之浙閩

祖帳邵陵東郭隈，戈船遠向大江開。白門雨氣三山壯，赤岸湖聲萬里來。乍見錢鏐歸率土，可知劉裕是雄才。洗兵還過嚴州渡，莫上狂奴舊釣臺。

哭王鐵山相公

救時宰相自前聞，拯濟横流獨有君。陌上銅駝摧九廟，關門鐵鷁搗三軍。張良仕漢韓彭外，王猛治秦南北分。慘淡高郵湖上月，夜來石馬照孤墳。開府當年駐二東，臨淮壁壘更誰同。餘威鹿塞荒寒外，舊事龍髯涕泪中。葛相才高嗟小就，馬援謗後竟無功。精靈此日東南歇，好聽君王唱《大風》。

武陵送洪亨三先生歸里因憶及亨翁相國

潭州把袂意如何，風雨江城一棹過。東閣春深花信早，南荒戰久陣雲多。周勛擬賜青州履，漢誓重新白馬河。但願難兄歸去早，紫荆同醉舊烟蘿。

衡州己亥五月趙興寧柱史陟岳竣西巡沅靖

楚山依舊夏雲奇，天使來游草木知。正值虞書巡岳日，况兼蜀相渡瀘時。荒臺槲葉藏山鬼，戍壘花苗唤子規。往日包茅還入貢，莫教漢上問諸姬。

潭州重九前二日留祖仁淵飲

晚秋風物自蕭蕭，异國逢君破寂寥。塞土封狼曾過海，軍中白馬舊征遼。昆明鐵甲風帆下，建業金戈露布遥。留滯長沙空白首，壯心未可對嫖姚。

送張將軍送閩

戈船直下九江流，海國旌旗望裏收。十月湖南橘柚老，千山甌越荔枝秋。興朝戰伐還熊耳，絶域功名是虎頭。眼底蕭曹君莫問，漢家獨有一留侯。

詩集卷十三

七言律詩下

庚子元日以下《滇黔集》

青草湖邊青草生，一樽正對馬王城。天涯兒女春星聚，蠻窟衣冠异國情。海上樓船方定亂，劍南節度未休兵。自憐垂白空留滯，搔首中宵夢未成。

潭州别蔣太守

一生慣作長沙客，今日并州去故鄉。好友如君别後少，新愁似草與春長。總教報國心偏壯，即使封侯鬢已蒼。况是牂牁初置郡，五溪還復入瀟湘。

潭州江上别吉太丘

春江二月理歸舟，五載鄉園旅夢稠。已是同心難遽别，况兼异國各增愁。清時久負雲臺仗，老去羞稱關内侯。他日長沙釃酒處，音書莫忘海西頭。

再登黄鶴樓二首

飛樓縹緲著江干，霜鬢登臨記往年。隔岸春城來檻外，亂帆斜日到尊前。山連秦蜀開荆甸，水下東南盡楚天。回首滄桑生感慨，孫劉興廢幾茫然。

武昌往事問如何，樊口邾城戰骨多。萬里江身樓上盡，三春柳眼醉中過。漢陽節鎮方東下，天上將軍已渡河。自昔荆州雄勝地，鳳凰山勢舊嵯峨。

鄂渚别趙興寧柱史之官滇南

春城烟雨酒盈巵，大别山前賦别離。黔郡猶傳秦歲月，昆明舊識漢旌旗。千盤路吐檳榔塢，一綫天開瑇瑁池。他日益州來驛使，武昌雲樹是相思。

邵陵别王振寰將軍時公移鎮黔，予赴滇中右轄

一尊動是隔年春，并轡何堪萬里塵。黔地元來分舊楚，滇池仍自接新秦。星文乍見益州客，圖籍全歸《禹貢》人。聖主酬恩還白馬，與君拉手上麒麟。

登飛山觀舊戰場

孤笻此日躡飛山，脚底芙蓉霄漢間。偏霸宜稱百粵長，奇峰直壓五溪蠻。佛前燈火玄猿嘯，樹裏經聲老衲還。回首沙場雄劍在，川原依舊鬢毛斑。

竭來萬里事征鞍，贏得風霜兩鬢殘。此日飛山仍不改，十年夢裏幾回看。粟藏土窖穀形在，客入僧寮雨氣寒。聞説滇黔戈未息，可能待我復登壇。

登鎮遠城東山峒

蒼崖壁立壓江清，楚水黔山幾戰爭。別有丹梯開佛地，遥聞石頂出經聲。鐵溪沙上苗人渡，油榨關前古木平。久報西南傳漢捷，金沙改作受降城。

黔中別公卜有引

與黄公卜友善十五年矣。庚子之役，抵黔，相晤歡如也。是時君奉新綸移南粵，余之官滇中，未卜後晤更在何時。書此以見知己離合之際。

他鄉把臂慰同心，何事萍踪俱在黔。往日離愁頻入夢，一番老大倍沾襟。王褒持節來滇海，陸賈傳書下桂林。咫尺牂牁成聚散，鷓鴣啼處夏雲深。

同張心水黔州城樓夜坐予曾筮仕太原，君，晋人也

榆關紫塞接并州，寶馬青繮憶舊游。一自多艱催老鬢，空教薄宦誤滄州。成名久愧銅龍仗，再嫁深慚燕子樓。却笑雲中李太守，即逢高帝不封侯。

石逕嫛姍困馬蹄，黔山無樹草萋萋。遥聞虎節時相過，不盡羊腸路欲迷。萬國車書歸正朔，一王疆域過雕題。漢家郡邑還交趾，敢謂君王息鼓鼙。

登貴陽城樓庚子仲夏

黔州山郭帶斜暉，亂後瘡痍耆舊希。將相籌邊甲未解，荆吴轉餉輓初飛。朱門柳絮何王殿，客路葵花近照磯。近日牂牁成内地，不須更縛夜郎歸。

异鄉風物雨垂垂，粉壁丹楹帶角吹。往日旌旄開鬼國，幾年聲教滿羅施。天連參井《周官》在，地接荆梁《禹貢》知。今日欣逢漢武帝，還看躍馬過滇池。

關嶺懷古

天限滇黔設此關，卓刀泉下水潺湲。殘碑草没斜陽外，戰壘雲深斷岸間。後主乾坤留日角，武侯功業盡征蠻。可憐華夏三分土，一去荆州竟不還。

將軍遺廟噪栖烏，攬轡荒山日欲晡。短碣蝸涎苔剥落，虚堂鬼火樹凋枯。箕裘齎恨三分國，社稷纔成五月瀘。却喜山河蒙姓字，常流漢月接成都。

初到滇池

西南萬里隔風烟，歷盡崎嶇見大川。六詔雄圖餘戍壘，九州王會入星躔。路經僰爨思莊蹻，人到孫梁憶馬遷。聞説交州新入貢，爲君好上旅獒篇。

劍南風物值初秋，萬里炎荒據上游。水下蘭滄通大夏，山連葱嶺接姚州。漢威遠播姑繒塞，王爵新分畹町侯。况是白狼今作頌，銅標應過海西頭。

苴蘭城下水盈盈，百戰關河未息兵。邛莋曾聞通粤嶲，僰僮那解閉昆明。開皇再啓蜻蛉路，武德新開檢校城。從此西南無戰伐，細腰緬甸一時平。

白崖風土海簰田，撣國波村割據偏。星野自分鬼井外，山川舊識段蒙前。漢家乍授元封朔，秦道初開五尺天。日暮昆彌池上望，南來可是舊樓船。

交水

歷盡巉岩更着鞭，忽逢水國見桑田。時光乍可如三月，風物依稀似潁川。幾處茅蘆攢葦岸，一堤楊柳帶城邊。雕弓挾彈誰家子，手擁紅妝馬上還。

庚子李嵩岑彭駿聞楊筠伯游鸚鵡寺

萬木陰森帶夕暉，更兼薜荔罥征衣。丹楹也解留叢桂，雲館何年種紫薇。曲磵時邀麋鹿過，落花偶傍鷓鴣飛。天涯兄弟今宵月，跨馬應須爛熳歸。

滇中送楊拙庵之秦

别離况復在天邊，异國關情倍可憐。歲月八千開蜀道，山河百二紀秦川。溪橋飲馬催紅葉，野店停車問杜鵑。屈指征鞍春色裏，人來多在雁歸前。

送楊鈞伯丁艱還漢中

眼底心知各异鄉，何當分手是昆陽。峽猿已自成揮涕，隴水何地解斷腸。戎馬關山餘戰壘，金錢歲月下真王。許人剩有一身在，不及黃泉更不妨。

辛丑元日滇中

天涯此日對椒觴，萬里游踪憶故鄉。岳牧呼嵩趨帳殿，鞻鞮合樂拜龍章。可知軌物一王會，不數聲靈六詔旁。西域關門連咫尺，聖明未可但垂裳。

壯心可許老能酬，夜半婆娑匣裏鈎。瘴厲徒聞銷戰馬，文章從不及封侯。本朝正朔連荒服，此日山川盡益州。把酒還思韋節度，聲靈猶在海西頭。

昆明正月馬君輝招飲水亭

天邊晏集值春王，眼底金尊客异鄉。樹裏烟嵐城半壁，花間臺榭水中央。却憐舊邸人還到，何事空庭草獨芳。碧砌朱欄渾似夢，江山元不記興亡。

正月廿日聞桂林之信

已是昆明人萬里，何妨更作桂林行。相如詞賦西南徼，陸賈詩書百粤城。對酒雄心還看劍，冗官白髮莫論兵。鐵橋此去銅標路，愁聽征鴻斷續聲。

別滇中僚友之官粤西

滇雲歷盡見巑岏，九郡還從嶺外看。越塞墩臺成信戍，大朝符璽本流官。千山畫角荒城暮，二月春風客路寒。薄海争傳文帝詔，尉佗早已繫長安。

二月春風天地寬，大君有命下長安。宦游不謂邊城苦，遠别其如知己難。孝武石鯨昆水動，日南銅柱海光寒。鷓鴣亭子梅花驛，萬里征人馬上看。

滇中寄畢四世江夏

獨憐老病不抽簪，异國風光殊未諳。早歲驅車曾冀北，此番稅駕更天南。秋深石蛒催黄葉，露冷滄螺散毒嵐。回首并州思舊雨，漫勞鴻雁過江潭。

又寄衡分守胡君

雲南氣候古來偏，靡莫山河爨僰田。戰壘荒城蒙段外，華風邊月漢唐年。虎關舊厄巴黔險，蛇徑纔通楚粵天。萬里懷人秋葉下，衡陽可有雁書傳。

辛丑春滇中奉别袁中丞四首

碧鷄山下聽鳴騶，天使今看過益州。路盡朱垠日北户，國通身毒水西流。建元戰伐番陽令，大夏勛名博望侯。聞説東南金粟困，好憑甌脱上邊樓。

南國輪將未息戈，嫖姚此日意如何。十年父老瘡痍盡，萬里征人慷慨多。都護威名過六詔，邊城謡俗雜諸羅。可知《禹貢》山川外，境内瀘江即黑河。

開天聖主拓封疆，此日車書過永昌。已見岩邊成内地，可知大帥出中堂。册書自領諸侯長，鹵簿争如异姓王。飄渺蒼梧雲外路，不堪魂斷是昆陽。

青郊暮雨入旌旗，楊柳烟寒帶酒巵。萬里趨陪憐异國，一番邂逅惜同時。嶺南勛業馬援柱，峴首人心羊祜碑。五管風烟連六詔，尊前揮手各天涯。

再過會同有感有引

歲順治戊子，余以撫黔之役大戰靖州城下，收兵會同，時夜半矣。駐武昭鎮十餘日。辛丑，以滇藩移桂林，往來經此，念昔年披堅躍馬，指揮陷陣，抑何壯也。今蹉跌多年，留落不偶，一官萬里，尚復轅駒，抑又何憊也。走筆紀事，以志今昔之感。

衆山稠疊著荒亭，鐵馬征袍膩血腥。何處戰場思鉅鹿，空餘磷火散流螢。川原無恙人偏老，城郭空存樹獨青。髀肉蹉跎成浩嘆，不堪重對舊居停。

孤城夜半響銅鐎，帶甲連雲過板橋。井竈難忘駐馬處，旌旄只在此山腰。曾游如對鴻中雪，舊路真同鹿裏蕉。六詔歸來還五嶺，漫將往事問龍標。

靖州別高將軍時公移粤東，予移粤西

琥珀紅燈醉眼横，兩年把臂靖州城。天涯茗酒留書劍，海内風塵老弟兄。萬里旌旄憐此日，五溪風雨倍含情。東西咫尺蒼梧水，握手還期在此行。

自滇藩移粵再過武岡吴六吉太守話舊二首先是予以順治戊子持黔節過此今辛丑十四年矣今昔之感聊記歲時

山程迤邐見崎嶇，踏盡蠻烟聽鷓鴣。萬里滇黔霜後鬢，半年行李雨中途。臺隍亂後蓬蒿長，棟宇凋殘燕雀孤。却笑征鞍還未歇，明朝跨馬入蒼梧。

黔中節鉞舊如何，十四年中此再過。風景不殊人更老，江山無恙亂偏多。一時草昧餘行在，往日雲臺感逝波。异國金尊明月夜，相逢莫惜醉顔酡。

新寧竹亭王衹如明府招飲

長干曲折一亭幽，乍歇征輪載酒游。自笑頻年常負弩，那知垂老未封侯。松門積雨青苔壯，石壁盤渦白鷺浮。極目關山南楚盡，漸看百粤入交州。

王程此日下炎荒，楚粤滇黔萬里長。短鬢逢人羞作吏，如君不過暫爲郎。晴江翠靄摇朱檻，近郭飛花亂石床。咫尺招提成聚散，可能不醉負斜陽。

寄江州崔使君

北征雨雪記長安，上苑鐘聲到夜闌。自笑游踪成汗漫，誰憐老態獨闌珊。雲開匡岳千峰出，江入潯陽九派寬。海國烽烟新戰後，估船可似舊時看。

西粤送南司李之河間

嶺南送客值初秋，萬里征鞍足壯游。白露鑾江凋木葉，黄沙羯鼓下營州。銅鐎未撤雲中戍，鐵券新頒海上侯。此去盧龍還吊古，英雄若個是田疇。

灕江送楊昆伯開幕東粤

浪跋朱崖海國波，戈樓南下意如何。家聲百粤留楊僕，漢業三傳定尉佗。組練霜寒驅瘴癘，蝥弧電繞捲星河。即看窮島登王會，盛世明珠不用多。

桂林飲勳宇將軍因憶乃兄陳自修便羽却寄

我自昆明南下日，當君捧檄夜郎時。豈知水陛三苗路，恰左舟車一日期。嶺外游装嗤陸賈，黔中遠略羨張儀。千山橘柚天涯客，黄葉秋風雁字遲。

中秋前二日西粤署中桂花盛開同方伯胡德輝臬長黄抑公衡僧破門酌其下

桂林恰值桂花開，難得相逢共酒杯。萬里蠻鄉同作客，一城黄葉此登臺。天邊宦迹僧能到，嶺外秋聲雁不來。明月況臨金粟夜，莫教漏鼓更相催。

靖江廢邸同藩伯胡德輝臬長黄抑公學憲尚紫雲諸君秋集獨秀山下

無情最是此中山，閲盡王孫只等閑。尚有高臺堪命酒，兼逢𦙶侶一開顔。石鯨薛荔秋蟲出，玉甃梧桐野鳥還。莫向西風增感慨，漢家樓閣暮雲間。

七夕飲德輝亭看盆荷

栖遲衰鬢滯天涯，知己相逢興獨奢。烏鵲剛逢銀漢夜，芙蓉更放玉池花。客來絶嶠聞秋杵，亂後孤城響暮笳。憶得昨年同此夕，昆明海角醉琵琶。

嶺外讀登極詔

綸綍風行下九閽，邊臣拜舞到昆侖。山河當璧須垂統，社稷遺弓待紀元。玉几初宣正月詔，金甌無恙兩朝恩。真龍只在長安邸，六傳何須更代藩。

粵山九月朔賫長至表

白露秋深木葉降，况臨重九雨淙淙。初陽表篆呼嵩歲，驛使星催下瀨艭。壯志如灰飛不起，歸心似雁欲成雙。日南境上日南至，猶望雲臺憶上邦。

桂林送破門有柳州之行以下《粵游集》

嶺南秋氣北風號，天末星辰分外高。客路無端憐此夕，禪心如水照江臯。多年雁浦留雙樹，一鉢龍城駕小舠。况是河東人又去，未逢知己莫揮毫。

芝舫詩

德輝先生公廨旁築精舍，額曰『芝舫』，昭其象也。芝者，舟所畫也，猶之鷁也。四面弘廠，如在江湖。公有作，予輩和之。

萬里南游快不禁，粤山瘴癘莫相侵。老來未改虞翻骨，裝去何須陸賈金。床下鴟夷清濁酒，花前玉案短長吟。奇峰海内此中半，日對芙蓉散客襟。

昆侖懷古

邕州山勢控岩邊，曾記將軍破賊旋。宋室山河憑一鼓，狄公俎豆合千年。北門和議澶淵後，元昊軍鋒大夏前。幸有昆侖傳此夜，兵威猶自到南天。鐵馬雄風瘴海邊，岩關燈火一鳴鞭。可知千騎催軍鼓，争似元宵擲地錢。蠻雨寒烟山鬼静，炎洲驛使荔枝鮮。畫江獨有白溝在，不問盧龍亦可憐。

西粤于撫軍晋爵總制

戟門畫角小春霜，幕府黄麻下帝鄉。域外争傳文潞國，軍中舊識郭汾陽。興朝符璽通南海，此日車書到越裳。却笑漢家頻度嶺，漫勞使者日相望。

送祖大參入覲

君恩從不靳鑾天，况是臣工入奏年。京洛曾傳桓氏馬，中原舊著祖生鞭。周官劍履星辰上，漢使車書瘴癘邊。聖主如詢疆埸事，朱崖近日是甘泉。

憶雪

十月烟林迴自芳，南中無雪亦其常。可能更作梁園賦，如對高歌郢客傍。野鶴歸來仍淡掃，梅花失艷只凝香。天心可喜還無外，雨露年年到洛陽。

憶浯溪

苦竹寒流遍野塘，曾經杖履一徬徨。至今尚憶春陵句，所恨全無刺史坊。落葉虹橋天寶後，墟烟牧犢古庵旁。瀟湘兩岸漁樵路，猶自逢人説漫郎。

滇中讀芝麓先生詩奉懷四章煩耀武大參寄去以代起居書之伏波山下

京華旅食問如何，把臂高梁七載過。何事東山還未起，貴人白水近來多。遠嵐共對新螺髻，好友時驚舊雀羅。爲問成均老祭酒，可能日日醉南和。

昆明池上讀良書，離索山川更起余。詞賦應逢孝武賤，王侯今似沛豐初。一官潦倒日南國，萬事灰頹下澤車。展轉還思燕市夜，春鴻秋雁幾躊躇。

霜紅北雁憶蘆溝，紫陌風沙別舊游。薄宦真慚南海尉，炎荒縱見荔枝秋。東都何可無元禮，北海兼能識豫州。經國文章臺閣外，金門嘯咏任沉浮。

往歲從軍六詔旁，雲霄一札寄龍驤。曾聞諫草摧張禹，果見人心重范滂。金馬碧雞連瘴海，龍城象郡古朱方。重來載酒知何日，共醉揚雄書一床。

附　和韻

龔鼎孳

天涯佳句到陰何，銅鼓山高玉踠過。名士古來擐甲少，酒人當日盍簪多。風雲羨汝新笳吹，歲月憐吾老罻羅。最憶軍城張讌地，碧油花月繞雲和。

漢廷流涕治安書，謠諑申申其詈余。四海交游官謫後，三更燈火雁來初。春星惜別惟彈劍，他日相逢肯下車。矯首南雲無羽翼，臨風托寄一躊躇。

昆明烽火照金溝，飛檄籌兵總壯游。報國已銷銅馬憤，移官重對嶺猿秋。身隨蛇虎穿千嶂，笑看蒲萄換一州。鈴閣把詩還極望，點蒼青翠逼天浮。

卧龍勛業日南傍，悵望天衢首獨驤。抱膝已知追管樂，論心終自許膺滂。歌成神馬來西極，戰定珠崖奉朔方。安得從公參佐暇，婆娑衰客坐胡床。

灘江曉棹

伏波山下繫江船，畫角鐘聲破曉烟。無數青山浮水出，中流夜雨帶帆懸。驚殘龍夢愁珠去，直踏蛟宫泛斗邊。最是無情分水嶺，一時南北鼓闐闐。

送袁司馬得請歸秦

湖南兵氣掃欃槍，萬里車書到帝京。此日滇黔歸正朔，當年元老是長城。赤松去國君恩重，綠野開堂相業成。好去終南山色裏，白雲積雪兩縱橫。

長兒捷至諸公損詩來賀奉酬二首

談經舊笑魯諸儒，一劍成名亦丈夫。翰墨今能嫻絳灌，箕裘原不到孫吴。丹書帶礪兵間客，畫閣麒麟塞外圖。白髮青山猿鶴夢，高陽忽憶舊時徒。

門外驚聞長者車，况堪走賀到吾廬。敢云鐃具封侯相，竊喜從無讀父書。漢詔賢良兼將帥，蠻疆鋒鏑未銷除。試看衛霍征車日，争似文園賦《子虚》。

寄馬提督

炎荒十載震熊羆，鹵簿軍中畫角吹。驃騎封侯方弱冠，樓船下瀨過南陲。戟門琥珀梅花落，幕府氍毹白紵辭。却笑君家新息老，功成銅柱尚遲遲。

冬深

客裏無從紀歲時，炎荒消息老梅知。日窮南陸風斯勁，序逼東皇晷轉遲。海國戈船烟島外，金沙鐵馬雪山陲。瘴雲釀水醲如染，莫向灘江照鬢絲。

全陽送葛李二將軍自粵移守黔中

嶺南風雪暮江頭，羯鼓鐃歌送客舟。兩岸梅花争送酒，一軍畫角獨驚鷗。山川漸入羅施部，壁壘多傳新息侯。此去偏橋堪飲馬，春烟初漲五溪流。

湘山古寺抱江涯，送客長干酒一巵。聖主而今思將帥，岩疆自昔重熊羆。晴開衡岳山連陣，水下牂牁夜渡師。漢業西南餘勝迹，伏波香火武侯祠。

辛丑歲杪桂林送紫雲同社以萬壽節入覲便道省侍

使者朝天五嶺西，呼嵩萬里動雕題。江城柳色催鴻陣，驛路桃花到馬蹄。歲月南荒蠻雨散，關河故國白雲低。臨邛詞賦誰能薦，倘可金門手共携。

辛丑除夕

孤燈忽憶在天涯，書劍無成老病奢。歲月何能留此夕，乾坤亡賴是梅花。他鄉有酒難成醉，薄宦無媒枉自嗟。料得明年頭更白，須尋勾漏問丹砂。駒隙頻教瞬息過，低徊無計可留他。半生日月客中送，异國山川老去多。定有親朋思瘴癘，轉憐兒輩滯關河。無端又作明年想，五嶺春光更若何。

壬寅元日

甌駱風烟漲海濱，獨憐垂白宦游人。漢侯從不及文吏，南粤由來稱外臣。萬里呼嵩紫陌遠，三江飲馬戰場新。十年故國松楸泪，流落炎荒又一春。

晤郢上呂補庵予先是丙戌曾督學楚中

嶺外逢君憶舊游，低徊猶記木蘭舟。郢中詞賦曾飛雪，漢上笙歌半倚樓。敢謂傳經思絳帳，或因繫馬念并州。伏波山閣春星聚，遮莫金樽散客愁。

胡德輝開府南贛

東南劍氣動星纏，節鉞纔臨章貢天。三十登壇開大府，九重推轂紀元年。尊前玉帳珊瑚國，花底鐃歌翡翠船。往事無如新建伯，勛名更得幾人傳。

戈船萬隊捲犀渠，虎節剛逢鳳曆初。嶺上星河搖漲海，天邊鼓用下匡廬。番禺雖定兵難解，樂浪頻年計轉疏。鈴閣今居形勝地，乘時早上太平書。

桂林逢磐石兼訂金沙之約

武昌江上酒盈卮，邂逅長干自一時。豈謂炎荒重到此，轉憐垂日是相知。千山行槖蠻雲暮，一葉秋風旅雁吹。聞道金沙還繫馬，遥看鐵鎖認旌旗。

因李磐石寄韞退肇慶

記君弱冠起山東，上苑文章較爾雄。一自滄桑開景運，轉憐老病各成翁。三江五嶺人如寄，一札十年懶未通。十，平聲。今日相逢白下客，好從吴季奏齊風。

香山殘雪對金卮，轉眼關河散驛騎。萬里游踪今老大，一番世路幾參差。炎荒戰伐伏波廟，西漢詩書陸賈詞。自笑與君同繫馬，可能斗酒一追隨。

再因李磐石寄趙糧儲霞湄東粤

春花對酒憶黔州，兩粤忽分天盡頭。共爾東西持嶺嶠，還如風雨隔羅浮。炎荒氣候違諸夏，海國金錢據上游。近日朱崖不可棄，戈船便許下琉球。

樓船十萬下南陲，使者今看領度支。槍櫑山高懸白粲，庵閭海外閃朱旗。平開幕府桄榔驛，傾倒金尊瑇瑁池。君在番禺我桂嶺，一江明月照相思。

送沈羽生游擊歸大同

把手蒼梧訂後期，蠻雲漠漠下南陲。何妨暫屈藍田尉，有日相逢皇甫規。紫塞黄榆君去早，三江五嶺雁來遲。一樽濁酒天涯客，兩地銷魂是此時。

董魁吾兵巡鬱林

天使旌旄動九真，珊瑚耀馬寶刀頻。可知灞上真兒戲，自古征南屬老臣。帳下參軍遼海客，馬前義從隴頭人。汾陽部曲如雲散，今見臨淮壁壘新。公爲經略所任用。

馮季觀裨將涿州相國弟

嶺南暫許寄長城，上將胸藏十萬兵。每過雲中思魏尚，輒經易水笑荆卿。汾陽好自多兒女，定遠何曾借父兄。自揣頹唐難躍馬，争如一劍蚤成名。

寄懷州守家弟晤山

連宵有夢寄懷州，略記相逢庾亮樓。一自孤舟成聚散，廿年信使各沉浮。雲邊王屋當軒出，天外黄河繞郡流。搔首南荒鬢更白，雁書不到嶺西頭。

寄平南 癸卯春别來十五年矣

百戰荆湖草昧時，王門畫角閃朱旗。偶因异姓傳吴芮，却許元勛是子儀。遠略還聞羅甸國，書生舊憶夜郎師。東南天地九真外，歲歲長安貢荔枝。

王師十萬挽雕弧，邸第雄開百粤都。地枕交州叢翡翠，天連海角走珊瑚。魚鱗亭障日南郡，馬齒山川王會圖。往日梁園詞賦客，誰憐垂白滯蒼梧。

寄侯筠庵粤東提學

大梁自昔説侯生，此日宫墻百粤城。遂有圖書開地氣，歌來雲漢本天成。傳經海上龍樓近，持節交南象馬鳴。十萬兵賢書一紙，炎荒久報泰階平。

征賊詩

獞賊莫扶豹，窠永寧山中，居華離之地，斗絶善走，屢頓王師連年。予巡桂之日，上其事，剿之，凡四戰。壬寅十月。

暫借深山作戰場，無端鼠子敢狓猖。石棱鎧甲猿梯上，木末旗旄虎穴傍。漲海雄風吹觱篥，蠻天曉霧帶胡床。登壇投筆從今日，一洗妖氛瘴癘鄉。

豈知小醜致興師，節使西來晝角吹。萬古誰開懸馬地，三軍日見卷氈時。磨刀峒口山君廟，蓐食雲根槃瓠祠。莫謂書生慚將略，曾揮羽扇認旌旗。

千層黃葉萬層山，賊在山之肺腑間。碧玉巉岩藏綉踞，青羅詰曲帶烏蠻。百年誰上麒麟閣，一鼓須平虎豹關。勒石波羅山名鎸歲月，軍聲齊唱凱歌還。

羽書何事尚遲遲，汎掃欃槍未有期。如彼左擔尋棧道，轉因盤嶝憶仇池。蠻奴久隔周官法，鬼物遥從禹鼎窺。可似昆侖燈火夜，忽聞三鼓賊平時。

桂林和鄧孝威見懷元韵

秦淮近況復如何，往日繁華六代多。百戰關山傳鐵馬，三宮粉黛付烟蘿。文章不朽知誰信，瘴癘炎荒老更過。近接揚州書一紙，猶然憔悴説干戈。

灕江南下水潺潺，海國樓船震百蠻。黃葉争飛五嶺路，馬頭忽見萬重山。獨憐遲暮常爲客，何事馳驅尚未還。往日提戈兼躍馬，竟無大業著人間。

欲附青雲愧白頭，無端更作桂林游。公卿洛下吹噓少，仕路天邊魍魅稠。秦帝障亭留小尉，漢家符璽過交州。風烟舛互華彝隔，一水中分南北流。

嚴關萬里真邊塞，歲事崢嶸薄季冬。略記當年白水驛，飛觴共對大司農。謂戴巘犖也。章陵蕪没聞鳴雉，粱父悲吟感卧龍。醉眼昏花鴻雁杳，三山五嶺隔重重。

雪涕前王憶舊恩，深宫一炬焰朱門。鵂鶹啼罷香魂盡，薜荔苔封戰骨存。節度何來還繫馬，舍人帶酒一窺園。不堪重弔經行地，獨秀山高落葉繁。往戊子，定南特疏題予撫黔。

周郎謂周元亮遇赦東歸日，聞道與君共酒巵。白首欣逢張儉在，當尊更賦李陵詩。維揚自古多金粉，瓜步年來少戰旗。倩爾南游無不可，黄柑秋熟正離離。

十年鎩羽知何意，半世蹉跎走帝京。誰解當歌憐寧戚，忽教一語識然明。人材未盡山公死，天上常懸吏部名。每向秦淮思往事，白頭賓客獨沾纓。謂高郵鐵山相公。

憶昔

推轂臨戎賜尚方，相公唾手報君王。黄金括盡填元帥，白羽飛來築戰場。桐葉秋殘朱邸外，玉魚晝出石麟旁。中原已棄西川去，尺寸山河負上皇。

偃師戰罷氣先摧，一夜襄陽跋馬回。鐵甲已隨輜重盡，紅顔更傍玉鞍來。火延安慶三山動，戈下江州九派開。聞道金陵風物好，幾年染指鳳凰臺。

詔書平賊竟如何，急羽飛來夜半過。京索曾聞鏖苦戰，二陵風雨更滂沱。元戎報國潼關上，闔宅

香魂義并多。妻妾死者七人。百二秦川無可恃，長驅鐵甲渡黄河。六代還開元帥府，小朝

蟻聚茶山盜賊稠，掃清光固鐵兜鍪。水犀軍已收淮甸，銅虎符仍壓壽州。

早失靖南侯。低徊細説金陵事，不合王敦在上流。

尚書戰岍秦關日，鷂子將軍過潞州。馬上歌喉金翡翠，尊前舞袖玉箜篌。馳驅冀北收群盜，談笑

江東取徹侯。若使斯人還不死，肯教良玉下南樓。

良將從來説趙邊，雁門南下一烽傳。丈夫許國憑長劍，婦女臨戎跨錦韉。觱篥黄沙摧虎豹，僵尸

白晝賀烏鳶。三千義卒同時死，無補山河亦可憐。

元戎牧馬居宛日，鼙鼓西來壓郡時。百戰刀頭猶裹血，先登隊裏更搴旗。轉憐報國心偏壯，能使

全軍死不移。況復長安事已去，秋風禾黍正離離。

出師 以下《續滇黔集》

荒城鼓角度蠻雲，百粵山川帶楚分。未是區憐煩太守，差同浪泊下將軍。蜂房鳥徑生猺窟，殺矢

歐刀老獠群。更見簪花成女伴，溪邊赤脚石榴裙。

永寧馬易生參戎

山草庵廬静不嘩，烏程每日醉君家。軍中曉露征鴻度，嶺外輕風燕子斜。上將封侯來隴右，英雄割據本長沙。春光九十還難老，開遍安南幾樹花。

永寧師

黄花爛熳誓蒸徒，贏得郊原麥浪鋪。瘴癘炎荒還躍馬，崎嶇廠壘尚鳴弧。敢云才果如滕撫，未必功成似武都。計日王師方振旅，春風寶劍度珊瑚。

送石荊山移軍蒼梧時予視師永寧將有黔州之行

遲暮相逢百粤天，此番一别更凄然。萬山巒雨侵蓬鬢，兩岸煬花滿戰船。异國分飛嗟遠道，同心邂逅是何年。關情羈旅兼垂白，努力封侯早着鞭。

别故國八年矣薄游桂林更得黔臬視師行間輩復賦此

白髮年來困老兵，提師今過鳳凰城。群溪帶作青羅繞，叠嶂山如碧玉横。飛輓幾家聞夜杵，庵廬到處只軍營。三年嶺外緣何事，苦熱猶爲萬里行。

八載飄零憶故鄉，近來兩鬢漸如霜。冗官不合來南粵，策杖何堪更夜郎。自昔書生傳陸遜，只今漢署羨馮唐。茱萸河畔蘆筒酒，潦倒山翁醉幾場。

將去黔留别抑公西粵

嶺外相逢復幾春，與君同作宦游人。連年戰伐山河在，久住蠻彝禮俗馴。海内知交存舊雨，一生書劍老邊塵。願君早入金華仗，方岳從來稱外臣。

榴花爛熳酒盈巵，惜别長干自一時。亂世交情雙鬢老，岩疆宦況幾人知。金張地望誠難問，楊馬文章喜共持。我去黔中子寄粵，茫茫後晤是何期。

偶題

半世游踪只瘴鄉，桂林纔罷又黔陽。久居荒服如遷客，老舉佳兒是宦囊。予客朱陵生第六子，今廣川又生第七子。破賊曾聞書一紙，登山不計酒千觴。西南天地多佳勝，從此光芒萬丈長。

蒼梧別督帥于公

炎鄉風雨夜何其，況復嚴城鼓角悲。嶺外初開都護府，雄風□展定蠻旗。樓船已見來天上，符璽今看過海陲。往事還思陶太尉，一身果自係安危。

興朝柱國古通侯，望漢臺邊杜若洲。玉帳霜明金鎖甲，龍旗□閃鐵兜鍪。陶璜恩信連交阯，呂岱威名遍廣州。三載上公鈴下客，夜郎欲去且遲留。

蒼梧大水癸卯六月

東南澤國水縱橫，一夜洪濤嶺外生。忽有魚龍游近市，乍看舟楫渡層城。鵁鶄得食天吳喜，蒼兕喧豗海若鳴。聞道長年談往事，慣將大稔望西成。

又別王子儒副戎

絕脰沙場不死身，相逢如遇九原人。每當鐵馬經行地，輒憶金創苦戰晨。剩有雄心堪射虎，餘生盛世不圖麟。亦知郤穀稱元帥，未許江湖老角巾。

陽朔舟行

鐵骨崚嶒蘚滿身，千年常壓此江濱。慣迎舟楫無生客，更長兒孫護馬人。龍陣魚麗呈變態，蠻王海怪是元神。樓船却憶征南日，一水還能下九真。

荻洲烟火出山臍，身代烏犍手代犁。隔水東鹽先祭鬼，乞鄰紅米每呼妻。藥藏匕首防仇客，跨下蠻弓捕竹鷄。種得芋魁如斗大，瓦盆盛酒醉如泥。

土銼藜床對席門，疏籬日出散鷄豚。宗親好會獮猴脯，兒女什期荔浦村。雜佩雲鬟羞衛足，腰刀紅帓每驚魂。嶺南流土原兼治，禮俗而今漢法存。

衆山羅列走江濱，半是蠻彝半漢民。乍見茅檐飛鳥道，居然戶口是猿身。南中自古炎荒地，北闕何來仕宦人。無怪向來成割據，偏安草昧也君臣。

萬山塊壘亂如麻，一綫中通到海涯。毒草蠱蟲盤古戍，金章寶馬葬蠻沙。霸圖無處容劉隱，踞險何人更吕嘉。却笑關中秦帝子，徒勞畫足不成蛇。

再入黔

二十餘年老制科，征帆此日又牂牁。敢言歲月蠻中若，如此山川我再過。聖世遭逢良不易，老來瘴癘欲如何。却憐往日曾開府，手板重持感慨多。

漸覺頻年老病催，一官萬里獨徘徊。入宫耻借丹青力，躍馬元非跳盪才。地接金沙青象出，山連巫峽杜鵑來。春秋冠帶還如昨，香火鑾王御史臺。

早發益湘

萬山草樹帶寒流，石徑微茫嶺外秋。蟲響畲田争入寺，橋通極浦半銜洲。長看譙鼓留山角，乍聽漁歌入市樓。因子還思汾水上，雁門勾注舊曾游。

東安高山寺赴邑令喬良夫招飲即事

秋山斗酒對青螺，檀板朱弦白苧歌。萬里一身常道路，三年兩度此經過。雲連箐竹炎荒近，水下湘蘭楚塞多。况是天涯知己在，千觴莫惜醉顔酡。

荒城鼓角挂殘暉，按部笙竽滿翠微。老樹當軒黄葉下，雜花帶雨早秋肥。江聲怒挾松風上，橋路斜連雉堞飛。往日登臨成底事，山僧解識舊征衣。

三過武岡晤吳守

征車滯雨走蠻方，白坂黄泥下武岡。每過朱門思舊邸，況逢落葉是他鄉。荒城斗酒三年夢，亂裏交情兩鬢霜。我去黔中君滯楚，音書常在五溪旁。

赴黔臬別梁培元靖州時公將之官吳中

三年兩過靖州城，屢見飛山馬首生。异國初逢黄葉下，蠻方中聽暮猿鳴。相看聚散還今夕，無那江山是别情。建業如逢黔郡使，驛書早寄故人聲。

征塵浥露滿秋林，异國相逢坐夜深。老去交游誰健在，向來文字許知音。間關短劍烏蠻路，蘆荻輕舟白下心。把臂天涯同雨散，楚山落木暮猿吟。

沅州周開府

上將軍聲讋百蠻，崇開制府壓湖山。龍驤自啓滇黔路，虎踞泙當楚粵關。八郡良家嫻白羽，五溪元老正朱顔。時清不用披金甲，雲夢常看獵騎還。

江城山勢擁巑岏，畫角期門上將壇。澤國苗徭開幕府，部中屈宋盡材官。山推衡岳雲霄近，水下洞庭日月寒。《山海經》「洞庭」作「銅庭」。洞本有同音。戲下車書通萬里，不勞往事築京觀。

崔修庵以滇藩丁内艱還里晤於黔時癸卯臘盡

羽林金甲滿滇池，共醉昆明酒一巵。乘暇每看梁苑雪，快游多在碧鷄祠。碧鷄山後有元梁王避暑宫。遐荒劍履憐萱草，白旄關河聽子規。倉猝牂牁成舊雨，燕山易水倍相思。舊游復得一尊前，萬里逢人倍可憐。數載羈愁南詔月，此番歸騎艷陽天。荆州報捷無消息，海上軍書更幾年。捧檄牽裾俱涕泪，昆明回首憶樓船。黔徼水通江漢流，孤帆萬里入營州。雄風魏博傳開府，畫角漁陽滿戍樓。壟畔歸來鶴夢穩，君恩未報羽書稠。明公早爲蒼生起，笑我踉蹌已白頭。

甲辰元日貴州試筆

正元恰喜值初晴，又報春光徼外生。萬里呼嵩酬聖主，幾人持飾是長城。東南亭㣲還征戍，江漢將輸苦用兵。禄食驚心頻看劍，何時真見泰階平。

董懷赤方伯

將相從來産帝鄉，三能多在紫薇旁。如君自可從龍起，談笑於今出戰場。山國西南開別部，羽書水陸走名王。即今郡縣歸苗土，不復逢人説夜郎。

寄李范林

回首緇塵感舊游，題書今在五溪頭。西南天地兵還在，車馬浚巡老未休。名士古來多潁上，好官況復近揚州。廿年兄弟天涯客，還向燕臺憶酒樓。

張飛熊自滇移鎮甘肅

春風曉角出邊樓，百二山河指壯游。鎧仗新開雙益部，威名舊著五凉州。伊吾士馬黄龍誓，光禄旌旗青海侯。露板鐃歌葱嶺外，祈連山下皂鵰稠。

姑臧城外草初肥，萬里征人捲鐵衣。西域關河稱右臂，先零部落傍金微。帳前乳酪休屠壘，霜磧黄羊敕勒圍。酒郡關門還咫尺，將軍况挾虎符歸。

甲辰午日東山

東山竊喜傍城隈，彌望遥空翠色來。羈旅天涯還五日，欣逢佳節更登臺。丹梯白石松風過，碧澗朱樓鳥道開。却憶金戈鐵馬地，幾時乘興一銜杯。

栖霞高處泛蒲巵，五日登臨又一時。千片芙蓉環塞出，一灣舟楫引杯遲。荒城隨例還簫鼓，父老逢人説亂離。聞道水西方躍馬，至今猶見渡瀘師。

龍場懷古簡張晦先

曾搦驪珠天上回，遐荒瘴癘爲君開。無端魑魅逢人笑，倍有風雲翊運來。羈旅常年羞走吏，牢騷天末獨登臺。烏蠻亭館垂楊歇，清磬斜陽古寺隈。

憶舊

夜雨梧桐凄斷弦，西風零落舊花鈿。紅顔自古人稱誤，薄命難逢我見憐。蛾簇雙眉隨去馬，鸞分曉鏡過他船。争如歌舞深宫曲，流落蕭關倍惘然。

吴姬趙女散飛烟，回首華軒倍可憐。絶代佳人今逝水，錦衾同夢是何年。不應老子情偏苦，纔别朱門意已仙。寶瑟瑶琴成浩嘆，可能共泛五湖船。

垂老天涯秖自傷，滇雲底事斷人腸。半周遺腹情堪痛，嶺外畀兒泪幾行。倚徙空庭悲落葉，闌珊病骨憶新妝。獨憐短巷車聲裹，猶憶顛毛薄幸郎。

別制府楊公

黔中置郡古西偏，萬里遐荒節制專。司馬軍書堪破敵，從龍元老正籌邊。幾人門第稱華族，更見旌旄出少年。磨石水西還作頃，高文欲并蔡州傳。

別徐偉公

長沙對酒獨相親，三過君齋送遠人。竊喜今朝重把臂，忽聞祖道更傷神。天留我輩西南角，人是邊城虎豹身。再過黔陽多置酒，相逢莫訝遇公頻。

冬日觀昆池

滇南澤國枕昆陽，勢接金滄萬里長。東夏山高難赴海，九州圖盡獨稱梁。雄風也自開偏霸，荒服居然莫海王。萬木蕭疏人事晚，幾回立馬向蒼茫。

憶相如

漢皇遠略簡詞臣，開闢西南亦有因。荒服不須勞士馬，蠻中也自識尊親。酬功不用通侯爵，拓土偏宜賣酒人。孝武材臣衛霍外，誰知將帥本儒紳。

楊升庵遺址

先生遺址寄窮邊，名世文章指數椽。不謂孤忠遭遠竄，轉因盛世惜華年。獨逢瘴癘歸無日，老死西南亦可憐。議禮諸臣皆暴貴，至今姓字幾人傳。

水西大捷

西南戰氣望春回，露布雄風壯八垓。戍鼓争傳霜葉下，山花欲傍陣雲開。千年甌脱登王會，萬里蠻烟掖漢臺。可許拓疆青海外，燉煌使者自西來。

近道三軍破水西，名王飛檄手親題。身經百戰群猊盡，壘壓二苗萬馬嘶。自此長纓歸闕下，還看解甲與山齊。蘭滄江上龜茲部，夾道連雲畫角低。

鐃歌羯鼓板橋東，臘月山花開正紅。摩盾將軍初躍馬，射生虎士舊彎弓。輿圖久列要荒外，王制新昭鬼井中。九野應知還率土，本朝大業盡崆峒。

寄懷周元亮

昆明池畔青州客，對此能無憶遠人。雨雪薊門南北路，間關海國死生身。未成亡命家先破，雖遇生還赦亦頻。聞道濟南名勝地，使君部下走于鱗。

蕭蕭襆被即南征，未及一言送汝行。并命臧洪原不愧，同游李固竟成名。臨危時吐驚人句，百戰長存海外城。西極東陲幾萬里，天邊雲影早鴻聲。

送李嵩岑之河南右藩

使君旌節指中州，便道今稱故里游。楚漢兵戈開宛鄧，洛陽風雨接陳留。平臺雪滿梁王苑，艮岳花飛汴水流。莫向中原思往事，朱仙南去武昌侯。

酌酒飛花一送公，秉鞭作牧更誰同。四時測景陰陽會，一畫陳圖河雒中。地近山東多水旱，雲連關陝易兵戎。常年勝迹夷門路，白草蕭蕭急暮鴻。

汴堤楊柳緑鬖鬖，鄉里游觀自昔諳。幾載青山閑命屐，於今白髮愧抽簪。登封湯沐留嵩少，耆舊衣冠重汝南。我寄昆明一萬里，何時共醉菊花潭。

陸離劍佩去東周，伊洛山川據勝游。嵩鎮千尋凌五岳，黄河萬里瀉中州。憐予薄宦三游楚，得子滇雲一共舟。此日昆陽還載酒，挂帆遥指洞庭秋。

贈友人

百二山河古帝京，戎車駟鐵本秦聲。洛陽策自英年出，汾水書從教授成。横草沙場堪駐馬，勒碑絶域欲休兵。天涯暑雨芭蕉緑，樽酒紅燈六詔城。

雨中泛昆明池

微雨輕寒恣勝游，蓮花開遍木蘭舟。烟巒佳處剛逢寺，桂檝行時不避鷗。緑柳人争橋下過，火球聲向水中流。烟波極目鄉關遠，贏得閑身理釣鈎。

兩岸娟娟紅蓼花，輕舟蕩漾樂無涯。約有蜻蜓掠我過，閑看黄犢背人斜。太華山樹時屯鶻，故國遺宫但噪鴉。青草平湖時騁望，西南烟火幾千家。

國門咫尺接平泉，跨馬臨風一扣舷。鐵壁嶙峋孤磬出，江城浩淼一帆懸。西南羽檄金錢地，僰爨畬耕瓦卜田。爲憶成都楊太史，龍蛇猶見繞雲烟。

六月昆明秋色早，紫薇菡萏互争開。况復携尊佳客至，無端手饌白魚來。畫船簫鼓天爲霽，暮夜漁燈月滿臺。明日虞卿歸去早，登臨莫説大夫才。

附　恭次前題韵

始摶

烟雨微茫聽棹謳，五湖之外五湖舟。差同震澤東南匯，獨异江河西北流。雲影天光相上下，浴凫飛鷺共沉浮。沙棠容與蜻蛉水，空外何殊鏡裏游。

獵獵旌旗暮雨遮，昆明池水似京華。漫看織女雙星渡，如泛天河八月槎。鷁首風摇菰米色，漁歌聲散荻蘆花。習流戰艦渾無用，四海而今正一家。

四山環翠一帆懸，自有清音激管弦。雙塔影浮雲外蝀，五華樓映水中天。蠻王織罽酬題句，洞主檳榔索綵箋。不比升庵丫髻様，畫裙争寫竹枝篇。

拍拍菱絲去復回，波吹綺縠自瀠洄。烟中盡日疑蓬島，戰後千年有劫灰。深樹雲迷碧鷄色，蘋花風起白鷗來。晚歸火照星回節，深夜魚龍莫浪哀。

右《恭次先大夫昆明池原韵四首》，時隨侍同游者爲大兄伯采、四兄北海。由草海登舟至碧鷄山之址，簡梁王避暑宫泊舟。海神祠下土彝求書者麕至，先公皆欣然應之。摶時未弱冠，猶髣髴記至境關有斷碣書『楊升庵先生讀書處』。又南觀海鬼挐魚，蓋龍户鮫人之類入海，手握者、膊脅者、肘夾者、口銜者每一出水，輒不下十數魚。海神象設甚怪，猙獰藍面，不識何神，然皆有名號，亦皆莫得而考。是日爲六月廿四日，土人謂之星回節。晚歸，遍山燈火照爍絳天地，云滇王某於是日遇害，故歲祀之。尤异者先公廿五歲時遘病幾危，夢至一處，衣冠人物迥异中土，恍惚云是滇南。七日後甦，具道所以。及後官滇，所遇城郭山川僧藍邸舍悉與夢中符，此公《水南絶句》所謂『夢中曾記舊游滇』也。猶記此日過升庵讀書處，傍偟久之，既去，猶悵悵顧步。孰知甫匝月於七月廿八日辭滇，三十里抵板橋，屬疾，猶爲同宫及視友染油素無數，至半夜而逝。蓋升庵奉赦還至板橋，一夕卒。先公亦終於此，天也。人以先公爲升庵重來如身，毒氏前後身之説固不可知，即先公《咏升庵》詩亦有『獨逢瘴癘歸無日，老死西南亦可憐』之句，遂成詩讖，痛哉！

康熙己丑三月十五日男始摶志。

詩集卷十四

五言排律

潭州寺 嘉魚下江岸

曉霧初開日，春江受穩流。酒簾出極浦，漁市落新洲。風轉孤篷角，人行古渡頭。烏啼空啞啞，鳥語自啁啁。寺古袈裟在，墻隤薜荔稠。遥烟村與合，香稻估争收。鏖戰猶存壁，飛仙不在樓。客心值羈旅，誰與送鄉愁。

東岡

斷岸留殘雪，空江帶晚霞。蘆中魚網密，天外雁書斜。古戍金河驛，孤帆漢口艖。烟輕春入柳，日暖樹呼鴉。垂白猶羈旅，頻年在水涯。戰功餘赤壁，謫宦自長沙。鄉夢同王粲，文心愧木華。長鯨睡正穩，山鬼静無嘩。杓泛巴陵酒，甌餘南岳茶。穿林來嫫母，隔岸即村家。到處宜看竹，中田學種瓜。穿籬鷄樹栅，夾道犢連車。積貯多菱芡，初筵但蟹蝦。瓷瓶充白釀，柴擔涌枯葭。

山勢舊環楚，江身遠控巴。三湘方卧鼓，百粤尚吹笳。澤國新春月，殘梅昨歲花。巉岩眠虎豹，古寺動龍蛇。跛扈從誰羡，蹉跎我自嗟。雲臺名未達，銅柱願猶奢。驅石嗤嬴政，補天非女媧。草疑賦鸚鵡，舟泊唤琵琶。久被才名誤，難言時命差。澤觀雲夢闊，水是洞庭遐。日計故園草，春生幾部蛙。

輓孝源

大物歸炎嶠，元臣老絶陲。乾坤合板蕩，造化一瘡痍。佳氣舂陵散，颶風溟渤吹。亂流失寶楫，大事喪元龜。所嘆全軍覆，難將一木支。馳驅留馬柱，涕泗卜羊碑。蠻雨凋叢桂，酸風苦荔枝。纔聞置嶺戍，無復渡瀘師。憶昔曾同塾，他時或問奇。讀書白紙盡，學劍萬夫推。曹植雕龍筆，張公海鶴姿。雲間或竪子，文舉是佳兒。策射洛陽日，名成公瑾時。連鑣薊北道，痛飲大梁祠。鸜鵒翻歌袖，鷫鸘飄酒旗。婆娑舞白苧，潦倒聽黄鸝。通籍當丁丑，分符莅大伾。折腰聊復爾，强項固難移。花發潘何早，梟飛葉不遲。黄麻鳩鵲觀，白簡鳳凰池。侍從每隨獺，明良耻摘驪。尚方劍許借，温室樹難窺。白下驅星使，潼關走鐵騎。飛狐沙漠漠，倒馬雪垂垂。瞥眼燕臺折，傷心寢廟危。攀髯既莫遂，騎尾又何之。拓跋河陰禍，廣明兔句悲。臺城踞侯景，凝碧醉王維。典午還江表，康王復水湄。豈知厝火伏，仍作處堂怡。鼓角武昌下，樓船湓口隨。王敦原狠抗，蘇峻復猖狓。難使太真見，莫教陶侃知。蕪湖方返棹，建業已乘陴。不少韓擒虎，誰稱郭子儀。帟帷沈翡翠，宮瓦碎琉璃。青蓋真將去，歲星無所施。彌天驕猰貐，薄海縱蛟螭。魂散麗人井，香銷公主肌。楸松劈鍾阜，澒洞壓彭蠡。日月方龍戰，宗祊失燕貽。烏衣空慘淡，朱雀尚躞跜。指鹿人何去，從龍徒爾爲。公時在贛水，開府仗軍麾。豈不思更始，無從效子皮。劉琨勸進表，庾信哀江辭。蕭督今焉往，劉崇合在斯。雲臺築嶺外，麟閣起天涯。坐惜蒼梧痛，深慚佗尉嗤。哭應來百濟，國豈讓龜茲。洗氏方開廣，黄公舊授圯。揮戈仍仗義，拭泪正交頤。敢謂廟中鼎，還同澤下麋。雖聞讎國論，不忘出車詩。蕭鄧人猶在，高光事可比。猱兵堪奮臂，蠻女也操鍦。樹亞桄榔小，沙寒勾漏卑。岑溪戰伐地，博白霸王資。江北聞張浚，交南借孔戣。龍城明翼軫，象郡轉雍熙。握手新亭泪，臨風秋浦卮。偷生牛首側，避世九華厜。懶去不須櫛，醉來時倒羅。溯舟入漢沔，遮馬見狐狸。仲蔚蓬迷徑，柴桑菊滿籬。薄游良以倦，多病乃相宜。不謂一行去，旋當萬里疲。負靈臨晉魏，叱馭過雍司。鄂渚歌黄鵠，越山聽子規。誰能珍馬骨，世解妒蛾眉。未及橋孫水，翻來啜紫芝。笠應還念珮，蛟豈不憐夔。敢擬匡衡薄，致令延壽墮。馮唐遭自晚，李廣數原奇。莫洗中山篋，誰憐長信姬。乍嫌游洛陸，争似入秦睢。自古侏儒飽，曾聞季女饑。已而莫可贖，來者尚能追。《樂志論》長統，《三都賦》左思。平原乘款段，暇日采江蘺。自念身將隱，何妨學并嬉。看山雨後屐，飽客露中葵。置驛還千里，悲歌戒《五噫》。風塵雖已厭，筋力未全衰。往歲當辛卯，鳴鞭跨九嶷。聞君忽不祿，乃在粵西陲。葛相血空灑，宗公恨逾齎。江山忽憔悴，歲月總支離。真宰誠何意，中原棄若遺。嚴關摧虎豹，舊夢脱熊羆。坐看中台坼，真同天柱虧。鷓鴣啼斷續，鴻雁影參差。湘水空流血，南軍見載尸。枋頭報日至，灞上捷無期。白髮歸長夜，紅顏捐翠帷。一棺投故國，九錫謝丹墀。綵筆思鸚鵡，峨冠想鵔鸃。時艱方杌隉，退食敢委蛇。來鵬空傳賈，嗟麟乃見尼。旅魂應入漢，舊鬼尚瞻洏。靈氣歸嵩岳，陰霾捲具茨。青蠅陪螻蟻，白玉長蒿藜。海内猶鳴鏑，墓田驚吼鴟。名山藏贔屭，賜額侍罘罳。瑟自雍門奏，鶴將華表疑。有兒堪肯構，一弟乃吹篪。春瓮獨難醉，江鰲誰共持。法書開古冢，佳句耀新梨。轉使同人慕，難言我輩私。良朋成异物，感舊倍凄其。淯水寒流斷，花洲百草萎。黄壚人已杳，白馬路仍岐。十載霜窺鬢，今年雪陷髭。堂雖羞緑野，塢好署辛夷。雄賦原追馬，君才舊勝丕。春衫踏紫陌，寶馬躍金羈。尚憶《廣陵》曲，還思太傅棋。長安車馬客，猶自説皇基。

丁酉四月汪徵五江防之蘄州客潭送之兼陳懷抱得三十八韵

送子逢初漲，當尊發浩歌。夏雲停白苧，華髮照青莎。燕子乳辭母，郭公晴唤婆。鑾烟迷岳麓，山鬼跳湘波。戰象環朱鳥，胡笳嘯紫駝。高牙新府第，斯[一][illegible]冢舊山阿。江左猶飛輓，天南未息戈。髻椎驕百粤，箄路帶諸羅。鐵馬頻年禁，樓船此日過。通符彌冉笮，捧檄下牂牁。花戍屯貔虎，銅官走鶴鵝。炎荒方置吏，盛世更開科。陸賈心誠壯，馮唐鬢已皤。伍曾羞絳灌，罪久詈王何。鷄肋名空戀，燕然石待磨。徒揮揚子泪，未起茂陵痾。逐客游三楚，麁官笑五紽。嗚榔懷正則，挾瑟吊靈娥。臺骨虛存駿，宫眉解妒蛾。嵩山芒底杖，白水雨中蓑。不復任安至，將無醉尉訶。上書來紫極，策杖度黄河。談笑收雍闓，旌揮定趙佗。鷓鴣供宿鮓，醽醁泛新螺。君自乘華轂，我方依女蘿。争憐俠骨滅，可愛旅顔酡。勁旅甲藏兕，晴江鼓息鼉。竹樓還淅瀝，赤壁故嵯峨。建業千帆出，荆江一練拖。名僧匡岳錫，估客廣陵艖。習俗連淮蔡，遥威制沔沱。鴻軒香浸柳，巔渚緑生荷。别賦魂原黯，離筵舞欲傞。鳥聲山送管，花發錦成窠。落日聞鐘杵，殘隍見石碚。暇時多置酒，入郡酹東坡。

【校記】

〔一〕斯，匯編本作『斷』。

將歸里奉别經略相公 六月

聖主推輪日，元臣秉鉞年。三台開氣色，萬里入星躔。北闕勾陳動，南荒太白連。再賡天馬頌，重奏旅獒篇。楊柳關河暗，棠谿歲月偏。彌疆傳漢節，薄海見秦鞭。露布芙蓉國，錟戈橘柚天。

虹霓明組練，霹靂下樓船。方叔猶元壯，長源骨本仙。艅艎供白粲，帷幄吐青蓮。令肅江陵鎧，誠通疏勒泉。洞庭纔飲馬，西里正飛鳶。猺女編魋髻，烏蠻墾爽田。海邦占斗至，重譯指車旋。孔雀增軍飭，檳榔薦客筵。精勤陶太尉，幹略韋西川。應見珠池媚，兼逢火井然。猱兵還易合，燧象莫争先。融盡長沙鐵，攤殘少府錢。陰山名舊在，背水法難傳。部曲汾陽并，旌旗光弼前。使應通鄯善，樂合譜于闐。令子追張栻，阿戎復謝玄。誰云杜武庫，竟失馬文淵。异姓侯王表，專征斧鉞權。金沙江浩浩，銅鼓草芊芊。鞮鞻歸王會，梯航到日邊。錦囊陳太廟，羽箭繪凌烟。好拭淮西石，留爲韓愈鎸。

耒陽道中三十三韵留杜祠中

蒙茸山脚路，杳靄入回谿。怒石逢人上，殘霞挂樹低。牧兒痴狎虎，春婦巧呼鷄。山勢誠如耒，《水經注》：『耒水。』火耕猶借犁。危橋閑翡翠，斷嶺吐虹霓。枳落人烟細，楓香野徑迷。蛇盤凌石級，鳥道入丹梯。画閣空梁燕，陂塘卧野麛。郵亭愁府主，皂隸惱輪啼。不少租庸吏，其如老寡妻。十年窮水旱，萬里動鉦鼙。時方討雲貴。劍插百蠻外，弓懸六詔西。職方容倮國，正朔走雕題。賤子來何暮，驅車道轉睽。朱陵搜玉簡，白首悵金閨。民社身無補，圖書手自携。浮湘追太史，陟岳起昌黎。病骨憐黄葉，驚心負紫泥。炎荒多舛互，苗壘失端倪。古峒鵂鶹叫，懸崖蝙蝠栖。

垣衣隨意長，石髮與眉齊。嵐結蒼梧黯，雨來郴水淒。比鄰垂橘柚，往事築鯨鯢。九畹蘭空發，千章木共擠。筍輿游樹頂，茅店出山臍。叠嶂頻看畫，危橋獨杖藜。午烟嬌蛺蝶，淺瀨浴鳧鷖。霸業荆州牧，神功夏后圭。人餘盤瓠種，地盡貢茅畦。風物連交廣，山川似會稽。辛夷解作塢，雲母忽成堤。已自南車倦，兼聞北雁淒。遺踪詢杜老，騎馬到招提。

郴州蘇仙山

乍晴光瀲灔，出郭望披離。馬首群峰向，車聲一葉吹。宿雲擁古寺，殘稻落深陂。數點人家聚，沿江岫木委。柿紅何纂纂，柚老故垂垂。蛇徑盤松上，猿吟傍磵移。餘樵留榾柮，壽樹學蹲跜。洞壑森無極，烟嵐竟有知。諸巒走似豆，偉木縮如薺。草没前朝寺，蝸吞無字碑。懸崖石欲墜，絕壑玃争窺。廢壘王孫冢，英魂楚漢疑。佳山誰命酒，往事付彈棋。不見仙人鹿，時看澤下麋。炎荒窮戰伐，薄海尚瘡痍。苗壘衣裳古，山禽毛羽奇。星躔翼軫盡，地與粵甌期。遺種傳三户，鄰封跨九嶷。百年王會日，一統計偕時。不盡鄉關念，臨風感在斯。

石鼓留別同事

傑閣憑江立，春晴送客行。三年容薄宦，萬里此長征。舊草留軒發，殘霞入座明。帆檣吴楚雜，窟宅獞猺横。禹德惟存水，虞巡尚紀衡。草橋遺斷鏃，燧象抗前旌。虎視猶南徼，鷹揚自北兵。血流香水暗，骨積藥山平。古渡殤魂斷，沙場緑草生。名王今解甲，上將已連營。歲序還如昨，山川見幾更。昆明方飲馬，岳麓忽聞鶯。留滯嗟雙鬢，飄零感去程。廟謨崇略地，時事每呼庚。未逐蕭王駕，誰開光禄城。却憐朋酒意，難尉别離情。

辛丑夏日自滇入粤過沅留别袁中丞

半生嗟塌翼，會已失東隅。落拓山公啓，悲凉阮氏途。上書嗤逐客，著論老潛夫。歲月雕蟲技，行藏轅下駒。未能忘竹帛，豈不厭葫蘆。管樂名雖忝，風雲志未孤。陳書紫極殿，鼓枻洞庭湖。上相親揮鉞，中丞欵佐樞。封章排帝闕，傾蓋拔泥塗。衡岳朝飛雁，牂牁夜渡瀘。五溪連越雋，萬里走蒼梧。華饌羅肥羜，金尊倒夜烏。南荒遺小腆，上國誓蒸徒。戍卒當瓜代，儲胥慮癸呼。千帆輸白粲，萬馬過流蘇。漏箭傳鈴閣，邊籌貯玉壺。烏蠻安部落，紫狁保屠蘇。已讋山魈窟，還披猓國圖。菁茅今入貢，蘭芷不曾無。擊汰空明見，浮湘縹碧殊。常年依大樹，感遇愧微軀。握手沅江月，離筵響鷓鴣。

辛丑夏五交趾來歸西粵于撫軍享之慎德堂即席有作

萬方歸正朔，平秩到南交。漆齒今來闕，雕題解貢茅。便開九郡路，還覆百蠻巢。陸賈腰間璽，文淵馬上鐃。户移人就日，珠走泪成鮫。瘴雨龍人黑，炎風蜃氣拋。嶺南方節度，裸國莫咆哮。貢入鴻臚館，鮮充光禄庖。中丞初仗鉞，邏卒正鳴弰。火浣文堆綿，橦棉浪疊蛟。豹胎隨意饌，鳳管入雲旓。榴焰纔薰閣，蒲槳更滿匏。鞻鞮行省醉，宫徵碩人敲。椎髻裝難解，殷盤語最聱。羽干還作舞，地水忽成爻。臣妾連他族，侏離奏近郊。上方來蒟醬，西極獻蒲梢。前此黎陳亂，邊陲士馬虓。負嵎匪一姓，問罪有三苞。竟使朱崖棄，誰云漢業包。今皇真崛起，殊俗敢紛呶。喙駾終當息，跳梁不用剿。越裳如有問，四海竟同胞。

虞帝祠

度嶺來西粵，荒祠拜有虞。松杉纏水澗，俎豆切城隅。歌逐南薰散，風吹大麓孤。空檐時挂狖，老桷只栖烏。方岳猶中土，璣衡入舊圖。蠻沙迷玉琯，邊月照金樞。路入三苗國，榛開百粵塗。鴛鴦存古瓦，橘柚滿平蕪。玉輅巡應歇，湘妃泪欲枯。瀧江如潙汭，蒲坂倏蒼梧。廢井森葵兔，殘疏罥網蛛。風烟九郡外，猺獞萬山徂。丹雘青苔落，翠華山魅扶。乾坤留揖讓，歲月老笙竽。

協帝垂堯典，傳賢振禹謨。零陵思傲弟，蒸乂幾躊躕。

再過鐵鎖橋

順治十七年，予以滇藩來游，閱甲辰，再至

黔道原通楚，岷流不會滇。陣雲奔似馬，竹箭激如弦。地昰華彝界，人居要害邊。我皇開國日，式廓啓疆年。羽檄分三路，星河捲四川。六軍懸鍊綆，萬里度人烟。不謂馮夷怒，翻成海若愆。蛟龍失故性，金鐵化重淵。叱馭來危棧，掄材倒絕巔。經營何慘澹，結撰亦高騫。不借四維力，獨尊八柱權。鑿空崖失險，午貫木相牽。長啓烏蠻路，還開尺五天。遠臣應有頌，再進白狼篇。

七言排律

舟發全州北歸

南來匹馬冬之日，北發扁舟西粤城。一抹青螺雲母色，千林曉瘴鷓鴣聲。叢篁爨濕衝雲出，小艇蓑寒破浪行。湫屧溪邊蠻窟女，短衣道上朔方兵。高春日下催歸騎，孤枕江聲對夜檠。官吏黄頭充驛卒，人家烏鬼代漁丁。連旬陰雨江身闊，一夜順風山脚晴。老婦匡床儲白米，奚奴頓飦啜黄精。臘殘樹杪還存葉，霜薄花枝未落英。魚鳥仍應思子厚，虬螭且莫侮真卿。浯溪《中興頌》，魯公書。懸崖石鏡何年置，絶頂丹鑪誰所撑。蒼蘚寒流吞碧筍，霜皮古木帶朱瓔。橘移江北從難變，雁過衡陽且自征。妃泪不隨湘水竭，韓祠又見岳雲生。書成金玉闕神禹，紉纈椒蘭見屈平。火赭競傳嬴氏樹，樓船舊是漢家營。炎荒徼外存君長，苗壘江邊歇鬥争。沙上短狐常射影，山間野鳥自呼名。冬天雨作夏天漲，一日舟兼二日程。風轉鷁隨波九折，渦盤龍睡月三更。艢中載有鴟夷酒，手内時持兕角觥。小菜百錢欣可買，鮮魚半尺况初烹。新來病婢能拈黹，舊畜蒼童解弄笙。娱客何頻來翡翠，長鳴不去是鵁鶄。風塵兩鬢留南國，書劍頻年老上京。杜甫浣花空滯蜀，仲宣作賦尚依荆。門非玄武冠堪挂，山是鹿門妻可耕。五世韓恩終未報，七朝秦哭竟無成。匡扶有願思王猛，官爵仍書昇許衡。鼓枻已臨洞庭渡，前麾共識夜郎旌。數峰青處聞湘瑟，不斷香來是杜蘅。掘閱衣裳猶楚楚，荒林笑語半猩猩。一王鹵簿黄金册，五等諸侯白馬盟。久客梁園雪屢賦，纔離楚席醴方酲。前來漢上垂楊緑，此去瀟湘落葉輕。到處江山成慘淡，爲看歲月復峥嶸。茅齋近倚三花樹，蒓鱠長懷千里羹。壯志不勞嘲斥鷃，春犂好自聽倉鶊。

吊王文安公有引

先生以壬辰年春下世，某哭其里，詩文若干首。閲今年乙未，予溥游京邸，往晤次公藉茅太史，方督石工爲先生鐫所爲詩歌尺牘之類，俱屬先生流傳舊交家者。藉茅歲月徵之，付石，此真書册栝棬意也，可謂孝矣。予再三讀，掩袂黯然，念予得從先生游二十年，受先生獎拔不遺餘力，今某鎩羽日久，泥途莫振，使先生而在，某寧鬱鬱久居此耶？歸栖蕭寺，孤燈寂歷，爰譜平生，潸然流涕。

病骨闌珊倦不支，客心憔悴泪空垂。十年車馬長安散，萬里荆榛孔道危。憶昔連鑣吴會日，方纔投刺孟津時。詩傳張鎬鬚髯异，史著虞翻骨相奇。博望槎浚牛女石，岣嶁篆勒祝融碑。微言半吐真河漢，奇字剛成薄鼎彝。鐵騎此時傳上黨，黄巾遍地走清淇。泥沙梁苑無乾土，風雨殽陵復喪師。倒馬關前人不度，飛狐嶺上鬼相譆。《左》：『或呼於太廟，譆譆出出。』亂流莫憶箜篌引，匹馬時聞觱篥吹。燕子巢林傷濟水，桃花飛路黯臨淄。空聞丞相裴中立，未見將軍郭子儀。江上青袍春草色，驛前白馬濁流澌。叵羅泪對廣陵酒，裋褐晨裁瓜步詩。賃廡吴中良自苦，挂冠神武不須疑。角巾半在西湖曲，垂釣擬臨嚴瀨湄。不謂大行皇帝去，忽教天末老臣悲。清談舊薄王夷甫，險阻還遺介子推。六代都空龍虎氣，長江水涸鳳凰池。可知天意渾南北，又使玄工失柱維。鄂渚征鼙猶未息，中原戰壘已相隨。荆南自失岑文本，關内忽來江總持。捧詔兼行秦蜀路，登封正屬夏秋期。孤節直躡蠶叢險，九折寧辭鳥道攲。杖底青龍分華掌，囊中白雪鬥峨嵋。歸來一棹滄浪岸，訪我雙扉白水陲。短髮頻催燭武老，久游今見長卿疲。郵亭蕭槭深相念，杯酒殷勤不忍辭。藥裹猶臨少伯寺，星軺好付大堤醫。時先生病甚，予令楚醫徐陵虚隨北。誰知一別馬南郡，何處更尋蕭望之。憶得辰春風雨夜，夢中少保瑋琦姿。先生没日，猶見夢爲[illegible]徵序，慘然而別。會將舊約徵玄晏，頗似當年説項斯。渺渺千山暮鴉路，凄凄二月杜鵑枝。台星芒黯司空第，大鳥飛憑太尉祠。遮莫於今感逝水，飄零猶復因通逵。中山滿篋誰相問，息壤尋盟敢自祁。譽至何能達左右，侯封枉是到偏裨。立功不少甘延壽，直道難稱皇甫規。師説予慚稱大[illegible]，父書今見有佳兒。即看淮水流如故，舊識烏衣巷不移。禹穴藏書真玉簡，汲城出土是元龜。會稽内史蘭亭帖，東觀中郎黃絹辭。片石寒陵堪共語，千金秦市未能窺。陳倉敗鼓苔空蝕，洛下殘經字已隳。此物應同天地老，靈文自有鬼神司。

桂陽道中詩有引

行桂陽山中，間關五六百里，聊書所見，兼用遺懷，得[illegible]二十六韵。

郴陽左轉路崎嶇，地盡東南楚一隅。山出雲根能向背，松生石角任榮枯。千林鞺鞳諸靈過，四壁陰森怪物趨。奇羽歸巢驚孔雀，腥風嘯壑駭於菟。蒼藤蛟股花[illegible]臂，老柏龍身甲滿膚。積雨苔生侵古路，暗泉響細入僧厨。邅迴幾似褌中虱，促刺還如轅下駒。雲鑿巒形成杵臼，沙明石子盡摴蒱。樹腰蛇徑危如棧，竹頂蜂房大似壺。途值王尊堪叱馭，夜逢李廣定彎弧。群峰乍逐秦鞭起，小邑空環楚廟蕪。王服荒寒窮鬼國，帝魂縹緲接蒼梧。栖鷄向夕紛[illegible]垛，即鹿充庖不借虞。鐵鼎環偎炊橡栗，瓦盆時復倒屠蘇。弩機解禦鄰山寇，罽布新交縣吏租。頗似井陘難禦馬，恥同白帝更稱孤。車書新自連交廣，風土由來匯楚吴。窪下車輪能喂雨，懸崖瀑布舊噴珠。沉牛頭角堪撩虎，狸竹腮髯欲假狐。果熟荒林猿引隊，草封土窟雉將雛。猺官画鼓婆娑舞，蠻妾羅裳錦綉鋪。落葉蹁躚如亂蝶，長林淅瀝響飛鼯。水成磑磨當村口，稻作衣裳裹樹軀。不少金沙稱佛地，况多岩壑是仙都。《志》云：『九仙二佛出其地。』種傳槃瓠攢香火，祠重文淵走覡巫。羅列兒孫何可辨，掩來肺腑豈相誣。一官留滯嗟南土，十載蹉跎笑腐儒。攬轡自游荆楚地，嗚榔幾過洞庭湖。初心滅没仇三徑，往事悲凉憶五銖。豈謂亡羊同挾筴，曾因操瑟誤吹竽。人情舊識三危險，仕路還同九折紆。關内争傳王景略，江東竟失管彝吾。樓船乍可歸楊僕，節度還看笑鄭愚。可奈風烟摧瘴癘，不禁鄉社憶枌榆。竄身蠻岫垂垂老，點鬢秋霜冉冉枯。欣報前驅開箙弩，盡收空翠入襜褕。

廢邸梅花

予官粤，無公署，以邸傍别業爲治所。老梅一株，逢時而發，約友人醉其下。

鐵骨猶然傍舊廷，欻驚白雪帶枝青。關山何處吹長笛，消息居然到短亭。庾嶺開花仍异候，羅浮有夢只初醒。昏黄雀啅浮殘月，惆悵蛾眉憶小星。曾對歌臺幾爛熳，却教香閣妒娉婷。碧梧玉樹今摇落，石馬金仙剩典刑。公主妝成傳瀲灩，法曹勝事未飄零。海棠欲醉魂先失，霓羽詞高唱莫停。上苑風光還歷歷，日南瘴雨自冥冥。折來如對珊瑚樹，欲插何須玳瑁瓶。楊柳腰逢無意緑，芙蓉面遇懶成形。同稱姊妹無如趙，獨當君王我姓邢。直見窈姑來綽約，果然老嫗産寧馨。劉夢得詩：『幾人雄猛得寧馨。』寧作平聲。長門歲久庭飛絮，曲檻宵閑草化螢。萬里一官同泛梗，十年百粵感流萍。婆娑老態憐相似，歲月遷流愧屢經。遮莫歸來餘舊侶，孤山佳處鶴梳翎。

詩集卷十五

五言絶句

紫金山

略記曩時路，跨驢來此山。白頭老道士，采藥不曾還。
曾聞賈學士，讀書此洞中。豐碑不可見，暮鳥但呼風。
廿載曾游此，山門晚照孤。黄冠何處客，猶此種葫蘆。
雙鴿巢飛觀，山鷄叫墓田。羽人空世外，金碧是何年。

獻廷庄

鷄豚散平原，禾熟田家釀。晚照入群峰，山色全無恙。
金丸彈野雀，飛鶻搏狡兔。天上下將軍，湖南傳露布。
風急丹江岸，葉下禹山麓。白雲擁車輪，尚有老蝙蝠。

別山辭

江北燕子來，江南春草發。錦纜萬里行，送君入西粵。
紫金花正開，二月天氣熱。楚山多鷓鴣，莫認是百舌。
陌上麥青青，別酒與君酌。近日湖湘南，解烹紅羊酪。
有客去南方，扁舟入漢沔。欲寄長沙書，中宵幾輾轉。

肅州曲

玉帳臨河魁，將軍出天上。勒馬昆山西，葱嶺平如掌。
我讀西域志，南詔接土蕃。今皇好遠略，莫閉玉門關。
都護入河西，大旗閃隴右。部奏龜兹樂，云是漢甥舅。
秦皇城下骨，傳是戍邊卒。黄沙迷歲月，鐵鏃痕未没。
隴山嬌鸚鵡，花門走駱駝。神禹真多智，中原無黑河。
蕭蕭黄葉下，萬里羅征塵。離觴好共把，酒泉不醉人。
翠蕤出大漠，飽食黄羊肉。至今燕支山，猶聞婦女哭。

莫笑趙充國，欲屯塞下田。今日屯田使，次第到絶邊。
騎馬臨甌脱，試問受降城。古來何南地，歲久無人耕。
邊雜回紇種，毛毳作氈屋。枸杞赭如丹，爲我寄十斛。

錦泉亭

孤塔雨呼鳩，層城風急隼。杏花飛雪片，况有春蝶引。
兩年不到此，今携客手登。關西都護泪，日暮下三升。
將軍手植柏，半膏健兒斧。斜日孤亭上，腥風下童羖。
野鴿掠僧舍，紅陽漲墓田。頽隍一片石，云是漢家泉。

小飲廢寺

荒階留短碣，幢影散諸龕。雒陽秋草後，誰與記名藍。
柏屑磨成香，榆錢煮作飯。門外無人聲，梁上空巢燕。
老去頭空白，十年罷一官。初衣問佛祖，好上雨花壇。
武當斜日裹，倚帝北城來。山色全無改，芙蓉萬古開。

岩有太古雲，寺無十年樹。牧馬荆榛中，烟寒樵唱路。
萊公祠上酒，范老花間雀。西夏與澶淵，丹青照寂寞。
麥花蕩薄暮，竈土入新田。瓦礫千家哭，殘魂戰壘邊。
外郭築金帥，建成襄樊城。李綱若見用，此處是神京。

滇中曲庚子七月

送爾芝岡去，金商動早秋。關山人萬里，馬首鷓鴣愁。
武昌城外柳，并轡過南陲。蘭且梧梢月，那堪更別離。
湘流無限恨，展轉四年中。何當西海上，羅袂泣秋風。
無奈巴陵去，昆彌别舊游。征人腸斷處，落月滿西樓。
老泪癡難下，消魂送爾歸。衡陽還有雁，莫遺信書稀。
關嶺艱難過，鐵橋仔細行。重陽風雨近，屈指計歸程。

辛丑中秋胡德輝白堂小集

棋聲敲落木，酒氣入殘霞。分付今宵月，浮雲且莫遮。

五嶺寒初到，九疑青欲來。宦游何處客，同上粤王臺。

桂林新月

嶺外纖纖月，半規帶晚霞。今宵歸夢裏，踏月過長沙。
畫角荒城暮，天邊早挂弓。遥知西海上，兵氣銷崆峒。
客心倦遠游，月態乘新霽。愁人關塞老，妾夢香閨殢。
故鄉十載别，嶺月莫相訕。團圞自有時，試問北來雁。

灘江晚照

落日吼楓林，殘霞亂瑰瑋。城闉暮鼓鳴，估楫猶銜尾。
蠻風冬日勁，亂石江流緊。短景駐斜暉，赤城吐碧筍。
落日灘江上，芙蕖映水紅。征帆南北客，鄉心羈旅中。
裔土日光瘦，崦嵫對海涯。離愁天一角，十月見梅花。

七言絶句上

乙酉春寓池携兒輩登古芝墩是日清明望北邙遥拜愴賦一首

堤柳摇風陂麥斜，平天高塔隱朱霞。春思跆籍入秋浦，不見昔人空杏花。

緑波曲曲綉城隈，寒日驚心風雨來。草没芝墩篝火夜，水車嶺上白猿哀。

池陽

秋浦緋桃古院飛，三年游子未能歸。鄉愁緝結終天恨，望斷江南慈姥磯。

去年

去年迎母拜兹村，芳草郵亭護短垣。誰道板輿成旅櫬，枯楊一里餞歸魂。

憶舊

春花春草憶仙臺，泪灑征衫樹底梅。斜日秣陵桃葉渡，北鴻萬帶晉雲來。

鼙鼓聲喧野火飛，綺羅無計出重圍。春山峽底鵂鶹夜，憶爾踉蹌歸未歸。

底事塵飛萬慮慵，芳幃戍削舊芙蓉。汾陽橋上楊家妓，惱殺春風妒殺儂。

九江中秋

潯陽渡口水潺湲，少府金錢此抱關。霜飽蟹螯持對酒，娟娟江月醉廬山。

五年故里失中秋，溢浦今宵覓酒樓。城郭兵殘灰劫後，琵琶無泪濕江州。

東南烈焰左家軍，粉堞灰殘淡夕曛。莫向靈光侈魯殿，武安祠宇未全焚。

馬公洲

三月楊花處處飛，平田麥浪濕征衣。郢城舊是山陵路，可有熊羆守翠微。興都陵衛在今安陸府。

中湘曲 戊子九月十日，楚國重陽已三度矣

驚魂舊夢憶黔州，消息難傳漢水頭。前日長兒舟北發，此時應過岳陽樓。家口尚僑寓漢陽。

王渠湖北響鳴笳，陳賀湖南亂似麻。乍喜徐君來寄語，前軍今已到長沙。王有弟昆亂襄樊。

南來訃曳武昌船，湘上逢秋又一年。因對茱萸思故里，茱萸河在鄧西偏。

漢口曲 六年三月初九日，罷官歸里

葦墻茅屋自成村，岸拍桃花江水渾。自笑五年江上客，從兹免得賦王孫。

長沙曲 丁亥秋戊子己丑及此番奉徵，凡四至長沙

雨聲木葉古潭州，景物蕭疏動客愁。三載南游四過此，緣慳未上望湘樓。

傷情無奈是長沙，故老空傳十萬家。怪鳥聲喧蒼鼠夜，忽聞莫府動琵琶。

文窗綺閣鎖明璫，鐵騎風吹下水航。倚徙妝臺思曉鏡，梅花依舊老東墻。

綉幃錦幕帶朱顔，萬斛離愁未許删。夢裏黄州今夜月，飄零秋色一凭欄。

榮王舊邸

鴛鴦瓦碎雉朝飛，無復罘罳舊舞衣。争向臨春臺上望，黄柑歷歷雨初肥。

池塘寂寞石臺孤，日暮西風起鷓鴣。不奈管弦人去盡，叢篁客泪憶金鋪。

鐵騎風鳴動鼓鼙，後庭老樹散烏栖。傷心莫話前朝事，十萬樓船過粤西。

荔枝老去杜鵑紅，遮莫年光入舊宫。淮南山子梁園雪，一樣回波解向東。

碧溪巧傍石床開，翡翠樓頭鸚鵡杯。金鎖消沉銀燭冷，薜墻螢火夜飛來。

牂牁東下水沄沄，桂樹婆娑霧雨昏。金雀銷殘羅綺盡，獨憐獅子倚宫門。

雜詩 時赴定南征，至長沙未果，行歸，抵武陵作。己丑十一月十五日

南國紅妝北紫駝，胭脂取次渡滹沱。琵琶空憶漢宫月，近日黄沙青冢多。

漢上口號

漢水三百六十灣，襄陽東至大别山。堤下垂楊連屋緑，二月行人馬上看。

三月南征二月歸，隔年兩見杏花飛。沙陽燕子莫相笑，今春客似去春衣。

九龍贈寒濤

天門南下即層城，况是新秋秋月明。鄉夢欲成難伏枕，空山夜半老龍聲。

樹王

霜皮百丈矯青霓，枝葉扶疏星漢低。再過千年不可料，安知不與祝融齊。

九龍盆

暗泉深樹碧琅玕，杖履崚嶒醉石壇。兩次不登方廣路，逢人[illegible]説九龍灘。

別破門

菜畦茶竈與繩床，半百痴僧鬢有霜。錯怪谿山橋上月，不能[illegible]汝過衡陽。
南山萬古老雲屯，纔下天門即破門。秋夜不聞谿水静，陰崖石磵伴黄昏。
明朝勒馬去衡州，北望山雲木葉稠。下火場中門早閉，松邊石縫海棠秋。

衡岳路

秋深粳稻馬頭香，竹裏鷄聲度短墻。師古橋邊南岳路，重來誰識舊彭郎。
祝融萬丈卷晴霞，霹靂泉聲盪日車。若使銀河通此去，從渠[illegible]借斗邊查。

郢上

漢陽城北鐵門關，飽酌硨磲醉白鷴。好借黄頭爲寄語，五年十看鳳凰山。

建利道

平湖彌望草如烟，人在蘆中來刺船。五尺沙棠輕似葉，消沉風月是長年。

四過岳州懷舊庚寅

把酒行觴意未休，淑元昔在岳陽樓。無情此日君山廟，不遣行人到上頭。
匹馬磯頭布穀聲，巴陵有酒舊知名。欲邀昌老同今醉，可惜岳陽樓未成。

自粤歸二月晤丁二宇師開元寺

虛堂簾影茗烟微，屋角蒼松大十圍。試問繩床風雨夜，幾番龍攫老僧衣。

聊園

踏遍三湘又五谿，今年纔到鄧城西。鄰墻老友深相念，床庑鴝夷手自携。
空園濁酒對山樵，極目荒城木正凋。却憶桂林前歲月，雪花今已綻梅條。

同馬雲孫西城

殘郭春田燕麥肥，隔墻二月碧桃飛。山僧薄暮不成醉，但看栖烏將子歸。

百里頻煩下澤車，深春薄雪一燈初。等閑記得南塘路，楊柳青青夾短蔬。

柳絲裊裊夕陽低，酒後歌聲憶大堤。萬里蒼梧催短鬢，多情今到紫金西。

送侄來太以忠以義歸江右

孤笻從未到匡廬，赤岸潮頭識面初。十載故人頻念汝，恐妨五老問來書。

彭蠡原是我家湖，萬頃玻璃入畫圖。此去鄱君應有問，春陵王氣舊南都。

吳頭楚尾去來賒，釃酒東郊散曉鴉。舟去潯陽莫繫纜，夜來恐有舊琵琶。

清凉寺書似納川

十里孤峰古渡頭，峥嶸遥見舊鐘樓。山花滿院經堂寂，新雨長林唤一鳩。

短墻賸有玉簪花，愛客花前霍六茶。廿載兵戎説不盡，老僧指點舊袈裟。

隨西道

馬上羅披漲水渾，蓮花初涌一峰尊。南天門外留雙樹，歸鶴斜陽帶雨痕。
百折千回止此河，玉虹何事戀青螺。纔歸江漢即東海，不及故山知己多。
官潭未已即安居，河伯不勞遮使車。南去蒼梧將繫馬，遣君先報洞庭書。
隨處得名亦偶然，不應占盡楚山川。黄河近日聞東徙，白馬空傳漢武年。

漢上曲

魯山脚下數歸鴻，萬里長江瞥轉篷。漢口商人廣陵曲，隨風捲入大江東。
五年慣食武昌魚，南國諸生立雪初。一自扶風冷絳帳，康成東去意何如。
漢口夜半起笙竽，畫鼓樓船手撐蒲。二八女郎争送客，趁風好過洞庭湖。
漢陽城外喧鼓鼙，平明直至日脚西。隔江驛館人不睡，漏下初更鷄已啼。

哭孟津壬辰三月二十日　五首

三月春風到洛陽，飛花如雪滿垂楊。嵩河元老今凋喪，無數寒鴉繞北邙。

一代文章千古身，金華殿上舊絲綸。遥知奎宿歸香案，此後光芒照孟津。
落日荒城晚照低，楊花柿葉兩離迷。愁絶擬山園裏樹，錦駝飛盞子規啼。
瓜洲行艓暮春天，剛遇艨艟潞國船。流血江中欠一死，至今猶憶甲申年。
疏狂久與世相嗔，唯有先生愛我真。筆硯欲焚還戒酒，空山夜雨獨傷神。

汝州西温泉

草邊羅綺浴蘭湯，客路香風襲汝旁。粉黛東流無處所，泉花結乳水蜂狂。
沸鼎連珠水一灣，餘波常得傍紅顔。上皇老去江山在，不爲楊家洗玉環。

襄陽道中

夙酲未解即征塗，回首襄山日未晡。黄橙垂垂紅柿落，一村烟火鄧家湖。

隆孫園

秋日隆孫滿院香，呼觴贏得主人狂。猩紅練白偏多種，奈是黄花不見黄。
猶記髮從寶慶白，幾回魂向洞庭銷。争如故舊床頭酒，爛醉騎驢過小橋。

的的秋花明别墅，垂垂霜柿滿東鄰。不道繁華零落盡，此間尚有避秦人。

對酒口號 癸巳四月二日

投劾歸來已四年，終日乞身過酒泉。當時燕子還相念，仍向東樓覓舊椽。
傷心何忍問宗人，化作丙丁亂後塵。麥田閑看棠梨樹，依舊飛花到北鄰。
殘堤楊柳不勝春，飛絮年年憶主人。山河最是無情物，愁向乾桑問紫宸。

再哭王孟津 癸巳三月

長兒新自孟津還，爲道尚書已卜阡。桃花雨落嵩山暗，石馬長嘶古墓田。
從此千年不復朝，暮雲常自鎖嶕嶢。垂楊三月難爲緑，一片飛花覆野橋。
馬首三川但落暉，桃花梨花雨霏霏。千年華表北邙月，夜半訓狐成隊飛。

水哉行

鄧文明河去坡十里有渠，爲入城路，水漲輒入城，環流如帶，土人恃之曰：『寇來且如此水何？』或曰：『是風氣所關也。』爲作《水哉行》。癸巳五月。

五月八日大水來，四城水道一齊開。幾畝菜園飄没盡，白龍古上釣魚臺。
寒烟歷落半瘡痍，地接西山群盜窺。懷州戍卒都無用，此水賢於十萬師。
果然海水化桑田，大地奔騰十丈泉。却憶黄巾覆鄧日，河流偏竭破城年。

和少室林於軒詩

憑軒聊自酌磚礫，滿地松苓手自鋤。小徑苔痕連雨緑，可容屐齒過吾廬。
憶從嶺表卜幽居，萬碧琅玕擁緑蕖。今日故園亭子下，丹霞山色較何如。
蓬門蘿月冷桑樞，屋角屯雲堪自娱。官米争如藜藿好，古來餉死是侏儒。
花間蝶夢與蜂鬚，長許身爲山澤癯。十載將離開已遍，東皋且莫種文無。當歸名。《古今注》：『將歸贈以文無。』
夏園暴水長東郛，雉堞參差老鸛呼。并日一餐脱粟飯，有人誰解在菰蘆。
小院桐君對木奴，楣欄恰好署屠蘇。近日長門不買賦，千金誰賞到成都。

湍北庄

廢池舊堞更無鄰，布穀墻頭唤主人。此地往年曾戰伐，髑髏夜半泣青磷。

田父場中新麥飯，刺麻罏内舊蘆筒。翟門久已堪羅雀，怪爾排衙鬧蜜蜂。

臨淄道中

巑岏山色鄘陽城，乍見芙蓉雨後明。日暮老烏啼斷壟，冠軍元是故侯營。

香岩園

看山百里踏青鞋，十步泥塗九水涯。可奈梧桐葉漸老，桂香風雨鎖高齋。

綺疏怪石對城隈，四壁圖書共酒杯。却憶商州許副使，故園幾見海棠開。

萬山秋雨石粼粼，燈火長干古渡津。鄘陽濁酒關山月，我在君家君在秦。

長華齋 癸巳八月

雲根秋氣滿菰蒲，水意戎戎白露孤。幾日歸帆木葉下，客身常在洞庭湖。

仲秋開元寺話秋陽僧

瑟瑟秋風病葉多，霜池烟草亂菱荷。老僧莫問前朝事，十載中原走駱駝。

秋陽僧談先君讀書處

參差古瓦槐安國，藍縷袈裟見爾曹。芝草飄零螢火黯，一番涕泪對蓬蒿。

同麻英武飲開元寺聞寇警

秋烟羃䍥鎖琅玕，古殿風來半夜寒。聞説郿西銅馬亂，寶刀如水帶星看。

豆婆冢 邏城東南。婆在金元間以豆豉療瘟，人德之，爲築冢

䶕齜窟穴老狐窩，寒雨秋風怨女蘿。人間將相纍纍冢，不及荒原豆豉婆。

百花洲 爲范相遺迹

夕陽白草照芊芊，蕩盡百花五百年。剩水殘山秋一碧，蒼鷹飛盡老狐眠。

開元寺

纍纍念珠一磬幽，秋瓜磊落滿墻頭。低眉細説皇明事，辛苦從軍到岳州。

春風閣舊址

傑閣崢嶸想像間，臺隍流水自潺湲。姑蘇人去千年後，魂魄猶應戀此山。

送人之官雲間

紅陽草色映春袍，萬里雲天一雁高。不耻江東問米價，而今國計正須漕。

五尺沙棠萬里篷，客身二月見征鴻。此去若逢孫校尉，問他年少定江東。

金陵鐵瓮勢崩奔，浮玉峰高接海門。好借便風凌建業，何須江北晤王渾。

東郭離筵春孟初，憑君好寄五茸書。莫忘常年脱粟飯，一朝餉棄四腮魚。

甲午夏張將軍予告歸維揚

聞説將軍解印歸，血腥纔自出重圍。廣陵瀑急如銀箭，好爲君侯洗鐵衣。

夜行襄陽道中

馬頭蟲語頻呼夢，水底螢光乍誤星。楚竹烟深山鬼睡，忽聞古寺一聲鈴。

襄陽贈趙僉事鄖陽雷湄

萬山深處著鄖城，羽檄經年鼙鼓聲。昨日將軍戰房竹，平吞賊壘正三更。

潁然僧話雨中

小園二月花垂垂，斜壓三枝間兩枝。恰喜大堤僧見訪，正逢穀雨煮茶時。

涼州曲送麻英武將軍之官肅州

軍鋒旗鼓出函崤，知是歌聲第幾鐃。却憶隴頭腸斷處，梧桐落葉滿西郊。

關西上將報新除，白帝霜寒玉露初。塞外歌兒回鶻隊，將軍節擁讀兵書。

鸊鵜淬鍔帶霜熒，萬里西涼靖不庭。飲馬今看青海外，戰袍一洗向來腥。

一葉金風白水秋，送君今過隴西頭。姑臧戰壘斜陽外，九月健兒青兕裘。

新磨寶劍斷吹毛，况是西征秋氣高。好酌酒泉酣戰士，分甘不用更投醪。

客去咸陽過便橋，離筵帶雨倍魂銷。古來偏霸涼州外，勒馬西河問隗囂。

人散荒城醉曉鴉，暫邀秦女奏琵琶。此行好聽梁州曲，二八湖姬薦乳茶。

豪猪韡子葡萄觴，白草黄雲塞外霜。漢使從來天廣大，甘陳姓字在西羌。

昆侖山勢鬱嵯峨，城外關門帶黑河。蘇李人間多少泪，泪聲都是河梁歌。

老病年來不出村，逢君爛醉幾黄昏。那看[一]遠向陽關去，寂歷東皋又閉門。

【校記】

〔一〕看，匯編本作『堪』。

南陽送巘犖之桂林

秋草離迷博望城，斜陽驛路馬蹄輕。可憐杯酒春陵月，又向瀟湘盡處明。桂林爲二水源。

木葉寒皋玉露肥，送君白水泪沾衣。賜環有日來天上，相囑還從此路歸。

難别高堂二白頭，孤城萬里一帆秋。河東司馬今誰是，肯把龍城易播州。

巘犖内召

聞説丹書下玉墀，老臣萬里拜綸絲。遥知聖主蒼生意，不似長沙召賈時。

紫閣飛來白水春，雲霞五色擁蒲輪。求才天子臨軒問，莫謂相如是酒人。

別賦未成魂暗消，游裝北極馬蹄遥。近來燕趙還歌舞，知醉邯鄲第幾橋。

贈雲間畫師

西窗一夜颯梧桐，雨氣芭蕉響塞鴻。忽憶鱸蓴江上客，憑君爲找畫秋風。

種瓜十載自青門，四壁烟嵐雨氣昏。便遇王維難下手，安知不是輞川村。

潦河柳翼明

迎風荳蔻帶垣斜，茅屋潦河環幾家。牖有床頭經歲酒，秋來醉摘故侯瓜。

長干且爲駐征車，鳥語蟲聲滿舊廬。棘裏銅駝君不管，清時耻上太平書。

乙未春初訪朗然慶祥寺

陌草回春一徑幽，紅崖古水自林丘。僧房寂歷黄楊老，十載登臨感舊游。

黄昏鐘磬鎖莓苔，何事山花尚未開。白兆峰頭人卧懶，錫飛幾日棗陽來。

乘酣出郭便忘歸，獵騎平原野獸肥。古寺尋僧僧更少，斷橋流水帶荆扉。

浮名久自厭風塵，兔角龜毛未有因。趺坐山中還薄暮，不知舊是浪游人。

至正寺

春寒白草宿雲多，破寺墻頭舊薜蘿。自笑半生方到此，名山何怪易蹉跎。
山犬狺狺惱客過，金元遺碣上青莎。斜陽掩映經聲出，垂柳烟寒苦菜多。

同友游南寺

五斗宿酲猶未開，携尊又覓酒人來。桃花紅雨歘成陣，柳眼青青古寺隈。

聞家〔一〕耿言

何事眉鋒鎖未開，家書新自廣陵來。館娃已作揚州土，斜雨酸風上楚臺。
于園亭子碧琅玕，知是當年大將臺。莫向鐘山淮水望，幾回誤却舊長安。

【校記】

〔一〕家，匯編本作『宗』。

禹山

夏王宫殿石門開，金碧曾經付刦灰。桃瓣繽紛花自落，頹墻白日老狐來。
石城矶硉著山顛，蜥蜴奔馳破廟前。無數髑髏荆棘裏，夜來鬼火下平川。
但有飛花伴夜磷，檐前蝙蝠舊車輪。欹斜石墄蒼苔滑，不見清明羅綺人。
秦兵十萬擁湖沙，一夜西風散暮鴉。近日僧魂無處所，春花堆裏憶袈裟。

嵩山僧

曾聞中岳雲深處，天外雄風挂野猿。我欲騎龍絶頂上，昆侖西去見河源。
三鴉路斷入弘農，藍縷袈裟第幾峰。萬壑松門石徑小，六時白業對芙蓉。

沈家橋

新雨泥沙半没橋，觀門榆樹築烏巢。老雛莫下麥田去，黄口雛兒怕皂鵰。

西庄大水

桑田一望水瀰瀰，麥穗泥中首半垂。黑墳猶自藏魚鱉，寡婦腰鐮待舉炊。
小堰常年鍤似雲，半勞閭左半勞軍。天吴解惜蒼生力，一夜全漂馬武墳。
高原甌脱麥難秋，茅屋人家曲水頭。昨日中男河上至，長堤又報決曹州。
投劾山庄已十年，濁醪醉枕《漢書》眠。不勞車馬來相訪，門外鷗鷺范蠡船。

訪梁見賓不遇

戍卒雕弓箭滿腰，荒堙風雨漫蕭蕭。孝廉只在郭門外，緑柳人家第幾橋。

馬雲孫静嘯齋 康莊先生讀書處

綺疏小築簡遺簪，坐擁專城書萬函。無限石渠金馬泪，龍門太史舊《周南》。
山園雜樹振流鶯，萬緑葱葱雨乍晴。石丈昂藏灰劫外，十年囤扎大梁兵。

晤白二明憶乃兄

新野城南舊酒杯，廿年佳勝已成灰。蕭蕭車馬垂楊路，怕有山陽鄰笛來。

入洛機雲鬢正垂，舊游零落感交期。騎驢再過乾明寺，想見談經夜坐時。

芍藥花間荷葉巵，不堪覼縷憶當時。向來跋扈飛揚意，半付光皇白水祠。

義陽百里水潺湲，禁旅長沙人未還。聞説牂牁初置郡，象兵久已掃嚴關。

寄徐漢輦

車馬故人海内稀，廿年殘夢岵山暉。白亭風物還相憶，篝火辰楸二十圍。

岞峪峰高鐵鳳鳴，武關西去月三更。舊游知有黄壚在，白首傷心老驥行。

再經南塘

潦潭碧曲野魚肥，蟬噪垂楊懶不飛。犀角銷沉羅襪散，衡陽南去雁書稀。

飲少室同見賓作

廿載離愁滿驛筒，不堪老去各成翁。一生半在兵戎裏，今日長沙未挂弓。

山月經秋帶晚霞，幽篁石壁海棠花。留君且莫出城去，南客新將白岳茶。

詩集卷十六

七言絶句下

經泌陽以下《常寧刻集》

頹垣古廟草萋萋，泌水從來流向西。雨後群山緑似髻，蟬聲又向夕陽啼。

泌東老楸

泌陽老樹自離奇，龍虎身存未死枝。夜來風雨雷霆鬥，可似昆陽大戰時。

臨安已事總堪悲，花石君臣寢廟危。此物中原留正統，六龍猶未渡江時。碑云：『紹聖二年建寺。』

申陽憶雲和尚

桐柏山頭憶老僧，紅崖脚下注三乘。從君去後山門寂，蘭若新生十丈藤。

蕭王店

蔿草荒岡没馬蹄，玉簪花下老僧栖。逢人莫話蕭王事，白水烟寒怪鳥啼。
曾聞火德厭東都，此地猶存赤帝符。河北當時無鄧禹，雲臺强半老庸奴。

經上蔡

城郭蕭疏著廢庵，離迷亂冢老樵探。李家黄犬歸何處，狡兔縱横遍汝南。
秋深亭午日炎炎，槐影婆娑挂酒帘。少婦黄頭門半掩，南家借取北家鹽。

望銅雀臺

漢業闗東走戰場，阿瞞鄴下起咸陽。當塗未幾還司馬，千古悲風吼白楊。
寢臺依舊傍山阿，香粉從教化薜蘿。地下荆州思往事，一枝烏鵲較如何。
酸棗南來白馬津，高臺插漢自嶙峋。女郎不共曹公死，只爲生前善負人。
建安殘瓦錮三泉，磨洗争傳作硯磚。不信曹家文字鬼，猶分墨瀋到千年。

邯鄲懷古

趙城實自胎秦政，秦政還爲吞趙人。若使武靈長不死，未容奇貨帝西京。
靈王胡服古今奇，此義無容竪子知。試看山河北晋後，中原半是獷騎兒。
十萬秦兵走趙時，虎狼竟不敵烏騅。至今草樹猶酣戰，白日風沙捲大旗。
邯鄲使者意張皇，誰識真人酒肆旁。始信天心留火德，肯教卜者帝咸陽。
趙家宫殿鎖莓苔，歌舞千年去不回。夜半箜篌彈鬼女，君王猶自宴叢臺。

鄗城

火德未灰誰更燃，南陽突起舂陵烟。二祖東西無定法，鄗南争似入關年。

滿城飲袁開鴻時予有湖南之游，袁以西寧道里居

威名十載隴頭雲，膽破西凉回鶻群。試看城外蕭關月，至今猶憶冀州軍。

過方順橋哭夏泰來

上元燈火一尊初，廿載交情桑海餘。路入山陽腸欲斷，幾間破屋照殘書。

寒塘秃柳鎖啼烏，老友重泉不可呼。十畝荒園還牧馬，健兒帶酒跨雕弧。

强半同游付劫灰，白頭獨自過燕臺。山河無恙人空老，正月梅花凍不開。同游李孝源、張箕疇、王九玉，今惟予在。

凌雲壯志困諸生，四海交游愧爾情。保定西來尋旅店，往年别墅是軍營。

尹村再看王孟津畫石

相公潑墨抹雲根，元氣氤氳丰骨存。争似平泉一片玉，贊皇貽累到兒孫。

斜日荒岡雪半封，投鞭下馬拜芙蓉。燕山不少南游客，錯認杭州郭外峰。

先生筆墨妙如神，南渡鈞衡説孟津。六代金陵流水去，貌山争似貌麒麟。

後有盟津前太倉，國朝盛事屬諸王。可憐建業紀元日，依舊花綱説汴梁。

長安古道重經此，壁上烟雲二十年。生死交情星物散，白頭立馬獨潸然。

奉使剛從秦蜀歸，中台星已失光輝。精靈五岳應難散，時向孤村壁上飛。

長沙送傅同野歸孝昌

十年繫馬大洪山，憔悴支離鬢已斑。流落荆州空下泪，一江白露送君還。

尹村真原寺遇慶雲僧

西山晴雪捲啼鴉，寥寂寒烟四五家。紫陌琅璫淅瀝夜，露林落月滿袈裟。

丙申春過内丘南圓津庵 晤印亭和尚，讀覺斯先生遺墨

登臺彌望旅魂清，積雪平原一磬鳴。嵩洛文章邙上月，墨花常照内丘城。

廿年底事感前游，車馬勞勞竟白頭。再過招提誰更識，青松白護藏經樓。

黄粱祠

往來車馬織如梭，萬古繁華枕上過。何事盧生偏授枕，世人無枕夢還多。

仙祠碧瓦對叢臺，楊柳烟深春又來。月落南城歌舞罷，仙人枕上夢初回。

送徐漢肇之白亭時予亦游楚

芒鞋路出岵山東，二月桃花斷續紅。倉猝更憐新雨散，瀟湘南去見征鴻。

石塢殘梅落舊枝，故人歸騎曉風吹。家山岩峪雲深處，夢裏丹崖喚子規。

家園晤董心水

夜半軍書下武昌，琵琶洲上陣雲黃。興亡南北真殘夢，往日江山剩酒狂。

三山黃葉萬羅秋，十載江東感舊游。白水相逢春又盡，殘花暮雨過南州。

瑩潔園 丙申四月

小園曲檻一泓幽，紅藥翻階綠竹稠。羃䍥烟寒楊柳路，鶯聲恰在水西頭。

飛盡楊花燕麥翻，十年舊夢落平原。殘軒老蕙深相待，離亂傷心不可言。

蜀僧大澤九十相逢沙陽堤上

九尺身軀九十人，腮毛尺許更無倫。憑君欲問青城路，擬向[illegible]皇稱外臣。

成都西去逼流沙，積雪寒生六月花。問爾何年離故國，周餘甲子更無家。

佛是西偏爾却東，山河大地一宗風。瞿塘雨色虁門月，只在孤笻想像中。

過約價口吊譚擬陶

鳳凰山上酒盈巵，藍縷相逢草昧時。藝苑飄零詞賦盡，江山寂寞柳垂絲。

雨中興國寺酌劉大祈

觚棱古瓦帶青籬，鸜鵒聲喧烏柏枝。怪是愁心江雨暮，郎官湘上酒盈巵。

殘碑風雨照精廬，苔蘚何來蝕篆書。聞道年豐香稻賤，一時價重武昌魚。

簰州即事

長江彌日雨沈沈，一曲人家楊柳深。隔岸孫曹餘戰鬼，千年青火照烏林。

衡藩邸酌將軍

夜半新妝出畫樓，琵琶按部譜涼州。衡陽怕有南來雁，錯認笙歌醉故侯。

天上歌喉掌上身，梨園占斷幾回春。大娘未死秦青在，閱盡繁華是此人。

柏坊

清湘兩岸緑如鋪，碧水中分好畫圖。頗奈扁舟忙裏去，春山吹盡鷓鴣呼。

問飛來船有引

飛來船在衡岳南天門外，予庚寅登岳，爲偈付僧，欻其飛去。數日大風雨，忽不知所在，湖湘間傳爲异事。丙申復過衡邑，問麓下居人，船果烏有矣。爲此詩以訊山靈。

空山雷雨奮孤舟，化作神龍不可留。天上銀潢不用棹，如何搜取到山頭。
繫馬湖湘已六年，游踪半在祝融巔。重來無復懶殘在，不獨南天門外船。
偶因霹靂錦帆開，誰謂凌雲去不回。我欲征南通五嶺，楼船好逐伏波來。
我詩未必速君去，君去似當因我詩。寄語南陽韓吏部，雲開自此不爲奇。

寄破門

秋風江上暮雲屯，書寄衡山老破門。繞樹名花思舊客，多應憔悴海棠魂。

過衡麓清涼寺憶寂虛和尚予丁亥及庚寅兩游此山，今丙申秋又至，僧化矣

君遷樹老鷓鴣啼，墨食蛛絲感舊題。鹿苑飄零香積冷，祝融峰下白雲低。

訊破門有引

破門住石船下，予前《衡山記》有云：『船有時飛去，如老僧頭顱何？』船于是年飛去，破門無恙，書此訊之。

船去不應爾獨留，屠蘇剩得老僧頭。金剛未碎慈航杳，莫上祝融觀海樓。

李皓白來衡山隨筆二絶戊戌初夏

食盡蹲鴟兩鬢蒼，祝融紫蓋霧茫茫。繩床丹竈白雲裏，不把盧生授始皇。

采藥衡山兼負薪，朱陵暫作武陵春。靈武功成君莫羡，長源終是假仙人。

雁峰訪破門

笋輿詰曲入芊眠，怪有招提著樹巔。萬個篬筤新雨緑，白雲　縷是茶烟。

僧樓斗絶倚山根，檻外芙蓉帶雨痕。自笑山公無政事，一行出郭便黄昏。

雁峰下晤秀柏僧

白雲輪囷鎖禪扉，短竹蒼藤水一圍。怪是銜泥雙燕子，聽經帶雨傍人飛。

戊戌正月游清凉寺有引

衡山北郭，精舍一區，林篁蓊然，佛鉢因依。予自丁亥及庚寅兩游其地，與静者寂虚友善，别來忽忽又七八年。歲在戊戌，予復以朱陵使者來，則寂虚泥洹久矣。相傳其白縶藏處距兹凡一由旬，蓁莽荒穢不可去，乃爲詩四絶以付弟子寄慨焉。游僧蠕蠕，卒未有識予者。噫！安得不重念寂虚哉。

曩年車馬滯山門，坐對毗黎看雨痕。一去流沙終不返，林間青雀幾黄昏。

唱和詩

祝融脅下譜精廬，夾磵溪聲濺佛書。此去定生山鳥怪，近來解向市城居。

衡山高處與天齊，曾向峰頭聽曉鷄。近日山中茶税苦，祝君莫向此中栖。

怪是青鞋不入城，雲囊又懼往來兵。莫把烟嵐驕府主，年來官長服黃精。

雲母平分下紫駝，青山割據老僧多。湘川争似江東水，霸業凋寒付楚歌。

蘇山絶頂

黄葉蕭蕭萬壑翻，楚山歷盡此山尊。遥看五嶺東南盡，欲把羅浮作子孫。

一抹芙蓉仙佛鄉，祝融回首見蒼茫。靈山慣作長生宅，不比中原作戰場。

臨武北馬侯山

漢將征南過楚分，山頭駐節至今聞。勛名不列雲臺上，何事蠻荒獨憶君。

伏波威略重南方，兩度軍書下洛陽。不謂交州多薏苡，空山俎豆爲誰芳。

赤石司

十里山岡九十盤，還從木末俯驚湍。離離紅葉河邊女，亂踏鷄欄看宰官。

常寧北留別吴正持以下《攸縣刻集》

黄茅嶺上醉征塵，咫尺關河萬里身。匹馬昆明君莫笑，白頭偏欲畫麒麟。

金馬碧鷄六詔城，通侯自此屬書生。還看勒柱流沙外，萬古西南不用兵。

戊戌冬予以觀兵一至白蓮山閲明年己亥又復至郴適喻子孝廉來訂重游已許之矣驅車西歸匆匆未果書此寄謝白蓮

蓮花頂上孝廉居，鷄犬雲中識舊廬。莫羨旌陽拔宅事，金銀宫闕更何如。

道左題書謝白蓮，仙源有路夢相牽。再來欲向青城老，莫學衡山頂上船。衡岳頂飛來船爲余題詩，飛去事在辛卯。

西風裊裊捲朱旗，趾向蓮花訂後期。世上交情無久暫，青山半面是相知。

讀朱五溪來書憶及舊事

亂離把臂共酸辛，萬死餘生賴此人。許大滄桑轉瞬過，新亭舊泪滿江濱。

底事傷心問甲申，玄黄戰血膩征塵。江東王氣天心去，惹得兒童説孟津。

祁陽寄李將軍

離亂交情十五年，零陵歌舞散如烟。重來欲覓曾游處，雁斷沿溪黄葉天。

真看蟣虱長兜鍪，子在芝山我靖州。差爾圍城一百日，苦將雀鼠易封侯。

長沙晤楊岫青廣文庚子　以下《滇黔集》

青宵羯鼓醉燈花，况是城頭隱暮笳。我欲憑君尋屈賈，才人流落是長沙。

沅州四首

沅州楊柳帶虹橋，日暮山深喚百勞。客去滇南一萬里，雄風何似霍嫖姚。

枇杷樹裏鷓鴣鳴，江上離觴送客行。聞説蘭滄堪飲馬，瀘江再問武侯營。

舊游曾記在江鄉，鐵甲鏖兵幾戰場。今日滇黔歸正朔，牦牛賨布溢蠻方。

沅州有路下牂牁，再見將軍馬伏波。略地還須交趾外，狼䀎裸國入鐃歌。

靖州贈高將軍時君將卜居襄陽

將軍唾手靖黎平，鐵甲霜寒萬馬横。贏得黄金如斗大，歸來共醉漢陽城。
戰伐雄名二十年，草木兵聲下楚天。猶記湘東橋上事，萬人敵裏着先鞭。

饒歌有〔一〕

皇清得天下十四年，先是以滇黔險遠，王師未收，今大兵三路進。以順治戊戌春進兵，四月十八日抵黔，次年己亥正月三日復滇。詩作於長沙舟中。

乾坤混一屬皇清，忽報滇南一鼓平。此日應開平樂監，屯田早過貳師城。
兵威遠過大荒西，談笑山河盡碧鷄。從此燒當傳校尉，任教畜牧到渠犁。
哀牢山下血花斑，姑墨莎車只等閑。都尉還開西海郡，君工莫閉玉門關。
天南鼙鼓戰雲昏，裸國文狼各斷魂。却笑燉煌持節者，至今猶未識昆侖。
黔中地接楚山横，歲苦苗租供老兵。練甲戈船邊報急，塞垣飛入義王城。
神槍象背走梨花，血戰屠耆日已斜。莫話衡陽橋上事，大軍今已逼流沙。
壯士昆明慘不驕，益州王氣黯然銷。公孫自棄夔門險，誤國無如鐵鎖橋。

卧榻曾聞睡正憨，王師半壁下西南。宗周已盡憚狐聚，可許姬嘉祀子男。
五華山下鬼啾啾，西下蘭滄天盡頭。史册莫書南宋事，崖山亦是舊神州。
金沙一望氣糢糊，平緬麓川今有無。八駿還看穆滿去，曾無寶玉門河圖。

【校記】

〔一〕『有』下當有『引』字。

貴州送張龍涵之官宛城

客中送客倍思鄉，莫惜金尊倒夜郎。君去試看白水上，東都將相半南陽。
君去中州我入滇，鄉關萬里夢相牽。因君好寄平安字，家在青山白水邊。太白《南陽詩》：『青山環北郭，白水繞東城。』

平壩西天台山

道傍山脅出危峰，馬首寒雲一望中。何必阮劉能到此，層霄開遍萬芙蓉。
黔中也自有天台，石磴崚嶒平壩隈。鷄犬真從雲裏下，飛梁絕壁老僧來。

筇竹寺庚子長至同左轄李嵩岑驛鹽史質輔屯田藎封之諸君游出昆明城北可十里寺在山腰俯瞰雲城雉堞歷落伸手可捫二子始起始騫隨侍

十圍梅蕊從中吐，三丈牡丹何處來。繞屋流泉奔響寂，松陰更傍石門開。
無端香積帶匯羲，憔悴寒山自一時。斜日風鈴傳寺角，群花競發向來枝。
千盤石徑晚松低，萬卷靈文霄漢齊。鐵馬銅駝思往事，山僧莫話永昌西。
六詔凋殘舊戰場，青山無恙一松長。王孫老去仁祠在，頗耐興亡是夕陽。

滇曲四首

絶塞桃花沫若春，經年司馬倦游人。漢家新置犍爲郡，不許沈犁稱外臣。
髦牛笮馬古西偏，僰婢今耕塞下田。莫向中原比廣大，鑿開混沌是張騫。
曾聞身毒帶西滇，蒟醬筇枝大夏前。益斥零關八校尉，當羌今是入朝年。
桐師東下絡斯榆，略定西南剖帝符。建節中郎王副使，威名得似潁川無。

別滇友之粤辛丑二月

分手昆明倍黯然，鐵橋南去柳如烟。金沙戰鼓雪山夜，莫問石王少府錢。
花馬城東柳色寒，一官萬里幾回看。轉憐舊地時艱在，更覺以朋遠別難。
鰈海龍荒指顧收，鳴鞭今過海西頭。嶺南風物齊州外，夜半斗辰地上浮。
銅瀨風高黑水寒，離筵載酒莫辭歡。珍州南下蒼梧遠，山色争如不共看。

別璞函

良朋送我過東城，水上桃花陌上鶯。歸化寺前青麥浪，不堪重聽鷓鴣聲。

楊林別友

春風無賴夕陽斜，開遍棠梨幾樹花。也有勞勞車馬客，停鞭一啜大華茶。
憑虚薄暮萬山低，芳草垂楊緑正齊。异日并州回首處，故鄉名在曲陽西。
無端社燕弄春暉，倒捲楊花入翠微。更是松濤千壑沸，却教別泪濕征衣。

鼎湖詩

鳳曆編年十八秋，山河指顧誓金甌。可憐鼎就龍升去，戰馬猶餘黑海頭。
玄菟朱崖暨朔方，樓船鎧仗兩相望。茂陵衰草秋風夜，猶聽嵩呼少室旁。

過鐵橋二絶

鐵橋黑水舊知名，天險曾當百萬兵。試問臨邛持節客，當時何路入昆明。
萬山壁削谽岈裏，怒石横江雪浪時。蒙段山河流水去，此情惟有鐵橋知。

沅州贈徐兆興

河北將軍握虎符，偶然借箸到南都。壺頭山上五溪月，舊照征蠻跨馬圖。

破門忽來自衡山共醉伏波山下走筆三絶

十年兩上越王臺，百粤山川更酒杯。莫謂衡陽真斷雁，秋風先送破門來。
石船飛去在何方，船下山僧舊草堂。今日蒼梧還對酒，可憐頭白漸如霜。

別來衡岳已三秋，飄渺真同夢裏游。獨秀山間今遇汝，始知衡岳是并州。

粤閫司廳事古松同胡德輝黄抑公爲張一庵賦

長松鬣鬣捲秋雲，領袖蒼梧獨有君。却笑秦人封不到，可知人樹屬將軍。

西粤送劉心一移師鎮遠

秋山黄葉動旌旗，浴鐵霜寒草木知。近日夜郎成漢縣，此行重勒武侯碑。

灘水南來接五溪，山連銅鼓草萋萋。提師早過金沙外，可許論功大夏西。

辛丑閏七月小飲獨秀山下同胡德輝黄抑公兩司長即席爲書荆山便面

雄名自昔跨凉州，况值侯封更虎頭。壯略還看開九郡，即今内地是炎洲。

西粤送楊將軍昆伯之番禺

雕戈此日靖波臣，九尺梨花百戰身。鰐浪即今看盡息，本朝干曾過朱垠。

楊僕初聞下瀨艘，飛鳶跕跕墮蠻江。貢來南越鴻臚館，生翠還看四十雙。

獨秀山

便將拳石峙孤峰，百粵山川爾獨雄。歌舞臺空羅綺散，年年秋葉下梧桐。
參天百丈削芙蓉，不合王孫貯後宫。朱邸繁華銷歇盡，丹崖翠壁野棠紅。

秋日聞李鑒湖言漢口藥僧最愛予書走筆一詩爲寄

廿年游楚愧霜蓬，悔未廬山識遠公。何日淵明還載酒，蓮花一醉漢陽東。
生平酷愛只名僧，五岳峰頭幾度登。一葉同看六代月，雨花飛處是金陵。

寄全完吾柳州

遼陽鐵馬舊知名，百戰功高嶺外平。聞道安南新入貢，可知飛將在龍城。
三韓組練佐龍興，唾手昆侖一鼓平。此日山河還白馬，璽書早下越王城。

送盧用章歸里

蕭蕭黄葉送行舟，歷落一生今白頭。李蔡爲人中下在，古來善戰不封侯。

七星岩

岩在桂林城東，傍灕江岸，連綴七峰，孔穴稱最。初入如大厦數間，秉燭而進，長可十里，或如宫殿人馬，或如刀劍户牖，奇怪詭譎，種種不可思議之物罔不具。造物者誠勞矣。聊賦三絶。

灕江石峒自逶迤，雲母胎銅幻作姿。聞道阿房宫闕盛，只如春火未焚時。

河圖海貝滿匳篋，變化靈岩匪所思。竊喜名山還愛惜，深藏不令市兒窺。

神工鬼斧鬥罘罳，羅列琮璜大貝時。《禹貢》九州方物外，獨留寶氣照南陲。

尚紫雲有燈上麗人作和二絶

羅幃金屈乍生香，姊妹花間第一行。莫向伏波山下走，恐人誤指舊椒房。

酒闌花謝露爲霜，傍檻何緣舞袖傍。似有歌聲來座外，就中若個是周郎。

壽謝將軍

江東子弟舊烏衣，白鼻雕鞍横槊飛。萬里邊陲無戰伐，霜天紅葉獵禽歸。

殺賊誰能更賦詩，侯門將種羽林兒。幽并部曲嶺南道，手撰鐃歌馬上吹。

豪猪鞾子豹花裘，十丈蓮花照粵州。鞭底珊瑚金勒馬，况逢高帝好封侯。

爛熳兵書五十家，偶隨長劍到天涯。清霜一掃黃家峒，都護新乘獅子花。

偶讀昌黎桃柳詩忽有作 壬寅古田

故園空負幾年春，二八紅顏翠黛顰。一去昆明三萬里，無情最是宦游人。

緑楊飛絮别江邊，泪染胭脂濕畫船。玉塞金沙人更老，深閨無復問流年。

聚柝嚴城記古田，無端若有夢相牽。叮嚀耳語知何用，嶺外題書雁不傳。

飛花拾翠憶南園，醉裏笙歌欲斷魂。老去邯鄲還入夢，獨憐春色怨黃昏。

昌黎桃李豈無因，獨有娉婷憶遠人。世上蛾眉真薄命，幾人能占大官身。

别後郎當不可支，玉蟲金粟兩迷離。春華歲歲催人老，馬上征人知未知。

明珠灑泪説干戈，老大逢君離亂多。料得封侯還有日，妾年不待意如何。

每向妝臺憶老奴，十年九過洞庭湖。生平要上麒麟閣，陡覺歸來雪滿顱。

永寧口號

山城正月自飛花，桃李紛紛若個家。羯鼓元宵人不卧，銀環粉面鬥琵琶。

撾箏擂鼓笑顏開，跋扈飛揚獅子來。木客魂摇山鬼避，平身川上越王臺。

紅顏二八采山茶，半是山腰半水涯。昨日巫臺雲雨夢，鬟間粉蝶任横斜。

廣州木履着新成，我欲尋郎無姓名。結隊連肩榕樹下，當歌細聽獞兒聲。

聞黔中觀察信子以順治戊子填撫此中閱康熙癸卯十六年矣

十五年前此舊游，高牙大纛照黔州。驛亭如故劉郎老，惹得山花笑白頭。

汎掃欃槍十萬兵，勛名自我墮垂成。滄江一卧年華去，猶向三苗嶺上行。

蒼梧別友 以下《續滇黔集》

猿臂雕弓左右彎，軍中白馬賀蘭山。雄風唾手安南國，辦取通侯鬢未斑。

興朝將相果無倫，鐵甲霜寒九尺身。血戰歸來還露布，佇看投杖上麒麟。

送趙振判鎮安新野人

何來藤峽碾車輪，象郡荒寒塞樹昏。暮雨鷓鴣啼不住，看君匹馬奪昆侖。

昭平南尚書祠

灘江東下尚書坊，碧瓦朱楹薜荔墻。香火依然無姓氏，老烏門日送風檣。

丹艧蕭條古澗垂，夕陽老樹護殘碑。估帆上下留蘋藻，堂上衣冠竟是誰。

新寧左家庄

萬山緑學氣蕭森，石徑荒凉竹嶼深。土銼柴門黄犢犍，痴兒猶自狎山禽。

君遷樹下好池塘，種得嘉魚半尺長。舉網還須車馬客，經年匕箸不曾嘗。

會同贈何令調之題公署壁令諱林，山陰人

郵亭古樹積桐柯，介馬曾經夜半過。往日長干人不識，老兵略記會同河。

匆匆此地又逢君，三載離愁五嶺雲。猶恨不登崖屋寺，鐘前黄葉下紛紛。

陣雲夜捲五溪時，獨擁旌旄十萬師。勒石磨崖成底事，多君勸我戰場詩。

貴州送滇令聶聯甲歸蜀

握手昆明已四年，逢君此日下西川。花開蜀道鶯啼早，莫信巴山只杜鵑。

益州霸業古來偏，猶記成都割據年。劍閣崢嶸連白骨，庸才豈獨是劉禪。

送江川王令和曲林守歸江東

十載游裝西海頭，金沙鐵馬碧鷄秋。檳榔争似江東米，一葉孤飄白露洲。

與君把臂醉昆明，此日巫黔百草生。萬里良書江右去，祝君莫過石頭城。

三年别汝倍含情，黑水蘭滄鐵馬聲。邂逅牂牁還雨散，一帆春水建康城。

春風弱柳五溪舟，一綫中通萬里流。此日東南無戰伐，滿船簫鼓下揚州。

小箐

王師征水西時，予由黔臬奉移滇藩之軍中，道上即事之作

六月單車小箐中，萬山緑學鬥殘紅。不知何處清商發，十部笙歌别院東。

十丈黄泥帶板橋，半没馬脊半人腰。水西六月勤飛輓，蕎麥餱糧滿袋挑。

峒中羅列見樓臺，丹艧依然石壁開。百丈懸藤牽不上，官兵何自解飛來。
健兒力疾負官糧，百里山程粟一囊。自古輿圖連腹裏，敢云羈甸是遐荒。

西南詞贈袁天罡

髦牛江外若水渾，倒捲牙旗拜至尊。越巂何年連舊郡，草間山月醉黃昏。
朱提縣外瀘江西，十萬雄師駐馬蹄。算來不及蜻蛉戰，一時鼓角到雕題。
博南山下渡蘭滄，琥珀珊瑚兩相望。當年解甲十餘萬，不遣鉤蛇在道旁。

秋日重過水南寺

荏苒韶光又五年，夢中曾記舊游滇。白首老僧猶念我，門前流水尚依然。
石橋流水帶斜陽，贏得山僧午夢長。猶記往年曾到此，紫微花下醉回廊。

五岳祠

溯洄亭午出孤村，映帶湖山即寺門。中有青松間雜樹，滿堂鐘磬易黃昏。
方塘楊柳帶城隈，老革籠東騎馬來。何處西鄰偏醉酒，酣卧繩床門未開。

七月廿六日送大軍之蒙自

馳驅戰馬雨霏微，壯士南征載鐵衣。饒有秋風歸去好，征鞴急着早鴻飛。

廿八日別昆明作

雲南附郭承恩寺，兩度同官送我行。杯酒闌珊人更老，何人躍馬復西征。

白頭流涕板橋霜，知己難逢泪幾行。我去家山歸夢穩，莫教羽檄到南陽。

暮年知己易蹉跎，殘病相尋且放歌。西節魯山堪自卧，未容中馬一相過。

別公珍

誰向長沙問布衣，當年唯爾坐漁磯。昨日相達鐵佛寺，一村燈火出熹微。

附　三言古詩

湘南寺在南天門下一里　《江寧刻集》

南望湘，重徘徊。山壘壘，失崔嵬。瞰湘流，只一杯。巘岸久，不肯開。蒼梧雲，白皚皚。松風響，萬壑雷。

彼岸亭在中山南樹王下

日出遲，客行早。露華滋，白石皓。蒼龍盤，赤蛇矯。太古雲，無昏曉。

茅坪道中自中山西，昔爲桂府道場

火傘張，深山暑。下懸崖，萬丈許。石鷄鳴，鬥山塢。毛髿髿，或飛鼠。西窗外，柚樹巨。紅果垂，如赤琥。鮮可摘，薦佛祖。楚王孫，在何所。

丹霞寺

丹霞寺，望衡州。湘九折，灣如鈎。風淅淅，鬼啾啾。海棠發，滿山陬。倚竹笑，帶雨愁。恨不見，李鄴侯。

廣陵道

廣陵道，紛羅綺。紈袴兒，黄金子。百壺珠，換小婢。白雪飛，燕子起。艷華鐙，剪蘭蕊。主人醉，葡萄美。臨春臺，但殘壘。風流墜，妖姬死。秋露肥，淩蕣花。江都夢，竟誰是。

六言絶句

紫金山《家集》

階下犍牛眠草，門前石虎撲人。班鳩晴猶唤雨，白骨夜來成磷。
麥風吹散桃花，酒氣鬱成戰壘。天既無勞生瑜，士亦何須始隗。
王猛終成一隅，諸葛枉就三分。英雄多留未了，笑他聚訟紛紛。

秦關自古多塵，塞上何日無馬。典午豈料平陽，宋禍不由西夏。
蝴蝶憑風上下，蝦蟆入座喧嘩。道人編鬚尺許，客來手供南茶。
經年讀書忘倦，連日不飲成疾。舊游忽憶南岳，夜半祝融看山。
漢禍全貽黨錮，宋亡已釀熙寧。山河雖然易主，老成不在朝廷。
林甫就終牖下，蔡京自死潭州。天網原多疏漏，曾聞作惡日休。

觀音寺

榮木臨風欲語，黄鸝帶露初來。糟氣似聞香積，鉢魚莫是尊罍。
屋角種桃如藹，道傍牧豕不豨。剩水白魚狼藉，羼提可飽一齋。
池邊栜樹成蓋，籬外牛蹄過橋。一枕佛堂初覺，斜陽已到殿腰。
伐鼓争驅魃鬼，徵兵欲下南蠻。何處六月無暑，前年我在衡山。

詩餘

憶江南 即事二首 《江寧刻集》

簾纖雨，一夜杏花殘。游子山中騣裛濕，長河曲裏杜鵑寒。遮莫獨凭闌。

曉起處，雀噪小汀隈。怪底林花猶踏雪，如何園笋未抽雷。人自濁河來。

行香子 懷孟津

嵩岫巑岏，洛水潺湲。跨驊騮塵滿朱顔。麥風摇浪，梅雨掩烟。嘆雲霏微，花歷亂，鳥綿蠻。

塵土摧殘，旅鬢闌珊，盜如毛馬策刀鐶。與君共轡，歷盡間關。痛螢火飛，墓草宿，劍光寒。

江城子 春懷

百花洲上柳絲柔，望南洲，泪長流。霧髻烟鬟，長鎖夢中愁。大别山頭杜宇血，老去也，對筌篌。

近來頗覺雪凝頭，酒添籌，戲藏鈎。簾外鶯聲，晛睆語朋儔。無那春風都是恨，芳草岸，岳陽樓。

金人捧露盤 憶舊游

看花來，憂花去，愛花紅。正西山、烟雨濛濛。承天門外，綉袍錦帶馬如龍。當壚買醉小亭北，細唾雕櫳。

棘蓁叢，銅駝陌，金仙泪，露盤中。烏衣巷、無復江東。五侯七貴，西風一葉響梧桐。海青嘹嚦笳聲起，泪灑英雄。

千秋歲引 懷舊

楚國江干，粤南地角。略記當時傾乳酪。朱門漏沉弦管送，白苧風翻琥珀落。智高臺，佗尉壘，交相錯。

無奈嚴飈吹絮薄。無奈夢魂繞池閣。一葉北來吊黄鶴。問騷人枚叟去梁，負奇氣賈誼生洛。白頭催，青衫濕，悲歌作。

蓦山溪 自叙

汾陽橋上，春緑流鶯語。傀儡笑當場，跨款段、曾無寧宇。鐵騎如簇，突入舊漁陽，銅馬黯，御河渾，慘淡梨花雨。

南游避地，一旦同飛絮。携手老尚書，亂軍中、雕弧滿路。鶯花謝了，歌板舊金陵，朱雀桁，景陽樓，衰草斜陽暮。

滿江紅 飲夏人淑，憶江漢諸子

江漢先生，建雙戟、南床呼白。略記得、絳帷羅列，傳經多客。作賦曾登王粲樓，反騷一吊靈均宅。魯諸生、送我過襄陽，泪前席。　到今日，十年隔；空悵望，楚天碧。嘆半生潦倒，九霄摧翮。猿臂將軍舊姓李，雀羅門巷今稱翟。再何時、飛過洞庭湖，吞夢澤。

滿庭芳 春酒獨酌

春雨廉纖，東風尖側，樹頭烏訴黄昏。一杯孤酌，往事動心魂。憶昔長沙賓慶，銅鐎響、賊壓昆侖。那堪更，猺人苗女，蹂躪五谿渾。　幕中出勝算，雕弧羽箭，斬馘紛紛。歸來和，湩乳飲至策勛。而今十年去也，頭白了、曩日軍門。權撇下，雕蟲老蠹，斗酒對孤村。

水調歌頭 清明

二月行將盡，節序逼清明，昨朝騎馬西舍，春酒醉宜城。芳草争青南陌，燕子初來華屋，此處幸無兵。短鬢禁瀟灑，老去泪縱横。　平陽墳，汾水驛，鐵戈聲。歸來千里旅櫬，有子愧成名。屈指近當寒食，插遍新墳楊柳，杜宇血三更。翹首禹山道，腸斷若爲情。

又

憶兄

文杏飛殘雪，楊柳織初鶯，當時峴首南去，作客夫人城。歌聽銅鞮冶女，醉看�羅太守，連袂走難兄。群盜紛如蝟，江漢嚙長鯨。　我羈旅，君歸去，各飄零。一朝君去泉下，有弟獨吞聲。十七年來一夢，每遇東郊寒食，風雨不勝情。伯道復無後，天意不分明。